近墨者黑

近墨者黑

（增补本）

鲁光 著

生活·讀書·新知 三联书店

目　录

"上帝"李苦禅　　1

吾师子范先生　　30

难忘一见李可染　　64

邂逅王朝闻　　68

"普通人"吴冠中　　72

华君武"同志"　　80

大智若愚宗其香　　91

"老少年"卢光照与"寄情小屋"　　96

雨中荷花周思聪　　101

长安寻访方济众　　107

赖少其"补缺"　　112

山野禅人王乃壮　　115

汤文选画虎　　120

能写善画是高莽　　123

色彩斑斓刘勃舒　　131

我所认识的范曾　　144

"赤身裸体"韩美林　　172

聪明人徐希　　177

周韶华的孤独与"大爱"　　185

张立辰的笔墨功力　　192

子武不怪　　197

张桂铭领军新海派　　203

漂泊李世南　　206

石虎画册页　　214

意笔吴山明　　218

李延声的正气歌　　222

何韵兰的女人世界　　226

官布来自大草原　　232

"粉头"杭鸣时夫妇　　235

张广如牛　　239

王涛踏歌行　　245

邓林其人其画　　249

杨明义的香格里拉　　254

豪放何水法　　257

古干的现代情结　　262

詹忠效不变的"情人"　　266

画坛苦行汉李冰奇　　269

送别沈老虎　　277

"三不留神"邢振龄　　285

八十染指何君华　　289

吴迅的自家山水　　294

山水一虹　　297

宋维成的西域泼彩　　301

寂寞致远是介堂　　305

大匠之徒王超　　310

南溪和他的母亲　　315

杜世禄现象　　318

日记中的画家朋友　　321

（周怀民、亚明、汪曾祺、尹瘦石、刘晖、杨仁恺、钱绍武、张禾、贾平凹、朱育莲、牟成和余魁军、刘大为、冯向杰、杨守春、韦品高、谢志高、杨邦杰）

到画中见崔老　　354

印象沈鹏　　356

南北草根醉丹青　　362

后　记　半路出家　　374
　　　　我们眼中的姥爷（周墨、李砚旭）　　394

增补本后记　以文学入画　　398

"上帝"李苦禅

> 在绘画中,我就是上帝,我创造一切。
>
> ——李苦禅

1960年,我从上海调到北京工作,空闲时常逛荣宝斋、和平画店,欣赏国画大师们的作品。在王府井的和平画店常展卖齐白石、李可染、李苦禅的作品,齐白石的画,六七十元一幅,李可染、李苦禅的画二三十元一幅。苦禅的画,厚重、拙朴、大气磅礴,我是很喜欢的。他的名字,总使我联想到深山中的古寺庙,我以为他一定当过"和尚"。后来,结识苦禅先生后,才知道"苦禅"是他的一位同窗好友林一庐为他起的。"禅"乃"宗画","苦禅"即是"一个苦画画的"之意。苦禅先生说起此名时,曾对我说:"我这一生坎坷困苦,有人劝我改掉这个名字。但我一直不改,我就是一个苦画画的,名之固当。"20世纪60年代,我这个大学生,每月工资只有五六十元,根本挤不出二三十元来购买苦禅先生的画作。每次走进和平画店,只是为了饱饱眼福而已。

这种"眼福"饱了二十来年。到了1979年冬天,中国恢复了在国际奥林匹克委员会中的席位,人民大会堂举行庆祝酒会时,我有幸与苦禅先生同桌,而且是邻座。那晚,他带来一张大幅的雄鹰图,当场献给了中国奥委会。其时,一家出版社约我写李苦禅,我将这个意思告诉了他,他很爽朗地说:"欢迎到我家去坐坐!"并让夫人李惠文告诉我他家的电话号码和南沙沟住宅的门牌号。

真没想到我所崇敬的大师,竟是这么随和的一位老人。

从20世纪70年代末的这个冬天起,直至苦禅先生1983年6月11日凌晨1时不幸仙逝,我常去他家走访,成了李家名副其实的"常客"。

在我的印象里,李苦禅是一位真正的大艺术家,为人罕见的坦诚,话匣子一打开就关不上,山南海北,古今中外,画坛传闻,健身之道,无所不聊。每次听他的"神聊",都是一种享受,得益匪浅。他的画品与人品的魅力,我简直很难形容。

一条硬汉子

1979年12月4日,下午2时我从天坛东门骑车去南沙沟李宅,门上有一告示:"上午有事。中午12点至3点休息。下午会客。"我看表,离3点还有十分钟,于是又下楼,在院子里转悠了一阵,3点准时举手敲门。

门打开了。想不到开门的竟是苦禅本人。这年,他已经八十一岁高龄,在这深秋时节,他只穿一件深咖啡色的毛衣。中等个儿,壮实健朗,气色极好,头顶已经谢了,但四周依然覆盖着苍苍银发。粗眉,架一副宽宽的黑边眼镜。镜片后面,是一对不算大却透射着热情、坦诚、豪爽的眼睛。他从不打听客人的身份,据说有一回一位副总理去看望他,家人一再提醒他来者是副总理,可他却称"副局长请坐",弄得满屋的人忍俊不禁。他弄不清副总理、部长、局长究竟谁的官衔大。对我的来访也一样,一边说"同志请屋里坐",一边把我领进他的画室。

画室也就十多平方米,方形。一张画案已占去一小半。靠门口的墙边放了两个书柜,里面装满了各种画册和图书,柜顶放着唐三彩的马和老鹰的标本。窗台上有一盆法国君子兰,宽叶,多骨朵,花为喇叭形,嫣红色,为画室平添了不少生气。空墙上挂了几幅画,一幅是齐白石送他的《荷花蝌蚪图》,还有一幅《松鹰图》和一幅《育鸡图》,是苦禅自己的手笔。最引人注目的是陈放在屋子一角的几件把子:象鼻刀、银口刀、黑枪……

苦禅见我一个劲儿地打量那几件与这间画室不太协调的"把子",便笑着解释道:"我自幼习武,这些家什都是我从前练武用

苦禅先生在作画

的。我还有一根三节棍、一把双刀……可惜在'文革'中不翼而飞了。"

"现在还练吗？"我随意问道。

"不练这些了。"说着，苦禅操起一根一米来长的竹棍，走到画室中间一块狭小的空当，乘兴舞弄起来。

我真担心竹棍会碰到书柜和画案，但他舞得很轻巧娴熟。舞毕，带着几分得意的神情说："都说人老了，个子会萎缩。我前几天量了量身高，跟年轻时一样呢！"他抬头望了望齐白石晚年送给他的那幅画，感慨万千地说："写意画，炉火纯青在老年。徐悲鸿讲，如果齐白石只活到六十岁，那么他的画就会湮没无闻。他活到九十多岁还长牙，活了九十七岁才去世，他才画出了那么多的精品。"

此时我突然想起了谷牧曾说过的一句话："吴作人像文人出身，李苦禅像江

苦禅先生小品

湖闯荡出来的。"

其实苦禅先生是真正的文人出身，1919年来北京，先在"勤工俭学会"半工半读，后入北京大学和国立艺专攻读文学和绘画。但他自幼好武，一生习武不止。他的强健体魄正是靠练功而来，而且他的深厚功底不知多少次在人生磨难中挽救了他。

日本占领统治北平时，他不干伪事，常住在前门老爷庙里，翻筋斗练武功，闭门作画卖画。他家的客人中，有不少与八路军有联系。个别人被日本人抓住之后，咬出了李苦禅。1939年的一天，他的学生魏隐儒跟苦禅学画，天太晚了，城门已关闭，就与老师一道住在柳树井的一间小屋。半夜里，日伪警察把小屋包围了起来，有的从屋顶翻下来，有的从大门冲进来。起先，上来一个，李苦禅就拳打脚踢一个，但上来的人一多，他使不开了，被日本鬼子抓住，铐上手铐。李苦禅说："我想把手铐弄断，可一使劲，却铐得更紧了，手上都流血了。"

李苦禅回忆道："我被关在红楼地下室，严刑拷打一个多月，碗口粗的柳树杆，断成三截。昏死过去，又醒过来，什么苦头都吃了。我想，一定有'神助'。打我时，我嘴里默念文天祥的《正气歌》。鬼子每天上午8点钟上堂，下午是1点钟上堂。他们要枪毙的人，礼拜六就提出来到别的屋里去了，第二天早上就行刑。日本鬼子军官上村对我说：'苦禅先生，今天礼拜六，我救不了你了！'我说：'上村，你们杀人的法子不是四个吗？一狗吃，二枪冲，三活埋，第四是砍头，你尽管用吧！我不怕这个！'他们没有找到证据，我又死硬，也许还因为我是一个名人，他们就打算放了我。最后一次过堂时，一位中国翻译悄声对我讲，过堂时你硬顶一下就放你了。他被我的气节感动，给我通风报信。提审我的上村，是一个中国通。他说：'军曹们没有文化，让你受委屈了。今天随便说出一个当八路的人来就放了你。'我破口大骂：'军曹们没有文化，是混蛋。你是中国文化培养出来的，你们侵略中国，屠杀中国老百姓，你更混蛋。你问我谁是八路？你们再杀下去，全中国人都是八路了！……'骂完了，他们真的把我放了。"

"文革"时，他被打成"反动权威"，诬陷他在日伪时期有过节，责令他写出交代。我从档案中找到一份李苦禅亲笔写的材料《关于我被捕入日本监狱事》，这份珍贵的史料中记录了这件事。

苦禅"文革"中"交代"材料手迹之一　　　　苦禅先生"文革"期间写的"保证书"手迹

……他们日本人查不出我什么来，这次提审我，如果屈打成招，判了死刑，军曹们可立功升官。如前几次受审硬顶，这次也可放了我，我就这样的仍要硬的准备。到了过堂审问仍旧是上村。他先吓唬我。经他审问多次，他的喜笑怒哓，狡诈手段早已熟知。他让我招供，我仍说素日无党无派只知画画。他又说，你不知道八路军在北京周围的活动？我说，你们每天订着报看报，我圈在这里，我哪知道！后来上村慢缓地说，我们日本专制的厉害，你若说了实话，我可以向我们官长请求放你出去。此时我硬着不作声。又住了一会，上村他说，向我们官长请求多少次，今天要放你出去。一旁高翻译急忙地说，上村军官今天要放你，李苦禅你还不感谢他。我马上知高翻译的用意，要放我。上村缓和地说："放你出去，你什么话也不要说，看行动再画画，在两周内把八路军在北京周围活动的情况写一份送司令部来。高提调官（翻译官又叫提调官）你送他出去。"

我放出来到了家，街坊邻里老少马上拥进了院子里。有些人含泪问我，身上受伤了吗？腿脚受伤了吗？出来了就万幸！还有送酒送菜的，老人们谓之"压惊"。我一时感动地落泪说："我身体好，顶得住，没落什么伤，让你们惦记着，谢谢！"

在日本敌伪时期，有不少的大小报纸，每天不问真伪不断地登载八路军围绕北京活动的情况。我当时找了几份报，按照抄了几段，谁知道八路军的实在情况？即便知道也决不能说，我是中国人，决不干汉奸事情，于是乎报上有什么就照样抄什么，抄完一份索性就送日本宪兵司令部去了。

送去之后，上村亦未来找过我。又住了些时候，我身体已完全养好复原了。目前的生活没办法，我找了些旧存自作的画，就往天津开画展卖画走了。

我回来后，凌老太太对我说：你去天津不久，上村穿中国衣服，我也不认识，就来了。他问苦禅哩？我就说他不是遭一场事情吗？生活又不好，养好了伤就去天津卖画去了。上村说，苦禅回来我再来看他。说着就出大门。凌老太太一直送出大门，及回到上房一见桌上名片有"上村"字，马上吓得老太太就蹲在地上。说此后，上村再没来找。

从李苦禅吟唱着《正气歌》对抗日本鬼子，到"文革"时不惧淫威如实书写历史，一个充溢着浩然正气的铁骨铮铮的民族硬汉形象，赫然屹立在我们眼前。

李苦禅真是一生豪侠。在杭州教书时，常在西湖边观赏鸬鹚和荷花。有人慌慌张张往他这里跑，他急忙问"怎么啦？"人们告诉他，有个野和尚拦路要买路钱，李苦禅随即过去收拾那个野和尚。只见野和尚袒胸露肚在敲木鱼，身边摆着两块大石头，见有人路过，举起石头，大声喊道："留下买路钱！"李苦禅走过去，先伸手："留下买路钱！"野和尚出手了，李苦禅三下五除二，将他制伏。教训了一通野和尚，李苦禅便扬长而去。野和尚追了上来，要拜他为师。此后，这个野和尚不再作恶，还与苦禅常有交往。

还有一回，他在北平的马路上碰到伪警察欺侮一位拉黄包车的车夫。李苦禅自己也曾经租车拉过，白天上学，晚上拉车，也受过气。他同情那位车夫，上去教训了那个伪警察，在大街上打了起来，结果寡不敌众，被抓去坐了牢。其时，齐白石拒绝为日伪作画，但为了救出这位得意弟子，不得不破例用画将他赎了出来。

苦禅先生说，他七十多岁时，被当作牛鬼蛇神赶到房山干活。他背着一大捆玉米秆下山，踩到了块儿活动的石头上，跌到一二丈深的山沟里。苦禅说："我一个'抢背'，将玉米秆翻到身下，没伤着。"他还讲："有一回，踩到一个柿子皮，怕往后倒下，一收身，往前倒，一条宽牛皮带都断了。"

在他的武功故事中，最得意的一个，是他五十多岁时发生的，地点是大雅宝胡同。那天，他回宿舍路过胡同口，只见一个吴桥卖艺的在耍刀，他驻足观看了一会儿，自言自语道："耍得不怎么地道……"卖艺人听见了，不服气地冲苦禅嚷道："看客，你来耍一个给大伙看看。"李苦禅说了声"稍候"，就快步回宿舍取来双刀。这双刀很锋利，装在一个鲨鱼皮的口袋里。苦禅双手舞刀，舞到兴头上，还将刀抛向空中，然后又稳稳接住。看客们为他叫好，扔来不少钱。吴桥卖艺人一一拾了起来，双手捧送给李苦禅。李苦禅说："我是美院的教授，给你帮个场而已。"说罢，将双刀插进鲨鱼皮袋，扬长而去。

而此生最令他憋气的事发生在"文革"时。1966年"八·一八"那天，烈日似火，造反派让他和几位教授跪在熊熊燃烧的大火旁，大火正烧着清代的木雕和美术书刊。造反派还把维纳斯像砸烂，把碎片放到教授们的头上。这是对艺术的凌辱！他内心充满愤怒。造反派还将他关起来，拳打脚踢，打得浑身伤痕。忆及此事，苦禅先生说："凭我那时的功夫，拼他几个是不成问题的。但想到孩子和老婆，拼死的勇气就没有了。"

当我问及他给毛泽东写信之事时，他说："日本投降后，徐悲鸿问我干吗呢，我说住庙呢，徐悲鸿说'教书吧，教花鸟'，于是给我送来聘书。那时工资低，我又爱喝二两酒。一天酒后我用草书给毛泽东主席写信，开头写道：'我的事找蒋介石解决不了，只好找你来了……'写毕，扔到信筒里，毛主席还真收到了。他太忙，派秘书田家英来看望我。毛主席讲，国家困难，过几年就好了。先由学校照顾。学校给我增加两百斤小米。后来才知道，是毛主席给徐悲鸿写信才解决的。"

画不惊人死不休

1980年10月29日晨6时20分起床后，蹬车一个多钟头，去三里河拜访苦禅先生。这次是要将为出版社赶写的《丹青话延年》文稿请苦老审阅。

尽管门上有告示"上午有事"，但事先电话约好了的，所以7点50分就敲开了李宅的门。李先生的小女儿李键开的门，李先生正在吃早餐，见我来了，便放下碗筷过来画室打招呼，真挚又热情。

吃过早餐，李先生和夫人李惠文在画室落座。我将带来的稿子念了一遍。

苦禅先生小品

当听完为吴桥卖艺人帮场一段时,李先生说:"你的文字真像水银落地无孔不入。这段别人写时一带而过,你写得具体生动。"他对全文也很满意,说:"你很有才华,写得生动,联想也好,记性好,跟我说的一样。"

9点半,他站到画案前开始作画。

他拿起一支长毫笔,在一块圆形砚台里蘸足浓墨。先从背部画起,以排墨法只几笔就写出了鹰背,然后以侧锋勾出翅和肩,接着抹出下面的飞羽,再以较干的浓墨抹出尾部。稍停片刻,李先生拿起一只小勺,舀了一点清水,放到笔肚上,把墨调淡,抹出胸部,抹出大腿。画成鹰的身体之后,换成小笔。苦禅先生持笔打量画面,稍作思索,就勾鹰嘴。鹰嘴呈方形,用"金石味"的笔法一笔一笔勾写出来。然后,用淡墨画头部和颈部。画颈部是用笔连续横扫数笔,顿时,颈部的动感跃然纸上。最后,又用"金石味"的笔墨一笔一笔写出足爪,爪子画得长直而厚重。鹰伫立的山石,用的是拖、侧笔,有时还用几笔逆锋,并用"斧劈皴"笔法皴出山石的质感,墨色深浅不一,以增加山石的体质感和厚重感。用清水调色,用色极省,嘴、爪染淡花青,山石染赭色。

苦禅先生一边着墨着色,一边给我讲述画鹰的笔墨。他说:"我画的鹰已经不是普通的老鹰,而是把山鹰、鹫和隼综合于一体,画我心中的鹰。显神处着意夸张,无益处毅然舍弃之。我将鹰嘴和鹰眼都画成夸张的方形,是为了强调鹰的雄健威猛。我常在鹰画上题写'苍鹰不搏便鸳鸯'。"我问苦老:"为什么有的鹰颈背处要点些浓墨?"他说:"需要时就点一些,也是为了增强鹰浑厚苍健之感。"

画如其人。苦禅画的鹰与古人不同,与今人也不同,寓意着一种威猛、豪侠之气。仔细看去,那鹰真像苦禅性格的写照。他常说:"'画思当如天岸马,画家何异人中龙。'在绘画中,我就是创造万物的'上帝'。"鹰就是苦禅这个"上帝"创造出来的艺术形象。鹰成为苦禅的代表作,是顺理成章的。

刘勃舒不止一次提醒我:"你与苦禅先生那么熟,还不求他一幅墨宝。他轻易不给人画鹰,你就求一幅鹰吧!"但我这个人脸皮太薄,万一被谢绝了,多难堪呀!有心求画,但没有胆量开口。

画就一幅四尺鹰之后,苦禅坐在藤椅上小憩。他说:"你要我画画,随时说话。"

我终于鼓起勇气说:"我早就想求一幅画。但你的画,那么贵,怎么好开口呢?"

苦禅喝了一口茶,说:"讲钱不是朋友,朋友不讲钱。你就点吧,画什么?"

周恩来总理曾赞美苦禅为人民大会堂画的巨幅竹子,说"苦禅的竹子画得好"。我本想求一幅竹子,但说出来的话却是,"苦老,您老随意吧!"

"鹰画得熟些,就画鹰吧!"苦禅站了起来,又补充了一句:"我的鹰在日本、欧美都有影响……"他叫李惠文铺纸,问我:"画多大?"

我只想有幅苦禅先生的画挂,所以说:"小的,家里好挂的。"

苦禅要了一张四尺三裁的长条形宣纸。他一边挥毫作画,一边与我聊天:"艺术要有创造。光模仿不是艺术。搞艺术就吃苦。怕苦就不要搞艺术。""画画要有悟性,要有才。我一位同乡画到七十多岁了,画的荷叶还是像四两一个的葱花饼。没有悟性,没有才气,趁早干别的去。""范曾想在人物画上下功夫,很有才气。他父亲比我小一岁。有人说他骄傲。不骄傲出不了大成就的……"

画了个把钟头，画成后，等待墨色干了染色，苦禅坐了下来，继续聊天。

他说起了人格与画格：

"我说画格就是人格。没有人格就没有画格。一个品格不好的人是画不出好画的。秦桧写的字很多，他是大奸臣，千人骂万人唾，字也没人要，流传不下来。商人是只讲钱，艺术家却要讲究艺术，光顾做生意，就把艺术庸俗化了。艺术家太富就没有艺术了。'文革'后，把抄没的字画退了回来，有一包字画是李可染的，退到我这里来了。我急忙叫燕儿给送还可染……"苦禅先生谈兴很浓。

这天是个阴雨天。画不易干。李惠文拿来一只电吹风，小心翼翼地吹画。

我提起周总理说他竹子画得好之事，他说："未出土时便有节，及凌云处尚虚心，是我写的。管桦题竹时要加两句，我说是绝句，不要加。"

说起画竹，苦禅先生给我讲述起郑板桥的传闻逸事：

"郑板桥不为权贵画竹。在扬州时，一个盐商要做寿，请板桥画竹。板桥谢绝了。这商人设了一计，叫一位老人在板桥常去游玩的山上搭了一个草棚，煮上狗肉，温上好酒。老人挥毫作画，画的全是竹子。板桥果然上山来了，看见草棚，便走过去看看。板桥见一位老者在画竹。老者对板桥说：'我学板桥的竹……'板桥见老者画得不像，便拿过笔，为他画了几笔。老者直摇头：'比郑板桥老爷的差远了。'后来，老人拿狗肉好酒招待板桥。板桥乘兴挥毫，一口气画了三十多幅竹子，而且都是精品。商人做寿那天，挂出了几十幅郑板桥的竹子画。朋友们指责板桥为商人作画祝寿。板桥说没有为商人画过画呀。他跑去看了一下，果然，挂的全是他的画。他顿足叹道：'我受骗了！'我们画画的太实在，容易上当受骗呀！"说到高兴处，苦禅先生禁不住哈哈大笑起来。

李惠文已经把画吹干。苦禅略染颜色后，就题款盖章。

"鲁光指正……"他刚写上款，夫人就提醒他："苦禅，落了'同志'了！"苦禅不以为然，说："同志，二百五……"他念"二百五"时，语调很冲，显然是在模仿某售货员对顾客的生硬口气，"不写也好……"。

他盖章时，我提起他对齐白石说过一句话，"画不惊人死不休"。因为这句话，齐白石专为他治过一方"死无休"的印章。

"把老师的这枚给我找出来。"苦禅对夫人说。

李惠文找了一会找不到。苦禅走过去，一下子就将那枚印找了出来。他亲自将这个印章钤到送我的画上。他指指"死无休"几个字，对我讲，"这是信"。

这是我有生以来头一次亲眼见到一位大师挥毫泼墨。丹青成熟在老年，这时的苦禅老人的画技正炉火纯青。他一边挥毫，一边与我神聊，聊了那么多有意思有价值的东西，真有听他一席话胜读十年书之感。

"画得一般，留个纪念吧！"苦禅送我出门时谦虚地说。

他的写意画妙如天籁，意态纵横，深得人们喜欢，求画者络绎不绝。当时，社会上盛传北京"四大画家夫人"把家很严。有一回，苦禅先生留我午餐，一张四方小桌，苦老、苦老夫人、李燕，加我四人。苦老兴致很高，说："陪你喝两杯。"喝的是白酒，记不清什么牌子的了。席间，我对李惠文说："苦老德高望重，没得说的。对你有些微词，把你列入北京四大厉害的画家夫人之一。"李惠文说："早些年我不管，他爱送谁就送谁。昨天一位军人送来苦禅'文革'画的三十多幅画来补章。流失社会上那么多。如今年岁大了，得留些下来办展览。当然，也不是不送人。像你，我们就送……"听了她的叙述，我真的同情她，打心眼儿里赞成她严格把"门"，名家难当，大名家难当，画家夫人更加难当。张口就要画，好像八辈子欠他似的，不给就说闲话，有的甚至骂人。中国人的一种恶习。我自己成了画家之后，也有债台高筑之感。

我将苦禅的"鹰"精裱之后，挂在我的"五峰斋"墙上，朝夕观赏。每次观赏时，苦禅先生"这是信"的声音，总在我耳畔回响。

拜师齐白石

1981年4月8日，我与编辑殷芝慧一道访苦禅老人。下午4时抵李宅，主要是挑选一些照片配文章用。照片很多，至少有十多本。有年轻时光着膀子的练功照，有与齐白石的合影，有与相声大师侯宝林聊天的生活照，有与赵丹作画时的特写……

李苦禅与其恩师齐白石

几次神聊之后,我已被李苦禅牢牢吸引住了。我觉得,李苦禅是一部很厚的书,是一个很丰富的艺术仓库。我打算给苦禅先生写一个报告文学,希望更多的人可以阅读这部"书"。苦禅先生欣然同意。

我将我的采访要点说了说。我很想对他拜师齐白石学画的经过以及"批黑画"时他的处境和心态,做一些深入的了解。苦禅先生从不端大画家的架子,几乎是有问必答,马上痛快地回忆起拜师的经过。

"那是1923年的事。我与王雪涛一道去跨车胡同15号齐白石家拜访。说实话,当时找齐白石拜师也不是很合我理想。当时齐白石六十多岁,画还不够地道,他正在变法。但我为什么还选他为师呢?原因有三个:一是他农民出身,为人朴实。二是他有创新;徐悲鸿说'文到八股,画到四王,衰败穷途'。但他画的蜜蜂、虾、螃蟹等等,都是独创的。三是他敢说话,门上贴条,送礼的,请吃饭的,都不画。我们去拜师那天,他先收下王雪涛,我跪到地上给他磕头,说,'我要拜您为师。我是穷学生,没有钱,等以后有了工作,在社会上站住了,再报答您。'齐白石笑了,说:'不收你的学费。'拜师前,我见过他一次,也是别人介绍去的,不熟。齐白石的学生很多,但他收了我这个学生还是得意的。别人叫他题词,他写一般应付话。此某某画也,不错,盖个章就完事了。在我的画

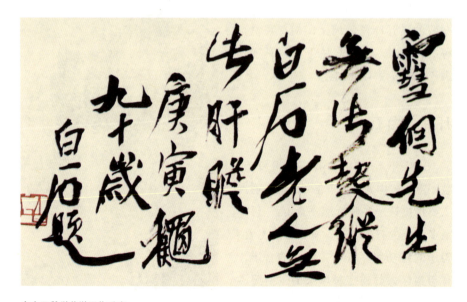

齐白石赞誉苦禅画作手迹

上却写：'吾弟子不下千人，众皆学吾手，英也夺吾心。'有几次，我画了画给他看，他看了后说，'本来我想画的，你画了，我就不再画了。'有一次，我拿了一张竹荷图给他看，我说：'别人说我画得不好。'齐白石在这画上题了字，'美人招忌妒，理势自然耳'，以此勉励我。我不敢向他求画，他说，'我送你，你就要。'他很刻苦，很勤奋，早上6时起床作画，画到8时吃饭，早饭后画到12时。午饭后稍躺一会儿，下午又画。晚上画到十一二点才休息。数十年如一日。有人说他抠门儿，我常为他辩解。他是年轻时饿怕了，穷怕了。他挑新票十元一张的，十张一捆放在一只竹篮里，放满了，盖上盖，上了锁，搭三轮车，找个不起眼的银行存起来。有一个人常去他家，很会说话，齐白石给他画了四十多幅画。后来，齐白石懊悔了，说他来偷他的金子。那意思很明白，不让他再来家拿画了。"

说起他的齐白石老师，苦禅先生有说不完的话："齐白石最讨厌人家模仿，喜欢你有独创。老师是领路人，领进艺术大门之后，就要靠自己努力了。"

"我从学画开始，就遵循'真、善、美'的思想。真，讲人要诚实；美，比真高；善，讲道德、人格。没有人格就没有画格。画格是人格的反映。"

告别时，窗外已黑了下来。

过了两天，我又去拜访苦禅，苦禅老人回忆了随齐白石学画的往事。

他说，齐白石话语不多，作画时话就更少了。在老师作画时，他只是默默地观赏，小心伺候左右，从不敢发问。偶尔，齐白石兴致来时，也边画边说几句。每当画就一幅新作，苦禅就帮老师将画挂起来。这时，齐白石坐在藤椅上，细细品味自己的画。如果他自己满意这幅作品，就会情不自禁地说些笔墨技法之类的话。

虽然苦禅常去齐白石家，为老师磨墨理纸，但从不张口求画。他一生珍藏着齐白石的三幅作品，全是齐白石主动相赠的。

有一天，苦禅为老师磨了一砚台的墨，并为老师铺好了纸。齐白石提着笔却不去蘸墨，有几分生气地问苦禅："苦禅，你不喜欢我的画？"苦禅感到老师的气生得突然，没有思想准备，便匆忙作答："不，老师，我怎么会不喜欢呢！我喜欢你的画，才拜你为师的呀！"齐白石说："别的弟子都要我的画，你为什么不张口要我的画呀？"苦禅憨厚地说："老师一双手，养活十几口，弟子不敢！"齐白石立即挥毫泼墨，画了一幅画送给这个憨厚的弟子。这便是李苦禅珍藏的齐白石的第一幅墨宝。

李苦禅珍藏的第二幅齐白石的画《荷花蝌蚪图》，我去访谈时正挂在画室墙头。

苦禅说："有一回我跟许麟庐去老师家。不知怎么回事，这天老师的心境特别好，突然发问：'你们不愿要我画？'师兄弟俩急忙说：'想要呀！'这时我们看到画案上有一幅刚画成的《荷花倒影图》，不禁惊叫：'好画！'齐白石笑道：'可惜只此一幅，你们怎么分呀？'说着，拿起画笔又画了一幅《荷花蝌蚪图》。他拿来两小片宣纸，分别写上两幅画的名字，做了两个阄让我们抓。我抓了这张《荷花蝌蚪图》，许麟庐抓了《荷花倒影图》。齐白石在两幅画上都题了字。给我的画上就题了这些……"他指指墙上的画。

"苦禅弟得此缘也，九十二岁白石画。若问是何缘故，只问苦禅麟庐二人便知。白石记。"我将画上的这段颇为风趣幽默的题字，抄录了下来。

苦禅珍藏的第三幅，是一幅题名为"丑不倒翁"的画作。此画也是白石老人兴致来时所作。白石老人说："苦禅，再送你一幅画。"齐白石在画的空白处题写了一大段文字："能供儿戏此翁乖，打倒休扶快起来，头上齐眉纱帽黑，虽无肝胆有官阶。苦禅老弟嬉笑宝之。九十二岁白石画并书旧句。"

李苦禅说，他还珍藏着一些齐白石为他题过字的自己的画作。

李苦禅喜欢画鸬鹚，而且以此讽刺抗战胜利后的国民党的接收大员，题写"鸬鹚一过池塘空"之类的话。齐白石加以注解："苦禅仁弟由南到北深谙此意。"他喜欢苦禅的此类作品，在一幅画上题写了不少文字："此食鱼鸟也，不食五谷鸬鹚之类，有时河涧江干，或有饿死者，渔人以肉饲其饿者，饿者不食。故旧有谚曰：鸬鹚不食鸬鹚肉，并不自戕同类。"借题发挥，痛斥汉奸走狗之辈。

齐白石对收下这位来自山东的弟子，甚是高兴，曾题字："怜君能不误聪明，耻向邯郸共学行。若使当年慕名誉，槐堂今日有门生。余初来京师时，绝无人知，陈师曾名噪之，独英也欲从游。"还曾为苦禅题写："布局心既小，下笔胆又大，世人如要骂，吾贤休吓怕。"

令苦禅难忘的是在和平画店酒后即兴之作六尺大画《豆角》。此画得到了当时在场的徐悲鸿、齐白石的高度赞赏。徐悲鸿题写："天趣洋溢，苦禅精品也，辛卯春日悲鸿题。"齐白石也题了字："旁观叫好者就是白石老人。"此画后来被著名诗人艾青所得。

还有"是寿者相""有福之人"等题字，皆为白石高兴时一挥而就。

苦禅先生将老师的这些题字画与老师相赠之墨宝，一起珍藏着。不仅收藏于密室，而且珍藏在老人的心中。

兰为王者香

听苦禅先生说,"文革"中他为歌唱家郭兰英画过一幅兰花,其过程极生动感人。我一直想访问郭兰英,真是"踏破铁鞋无觅处,得来全不费工夫",1982年3月9日下午,我去人民大会堂江西厅参加一个座谈会,郭兰英也参加这个会,而且我们坐在一起。我问起她关于这幅《兰花》的故事。

时隔这么多年,郭兰英追述起这段往事时依然激动不已。

1973年秋天,黄胄给郭兰英打电话,说:"我们几个老画家在国际饭店画画。我们想见见你,你来吧!"

郭兰英有些激动,但忧虑重重。她回答说:"不行呀,我后面还有人盯梢呢!"

但是,郭兰英也很想见见这几位老画家,还是偷偷应约去了国际饭店。

在国际饭店二楼的一间会客室里,坐着黄胄、李可染和李苦禅。

黄胄说:"很久没有听到你的歌声了,我们想听你唱支歌。"

郭兰英说:"不敢呀,说不准外面还有人盯着呢!"

几位老画家起身将窗子关上,又把厚实的窗帘拉上,说:"唱吧,他们听不见了。"

郭兰英是多么激动呀!自从"文革"爆发之后,她就一直没有唱过歌,她多么想放开嗓子唱呀!

面对着几位老画家,她终于唱了起来。

"灰毛驴驴上山,灰毛驴驴下山……"

她一支接一支地唱了起来,泪水和着悦耳、动听的歌声,流了出来。

在场的艺术家有的流泪,有的叹息。他们自己也一直处于被批被斗的逆境中,是周恩来总理提出来宾馆要挂些国画,他们才刚刚有机会拿起画笔,他们与郭兰英有着强烈的共鸣。

李苦禅用脚跺着地板,悲愤交加地感叹道:"罪孽呀,罪孽!这么好的嗓子,干吗不让人家唱呀!"

他站了起来,走到画案跟前,拿起笔,挥毫作画。

一张白色的宣纸上,出现了一株笔力遒劲的兰花。苦禅凝视画面,又写下苍浑厚拙的五个字:"兰为王者香。"

他将此幅即兴之作送给了郭兰英。

郭兰英接过此画，动情地哭了。她一边哭，一边说："苦老，不要连累你了……"

一身豪侠之气的苦禅先生对女歌唱家大声说："你好好保护嗓子。你的歌，比那些样板戏好听，将来马路上的喇叭会放你的歌的。"顿了顿，又说："你以后演出告诉我一声，我去听……"

黄胄也伏案为郭兰英作画。画面上是少女骑着一头毛驴，并题了郭兰英刚刚唱的那首民歌的歌词："灰毛驴驴上山……"

八年之后，1981年，郭兰英举行了告别新歌剧演唱会。节目单的封面，就是李苦禅先生当年送她的那幅兰花。那天，李苦禅如约去听郭兰英演唱，还带去了一幅兰花新画，送给是夜即将谢别舞台的女歌唱家。

写在"文革"中的一份交代

1986年6月12日，我随北京的画家们去济南参加李苦禅纪念馆开馆仪式。这是一座由明清园林改建而成的纪念馆，庭院套庭院，展室连展室。我头一回见到李苦禅那么多的真迹。

在众多的史料文献中，我发现一份特别珍贵的苦禅先生的手迹——《齐白石的一生点滴》。首页天头空处有李燕的几行批注：当年"文革"先父揭其恩师齐白石……是谓揭发乎？是珍贵史料也！先父从不背叛恩师！

现将苦禅先生的这份手迹全文抄录于此。

齐白石的一生点滴

早年有小政客胡鄂公者，初以爱齐白石的画渐成至善知交，一次送齐白石四色礼物：冬虫夏草一匣，雪花银耳一匣，火腿、野猪腿、蒋腿三只（三只为一色礼），另外胡使侍女一人送到齐白石家（三色礼物加一侍女即四色礼）。侍女姓胡氏即其主人胡鄂公之姓氏。后即齐白石之姨太太。

他画室壁上的告示

一、送礼物不画；二、请客不画；三、为外国人翻译者不报酬；四、为照相者不画；见者如不见，无耻。

又，有人来买画议价者，老人闻之寒心。又，工笔贝叶草虫，每尺照原笔单加三倍，大洋红之画另加价。

壁上画招饮图一张

壁上贴一幅画，一老人手持酒壶，一手招另一老人手持毛笔者来饮酒，持笔老人一手却之，且面带怒容，盖即齐白石个人也。

他储蓄存款

齐白石素常挑钞票新整拾元者以十张为一叠，积满一大竹篮，盖上加锁，即送银行储蓄。送时同姨太太必坐老人破车（恐人之注意储蓄存款），两车一前一后相距很近的。所储蓄之银行，不是不出名的，即是冷僻公私经营者。何以齐白石在此银行储蓄？是怕人注意他有钱储蓄之故。早年正是中国

苦禅"文革"中"揭发"齐白石的手迹

军阀常战争时期,银行亦随军阀们的胜败,朝秦暮楚的占有没收。齐白石的存款因此吃了不少大亏。

管家务的紧严

凡其屋内的什物箱柜,集零为整的排垒起来,用锁锁好了,甚至一箱一柜用数锁,大锁上再用小锁管束,画室门外有铁栅栏一道,除上有机器锁以外,再另加大锁。而齐白石的钥匙无计其数,用一长皮条贯穿着约一尺多长的一大串,结在腰带上再用小锁锁住皮条和腰带,恐一串钥匙脱落了。因整年带的一串钥匙磨搓得极光亮似银色一般。

他的画室是北上房,画案横搁占一大间,内放箱物等等,外只留一罄口,以备出入。齐白石每午睡休息,横躺椅豁口间,真如兵将之把关口。如此多年如一日,深恐人乘睡入内偷窃东西。如他的心腹学生一二,可进画室内,否则进者必遭搜查。

晚年齐白石一生无所好,很少出门,即电灯电话亦他人为之设置。他的儿子三四人分居生活,每月细加核算分给费用。他与他的姨太太以及做饭佣人,每饭以香烟筒计量取米,常不足佣人食量,因此做饭人多不忍其过俭,经常更换人。

齐白石晚年来,以黄金六十块装长袋套在项肋之间,昼夜带之休息。常疑猜某某窃其金,有一次装金袋绳断,更大疑丢金。别人为之缝好装金袋,当其面点数,金块正六十颗,齐白石方暂不疑。听说至其老病衰微,临去世之前几月方解下其黄金袋。

生平有多人送礼物者。其床柜之下,曾放有许多瓶酒,多进口之白兰地及葡萄酒等(有1919年进口之白兰地)。多卖与街上小摊贩。

有买其画的老顾主,方出花生及干荔枝以待客,多半经长时几不能入口者。一日出广东月饼敬客,坚硬如石,实不能食,问之云,去年中秋友人送的。

他使用的印泥减少了,怀疑学生和其他人有偷他印泥的,写了许多小纸条贴在箱上柜上以及座钟上,"你莫要来了,莫要偷印泥了!还偷印泥吗?"等等字句。

每读这份手迹,我对苦禅先生的敬意便增加几分。"文革"中,在凶残拷问下,他能如此真实地写出这些文字,只关于生活,而没有杜撰,没有夸张,没有乱"上纲",实属难得。

大师不朽

1986年6月,我去济南出席"李苦禅纪念馆开幕仪式",下榻舜耕山庄,结识了苦禅先生的长子、一批弟子和画友。他们生动难忘的回忆使我深深感到仙逝的苦禅先生依然活在人们心中。大师不朽!

李杭是李苦禅的长子,高大的个儿,憨厚朴实。他是苦禅与前妻、著名导演凌子风的姐姐凌成竹所生。凌成竹与苦禅都是齐白石的弟子,婚后生过两子,1933年他们分了手。李杭住在北京柳树井姥姥家。解放后,凌成竹在河北艺术师范学院教美术史,1968年在"文革"中跳楼自杀。她与民国同年,属猪。她死后,李杭不敢在父亲面前提一个字,后来苦禅知道了,总是流泪。上了年岁的人,容易悲伤。他问过李杭,李杭也没有多说什么。李燕曾交给李杭一个草口袋,里面装的全是凌成竹的照片,可惜"文革"中被抄走了。

李杭曾经跟父亲学画,但苦禅说:"学画可以,但要业余学。画画一辈子受穷。"李杭就没有学画,而学了理工。

李杭回忆说:"父亲爱戏。小时候,我老跟他去看戏。我们隔壁有个柳树井3号院,住这个大杂院的人很穷。有位拉洋车的叫王二伯,还有卖烧鸡的、淘大粪的。父亲很同情他们,有钱就分他们一些。每次去前门,父亲都叫我找王二伯:'杭,到西院叫王二伯明儿一早拉我们去前门。'王二伯拉一天洋车也挣不回二斤棒子面。拉我们一趟,至少中饭晚饭管饱了,回来有钱还给他一些。日本统治时期,我父亲不干伪事,到前门外的一些钱庄画点画,从早上画到下午。晚上,我们就进同乐戏院。从来不买票,进了戏院就去后台。说梨园行话,叫马老板、连老板的。他带我去看化妆。这个勾花脸,那个贴青衣。快开场时,找张凳子,放在乐队边上,我就坐在他腿上。看完戏,又回到后台,和马老板、连老板的说说话。戏散后才回家。王二伯在外边等我们,拉我们回柳树井胡同。"

苦禅崇拜名角,拜尚和玉为师,老在正阳门西边的老爷庙练功。靠东边,还有一个娘娘庙。他跟尚和玉学了整套的《铁笼山》。家里就备有靴子、髯口(胡子)什

苦禅先生健身

么的。老爷庙有前后院,他们在后院练功,一个把式就练几十次。

苦禅穿中式服装,不穿中山装。裤子是灯笼裤,裤脚有一条带子可以扎起来,全然是一介武行中人。

李杭也回忆起那次苦禅被日本人抓去的经历:"日本鬼子抓我父亲时,我在家。那天天刚亮,姥姥已经起床去扫院子。突然从门楼上跳下一个人,把门打开,还打了姥姥一棍,把她推进南屋。用手铐把父亲给铐走了。姥姥边追汽车边喊着'站住!站住!'。这事发生在1939年。一起抓走的还有父亲的学生魏隐儒。不知过了多少天才放出来。一天中午,父亲自己走回来的,他已不成样子,身上青一块紫一块,几乎没有一处不伤的,衣服上有血迹。听父亲说,他在日本人的牢里咬紧牙关什么也没有说。很有骨气的。"

虽然李杭没有一直生活在父亲身边,但父亲的为人和秉性却影响了他一生。

前些年,我曾拜访过大导演凌子风。传闻,李苦禅与他姐姐的结合是因为苦禅老给凌子风送画的结果。凌子风见苦禅作画,一叫好,苦禅就送。凌子风听后连连摇头:"纯属谣传。我没见过苦禅画画。他们结合的媒人是齐白石。"

从1937年到1948年冬天,他们一起住在柳树井2号。苦禅画画的时候,有时一手拿大葱,一手拿笔,很有激情,很投入。苦禅喜欢练武,院子里有两个大石锁,很重,一个也得有七八十斤。他练石锁时,扔起来,又接着。冬天也光膀子,在院子里走八卦,一直练到浑身大汗为止。苦禅的朋友多,特别是穷朋友多,底层的朋友多,拉车的、捡煤核的、卖糖葫芦的,尽是穷街坊。他仗义,见

"上帝"李苦禅　21

我珍藏的苦禅先生的墨宝

谁有困难就帮谁,口袋里只要有一个子儿都拿出来。

凌子风还详细地给我讲了他姐姐与苦禅的婚事细节:"白石老人将两个弟子撮合到一块儿。有一段时间,我姐姐与苦禅突然'失踪'了,到处找不着他们。我父亲是一个懂多国语言的律师,很开明的,就承认他们的婚事了。他们先住在山东老家,回北平就住我家。后来他们分手了。但苦禅一直住在我家,我们外出投奔革命,家里就我母亲与苦禅相依为命。苦禅称我为'四弟'。晚年我们都住南沙沟,前后楼。有一天,李惠文来家串门,发现我家墙上挂着一幅苦禅的画,惊讶地说:'难怪家里找不着这幅画了,原来挂到你家来了。'看来,这幅画是苦禅从家里悄悄拿出来的。"

苦禅时不时去凌子风家坐坐。有时望着墙上前妻的画,久久凝视,老泪横流。他确确实实是一个很重感情的艺术家。

苦禅的弟子无数。龚继先、崔如琢、郭怡悰等人当时云集泉城,满怀对苦禅的感恩之情。回忆起为人师表的苦禅大师,龚继先说道:"我家住北河沿,上大学前就崇拜他。1958年进美院,反右运动刚过,国画老师很得势,苦老天天来上课,心气特别好。我拜他为师是1959年他六十大寿时。我的一位师哥带着我们六个同学去他家。我们凑了点粮票,叫我母亲做了一个大寿桃,还带去两根大红烛。请老师上坐,我们给他磕头,连磕三个头,正式拜了师。"

与其他老师不一样,苦禅喜欢神聊,边聊天边作画示范。上课前,学生为他研好墨,铺好纸,叫画什么就画什么,有时他带画稿,多半是即兴画鸬鹚,画老鹰,画荷花……他一边画,一边讲齐白石的逸事,讲自己的生活,讲穷困时怎么拉洋车。还讲武术,叫学生们不要练举重,练了举重手颤抖。他说,要练就练太极拳,拳理与画理相通。

晚上,学生们常去他家。他给大家讲笑话,还耍刀给大家看。他家住大雅宝胡同的一个院子里,里外两间房,外屋摆张八仙桌吃饭用的,里屋是画室。"文革"快开始时,他家没有画案,只有一张八仙桌。他就画2尺×2尺的方画。有一回,龚继先与范曾、康宁等四五个人去看他,苦禅先生高兴了,画了好几张画。范曾说:"不管师兄师弟,我当仁不让,怎么分先说明白了。"其中有一张桃花鳜鱼,妙绝了,范曾说他要了。龚继先说,不行,抽签。结果,这幅精品被龚继先抽到了。范曾眼红得不得了。还有一回，范曾找苦禅先生要了一幅画。他拿回宿舍被同寝室的于润看见了。于润太喜欢了，就很老实地说："把这幅画给我吧！"范曾说："行呀，我可以给你，你给我磕一百个头。"于润说："你不食言？"范曾说："君子一言驷马难追。我说了就算，有大家作证。"于润便跪到地上，真的足足磕了一百个头。范曾虽然爱不释手，但只好将这幅画给了于润。这些逸事都说明，学生对苦禅先生的艺术崇拜到什么程度，喜欢到什么程度。

苦禅没有门户之见，很尊重别的老师。有一次，一位弟子说："××画家的艺术真不怎么样。"苦禅马上说："他画得很好的，到北京还来看过我，别说别人。"有的学生认为刘继卣的画画得太细，苦禅说："刘先生画好，现在还有谁有他这样的本事呢？你们要好好学。"有的老师不主张自己的门生学别人，认为"学别人就是改换门庭"，苦禅却说："不能就学我一家，要广泛地看别人的东西，要变，自己想办法变。"正是这种宽大的胸襟，才使他交了那么多的朋友。李可染先生就很器重苦禅先生。有一天上课时李可染先生说，他刚坐车路过东单，见到一家画店里有一幅画，满纸烟云。到站后，他马上往回跑，跑到画店一看，是苦禅先生的一幅"荷花图"。李可染赞叹道："苦禅的这幅画画得多好啊！""文革"之后，荣宝斋里挂了一幅李苦禅先生的字，张步问可染先生："你看李先生的这张字怎么样？"谁都晓得，可染先生是不轻易夸人的，他这么回答张步："苦禅先生的字没有不好的。"

苦禅爱讲奇闻逸事，许多流传至今的齐白石逸事，都来自苦禅先生生动有趣的讲述。

有一回，苦禅先生去齐白石家，见齐白石正生气，骂道："养了你这么多年也不生，白养你了。"他不知齐白石冲谁发这么大的火。原来齐白石是在骂院子里的一棵橘子树。齐白石叫看门的"太监"将那棵橘树搬出去，让它冻死。还有一回，齐白石拿出月饼招待他，一再说，吃呀吃呀。可苦禅掰不开那个月饼，拿来菜刀还是砍不动。齐白石家的月饼存好几年的都有。齐白石的床下，还藏着许多客人送来的洋酒。齐白石要卖掉，苦禅说："不要卖掉，能治病的。"后来齐白石的夫人宝珠得了肺病，齐白石倒了一杯酒给夫人喝。夫人喝下酒，翻白眼，人就快不行了。齐白石急忙给李苦禅打电话："你不是说洋酒能治病的吗？怎么宝珠喝下去就成这样了？"李苦禅说："我没有叫你当水喝呀！治病，放一点和药用。"……

苦禅先生的画，到了老年更炉火纯青了。有一次课堂演示鹰石，只十多分钟，一只雄健厚实的老鹰和一块山石，就出现在洁白如雪的宣纸上。在场的一位外宾看得激动极了，苦禅刚刚住笔，这位外宾就突然跑了上去，紧紧拥抱住他，还在苦禅先生脸上使劲儿亲了几口。苦禅事后跟学生们说："那个外国人胡子太多，扎得我都受不住了……"

这位口无遮拦的大师，在"文革"中遭的罪大，一桶糨糊倒在他头上，糊上高帽子，大热天让他站在高凳上。他面无表情，忍受着对他的凌辱，对艺术的凌辱。自己遭难，却又总想保护别人。郭怡孮回忆道："'文革'中，他与我的父亲郭味蕖一起关牛棚。有一天来了一大帮红卫兵，要打人，目标是叶浅予和我的父亲。叶浅予正在扫厕所，被来人打了一皮带，流血不止，血都从厕所流了出来。打完叶先生，他们就找我父亲。李苦禅胸前挂着板，正在地下室门口扫地，那帮人问他郭味蕖在哪里，问了几次，李苦禅都说'他今天没有来'。其实，我父亲就在地下室写材料呢！"

苦禅的师兄弟和裱画师说起他的时候，更是活灵活现，言语间透着对他的怀念。

抗战胜利后，卢光照住贡院西街，苦禅下课后常去他家吃饭，而且每次都喝酒。那时，他烟一根接一根抽。后来悟出烟对身体不好，下了决心不再抽了。他穷，尽喝北京老白干。但碰上朋友有困难，他仍然倾囊相助。

他画画随心所欲，从有法到无法。画画时爱聊天，边聊边画，聊天的时间比画画的时间长，往往画上两笔就聊上一阵子，功夫深，画得不费劲。有些画家如李可染、傅抱石画画不让人看，苦禅喜欢人看，边聊边画，有时还画得特别好。人也幽默，聊起来常常语出悟人，听起来很有趣。吃完饭，他就说："有纸吗？"画兴上来了，画一张、二张、三张，就像在自己家里一样，无拘无束。尽管卢家也不富裕，但依然像一家人一样，只要他来，肯定有酒款待。

许麟庐不仅是苦禅的师兄弟，也是苦禅的酒友。他们都爱喝酒，从东单走，一路上，见了酒店就坐下来喝一杯，喝到西直门外，也就差不多喝够了。在东单，苦禅有一个关系户，常接许麟庐去那儿洗澡。一进澡堂，满墙贴的都是他的画，蒸气腾腾，画面变得朦朦胧胧的。有一回，苦禅的一幅画被来店里的白石老人看到了，去吴祖光家吃饭时，还念着那幅画，后来把那幅画借回家去了。许麟庐说，苦禅先生讲情讲义，徐悲鸿生前求苦禅一幅画，为徐悲鸿作画，苦禅特别用心，直到徐悲鸿死也未画成。徐悲鸿去世后，李苦禅画了一幅大画，在灵前哭道："画我画好了……"说着，将画点燃了，送给了已经仙逝的悲鸿先生。

许老还回忆道："解放初期，穷画家侯子男去世时，苦禅四处为他募捐，诚之所至，金石为开，讨来棺椁，垂泪扶柩。苦禅一生都苦。'文革'中尤其遭遇劫难。有一天，他躲过监视，闯入我家，入门便问：'你解放了吗？'抬眼望见我骨瘦形销，形同槁木，扑过来，我俩抱头痛哭。"

裱画师刘金涛忆起李苦禅来赞不绝口。他说："李苦禅为人厚道。东北一个人找他画画，一尺十五元，他给了苦禅五十元。画一张四尺三裁的，苦禅要找给来人五元。我说别找了。苦禅说，那不行，又画了一张2平方尺×3平方尺的，合计六平方尺。他说，自己吃点亏不碍事。还有一回，天下大雨，苦禅问我带儿子来没有，我说带了，他便请我们父子俩到东单草棚吃炸丸子、烙饼。他总是有几个钱就大家花。"

齐白石十分器重苦禅的才华。他说："英也无敌！若老死不享大名，世无神鬼。"苦禅一生奔艺术，上追宋代牧溪，学贯青藤、石涛、八大，承白石先生，而自成一家，形成古朴、雄浑、厚重的风格。他的字从碑来，如刀劈斧斫；他的画乃是写出来的，融书法绘画于一炉。用墨更是令人瞠目结舌，泼墨浓而不滞，淡墨淡而不薄。齐白石的儿子齐良迟回忆道："家父在世时对我讲过，苦禅的画以后一定会传世的。"

以生命作画

80年代初，有一回我去苦禅家走访。苦禅正在作画，只几笔，一条活脱脱的鲇鱼就跃然纸上。墨色浑厚，鲇鱼肥大，正摇着尾巴往前游动。

"画得好！"我不禁脱口而出。

苦老画毕，坐在藤椅上，开始与我聊天。"你可以画画！"他突然说。

"苦老，我喜欢看画，但我从来没有画过水墨画。"我听了苦禅先生的话，既兴奋又感到有些突然，便问他："苦老，你怎么就能断定我能画画呀？"苦禅先生说："文人画，文人画，本来就是我们文化人画的。以我的教授经验，我以为你对画很有悟性，就画吧！"

从苦禅大师嘴里说出来的这几句话，一下子点燃了埋藏在我心中的艺术之火。从此，我心中的艺术之火，开始熊熊燃烧，而且愈烧愈烈。

我出生在浙中的一个小山村。从小，我就陶醉在家乡过年时的那些简朴的窗花、寺庙里的壁画和龙灯的彩绘之中，还有那些香烟纸壳和火柴盒上的各种图案画，都使我爱不释手。上初中时，我曾为一位同学写过连环画脚本，兴趣很浓地观看那位同学一幅一幅创作出来的画。我自己的一幅美术习作，还得到过美术老师给的满分。上了大学，美化黑板报、壁报的"重任"也常常落在我的肩上。当了记者之后，到了上海和北京，只要有画展，我就去参观去欣赏。我找丰子恺先生组约过漫画稿，手头还藏着丰子恺先生送我的两幅充满生活情趣的画。一度，我迷丰子恺的字画，得空就临画。有一年，我所在的报社举办职工书画展，我送展的几幅作品，是清一色临写丰子恺的画。叶圣陶先生正好来社里开讲座，参观了这个画展，在我的几幅画前停留观赏了好一阵子，我急忙上前解释，说这是我临摹的作品。叶老点点头，说"挺像的"。

结识李苦禅先生之前，大约是 70 年代后期，我曾经随队去珠穆朗玛峰生活。同行者中，有一位青年画家詹忠效，在登山大本营为伊朗登山队员画像。伊朗队员跷起大拇指连声惊叫："想不到在这里还有这么一位出色的画家……"我觉得画画是一种享受，一支笔就可以创造出那么精妙的艺术。后来，住在京郊怀柔水库的半岛上，写登山题材的报告文学，出版社请来辽宁的两位画家为此书画插画，我老去这两位画家住屋看他们作画。看着看着，手就痒痒起来，向他们讨教如何画虾、画鱼。得到点拨之后，就时不时在纸上涂鸦。

不过，真的使我有勇气拿起画笔画画，还得归功于李苦禅先生的这一席话。

苦禅先生很当一回事的，继续鼓励我画画。"你有悟性，你可以画画。"苦禅先生一再说。

临告别时，李惠文把我叫到一旁，对我说："你喜欢苦禅画的鲇鱼，你就挑两张留念吧！"说着，她从屋里拿出一沓斗方鲇鱼画稿。我一幅一幅翻阅着，完全沉醉于苦老的迷人的墨韵之中。李惠文误会了，以为我不喜欢手中的这些画，就说："我以后让苦禅给你画张好的。"说着，就将这一沓画拿走了。

我又不好再说什么，错过了一次留存苦禅墨宝的机会。

可是苦禅先生却记住了这件事，有一回，在人民大会堂邂逅时，他对我说："我已经收笔不画画了。你怎么那么忙，都有一年多时间没去我家了。我还给你留了一幅鲇鱼呢，得空去坐坐聊聊。"

其时我正接受中央电视台的邀约，与同窗老友沙叶新合作创作电视连续剧《中国姑娘》，与剧组住在工人体育场。1983年6月9日，也就是苦禅先生去世前两天，我与李先生相约，星期一去看望他。我回家拿了录音机和照相机。我与他相识三年多，还没有录过他的"神聊"，也没有照过一张照片。采访他时，常有不速之客来访，请求与李苦禅合影留念，有好几回，都是我给拍摄的，可我自己却顾不上与苦禅老人合拍一张照片。我决心补一补这些缺憾。谁知，星期六晚上，我回到下榻处时，住在我隔壁房间的青年女演员迟篷过来对我说："鲁老师，不好了，你要写的李苦禅去世了……"不等她说完，我就嚷了起来："不会的，不会的，你听错了吧……"

"刚才新闻联播里播的。"她肯定地说。顿了顿，她又说："不信你可以打个电话问问呀！"

刚约好的见面，怎么就被这无情的死亡夺走了？难道我的忘年交，我的恩师，就这么突然离我而去，永远走了？

我拿起电话，拨了几个号码，又将话机子放下。太唐突了！我不敢问李惠

苦禅先生送给我的签名资料

文，不敢问李燕。我焦虑不安地呆坐着，心存侥幸地呆坐着，直到友人来电证实了这个不幸的消息。我流泪了，不停地流着泪。我推开桌子上的《中国姑娘》的剧本手稿，铺上新稿纸，奋笔疾书。

"他走了，永远地走了，中国痛失一位国画大师，我失去了一位良师益友……我答应写的报告文学还未完稿，他就离开人世了，如今，它变成了一纸悼文……"我写完了悼文，心情仍然平静不下来，我继续写着，写那篇成竹在胸却未行诸文字的文章。一口气写了六千多字，直到窗外明亮起来。我在悲痛和思念中度过了一个漫漫长夜。

那篇报告文学叫《图盛夏》，篇首引了苦禅先生的一句话："人有人格，画有画格。"头一个小标题为"遗憾的开场白"，以沉重的笔墨写下这一夜的悲痛心情。这篇开了头的报告文学未写下去，在苦禅先生仙逝之后，我决计为他立传，名字就叫作《我是上帝》。我又走访了他的同代画友和学生，一位真正的国画大师在我心中站立起来了。但由于我诸事缠身，传记一拖再拖。如今，关于他的传记一本又一本出来了，我觉得这些书多半是材料的堆积，不"传神"，没有写出苦禅先生的侠义风骨。写苦禅，需要用大写意的手法，大泼墨大泼彩，形似更神似。苦禅先生为我盖"死无休"印章时说过："这是信。"我不能失信于苦禅大师，于是就先写出这些文字，权当不是传记的传记，也是守信于苦禅先生了。

我一直珍藏着苦禅先生赠送给我的一本《八大山人画册》，那是一本由赵朴初题签、由苦禅先生作序的画册。他送我这本画册时语重心长地说："白石老人很推崇八大山人。中国写意画，以五代徐熙为滥觞，宋代石恪、梁楷、法常为开山祖，至明季陈淳、徐渭出，则更臻成熟。八大山人以逸世之才，于笔墨集先贤之大成，而又为后来者广拓视野。中国文人画到八大山人，在笔墨的运用上达到了前所未有的高度。白石老师说：'学我者生，似我者死。'我毕生追索的目标，也是突破古人窠臼，自辟蹊径。民族绘画自有其源流，我们既要学传统，继承传统，又要创新。"他叮嘱说："你画文人画，应好好读读八大的东西，我写的那篇序言，也可供你参考。"

有一回，苦禅弟子赵宁安捧着上海人民美术出版社的《李苦禅画集》，请老师题字。苦禅先生在画集的扉页上题了"以艺术为生命"六个大字。宁安走后，他对我说："你画画也要记住这句话。以生命作画，画才有生命。"

一字可以为师。苦禅先生把我领进绘画艺术的大门，即席作画讲画，鼓励我拿起笔作写意画。数不清多少次的"神聊"，对我的人生、我的艺术观都产生了深远的影响。我虽然没有正式拜师，但绝可视苦禅先生为师——我的人生之师和丹青之师。

"你有悟性，你画！"苦禅先生的这句勉励之话，一直激励着我在丹青之路上奋力前行。

2000 年岁尾写于五峰斋

吾师子范先生

我这个人是很走运的。苦禅大师仙逝之后,我又结识了当代花鸟画大师崔子范先生。

引荐人是宋中。其时,宋中是中国奥委会秘书长,酷爱中国字画,收藏极为丰富。他两次让我去他家欣赏藏品,不下数百件,皆是当代大家之作。他唯独缺丰子恺的画,而我却珍藏着两件。

"给我一幅珍藏吧!我送你一幅朱屺瞻的。"他很迫切地说。我只好忍痛割爱送了他一幅。

我与勃舒去他家赏画时,宋中拿出一幅朱屺瞻的兰花,没有赠送的题款,我明白,他要以此幅画回赠给我。

"好画!"刘勃舒不禁赞叹道。

第二天,宋中带来一幅董寿平的竹子:"这幅行吗?"

我知道,因为勃舒的那句赞叹,他舍不得朱屺瞻的那幅画了,他虽喜欢画但并不太在行,别人一说好,就想自己珍藏了。我笑道:"我是送你的,不必客气。"收下了这幅竹子。

"我有一位老乡叫崔子范,画得很好的,我们一起去看看他。"宋中一再向我建议。

头一回见子范先生的画,是在刘勃舒家。那天,我正与勃舒的夫人何韵兰聊天,勃舒回来了:"我刚从崔子范先生那里回来,他送我两幅画,这才叫大写意画呢!"勃舒很兴奋,立即将两幅画挂了起来,让我们共同欣赏。其中有一幅《玉兰八哥》,八哥憨头憨脑的,玉兰的枝干如钢筋一般坚挺,个性鲜明。

头一回看子范的画,我就爱不释手。

在宋中的陪伴下,我去黑芝麻胡同12号拜访了子范先生。

我珍藏的崔子范墨宝《玉兰八哥》

一头浓浓厚厚的黑发,轮廓鲜明的脸,中等个儿,背有些弓,据说在抗日战争中受过伤,身上还留有子弹。胶东口音极重,待人热情厚道。

此后,我就成了崔宅的常客。每过一段时间,我就跑去听崔老说说画,去看看崔老的新作。

从仕途到画途

崔子范是一位"三八式"的老革命,当过地区专员、北京医院政委、国务院城市建设部勘探测量局局长,三十多岁便官至厅局级,正仕途通畅。但他从中学时代开始便嗜好绘画,1938年参加革命后,他一直没有割弃这个爱好。当了京官之后,更是"身在曹营心在汉",画瘾愈来愈大。80年代中我结识他时,他的大写意已炉火纯青。他的画像一股激流,冲决守旧的大堤,奔涌在中国画坛。他成了那个年代公认的领军人物。那时画坛上正刮着一股否定中国画之风,有人说"中国画已到了穷途末路"。中国画研究院为崔子范举办了一个个人画展。崔子范以他风格独具的大写意,响亮地回应了否定中国画的论调,向世人宣告:中国画有着强大的生命力。

画展在中国美术界产生了巨大反响。著名美术评论家蔡若虹曾对崔子范说:"您的画,齐白石、吴昌硕、八大的味都有了,但又不是他们的,是您的。"瑞典现代艺术评论家拉斯·贝格隆德也说:"崔子范的画不仅具有西方绘画的形式美,而且具有西方所有的丰富内涵。"

站在中国画研究院展厅里,我被崔子范大写意的艺术冲击力撞击着。新鲜的构成、厚重的笔墨、明亮的色彩,尤其是他的艺术魄力和胆略,强烈地震撼着我。我渴望了解他从革命家到画家的传奇人生。

我去黑芝麻胡同12号的头几次拜访,话题总离不开崔子范的不平凡的人生。

他说,上中学时,他跟从上海美专毕业的中学美术老师张子莲学过画,那时,一颗艺术种子就埋进他的心田。奔延安,抗日打鬼子,浴血战场,虽然无暇顾及画画,但那颗艺术种子却悄悄地生根发芽。到了1951年秋天,三十六岁那年,崔子范在北海公园画舫参观了一个抗美援朝义卖画展,禁不住激动起来:"我为何不可以画几幅呢?"

他回到家,铺开宣纸,蘸饱彩墨,一幅接一幅地画了起来,一画就不可收拾,几天时间就画了十多幅。他带着挑选出来的六幅来到琉璃厂。琉璃厂东街有一家金涛裱画店,是崔子范经常光顾的地方。

"崔同志,你来了!"裱画师傅刘金涛笑着招呼。

崔子范拿出自己的画幅,放到宽大的裱画案桌上,向刘金涛请教。刘金涛是当时颇有名望的裱画师傅,齐白石、徐悲鸿等名家大师都是他的顾客。

黄永玉笔下的崔子范

这个小小裱画铺开张时，齐白石、徐悲鸿、李可染、李苦禅等一批名人，都曾送画祝贺。

"画得蛮好嘛。在哪儿学的？"得到这位颇有名气的裱画师傅的赞赏，崔子范十分高兴。但他实实在在地回答："自己学的，业余画的。"

"认不认识齐白石老先生？"刘金涛问。齐白石的大名，如雷贯耳。他的大写意笔墨，正是崔子范最倾心、最敬慕的。他熟知齐白石的画风，仰慕大师的人品，但一直无缘相见。

"不认识。"他坦诚地告诉刘金涛。

刘金涛是一位热心人："你乐意去见白石老人吗？"

崔子范急忙说："想呀，连做梦都想见呀！可是，谁给我介绍认识呢？"

刘金涛挺豪爽地说："我介绍。"崔子范心里有说不出的兴奋。

一个礼拜之后，崔子范来金涛裱画店取画。

"走！"刘金涛痛快地说。一边说，一边将崔子范的几幅作品卷了起来："拿去给白石老人看看。"

他们来到了西城跨车胡同15号齐白石的住宅。刘金涛径直往里走。看得出，他是齐府的常客。

白石老人正在画室里。头一次来到白石画屋，崔子范不禁细细打量了一下画屋的陈设。一张朝西放着的黑漆画案，画案的南头堆放着大小不齐的宣纸，北头摆放着文房四宝和大大小小的颜色碟儿。白石老人坐在一把圆座带靠背的竹椅子上。

"这位崔同志非常喜欢你老人家的画，他自己也会画。"刘金涛将身穿军装的崔子范介绍给白石老人。

崔子范有几分拘谨，连忙说："喜欢画，画不好。"

刘金涛拿出几幅画，热心推荐："在我那儿裱了几幅，挺不错的。"

白石老人一幅一幅过目，将带去的六幅画都细细看过后，抬起脸，望着崔子范，问道："跟谁学的？"

"跟上海美专毕业的张子莲学过一个假期。"崔子范如实回答。

白石老人说："画法不错，是真大写意。我过去画工笔的，放不开。"崔子范听到白石老人肯定他的画法，既激动又不安。他真没有想到齐白石会这么说。

白石老人指着一幅仿他的画法的虾，说："不要按我的画法画，按你自己的画法画就很好。"然后,从崔子范的画作中抽出一幅《公鸡》,拿起那支不知画过多少传世之作的毛笔,用苍拙遒劲的笔触,题写了"真大写意,子范画,白石题"这一行字。

意犹未尽,白石老人又铺开一张宣纸。他要画一幅虾,作为见面礼送给崔子范。崔子范站在白石老人身后,屏住呼吸,全神贯注地瞧着白石老人的一举一动。只见他拿起一支专蘸淡墨的笔,不慌不忙,徐徐走笔,画出了虾身。然后换一支专蘸浓墨的笔点出了虾眼,并在虾脑重重地加上了一笔……一只活灵活现的虾,一只洋溢着生命力的虾,跃然纸上。崔子范知道齐白石为了画虾而自己养虾,朝夕观赏,把虾的神韵默记心中。当然,齐白石笔下的虾,已不是他养在盆里的虾,而是齐白石心中的虾,是独具艺术魅力的虾。

初次拜见齐白石,就得此神品,崔子范自然欢喜不已。但更令他高兴的是目睹大师作画,在艺术技法上得到了启迪。

临走时,白石老人关切地询问:"你画画有没有时间?"

其时崔子范任职北京医院政委,事务缠身。"没有多少时间。"崔子范将自己从事的工作情况,一五一十地告诉了白石老人。

"画了画,就拿来我看看。"白石老人叮嘱道。

自从这次拜访了齐白石,崔子范的心情就再也无法平静下来。白天他例行公事,一到夜晚,就铺开宣纸,研墨作画。而且一画就入神,不知时间过得多快。过午夜了,他还兴趣极浓地在走笔。地上铺了好多墨迹未干的画作,崔子范一幅一幅地对比,然后从中拣出自己满意的画作。

过了一些日子,崔子范拿了三四张近作,第二次来到白石老人的画室。一回生,两回熟,这次是他独自登门求教了。齐白石清早起床,已作了几幅画,此时正坐在椅子上休息,但桌子上的纸墨尚未收拾。

"齐老,你画一张给我看看。我过去虽然学过,但有些笔法怎么用还不太明确。"说了一阵子话之后,崔子范大着胆子提出了恳求。

齐白石老人从已裁好的一沓宣纸中抽出一张,压上镇尺,然后,胸有成竹地一笔一画地画了起来。左半边画了六朵菊花,右上方又画了两朵菊花,然后添上了数十片菊叶。画成后,白石老人眯着眼端详了好一阵,然后提笔在画的左边,自上而下题写了一行字:"子范先生正九十二岁白石。"题毕,找出一方自己刻的"白石"阳文印章,盖了上去。盖罢,还谦逊地对崔子范说:"布局不够好,满满的。"

崔子范却压抑不住内心的激动,能有此机会细细琢磨白石老人的笔法。白石

子范珍藏的白石墨宝

老人又说："下次你早上八九点钟来，我精力充沛。"

已经到中午时分，白石老人不让崔子范走，留他一起吃了午饭。餐桌上，有虾，有芋头。这是老人最爱吃的两样菜肴。

第三次拜访齐白石时，崔子范早早就来到齐宅。果然，白石老人精神格外好，即席画了一长幅《牵牛花》，布局满而有致，严而不乱，疏而得当。画毕，在画左下方题了一行字："子范同志存玩九十二白石。"

彩墨未干的画幅挂在墙上，白石老人久久凝望着，脸上露出了淡淡的笑容。看得出来，老画家自己是相当满意的。齐白石将这幅得意的精品赠送给崔子范，还有些不高兴地责问崔子范："上次，你怎么还给我钱呢？"

白石老人指的是上次画的菊花。崔子范拿走画时，问了白石老人的吴姓护士："齐老的画什么润格？"

吴姓护士说："一般十元一平方尺。到家拿画八元一平方尺。"

崔子范拿出二十四元交给吴护士："我不知道齐老需要什么，将这点钱留下吧！"因为崔子范是初来白石家，吴护士就不客气地收下来了。

没有想到，此事被白石老人知道了，而且记住了。这次，他对崔子范说："我送你的，不用给钱。"

崔子范很体谅地说："我不知道您老人家需要什么，一个大家庭需要钱花的。"

白石老人还是客气而又执拗地说："不用！不用！"

后来，崔子范成了齐白石家的常客。虽然去得不勤，但一年总要登门三五次。有时带着夫人和孩子去，而且都要捎上一点白石老人爱吃的东西，如芋头、虾之类的新鲜菜肴。

每次去，齐老都跟崔子范说些鼓励的话。还叮嘱崔子范："要常画，不能扔下。现在时间少画不熟，以后画熟了就能画好的。"

每当回忆起这些难忘的往事，崔子范心情都很激动。他常说："张子莲是我的启蒙老师。白石老人则引导我走进了中国画的艺术殿堂。"

齐白石和他的艺术，改变了崔子范的人生之路。1955年当他年届四十时，做出了一个大胆决定：割舍仕途奔画途，毅然决然进北京中国画院。真应了四十而不惑这句千古名言，这是他这一生中的一次果断、明智的选择。

1956年夏末秋初之际，崔子范怀着兴奋的心情，来到文化部部长办公室，径直去找副部长刘子明和钱俊瑞。刘子明是他在延安中央党校的同学，说得上话。

"我想到中国画院工作。"崔子范开门见山地提出了调动工作的要求。

两位副部长挺高兴地回答:"真的来?我们正缺人手呢!"刘子明见崔子范调动工作心很诚,答应帮他个忙,去找万里说一说。当时,崔子范的顶头上司是万里。想调动工作,还得征求万里的同意。

崔子范充满激情地画了一幅鹰,送给万里。送画的目的,是为了让万里知道,崔子范确实喜欢艺术,而且真的有绘画特长。他自己跑去找万里,恳切地说明了想去画院工作的缘由。

"还是在这里干吧!"起先,万里挽留他。

崔子范说:"这边,我只懂行政。到画院,我还懂业务。"

经崔子范一再说服,刘子明又从中起了作用,万里终于松口了:"那就随你的愿吧!"顿了顿,又关切地问崔子范:"你历史上的那个问题做结论了没有?"

崔子范心里明白,就是延安审干时遗留下来的那个"特务嫌疑"问题。他感谢万里惦记着这件事,但他表态说:"即使不做结论,我也过去工作。"万里做了调查,很快就把崔子范的这个包袱给卸掉了。

1956年10月,一个秋高气爽的日子,崔子范去文化部报到。文化部的两位副部长原打算给崔子范一个重要的位子——艺术局副局长兼北京中国画院副院长。但有人不同意,因为崔子范在人们心目中,还只是一位热爱美术的行政领导,并不是一位人们熟知的画家。

钱俊瑞副部长托人捎话给他:"告诉崔子范,什么工作都要干。"其实崔子范并不看重乌纱帽,如果想当官的话,他绝不会跑到画院这个庙堂里来。

他的职务是"北京中国画院筹备处秘书长"。人们不理解他,放着堂堂的政委、局长不当,跑到画院当一个不知什么级别的秘书长干什么?

用世俗的眼光是解不开这个谜的。

人各有志。崔子范给自己治了一方印章,"崔止烦",那含义是,从此一切烦恼都终止了。他所爱、他所追求的事业——中国画,神话般吸引着他。用他自己的话讲,这就叫"丹青胜似乌纱情"。

在筹建画院中,他头一个就想到了齐白石老先生。1957年春,他来到齐白石的宅第,先找白石老人的五子齐良已,向他表露了请齐白石当画院名誉院长的想法。

齐良已请崔子范在客厅小坐,自己先进父亲画室。过了一小会儿,他出来

子范册页作品

了,脸露笑容地说:"我父亲同意了,你进去见见他吧!"

　　崔子范走进白石老人的画室,只见白石老人精神矍铄地端坐在画案前,一只手轻轻地抚摸着飘散在胸前的长须,眼里露出笑意。

　　崔子范从随身带去的提包里取出聘书,庄重而又虔诚地递给白石老人:"您老担任北京中国画院名誉院长,对中国的国画界是一个很大的鼓舞。"

　　白石老人说了几句客气话之后,话题转到崔子范身上:"这下好了,你有时间画画了。"崔子范嘴里没有说一句"感恩"的话,在心里却念叨着:"齐老,我会努力的。"

　　崔子范在北京画院任职二十三年,从秘书长到副院长、党委书记,各种事务缠身,不得不全力以赴地为行政工作奔忙,但他一刻也未曾忘记齐白石的叮嘱,每天作画;怕浪费宣纸,他在旧报纸上画,难怪有人说他是"吃报纸成熟起来的画家"。

从京城小院到莱西故里

　　崔子范的家早些年搬到紫竹院的高楼里去了,但我始终怀念他从前住的黑芝麻胡同 12 号的那个小院。

那个小院原来是北京画院的后院。庭院不大,约莫有个三四十平方米吧。

这是一个"鸟"的小院,更是一个"花"的小院,一年四季,花开花落,生机勃勃。树上常挂着鸟笼。花木招来小鸟和蜂蝶,尤其是一东一西两棵石榴树,5月花开红似火,秋天裂着口的果实挂满枝头。而冬天叶儿掉尽,剩下光秃秃的苍劲的枝干,别有一种拙朴苍劲的美。如果下了一场大雪,那棉絮似的雪团把枝丫压得弯弯的,就更有一番情趣了。

崔子范是这个小庭院的真正主人。自己松土,自己播种,自己浇水,自己除草剪枝,自己赏花,自己摘果,当然更重要的是自己画下庭院里的一切。

小院北头有几间老平房,那就是崔子范的家。按级别,他可以住更宽敞的宅院,但他对这个院落特有感情,这里是他绘画艺术的源泉。

小院离后海约莫二里地,崔子范每天清晨都提着鸟笼子去后海遛弯。遛久了,就交了许多"遛友"。崔子范说:"有一位姓郝的遛友,是位电焊工,跟我住一条胡同,他养了许多只画眉。早上去后海时,常碰到一块儿。他的鸟笼挂在树杈上,画眉们就亮开嗓子唱了起来。我一边听,一边观察画眉鸣叫的姿态。一听一看,就老半天。郝师傅见我那么喜欢鸟儿,就说'喜欢,就抓两只去玩玩吧!'"崔子范真的从郝师傅笼子里抓了一只很美的画眉。回到家里,把鸟笼挂到自家小院子的石榴树上,得空儿喂点水,逗会儿乐,那画眉成了崔子范的宠儿。

崔子范从小就爱鸟。故乡崔家埠,每当嫣红的桃花、洁白的梨花盛开之时,云雀、山雀、燕子便在村子上空自由自在穿梭飞翔。崔子范常常看得发傻,连饭也顾不得吃。童年时代,他逮住过一只雌云雀,而他的小伙伴恰好养了一只雄云雀。崔子范喜欢雄云雀,想跟小伙伴换一换,便说:"雌的会下蛋,我们换着养吧!"那小伙伴老实,一听会下蛋,就把雄云雀给了崔子范。这件事,崔子范记了一辈子,心里总感到不安。前些年他回故乡时,那位"小伙伴"还健在,七十多岁的崔子范特地从北京带去了一只百灵,还给了那位伙伴。

50年代,他到上海出差,和一位河北卖鸟的人相识,人家送给了他一只八哥。他带回家一直饲养着。他养八哥,观察八哥的习性,画八哥的神态,这一点,也许是从他的老师齐白石那儿学来的。白石老人画什么,就喜欢观察什么,不熟悉所画对象,他是不动笔的。1952年,白石老人为了画《百花与和平鸽》,专门养了一只鸽子。他每天观察、熟悉鸽子的动态、脾气,画了许多幅写生。当齐白石老人动笔画鸽子时，鸽子的形象已烂熟于心。

崔子范画的八哥与前人不同，颇具个性，正是由于他养八哥、熟悉八哥脾性之故。这只八哥，一直跟他到1962年。当时，中国正遇天灾人祸，连吃饭都成了问题，还拿什么去喂八哥呢。眼看八哥一天天消瘦下去，他不忍心了，便带着八哥，来到北京西郊，将这个自己心爱的小生灵送给了国家动物园。当这只八哥被放进动物园的笼子里时，不住地冲崔子范啼叫。崔子范心里酸酸的，真有些依依不舍。但他还是一狠心，转过身朝门外走去。在他身后，八哥还在一声声地啼叫。

前些年，崔子范到杭州出差。他在西湖边的湖滨公园闲逛，又碰上了一个卖鸟的老农。这个老农约莫五十多岁，与崔子范聊起鸟来，肚子里的故事说不完。崔子范听得高兴，一聊就老半天。

"这鸟是我在山林里逮的，你瞧，毛色多亮，叫起来多好听，买一只养吧！"山村的老农见崔子范对鸟那么入迷，一个劲儿地动员他买。

"太远了，不好带呀！"崔子范不无遗憾地说。

"不打紧的，不打紧的。"老农知道崔子范是来自首都北京的一位画家后，就更热情了。

崔子范爱鸟心切，终于买下了这只画眉。"这鸟笼是我自个儿编的，交个朋友，送你了！"山村老农还真讲情谊。

崔子范真的将这只竹笼子和这只画眉，从西子湖畔带回了北京。杭州有那么多有名的土特产，西湖的龙井、杭州的丝绸、金华的火腿，崔子范一概没有带，却不怕麻烦地带回这只来自山林的小鸟。后来，那位山区的老农还给崔子范来过一封信，说他又在深山老林里逮到了一只更可爱的鸟，问他还要不要。看来这老农还真记住这个京城的鸟迷了。

这只来自浙江山林的画眉，还真为崔子范的小小庭院增添了不少欢乐。崔子范去京外出差时，总忘不了将这只画眉交给"养鸟专家"郝师傅照顾。

这个小院，给了崔子范多少灵性，多少诗情，多少画意。翻开崔子范的大红袍画集，多处可见那小院的影子。花有花魂，鸟有鸟魂，花鸟都通人性。崔子范的花鸟画，那么富有生命力，原因就在他捕捉住了花魂和鸟魂。

但小庭院实在太小，那京城实在太闹，从六十七岁开始，崔子范便常"离家出走"回他的山东故里，回归大自然。他更喜欢故里的乡野大地。

那儿的鸟更多，花更艳，天更高，地更大。他说："故里的一草一木，一人

我珍藏的崔子范墨宝
《池塘清趣》

一物，都会引发我的画思。"并举例说："乡里有荷塘，我就对荷塘景色作了深入研究。一年看不够，就看两年，两年看不够，就看三年，一年比一年观察细致，荷塘也一幅比一幅画得到位……"他每年都回故里莱西，如今干脆住在莱西，不回京城了。

他不止一次地对我说："住到乡下去，可以躲开城市的繁闹，搞艺术要甘于寂寞。我将别人用来应酬的时间，都用到绘画上去了。这等于我比别人多活了好多年。"

他在延安鲁艺学的是哲学，哲学老师是艾思奇。他是哲人，有一个哲学家的头脑。

收徒记

每一回去崔老家，都看他的画，都听他讲述作画艺术，应该说，每一回都是给我上绘画课。不过，这些都是作为朋友间的交谈。从80年代末起，我们的身份就起了变化了。

1989年秋天，有一回他对我说："青岛准备盖一座崔子范艺术馆，配合艺术馆开幕，山东给我出一本画集，我还打算出一本传记，好几位同志想写。从这些年的交往中，我觉得这本传记请你来写最合适，一是你了解我理解我，二是你懂艺术。"

我本来就有这个打算，当然是一拍即合："崔老，传记我写，但我有一个要求，我要拜你为师，请你收下我这个老弟子。"

拜崔老为师，不是一时心血来潮。我觉得他的人生之路，他的从艺经历，太有借鉴意义了。

崔子范先生嘿嘿笑了起来，痛快地答应道："啊，你写我，还有这么一个打算。"接着挺风趣地说："我答应了。说不准，写成一本书，出来一个画家呢！"

他从藏品中找出一套青瓷的水洗、笔筒、印盒，送给我。

"崔老，画具我都有，你自己留着用吧！"我说。

"哎，你这就不对了，老师送的拜师礼，哪有不收之理呢？"崔老乐呵呵地说。

于是我收下了这套珍贵的"拜师礼"。

我坦诚地说："崔老，说实在的，我太喜欢大写意了，不过，我只是业余画

第一次授课留念

着玩玩的。"

崔老却说:"我不也是从业余画出来的嘛!其实,艺术也不分业余与专业。不过以我自己的经验来说,专业画画才能真正钻进去。你已五十多岁,离六十岁还有几年时间,多练练书法,多临摹名作,把基础先打好,六十岁之后就可以全身心投入。要有个计划。有计划、没有计划,效果是完全不同的。"

几天后,崔老给我打来电话:"明天上午你来,我给你画画。"于是,在黑芝麻胡同12号崔老的画室兼卧室里,崔老给我上了拜师后的头一课。

动手画画之前,崔老先给我讲了一通人品与画品:

"神童不能捧,从小就一头扎到画画中,长大了很少能成才的。如果一冒尖就捧上天,是没有不被捧杀的。你想想,那些被捧上天的神童画家,成人后哪个有出息?博才能专。从小就一头扎到画里,专攻一门,没有别的知识,他的画能画好吗?画画需要多方面的修养。小时候主要是打基础。基础打好了,打扎实了,又有生活积累,有艺术修养,创作才具备条件。比如炒菜,有了油盐酱醋,有黄花木耳鸡蛋,才能炒出色香味俱佳的好菜来。人们常说,画画到老年就会愈画愈好。对这句话要作分析才行。如果年轻时没有打好基础,老了愈画愈好不就成了一句空话了吗?当然,如果从小基础打得扎实,生活积累丰富,书又读得多,见多识广,到老年是可以画到炉火纯青的。"

"画画是一件很艰苦的事。急不得,要慢慢来,不能有杂念,更不能想到我画好了可以卖钱。许多名家生活都是很清贫困苦的。荷兰著名画家梵高,生前只卖过一幅画。他死后,几百万美元、几千万美元一幅,得利的都是后人,梵高本人是分享不到的。有些名画家,生前一味追求艺术,名落孙山,默默无闻,在死后才出名。我画画是为人民,为人民画画,我用我的画反映他们的奋斗、喜悦的精神状态,用画激励人民、鼓舞人民,与旧社会文人墨客的画是迥然不同的。我觉得,人生观,一个画家的人生观,对他的艺术生命将起着决定性的作用。所以,我主张,先有人品,才有画品。这也就是我们常说的,画如其人。"崔老说起话来是很严密的,说到激动处,加上有力的手势,严密之中就加上了生动。他讲的话,是很难不让人信服的。

"对艺术的追求要执著,不能见异思迁,不能朝秦暮楚。但我又要告诉你一个秘诀,对你喜欢的、崇拜的画家,不能太偏爱。太偏爱了,你就跳不出来了。有的老画家画技是很高明的,但他太偏爱他的老师了,所以没有自己的个性。你喜欢我的画,但不能偏爱我的画法。在艺术上,要远离我,背叛我。"他讲齐白石之事:"齐先生的我一笔都不敢学。齐先生的每一笔,都是他的印章。我不能去盖老师的印。我只能有自己的理解、笔路,自己的符号。不说自己的话,仿别人是毫无出息的。但这种品牌、形式、风貌只能水到渠成,强求不来。这一条,千万要记住。我的画也是从前人那儿演化出来的。我研究过徐青藤、八大、石涛、吴昌硕和齐白石。我发现,他们的作品只要有时代作用的,就能得到历史的承认。青藤突破了自然主义,对社会有点贬,从自然科学走向社会。八大的画更明显了,民族味十足。扬州八怪的画有了新的思路。齐白石的画既反映社会,也反映人民。画家应用自己的画作推动社会的进步。我的山水花鸟画,是一种社会反映,是时代思想的反映。我画画,既继承前人的传统,又注意借鉴西画的长处,同时还吸收民间艺术的趣味,根据时代提出的要求,用新的观念,进行演变,形成自己的个性。"

崔子范简要地回述了自己的艺术道路之后,担心误会自己,以为他也像别的一些老画家似的,要求他的追求者、崇拜者亦步亦趋地跟在他的后面。他恳切地说,"我不为人之师,我最多当个辅导员。学我,你就不要从临摹我的画着手。你应先学吴昌硕、八大、齐白石,还可以参考李苦禅、朱屺瞻、王个簃,学了他们的,才会明白我的画是怎么画出来的。"这些精彩的论述,与他的老师齐白石老人的"学我者生,似我者死",何等相似!

讲着讲着,崔子范又习惯地讲起绘画哲理来了:

"画画到处都是矛盾。拙与巧,色与雅,淡与浓,疏与密,粗与细……如果能把这些矛盾处理得当,画就成功了。这是很难的事,光讲道理是不行的,必须实践,在实践中反复磨炼,反复对比,反复琢磨,才能摸到门道。"他的画理初听起来,会有一种高深莫测的神秘感,细细品味又感到说得非常精到在理。

说着说着,崔子范拿出一张四尺宣纸,裁成四长条。他将其中一长条铺到那张狭小的画案上,用镇尺压住。还叮嘱我:"少挤一点墨,多挤了用不完会浪费的。"

他画画的用具和用笔习惯,与他的老师白石老人是一脉相承的。

笔洗里盛着一汪清清的水。笔、浓墨、淡墨截然分开。

把笔洗开后,蘸了一点浓墨,在一个专盛淡墨的碟子里化开,调匀。一手端着碟子,用蘸足淡墨的毛笔,在洁白的宣纸上先勾写出一张荷叶的茎脉和荷秆。然后,再用淡墨涂抹成荷叶。

"画荷花,可以先画荷叶,把荷叶的位置固定下来,再补别的东西。面对一张纸,心中要先有个构图和布局。"崔子范一边说,一边继续示范。

他换了一支专蘸浓墨的毛笔,在未干的淡墨荷叶上,涂抹着浓浓的黑墨。在淡墨的荷秆上,点缀着浓墨。在荷叶的下方空白处,用浓墨写出了几个卷曲的荷叶和挺拔的枝干。

"墨分五色,一般淡、浓、焦三色用得多。不管是淡墨、浓墨,还是焦墨,都要亮,不能灰,一发灰,就完了。"他指着画面说,"笔嘛,我喜欢用羊毫。你看,羊毫笔出来的效果特有韵味……"

他的调色盒是瓷的,古色古香的。他挑出了一个专装红色的瓷盒,用一支专用的毛笔,蘸足水,调和了调和,就在荷叶右上方,重重地、浓浓地画上了一朵盛开的鲜艳的荷花。

"设色很难。用色一定要鲜,当然要讲究雅,不能太跳,太跳就火了。如果

说到开心处

崔子范即兴作画

色彩不鲜，等干了之后，还可以再补添。"崔子范一边细细地瞧着刚形成的画面，一边传授着经验。

"崔老你用的是什么颜色呀？"我见崔老盒子里的颜色，一时搞不清，像国画色，又不完全像。

"国画色用得多，但水彩画的颜料也用，现在还用一点丙烯颜料，丙烯鲜亮得很！"崔子范回答。

他又用蘸着浓墨的画笔，在画幅的左上方画了一只粗放的蜻蜓。这只笨头笨脑的蜻蜓一加，画面就蓦然间活了起来，充满了勃勃生机。

崔子范又用红笔在蜻蜓的方圆的脑壳上点缀了一下，此时，这生灵就显得更神气活现了。

崔子范的老伴李宜绚适时地送来两杯咖啡："喝杯咖啡歇一歇吧！"说完，又出门去径自忙她的家务。

"画画要有感情。没有感情的画是感染不了人的。画上的那一笔一画，都流动着画家的深厚感情。画上的荷花、荷叶、蜻蜓，来自大自然，但又不是照搬大自然。这是我心中的荷花，我心中的荷叶，我心中的蜻蜓。因此，它们都寓寄着画家的情和意，都融注着画家的审美情趣。所以我的荷塘景色就不同于前人和今人的荷塘景色。这是崔氏荷塘，是我们崔家独有的荷塘。"呷了一口咖啡之后，崔子范从藤椅上站起身，拿起了毛笔，在画的左边，从上往下，竖着写下了一行题款"池塘景色"，落下了拙昧十足的"子范"两个字。当他拿起印章时，说："一幅画，就这样，一是构图，二是造型，三是笔墨设色，四是题款和印章。"

他一幅接一幅往下画，第二幅画的是菊花，第三幅画的是梅花喜鹊，第四幅画的是牡丹。四幅墨色未干的新作，并排铺放在地上。崔子范站在画前，许久许久没有说话。无疑，他是在细细观看自己的笔墨，在认真地作对比。一言以蔽之，他正沉醉在丹青之中。

"今天就画这几张，先讲这么多，讲多了会给你画了框框，反而不好。"说着，在那张旧藤椅上落座，"你喜欢的话，拿一张去做参考吧！"我有几分受宠若惊，因为我知道，崔子范成名之后，海内外求画者蜂拥而至，从1978年算起，十多年来，他送给省市博物馆和基层的画已不下两千幅。为了集中有限的精力为青岛的崔子范艺术馆捐画，他已立下不给个人送画的规矩。但对我这个老弟子，

子范作品《菊》

他破例了。

我一幅一幅认真地品味着。我觉得这四幅画,每一幅都别有韵味,但最后我的目光停留在那幅《池塘清趣》上。

"崔老,我珍藏这幅吧!"我掩饰不住喜悦的神情说。

崔子范点了点头,用带着几分夸赞的口吻说:"你有眼力见儿。这幅画,是今天我画得最满意的一幅。"

说到眼力见儿,我不免有几分沮丧,说:"崔老,我这个人最大的毛病是眼高手低。到琉璃厂看那些挂满店堂的画,说实在的,真正看得上眼的画幅不多,但自己拿起笔来就不行了。"

崔子范的见解很是独特,他说:"我看,眼高手低,从一定意义上讲,还是个长处呢!眼高,有鉴赏水平,分得出哪好哪坏,这一点很重要。将来,手跟上去了,就会变成眼高手也高,不就有出息了吗?如果手低眼也低,那才糟糕呢!"

话语不多,却使我茅塞顿开,增添了自信心。

暮色降临了，崔子范的画室也渐渐变得暗淡起来。

李宜绚已经准备好了晚餐，进门来，很真诚也很实在地说："在我们家吃包子吧！老崔就爱吃粗茶淡饭。"

我起身告辞，但崔子范挽留说："刚才你不是还问了一个问题吗？你不留下吃也行，我回答完你的问题再走不迟。"

灯亮了。这是一盏最普通的电灯。崔子范家的陈设，真是简单得不能再简单了。这间画室兼卧室，除了一张垫高了的双人床之外，就只有靠窗的一张普通木桌，桌子上散放着几件青瓷画具，笔筒里插着数支笔。桌边还有一个茶几，上面放了一盆花草和一些颜料盒。一个书柜，陈列着一些厚薄不一的画册，靠里头还有一个洗手盆，是为了换水方便而建造的。一张旧藤椅，是崔子范的专座。还有一把木椅，平时可能是老伴的座位。客人来了，就成了待客之座。木床与墙之间，用布拉了一道屏幕。每次看画，崔子范都是从那幕墙后取出来的。估计，那就算是崔子范先生的藏画室了。

"你不是问我为什么有时两张纸叠在一起画吗？"崔子范重复了一遍我的好奇提问，然后很坦率地说："我是从用报纸当毡垫时得到的启示。当我把画好的宣纸取下时，垫在下面的报纸上留下了许多墨迹。有时，看那效果比宣纸上的画面还有味道，于是，我尝试着把两张宣纸叠在一起作画，我戏称为 A 角和 B 角。收拾好第一幅，我再根据第一幅的效果收拾第二幅。第一幅画作上不成功之处，收拾第二幅时我注意避免了。有时，第二幅的效果超过了第一幅。这是我的创造。"崔子范不无得意地述说着，言语充满了幽默感。

"我要检查学生的作业"

1994 年 12 月 3 日晚，崔老来电："你在美术馆办展览也不请老师看……"我急忙解释："这次是'中国作家十人书画展'，我的作品只展出十幅。天又这么冷，等明天展览结束后，我将画送到你家去……"

"不行，我要检查学生的作业。"崔老幽默又坚定地说。

第二天一早，我就驱车去接崔老，到中国美术馆西南厅刚 9 点，我和崔子范夫妇是头一批观众。崔老一幅一幅看过我的作品后，颇为高兴地说："画风新，画路也广，不错的，照此画下去就行了。"

浏览过十位作家的画作,崔子范说:"这是文人画,我的画也是文人画。文人画有长处,画的人有文化,画画到头来是画修养、画学问。评论家可以这么评,也可以那样评,因为每个人的喜好不一样。画画不能按评论家的思路画,要自己摸索,爱怎么画就怎么画。不要把中不溜的当好的,更不要把好的当坏的。要抓住好的强化,就出东西了。画一段,拿出来让大家看看有好处。我的那张《向日葵》,画时以为很放开了,在展厅挂出来一看,笔力还是弱了。我看,文人画不比专业画家的逊色。你的画路是对的,可以着眼下个世纪,还有六年,计划一下,再往前走。到时候,会有大成就的。我们的时代,是强烈的快节奏的。所以,画风应强烈,用笔、构成、色彩都应强烈些。"

东厅和西厅是吴昌硕画展。前几天,我们已细细品味过。我们穿过西厅时,崔老指指四条屏说:"这四条屏梅,是吴昌硕的精品。他搞画也晚……"这天,正厅还在展出崔子范捐献给国家的作品。我们走进圆厅,又一幅一幅地看。

"画的东西要通俗,大家能看懂,但艺术上要求高水平,要做到雅俗共赏。"崔子范边看边说。

开幕那天,他忙于应酬,未及与老伴照相留念,想今天补上这个缺憾。当崔子范与老伴李宜绚摆好姿势,正要拍照时,服务员过来干涉,说:"有规定,不能拍照。"我过去跟服务员说:"这是崔子范先生……"服务员一听是画家本人,立即对崔子范夫妇说:"照吧,我做主破一次例了。"崔子范却怎么也不肯照了。服务员还以为崔老脾气大,不高兴了。事后崔子范对我说:"人家有规定,是为了保护展品,我照了,别人也要照,就不好办了。还是照规矩办好。"

看了一个多钟头的展览,我们在休息厅的长椅上坐了下来。崔老高兴地对我说:"今天,中国美术馆展出了我的老师吴昌硕的画,又展出了你的老师——我的画,还展出了我的学生——你的画,多有意思啊!"

"崔老,你刚才说我的画,画风新,画路广,用六个字,把我学画十年的历程做了个小结。我能不能倒过来说,'广画路,新画风',作为我今后努力的目标呢?"我说。

崔老说:"画路广是好的,但也不能求多求全。我看,你搞两样也就可以了。一个花鸟,一个静物。"他又谈起刚才看我的画时的一些印象。他说:"《生命》构想好,很新颖。你的火鸡画得很有气魄。《荷花》,计黑为白,有新意,可以再画它八张十张,可能是一条路子……"

在我的展品中,有一幅简笔牛,有些观众很感兴趣。对黑底的《荷花》,有人说不透气。我就这些议论,征询崔老的意见。

他说:"中国画的白描就是线。简笔画牛,出情趣,就可以。荷花用黑底可以的,荷叶就可以透气。我赞成你不拘一格大胆尝试,艺术就应该创新、出新。"

送崔老回家的路上,他一直鼓励我:"画路对了,照此画下去,只要自己认为好的,就坚持。到下个世纪开始,你才六十三岁。我是六十七岁从岗位上退下来后,才专业搞画画的。真正成熟的作品是1983年之后才产生的。"

1995年8月28日,崔老在故乡莱西给我写来一封信,给予了我许多鼓励。此信以"用生命作画"为题,发表在1995年9月26日的《人民日报》副刊上:

在老家莱西收到你的《'96鲁光画集》,十分欣慰。我为你的这个画集题写的"大写意"三个字,既是对你的一种肯定,也是一种企盼。

我们从相识到相知,已逾十载。你是那么钟情于大写意画,那么执著地追求大写意画。在北京,在莱西,你每次来看望我,都尽兴地看画论画。而且,你这个江南人,性格却像我们山东人,爽直、热情、幽默。在不知不觉中,我们成了忘年交。你依据与我的接触和了解,为我写了那本传记,我呢,欣然收下了你这位年过半百的老弟子。也许,这就是常人所

子范为我的画集题字

说的缘分吧。

其实，与我相识之前，你已习画多年。据说，80年代初，李苦禅先生就鼓励你作画。与你的交往中，我觉得你在绘画上是极有悟性的。你研读过许多古今名人的画作和画论，你与当代许多有才华的画家交往甚密。而且，你的职业，又使你有机会游历国内外的名山大川，浏览世界名作。这些都是作画的有利条件。从去年你在中国美术馆展出的和《大写意画集》所选辑的画作看，你的画，画风新，画路也广。应该说，你已经找到自己的艺术感觉，踏上自己的艺术道路了。作画，最怕找不到感觉，最怕冲不出前人和今人的艺术樊笼。你学前人，学今人，喜欢我的画风，但你的画不似前人，不似今人，有自己的鲜明个性。这是很值得高兴的。我赞同刘勃舒的看法，你的画是"富有情感、生命力和现代意识的新文人画"。你的画风、画路都对头了，照此画下去好了。

依我的观点，世界上绘画艺术可分为三种：一种是黑人的艺术，注重感情的宣泄。一种是白人的艺术，注重自然科学，讲究解剖和透视。还有一种是黄种人的艺术，注重哲学和文学入画。我是学哲学的，从哲学入画。你是作家，当从文学入画。文人画，就是有文化的人画的。画画，也就是画修养，画学问。笔墨当随时代。每个时代，都会有自己的艺术，产生自己的艺术家。我们的时代是快节奏的时代，所以画风应当是强烈的，用笔、用墨、色彩都应强烈些，评论家各有所好，怎么评都可以，但我们画画得按自己的思路去画，爱怎么画就怎么画，画得靠自己去探索。你不到六十，还比较年轻，可以搞个计划，两年一计划，三年一计划都行，再从学前人和今人上下些功夫，当然也要吸收西画的长处，来丰富自己的艺术表现能力。画作务必求新，要有时代的审美情趣。你可着眼于下个世纪，把标准和要求都定得高一些。大写意画发展到今天，任何一点突破，都是相当难的。但艺术的生命就在于创新。应该终生奋斗，用全部情感和生命去作画。只要有这种不懈奋斗和追求的精神，是会出成就，也能成大器的。

我避开闹市，躲开杂务，在乡下静思已逝去的岁月，努力探寻继续前行的道路。你还在岗位上，一定很忙。但再忙，也得坚持作画。等冬天回京时，再面叙。

人生头一回参加展览，第一次出版画集，就受到了崔老的厚爱和鼓励，这使我信心大增。此后不到两年的时间，我画出了近百幅新作，并在中国画研究院办了第一次个人画展。1996年10月，画展开幕时，崔老尚在山东老家，但他寄来了一幅字，"勇于探索，必有成效"，再次鼓励我这个年过半百的老弟子走艺术创新这条路。

各奔前程是双赢

崔老长年寓居莱西，我退休后长年寓居浙江老家，一年也就在冬季见一两次面。每次见面，他都给我点拨。在我前进的路途中，这位老师总是站在高处为我指点迷津。

每一次聊天，我都记在日记本中，不时翻阅感悟，每次都会想起往事。

1996年12月9日下午2点半走访子范先生，到了才知道下午3点才有电梯。偏逢我的痛风病突然发作，脚脖疼痛，行走艰难。但我还是瘸着脚，一步一疼地爬上六楼，准时叩响崔老的房门。

美国摩托罗拉公司为我出版了一本挂历，其名"大写意"三个字正是崔老题写的。我将刚刚出版的挂历送给崔老过目。

崔老看后说："十年学画打了一个好基础。画画，一是生活，二是修养，三是笔墨技巧。你的东西有内涵，起点高，有文化就是不一样。画画只画第一自然不行，只有画第二自然，把你的思想、感情、修养、学问都融进去，才有内涵。书法要天天练，可以三个月不画画，但必须不停地练书法。也不一定一个字一个字都练，但要把各种字体熟悉起来，行书潇洒，篆隶朴拙，最后融会贯通，达到随意的程度，到那时才能潇洒自如。"

头年，崔老嘱我可先攻牛，把名家的牛画都临摹一遍，从韩滉的《五牛图》开始临，一直临到现代大家的牛，反复临，反复画，画熟了，就能画出味道来。学会画牛，画别的动物就会水到渠成，一通百通。这天，崔老见了我的几幅牛画，在其中一张《天问》上题了字："神韵意境格调皆佳。"我直不好意思。崔老说："确实画得好。不过，画动物有局限，牛的姿态就那么多，下一段可以多画花鸟画植物了。花鸟山水发展余地大。我这两年也在画山水。年轻时，我就喜欢画山水，但没有那么多时间，我只好画花鸟了。现在我才开始攻一攻山水。"

我讲了徐希在美国的发展情况，说他的山水画比以前的更虚漾了，色彩变化也更丰富了。崔老说:"你讲的徐希的近况很有价值。中国画可以吸收别人的长处,但必须保持中国作风、中国气魄。人家的长处得学,构成、色彩、造型都可以借鉴。中国画全墨的,到国外不好欣赏,还是应多一些色彩。画家就好比是一位厨师,有了各种原料和佐料之后,就看他的手艺高低了。"他主张我多画冬天的大自然:"冬天,树叶落光了,山石露出来了,是大自然的裸体世界,可以多画各种树,柳树、枣树、槐树、柿子树。画山水,得先画北方的山,有棱有角,有起有伏。如画南方的山,一片绿色,见不到山的骨架……"

我将即将出版的个人画集校稿给崔老看。他一幅一幅翻看之后,说:"十年学画,有这个成绩是不错。你到了六十,从工作岗位上退下来了,以后画画的时间就多了。不能再按业余画画要求你了,要求要提高了。你还得搞个两年三年计划,我赞成你想补补基本功的打算,可以多研究篆隶,七十岁以前,把生活再充实一些。笔墨当随时代,肯定得变。我看可以吸收西画的画技,当然基础是中国画。你有很大的优势——生活阅历丰富,有思想深度,文学底子厚实,这是一般画家很难具有的。有的人画得不错,但生活阅历浅,文化有限,再往上发展就难了。一个人的艺术根底是重要,但比它更重要的是生活根底和思想根底。有思想根底,画才有分量。为技术而技术的画是没有前途的。你考虑一下,你的画法是这样画下去,还是再变。我看,还是应该变。"

我问崔老:"有人想买画,可以卖画吗?"

崔老说:"画要走向市场就得卖。为别人画画,不要太随便。必要的,画。不是十分必要的,要少画。你的画,画价可以跟北京的中青年画家一个价,不能太低。宁可少卖。太低了不利于打到国际上去。"

临别时,崔老说:"反复画,画上几十遍就熟了,就出味道了。画画有个爆发期,画上一段时间就会出一批有质有量的作品。练习时要认真,但创作时要放开,不能拘束。拘束了,画就板了。"他一再叮嘱:"画到一定时期,应'躲'起来,避开应酬。"他说:"你以后也应找个能激发你创作灵感的地方躲起来,躲开不必要的种种应酬。甘于寂寞才能致远。"

遵师嘱,1998年退休后,我在故乡的公婆岩山脚建造了一座山居,一年中,总有一半时间,在山里居住。

有几年时间,我们极少见面。大约是2006年春节前,我去看望他。头年,

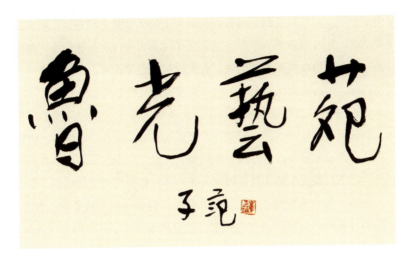

子范为我的山居题匾

我在金华老家办了一个乡情画展,又去澳门办了一个新作展,出了两本画册。应该说,2005年是我在绘画创作上的一个丰收年。

崔子范先生照例坐在那张陈旧的藤椅上,刚落座就说:"今天长话短说,你的近况怎么样?都干了些什么事?"

这个开场白,使我感到崔老对今天的造访是做了准备的。

我简略地说了一下去年的办展情况。

"谁喜欢你的画?"崔老问。

"可能文化人更喜欢。"我答。

"卖了吗?"崔老问。

"走了十多幅。"我答。

"下段的目标是什么?"崔老又问。

"想往印象画方面努力一下,离具象远一点,但也不会画到别人看不懂的地步。同时,在水墨与水彩结合上做些探索。"我说。

"你的画与同时代的人比如何?与老一代的比,哪些方面强些?哪些方面弱些?"他步步紧逼,这是在以往交谈中从未有过的。看来,老师要对他的这个老弟子的艺术前途进行一次战略性考察。

我回答:"比起同时代人,我起步晚,但我当过记者、作家,这可能就比他们多了两双眼睛,一双敏锐的记者眼,一双人文的文学眼。我见得比较多,人生经历还算丰富,还有创新潜力。弱点是未接受过美术院校的专业训练,是半路出家。这些年我也在拼命补基本功的课。有人说我是另类画家,也挺有道理,就像登珠穆朗玛峰,别人从南北路上山,我却从没有路的地方往上登……"

崔老说:"你若早十年来找我就好了。起步确实晚了一些。我四十一岁进北京画院,当秘书长、党委书记、副院长,天天画报纸。跟齐白石学画,也就五年时间,总共去齐家十来次,不好多去麻烦他老人家。六十五岁之后才真正搞美术专业。就这样还有些人不承认我是圈内人呢!你往后应力戒社会活动,要多与美术圈内人为伍,专心一致搞创作。虽然起步晚,但有别人不具备的长处,学识、学养、阅历有优势。与你同时代的画家,他们从事专业早,有的已进入高峰期,有的已从高峰往下走。你从事专业晚,高峰期也来得晚,你有潜力,要努力,高峰还在后头呢!我现在九十多岁,九十岁时做了左眼白内障手术,视力0.9,过了几个月后是0.6。看文字太累了,看画还行。八十七岁之后,我搞了一段山水,还练了行草,补了书法。我一直没有停止艺术上的思考。九十岁之后我还要画两百幅画,还有一个高峰。他们属于20世纪,我还有21世纪。"

我们在北京的最后一次见面是2007年春3月,他过九十二岁生日,我去祝寿,也去辞别。"4月初,我就回老家了。"我说。崔老说:"我也4月走,这回走可能就不回北京了……"

这时,一位从美国回来的弟子要来见他,崔老在电话中说:"不见也罢,各奔前程吧!"

"在艺术上,各奔前程是双赢,走到一块儿是双输。我对家人也说,不能照着我的画画,要自己奔前程。在一般人看来,跟他爸像就行。其实,太像了就失败了,没有前途。"放下电话,意犹未尽,又对我说:"形成风格是一生一世的事。自己认准的路,就义无反顾地走下去。"

他说,对他的画,社会上有各种不同的看法。1980年,他拿了《松柏常青》等三幅新作参加在北海公园画舫斋举办的"中国国画展",招来过骂声,说什么崔子范的画是"儿童画",是"乱涂瞎抹",是"糟蹋中国画",有位造纸工人甚至当场难过得哭了起来。崔老说:"我琢磨来琢磨去,认为还是画界的事。"他坚信齐白石对他的"真大写意"的评价,不管人们如何争论,甚至责骂,还是一如既往地走自己认定的路。崔老说:"我脸皮厚,不怕骂,顶住了。"他告诫我:"画画要自信。耳朵根不能软。"

临别时,他对社会上评"大师"、有些人自称"大师"的现象发表了一通看法。去年《美术报》有篇文章,作者与石虎一道论画,把崔老的画贬了一番,说这样的画,也称大师?大师应学贯五车,崔子范一车也没有。

崔老说:"大师不是自封的,别人说你大师,是说你好话,开个玩笑而已。今天大师,过两天就不是了。我从来没有把自己当大师。他打我耳光,白打,打不着,因为我不是大师。"顿了顿,崔老有些生气地说:"不过,他所指的两幅画都是赝品,是伪作。文章还登到网上去了。我在今年3月15日也到网上发了个声明,你买了我的画,骂我的画,你得先看看那是不是我的画。"

其实,对这种事,不理就是了。有些人是想靠骂名人来出名。

送我出门时,崔老握着我的手,意味深长地说:"往后我们见面机会少了,各奔前程吧!"

走访崔子范美术馆

1993年,崔子范美术馆在青岛落成时,书画界朋友中的许多重量级人物都去道贺过。我作为崔子范传记《东方的梵高》的作者,也出席了隆重的开幕式。

崔子范美术馆坐落在青岛南区的一个山冈上,三层建筑。里面挂着崔子范捐赠的三百幅写意画,以及他收藏的二十幅中国近现代名家书画。在当时,这是一件轰动青岛、山东、甚至全国艺术界的大事。

崔子范从20世纪50年代弃乌纱而沉醉丹青,但心中一直惦着国家、惦着人民。他写过几句打油诗:

> 家居胶东心在梁山,当官不成玩弄笔砚。
> 债务累累有钱不还,老而不死专骗青年。

筹建艺术馆,他是思索再三后做出的决定。为了这事,他在1989年2月2日曾写下"遗嘱":"我的画和我收藏的画,一律交给国家。家中不准私分,也不准向国家索取分文。"遗嘱签了名盖了章,并交给妻子保存为证。

谁知好景不长,没几年艺术馆出现了危机,崔子范陷入深深的苦恼之中。有一回我看望他时,他向我述说艺术馆的种种矛盾,使他伤透了心。他找青岛市领导,请求馆长一职由他自己兼任。他依据法律撤回了自己的投资和全部赠画,然后在自己的家乡莱西另建了一个美术馆陈列这些作品。他曾经给我一份有关捐赠的法律依据,在重要处用红笔画了杠杠。他说:"我懂法律,是依据法律撤离,你们应多学法律,懂法律,遇事用法律去解决。"他虽然很劳累,但庆幸之情溢于言表,甚至颇有几分得意。

2006年夏,我去了一次莱西,一是探望老师,二是参观新落成的美术馆。

新建的崔子范美术馆坐落在莱西市南文化东路9号,背靠一个大公园,环境很幽美。大门上方"崔子范美术馆"六个金色大字,是崔子范自己的手迹,苍劲厚重。庭院里有一尊崔子范的大理石头像,基座的正面是崔子范的手书,"事在人为"和"祖国美,家乡美,宇宙美,万物美,人类更美"。

莱西崔子范美术馆庭院留影

次日上午，崔子范一早便到美术馆来与我们相聚。他穿一件崭新的红花格子衬衣，外面套一件蓝色毛背心，往日厚厚的有些蓬乱的头发梳理得很整齐，显得格外精神。

"这是我见到崔老打扮最入时、最漂亮的一回。"我说。

崔老幽默地说："我也是客人呀，我是北京人，跟你们一样到这里做客来了。"他拿出一本厚厚的画册《中国画名家小品集》送给我："这是送你的礼物。你要搞个十年计划，集中精力搞创作。家乡只是给你生活，搞艺术还是要在北京……"

他叫万馆长搬出来十幅新作，清一色四尺整纸，摊到地毯上。

"我带来一些近作，让你看看。"他让万馆长一张一张给我展示。

崔老说："我这两年是在画自己心中想象的东西。"

寿桃不是一个两个，满纸皆是；八哥不是一只两只，成群结队。玉兰也是群像，是满构图。比起过去的画，这批画更抽象、更简约，色彩更浓烈、更单纯。这是一批已达到"无法之法乃为至法"的随心所欲之力作。看得我心怦怦跳，热血沸腾。

同行的"大家艺苑"画廊经理甘茗郡带来了一本大册页，扉页上有刘大为的题字"艺苑集萃"。"大家艺苑"是江南唯一代理崔子范作品的画廊。这些年来，崔老的画，一幅幅从这里走向社会，成为收藏家们的珍藏品。画廊经理已成为崔老的粉丝。

崔老叫万馆长准备笔墨。

一支新笔，烟缸里倒了一点墨，一个茶杯里装满了水。

崔老将新笔化开，蘸着浓墨先画了六条鱼，然后又用淡墨画了鱼嘴和衬景叶子，题了四个字"小鱼满塘"。

万馆长说："三万一尺，这幅画值十二万呢！"

崔老笑道："留个纪念吧！"

崔老从来没有在这里动过笔。今天是头一回。

午餐时，崔老让万馆长把几位想见但未见的朋友一起请过来。

"请客没有酒呀？"说了一次，不见动静。午餐已开始一会儿，崔老又催上酒。万馆长本来考虑到崔老年纪大，免酒了。

"请客不喝酒哪能行呀？"崔老又说。万馆长只好要了一瓶红葡萄酒。每人倒了一点，有酒助兴，谈兴甚浓。

本来，崔老每年回北京过年，如今连北京也不回了。看来，他就久住在老家，画他的画了。

我珍藏的几幅画

2003 年，我乔迁新居，从方庄搬到龙潭湖西岸。新家中四壁洁白，只挂了李苦禅的一幅鹰和崔子范的几幅字画。其中一幅字"思飘云物外，诗入画图中"，是崔老在 1993 年为我书写的。那年，我写就了他的传记，专程去莱西送审。在一家宾馆，一字一句念了两天。崔老很满意。本来想去他的老家走访，以印证传记中所写的情景，但崔老说："写得很好了，不必再去。"他把我领到他的住处——他的妹妹家。这是一幢二层小楼，进门便是一个庭院，院里有丛丛盛开的菊花，黄灿灿的，充满生气。崔老住二层，画室也在二层。他兴致很高："今天给你画画写字。"

他先画了一幅方构图的荷塘景色。崔老对荷塘是作了多年深入研究的。春夏秋冬荷塘美景，都装在他的心中。淡墨、浓墨，加几块红色，用最简约的绘画语言，成就了一幅让人心动的精品。

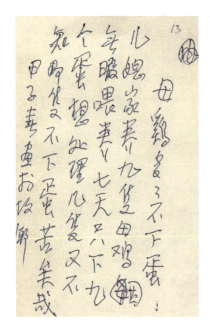

崔子范手迹

刚画得荷塘景色，他又要为我题字。他说我以后是要办画展出画集的，于是一口气题写"鲁光画展""鲁光画集"两幅字，还说："我再送你两句话……"于是就有了如今挂在我画室的那幅字。

他说："这两句前人的话很精到。画画要异想天开，天马行空，画要富有诗意。你是学文学的，应从文学入画。"

我的画室墙头，还挂着崔老送的一幅小品《水仙》。记不清是哪年的春节，我与夫人去崔老家拜年，礼物是我夫人养的一盆水仙。花骨朵已开了一半，还有一半正含苞待放。翠叶白花，充盈着生命力。送此盆水仙有一个缘由。有一次，我俩去看望崔老时，见他案头的水仙尽是疯长的叶,却不见着几朵花。崔老夫人李宜绚说:"我养的水仙,尽长叶不长花……"

我夫人年年养水仙,已有一套养花经,水、阳光、温度三者缺一不可。我与崔老聊画,她与李宜绚聊养水仙。

崔老见我们送去的水仙幽香扑鼻,幽默地对李宜绚说:"鲁光拜我为师,跟我学画,你就拜他夫人为师学养水仙吧!"

临别时,李宜绚说:"等等再走,还有回礼呢!"她进里屋拿来一幅水仙小品,画上是一丛绿叶青青的水仙和两只飞动的翠鸟。李宜绚说:"这是崔老送给你夫人的新年礼物。"

崔子范为我的作品《天问》题词

一盆水仙花，换来一幅水仙画，多有意思，多难忘啊！

在我大女儿家的小客厅墙上，挂着崔老送她的一幅荷花扇面。满纸浓墨，一点红。

那也是一年的春节。大概是年初三，放假在家的女儿想出去走走，于是我建议一起去给崔子范拜年。从来不跟我们串门的女儿，居然与我同往。

我向崔老介绍："这是我的大女儿徐琪，北京师范大学中文系的学生……"

崔老问徐琪："你看得懂我的画吗？"

"我们家挂着您的画，我很喜欢的。"我大女儿说。

崔老进屋去了，李宜绚也跟着进屋去。不一会儿，就传来二老的争吵声。我不知发生了什么事，便去询问。只见崔老和夫人手中各拿着一幅画。崔老拿着一幅扇面墨荷，李宜绚拿着一幅菊花。李宜绚说："崔老要送幅画给你女儿，我说送给女孩子要色彩鲜艳一点的……"

我说："看她挑哪幅吧！"

徐琪指指崔老手中的那幅墨荷："我要这幅吧！"

崔老笑了起来，对夫人说："我说闺女懂画吧……"

崔老将李宜绚手中的那幅菊花拿过来，提笔用红色在画幅上方加了一个飞动的蜻蜓，说："这两幅画，都送给你了！"

我女儿乐得一个劲儿地向老两口致谢。

此时，司机小周进屋来，崔老拿着手头的另一幅扇面说："这幅送你儿子吧！"

我急忙解释："这是我的司机。"

崔老说："大过年的，高兴。就送司机吧！"

崔老说："为荣宝斋画了一些扇面画，留了几幅。"原来是为国家画店画的，难怪幅幅都很精彩。

拜年的下一家是徐希。徐希见了这三幅小品，赞不绝口，对那幅墨荷，更是情有独钟。

"你留一幅吧！"见他那么喜欢，我准备割爱一幅。

"那怎么行呢！"徐希执意不肯，"崔老对你是真大方呀！"羡慕之情溢于言表。

2010 年春完稿于公山

补记：

2011 年 6 月 15 日凌晨 1 时 48 分，走完人生九十六个年头，子范先生在安睡中驾鹤西去。是日，我接到崔老三子崔新建打来的长途，连夜飞奔莱西。16 日上午 8 时 30 分，我与崔老家人、几位弟子一道，瞻仰遗容，做最后道别。悲哭声声！小小的告别室如何容纳得下如此深沉的悼念和哀思！

子范先生走得很安详。他走的头天，叫家人为他理发、洗澡、洗脚。到了晚上，他问："车怎么还不来呢？"家人说："你躺下休息吧！"一躺下，他就再也没有醒来。

崔老在延安是学哲学的，一生哲思清晰，规划周密。小画换柴米，大画精品献国家。中国美术馆、莱西老家、北京画院，三大捐画夙愿皆已完成。他走无遗憾了。

子范先生走了，但他的艺术，他的人品，他的教诲，将永留在人世间，永留在我心中。

2011 年 6 月 15 日
急就于莱西

难忘一见李可染

我供职《中国体育报》时，为题写纪念创刊三十周年画册的事，拜访过一次李可染先生。

这之前，我读过他的大量画作，但并不认识他。记得有一年，他与吴作人先生同时在中国美术馆开个人画展，吴作人在圆厅，李可染在西南和西北厅。他独具风格的山水和牛，给我留下了难忘的印象。还有那些小幅书法，像用铁笔写出来的，精裱之后挂在展厅的方柱上，给人以极大的美的享受。这之后，参观老友徐希画展时，我又遇见过他，还一起在徐希那张大幅的《水乡》前合过影。也就是那次，李可染先生顺便参观西北角厅的一个陶艺展览时，被一位来自西安的泼辣女记者缠住，非要他留一幅字。可染先生年事已高，顶着一头稀疏的白发，说话很诚恳："我不习惯在这种场合题字……"可那位女记者不顾他的婉拒，依然恳求他题字。她铺上纸，将笔递到可染先生面前。可染先生架不住这位女记者的真挚和热情，终于挥毫题写了"天道酬勤"四个大字，并落了"可染"的名字。

早有耳闻，可染先生作画写字很慎重严谨，一般不在公共场合挥毫。也许，这是头一次破例。可染先生走了以后，美术馆里却发生了一场争夺这幅题字的纠纷。门卫拦住了那位携走"天道酬勤"的女记者，说这是可染先生为主办单位题写的。而那位女记者说，这是应她的请求题写的。围观者很多，双方各不相让。最后，还是那位女记者让了步，将"天道酬勤"留下走了。我目睹了这场"争夺战"，

李可染先生手书信封

可染先生的字，一字千金呀！

我请可染先生为纪念册题写书名的事，先找了好友刘勃舒。碰巧那天在中国画研究院有一个展览，刘勃舒介绍我认识了可染先生的夫人邹佩珠。可染夫人说："我们去跟可染先生说一说吧！"我当即说："不去麻烦他了，就拜托你吧！"可染夫人笑道："这么相信我，那就交给我办吧！"

过了半个多月，还没有消息，我有点沉不住气了，给可染夫人打了一个电话。

"是不是可染先生太忙了……"我忧心忡忡地问。

可染夫人说："可染已写了好几张了，但他还不满意，要再写。"

我的心被强烈地震动了。其实只要可染先生写了，我们就高兴不已。岂料这么几个题字，可染先生却如此认真。此乃真正艺术大师之风范也。

又过了一些日子，1987年6月2日上午，我如约去可染家取字。这是一幢普通居民楼，门上有一张告示，内容为因身体不佳谢客之意。我轻轻敲门，出来开门的是可染先生的夫人。她引我来到可染先生的画室。正墙上是可染先生的手书"师牛堂"，宣纸已发黄，看来已悬挂了不少年头了。可染先生在牛画上题过不少赞美牛的字句："给予人者多，取与人者少"；"牛也力大无穷，俯首孺子而不逞强，终身劳瘁事农而安，不居功，性情温驯，时亦强犟，稳步向前足不踏空，皮毛骨角无不有用，形容无华气宇轩宏"。他画画以牛为师，做人也以牛为师。墙

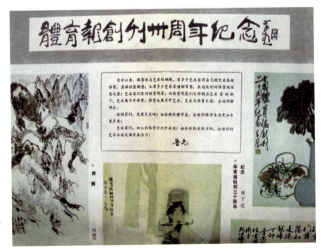

李可染先生手书"体育报创刊三十周年纪念"

上还挂着他自己的山水画和牛画。不过,给我印象最深是苍拙有力的"师牛堂"三个字,几乎占满了我的整个记忆的空间。

可染先生从里屋走了出来,与我握手,很坦诚地说:"心脏不好。这类事一年总有上千件,大家都抬举我。我也愿为人民多做事,但实在是太多了,写不过来。写了几张,你看看满意吗,你们拿去选用吧!"

不当名人不知道这些烦恼,说实在的,我也后悔拿这些事来麻烦可染先生了。当然他的每张字都写得很好,无不是珍贵的墨宝。可染先生很谦虚地选出一张,说:"我看这张好一些。用它行不行?"我虔诚地用双手接过可染先生选定的那张题字,心在剧烈地跳荡,被大师的谦逊人格所深深感动。

我知道他很忙,不便多打扰。但出于职业习惯,我问道:"可染先生,你锻炼身体吗?"

他朴朴实实地回答:"每天早晨中午打打太极拳,做做气功。"停了一会儿,又感叹道:"事情太多,待会儿香港客人又要来,只有上厕所里待着,别人才进不来,才得安宁。"无可奈何中不乏几分幽默。

我很真诚地打听:"你的画论和自传写了吗?"

大师不朽——我在可染先生遗作展留影

可染先生说:"我都想写呀,但都来不及写呢!现在忙得连看病都没有时间。"

不能再耽误他的宝贵时间,我匆匆告辞出来。这是我最后一次见到可染大师。头一次与他对话,也是最后一次与他对话。他仙逝了,但他的话音却时时回响在我的耳际,他的人格魅力更深深地留在我的心间。

1998 年 3 月忆写

邂逅王朝闻

1993年的一天,列车向青岛飞驰。凌晨3点多钟,我怎么也睡不着了,打开软卧包厢的门,到过道上坐一坐。不一会儿,又一扇包厢的门打开,走出一位白发苍苍的壮实老人。我一眼就认出了他——美学大家王朝闻先生。

头一回见他是1987年秋天。那年四川评出十本书,在泸州的酒文化节上发奖,我的一本报告文学《东方的爱》有幸入选。在泸州的招待所里,我才知道王朝闻先生的一本关于美学的书也获奖,他就住在我的隔壁。读过他的不少美学论著,但未曾相识。泸州的大街小巷里挂满了各种名酒的广告标语,招待所的餐桌上,每顿饭都有好酒招待,而且每次品尝的都是新酒。我与王老同桌喝过酒,发现他对酒特有感情,无意中还说起老画家李苦禅酒后给毛泽东主席写信的传闻逸事。王朝闻与李苦禅曾是中央美术学院的同事,王老回忆道:"李苦禅爱喝酒,要是他来酒城就好了,可惜他早就去世了,没有这份福气……"

当时,我正准备写一本李苦禅传记,他乡遇见苦老的老朋友,机会难得。入

王朝闻酒城忆酒友苦禅先生

我珍藏的王朝闻手迹

夜之后，我去王朝闻住的屋里拜访了他。陪王老去泸州的是他的研究生邓福星，他说："王老到了老家，心情特别好。到处请他，都忙不过来。明天上午是个空，可以休整一下。"我急忙对王老说："给写几句关于苦老的话吧！"

次日上午，我外出参观，签名售书，中午回招待所时，邓福星笑着对我说："王老用毛笔为你写了一大张。"

王朝闻的这份手迹，我一直珍藏着。仅抄录如下：

  得知作家鲁光对画家李苦禅很有兴趣，我很高兴，因为这位画家的兴趣和我的兴趣有某些方面的联系。我对京剧的兴趣也接受过他的积极影响。记得我在中央美术学院教书时期和他同住大雅宝胡同的学院宿舍。他和画家李可染陪我就近访问了早已退出舞台生涯的老武生尚和玉。这位老演员谈戏曲艺术，分明表现了自己的偏爱，但对表演艺术有独到见解，并非人云亦云，所以不是可听可不听的。在那些年代里，我写尚和玉访问记，显然不免引起不务正业的指责。但我后来更不那么务正业了。这种结果，与苦禅影响有关。我反复写文章称赞齐白石艺术的独创性，实际上也受他与可染的兴趣的影响。他俩都师从白石老人，却都并不机械模仿老人笔墨，而是有自己独特风格的。苦禅并不信佛，酒量可观。我曾戏称他有鲁智深风范。不幸他未能等到酒城共赏各种名酒的今天而与世长别。在酒城和你相见能不慨然。

王朝闻
1987年9月

日子过得真快，转眼五年过去了，王朝闻先生身板子还那么结实，精神还那样抖擞。我上前问候之后，便与他山南海北地闲聊起来。

"王老，怎么不睡了？"我问。

"习惯了，睡不着了。"他的乡音还是那么浓重。

我斗胆发表了一通对文学和美术评论的看法，说报刊上真实的评论太少，光说好话的太多，有些作品，不怎么好，也说好。评论的人情成分太重。

王朝闻点点头，看来他是赞同我的看法的。他说："说真话不容易，批评难呀！"他具体说到了一些事，说他也有顾虑。我说："您老是评论权威，又这个年纪了，还会有顾虑吗？"他笑笑，点点头，未再说什么。陪他出来的一位女同志说："王老，才4点多钟，再进去躺会儿吧！"他顺从地进包厢里去了，说"到青岛有时间再聊"。

这次到青岛，是参加崔子范艺术馆开幕活动。崔子范先生向青岛崔子范艺术馆捐赠了自己收藏的名家字画和自己的作品三百幅。北京美术界来了数十位名流大家向他道贺，并出席"崔子范艺术座谈会"。会议期间，我们游览了崂山。我在崂山海滩寻找奇石，发现了一块造型颇有特色的大石头，重十多斤。太沉重了，但爱得太深，还是把它抱回下榻的宾馆。

青岛啤酒节又遇王朝闻

在宾馆大厅里，我将此石向王朝闻老先生展示，很想听一听这位当代美学家对此石的美学评鉴。我将石头举到空中，王朝闻前后左右细细鉴赏，说："不错的，可惜太重了。"他误以为是送给他的。在一旁的夫人提醒他："不是送给你的，只请你看看有没有收藏价值。"

王朝闻笑了起来，连声说："有特点的，有特点的。"

因为王老先生这一句话，我抱着这十多斤重的大海石回北京。家里人一见这么大块的石头，就不高兴地说："真有你的，从大老远抱回这么一块石头回来。"我告诉她们："这块石头有收藏价值，这可是经过美学大家王朝闻先生鉴评的。"

我与王朝闻老先生只此两面之缘，但这已是三生有幸。我知道，想要真正了解、熟悉一位美学家，只有读他的作品。很凑巧，我工作单位图书馆处理旧书，我发现其中有《王朝闻文艺论文集》（上海文艺出版社），喜出望外，立即买了下来。只有通读完这一百万字之后，才能真正地了解这位集雕塑家、美术家和文艺评论家于一身的艺术前辈。

我与王朝闻老先生，虽同住京城，但不见面，我不愿无事去打扰老人。值得庆幸的是，他的研究生，时任中国艺术研究院美术研究所所长的邓福星已成为我的至交。我与王老的友谊，将在这里得到延续。

2000 年岁首于北京方庄

"普通人"吴冠中

我与吴冠中先生相识已有二十六七年了。

1985年在中国美术馆举办中国体育美术展览时,吴先生是评委。他住劲松一栋普通住宅里。我具体负责那次展事,评奖那些天,我每天接他送他。

在评选作品时,吴先生力主创新的美学理念,常有鲜明的表述,尤其是对几件有争议的独创之作,评选时他据理力争,给人留下了深刻的印象。

有缘之人,总会相遇。有一天,我从潘家园回方庄,在龙潭湖畔的一条僻静小道上,邂逅吴先生两口子。

多年不见,吴先生居然还叫得出我的名字。

他说:"我搬到方庄去住了,有空去家坐坐呀!"

1996年10月初,应中国画研究院刘勃舒院长之邀,我首次举办了个人画展。我送了一份请柬给吴先生,请他指教。

他在方庄住的依然是极普通的单元房,客厅不大,摆了几件上海为他印刷的油画复制品。他说:"我签上名,五千一幅。"

见了我的请柬,看了上面的几幅画(其中有一幅以红烛为题材的《生命》),吴先生说:"你的画现代感强,很新。"话题转到崔子范先生身上去了,他说:"你老师崔子范画得好,在中国花鸟画坛是鹤立鸡群。尽管画价未上去,但在任何场合我都这么说。"

到了2010年,他的裱画师、深巷画廊老板张世东对我说:"吴先生一直推崇崔子范的画。好几回对我讲,崔子范的画价格还不高,你应赶紧收藏崔子范的好画。"世东说:"吴先生不是因为你是崔子范的学生才跟你说那番话的,他真看好崔子范的画。"

那次拜访,留在我印象中特别深刻的有两件事。一件是《炮打司令部》那

大师吴冠中

张画的官司。吴先生与强势的商业骗局抗争了两年之久，最后官司是打赢了，但吴先生也被弄得疲惫不堪。为此，他写了一篇文章，《黄金万两付官司》。吴先生对我说："官司赢了，但太累人，耗了我多少精力啊！"另一件事是他对徐悲鸿教学体系的看法。他列数徐悲鸿教学体系的负面影响，说有人已经写了长文即将发表……这说明，吴先生是个有独特见解的艺术家。

住在一个小区，抬头不见低头见。有一回在方庄菜市场，吴先生与夫人朱碧琴在买乌鸡。我碰巧也去买菜，相见打了个招呼。

吴先生脚穿平底布鞋，身穿蓝咔叽布中山装，身背布书包，头发花白而且有些蓬乱，两眼细小而且有些混浊。他夫人跟卖鸡人砍价。等他们夫妇走后，卖鸡人说："很穷的，便宜他两元钱算了。"

我笑道："他穷？他是我们小区的大富翁，大画家吴冠中先生。"

"看不出来，看不出来。"卖鸡人直说。

吴冠中名声大，是一位有国际影响的绘画大师。他一生致力于油画民族化和

吴冠中为"深巷画廊"张世东题匾

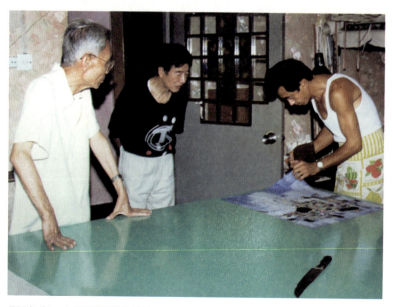

吴冠中（左一）现场观看裱画效果

国画现代化，曾获法国文艺最高勋位和巴黎市金勋章，2002年3月，入选为法兰西学院艺术院通讯院士，是第一位在大英博物馆举办个人画展的在世东方画家。画作、文学著作等身，是画家中罕见的作家。我读过他的几本散文集，文字流畅优美，情感真挚，常常被吴先生的真情所感动。真，是他作品的生命。如今，不是大师的人，到处自称"大师"，摆大师的架子。而真正的大师，却一点也不像大师，没有一丁点儿大师派头。

在方庄小区芳城园，有一位下岗工人张世东，在地下三层开了一家裱画作坊。张世东所在的工厂破产倒闭，没有回头路可走了，只能以裱画养家糊口。隔了一条马路，便是吴冠中先生的住宅楼。起先，吴先生让学生送来几幅小画，请张世东托裱。托裱两回之后，吴先生便自己到地下室找张世东裱画了。

吴先生的画，用色丰富，托裱有点难度。世东指出一些容易让裱画人产生误会的问题。吴先生看出了他的谨慎和认真，说："我知道我的活儿不好裱，你放心，别害怕，我主要看大效果。"几句话，让世东吃了一颗定心丸。世东裱技精湛，活儿干得很精心。吴先生很满意。他告诉世东，来年他要在中国美术馆举办一次"1999年吴冠中艺术展"，所有作品请世东装裱。拿画来的时候，世东要写收条，吴先生总说："不用不用！用人不疑，疑人不用。"

从此，吴先生成了世东裱画作坊的常客。吴先生每次来前都先打电话，有时天气不好，世东要去他家取画也不让，只要不刮风下雨总是亲自走几十道台阶到地下室送画。

有时，吴先生也站在一旁看张世东托裱字画，看得很入神。吴先生说："原来你是这么干的呀，这回我知道了，有时画儿画好后我着急想看效果，自己托画心，结果是一塌糊涂，什么也看不出来了。"世东接着话茬说："吴先生您不是画家吗？如果画家都自己裱画，那不是砸我们的饭碗吗？我的意见，您还是画画儿，裱画的事让我们做，您看怎么样？"吴先生连说"对对对"，几句玩笑话，让吴先生和在场的朋友都开心地笑了起来。

有时吴先生画了得意之作，就急不可待地到地下作坊找张世东。那份高兴劲儿，真像稚气十足的孩童。有一回，吴先生送来一幅刚画好的彩墨画，彩墨未干，就找世东商量，能否马上托裱。托裱后，原作粘在墙上。托裱时下面衬垫的宣纸上落满了斑斑驳驳的色块和墨块。吴先生眼睛一亮，说："比我那幅原作还好。你托裱好留着，我给你题字。"

过两日，吴先生来题了字，《窗之眼》，"托裱留痕，痕留情。世东先生存念。吴冠中1999（年）8月"。后来，吴先生又带章来补盖。这幅抽象画，如今挂在画廊，见到者无不言精彩。

很多人都知道，吴冠中是很少题字的人，破例为这位裱画工人题了好几幅字。头一帧题词是"手艺养心"，鼓励他为传统的装裱手工艺术注入现代形式感。而后，又题了"艺术揭示情感奥秘"。还先后题写了"张家作坊""深巷画廊"两个牌匾。张世东收藏作品都是节衣缩食自己花钱，只有吴先生所赠未付过一分钱。在画价飞涨的年代，接受吴先生的馈赠，世东内心深感不安。但吴先生说："这是交情。"当世东提出不收裱画费时，吴先生却说："你这是劳动，必须有报酬，一分不能少。"一个是裱画认真至极，一个是付裱画费认真至极。

在方庄，我就是看到芳城园一幢高楼底层外墙上的"深巷画廊"牌匾，寻找到深藏在地下三层的裱画作坊的。头一回到地下室找张世东，不知下了多少台阶，拐了多少个弯。灯光昏暗，愈往下走，心里愈瘆得慌。像吴先生这样的老人来此一趟多么不容易啊！

在这家深藏地下的裱画作坊里，我拜读过吴冠中先生的不少新作和水墨精品。这也是我常去"张家作坊"的原因。有一回，我在地下作坊见到了吴先生的《一九七四年长江》的油画写生稿。世东将这幅高19.5厘米、宽600厘米的未裱之原作长卷一点一点展示给我看。

此稿是1974年吴先生沿长江写生而得，为创作壁画而准备的。后来壁画流产，此稿就搁置起来了。吴先生的儿子整理杂物，发现了这幅珍贵画作。精裱后，吴先生将此画捐献给了故宫博物院。在故宫出版的画册前言中，吴先生写了一段话，"此稿作于一九七四年，但壁画流产，裱画师张世东老友久来关注我的作品，他见画大喜，竭力设法装裱，保护了躺在摇篮里三十年的婴儿"。

大概是本世纪初，八十四岁时，吴先生犯病住院。在医院里还摔了一跤，缝了许多针。他刚出院就给世东打电话："我还欠你一千多块钱呢！"

多年来，吴先生总是主动交付裱画费用，每次都说世东要得太少。有一次，他的学生要去他家，顺便把托裱的画带过去，并代付了裱画费。当吴先生听了所付费用后着急地说："不行，钱付少了，你们马上再给张师傅送五十元去。"他的学生又到地下室跑了一趟。

吴冠中送给裱画师的手迹

张世东知道吴先生出院了,但万万没有想到一出院就惦着那笔裱画费用。他在电话里对吴先生说:"身体好就行了,还惦着那么多事干什么!我去你家看看你!"

世东刚进吴宅门,吴先生就点出一千元钱给他。

吴先生一场大病后,对身后事想得就多了。他对张世东说:"我这里有一堆书,反正我也没有用了,你要有用就拿去吧!"

张世东将书运回家翻看了一下,好家伙,里面有好几位大名家签名赠给吴先生的画册和书,朱德群、林风眠、李政道……世东立即给吴先生去电话,告知这个情况。吴先生只说了一句:"你好好留着吧!"

如今,这位下岗工人出身的裱画师已成为深巷画廊的老板了。我去琉璃厂时,总要去他的画廊坐一坐,喝杯茶,聊聊天。

画廊里,摆放着吴先生送他的各种大画册。他拿出一本《1999年吴冠中艺术展作品集》的大画册,扉页上,吴先生用硬笔题写了几行字,"世东兄裱画认真至极。此集作品均由他精心托裱,他知、我知,两心知。作画、托裱亦知音"。

在不算宽大的画廊里,挂满了吴先生的原作和复制品。吴先生的原作,动辄上百万,老百姓根本买不起,就连品赏的机会都很少。而复制品千八百一幅,几与原作一样,是一种推广吴先生绘画艺术的好方式。世东向我展示了一件吴先生亲笔手书并钤印章的原件:

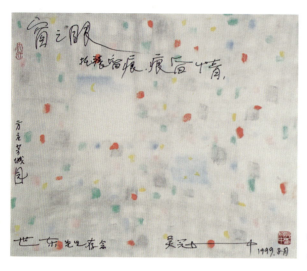

裱画师张世东珍藏的
吴冠中的墨宝

本人同意老友张世东同志将我的绘画作品印刷成复制品，以利推广。

吴冠中授权于 2009 年 11 月 16 日

一位当代的艺术大师与一位下岗工人裱画师，历经十余年的交往，结下了深厚的友谊，成了忘年交。一个普通的裱画师，对书画家和艺术大师们只是仰望之或者敬而远之，但自从遇到了吴先生，张世东转变了许多传统观念和成见，克服了心理上的距离感，特别是重新发现了装裱工作的价值和乐趣。应该说，吴冠中是一位个性鲜明的德高望重的艺术家，见解独特，又爱说敢说真话，常有尖刻的"惊世"之言论问世。但他与裱画师之间的关系，却是如此水乳交融。用张世东的话说："在日常生活中，吴冠中更像是邻居家中的一位普普通通的老人，有喜也有忧，而更多的是艺术带给这位老人的快乐。"

2006 年 5—6 月，深巷画廊曾举办过一次"吴冠中画展"。在展览感言中，张世东用纯朴的语言和真挚的感情写了一篇小文《说点心里话》：

> 近十年来，由于工作关系，我有幸接触到吴先生的晚年生活。与艺术大师的身份相比，他的生活之俭朴，令我感动。他一直住在北京南城一个普通的居民小区，面对纷繁的外部世界，他内心平和，把激情都给了他所钟爱的艺术世界。

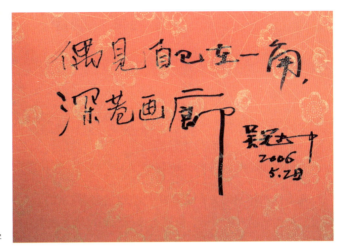

吴冠中即兴题字

    几天前我去吴先生家，先生让我看他画的一张画。说是一张，实际上画了四十多张。他都不满意，准备全部撕掉。我看完放在地上的这一沓纸，心里顿感一阵酸楚，对他说："吴先生，您这辈子也算对得起艺术了，反倒是艺术有些对不住您，画了这么多，一张都不行。"吴先生叹了口气说："没办法，上次为了画一张小画，一夜睡不着觉。"我说："您真够累的。"吴先生一指身旁的老伴，"她也说我够累的"。这就是八十七岁高龄的吴冠中，为我们创造了无数艺术经典和巨大精神财富的吴冠中，而他的晚年生活却极其俭朴、平淡。我去吴先生家多次，赶上他家中的饭点儿。他和老伴俩人吃饭，中午稀饭或面条，晚上米饭、两个家常菜。在我心目中，吴冠中先生真正是做上等事、享下等福的人。为我们做人做事树立了榜样。

    就在出席这次画展时，吴冠中在签到本上写下一句话："偶见自己在一角。"对这句，人们理解不一。有人说，这说明吴先生的谦虚。也有人认为，足见吴先生的傲气。我和世东站在这个题字前琢磨了好一阵子，我说："这说明吴先生谦逊又自信。"世东点点头，好像也赞同我的观点。

2010 年 2 月 14 日于龙潭西湖

华君武"同志"

像我这个年岁的人，是读着华君武的漫画过来的，先是读国际题材的漫画，后是社会生活题材的漫画，直到近来读那些以猪八戒为题材的漫画。称华君武为"漫画大师"，应是名之固当的。但想起华君武曾写过《少封些大师》的专文，又不敢给他加上"大师"这个本可以属于他的头衔了。好像他也不怎么喜欢别人称他为"先生"，而对"同志"这个称呼情有独钟，所以本文就起了"华君武同志"这个极普通又极不时髦的标题。

头一回见到华君武同志，是80年代中期。1985年在中国美术馆办过一次规模浩大的"首届中国体育美术作品展"，展览的主办单位是国家体委、中国奥委会和中国美术家协会。国家体委把筹办展览的具体任务下达给了我。于是，我就

与华老相逢在朋友画展

老跑美协，向当时担任中国美协副主席的华君武同志讨教。

雕塑被确定为这次美展的重点。自古以来，雕塑一直被认为是表现体育美的最佳形式。全国雕塑家数十人云集杭州花家山宾馆参加创作座谈会，华君武和中国美协的几位领导出席了会议，发动艺术家们投入创作，至今我还珍藏着一把由华君武和十多位雕塑大家签名的纸扇。华君武同志是这届体育美展评委会主任，评委中还有刘开渠、吴冠中、靳尚谊、刘勃舒、周思聪、郁风等名家。挺有意思的是，华君武同志非让我主持会议，当然我事事都请示他，他老说："挺好的，就这样开。"

一回生，二回熟。到了1994年12月"中国作家十人书画展"时，他出席了开幕式，很幽默地对我说："这次你成画家了。"他肯定是开玩笑，我却把此话当成了一种激励。他看过我的十幅作品后，说，"你的大写意很拙朴，又很现代"。我请他合影留念，他说，到你那幅《忆老屋》画前合影吧！

一年多之后，1996年10月9日，我开个人画展时，打电话去请华老："10月9日，你有什么安排没有？"

"有什么事吗？"他问。

"我的个人画展开幕，想请你光临指导。"我说。

"那这天我就没有别的事了，我去参加。"华老颇为幽默，慨然答允。

开幕那天，他头一个到场，提前了足足半个钟头。我陪他一幅一幅地浏览。看到瓶里插着一束枇杷的写意画时，他说："这个题材，还是头一次见到这么画的，有意思！"看过一遍后，他说："与老师拉开距离了。我想写一篇文章，漫画如何从写意画中得到启示，你给我几张照片。"我想华老是幽默大家，可能又在跟我幽默呢，最后也未敢送照片去。

两年之后，我退休回家，闲着无事，就开始忆旧。我列出了一长串名单，打算写一写我此生结识的这些师友。当我写上"华君武"三个字时，心想，华君武同志长期担任中国美术家协会的领导，是一位高高在上的人物，又是一位漫画大师，虽有接触，但毕竟只是匆匆几面之缘，对他知之不多，也不深。远远地看他，总是看得不甚真切。要写他，还真得再拜访他，好好聊聊，走近些仔细看看。

这样，就有了1999年春天的这次长谈。

他住在南沙沟的高级公寓里，门卫森严。但只要说已约好的，说上华老的门牌号码，门卫还是很给方便的。不过，没有料到，华老的住处会这么拥挤。客厅里有人午休，他领我去他的画室。走廊里，靠墙摆着一溜高高的书柜，只能容一人行走。画室也就十来平方米，一张不大的桌子已占去了一半，加上一个书柜两把椅子就挤不开身了。一把藤椅是华老的专座，专座后边的墙上挂着一件特殊的纪念品——1982年，他去日本东京办画展时，日本漫画家们的签名。不过，漫画家们的签名不同一般，许多人都将自己漫画中的人物画到签名纸上，使这件纪念品具有了特殊的品位和价值。他拉着我坐藤椅，自己坐到桌子另一头的一把木椅上，空间很小，华老是硬挤进去坐的。

"华老，您坐藤椅，您是长辈，您不坐，我怎么好坐呢？"我把华老从木椅上扶起来，往藤椅上让。

"你要记录，坐这儿方便。"华老还在让座。

我急忙拉过一把木椅，放到藤椅的一侧。

酒！木椅下放着两瓶酒。我一搬椅子，那酒就露出来了。

我知道华老爱酒，据他自己讲，最多时喝过三斤黄酒。他可以与海量的傅抱石对饮而不醉。今年华老已八十岁高龄了。不过他说："这是虚岁，本命年，属兔的。今年画了八张兔子。发在八个报刊上，对兔特有感情。"

"还喝酒吗？"我问。

"还喝一点，低度的，中外不限。"他答道。

对一个一生嗜酒的人，酒还是不断的好。低度、微量，但可以过过酒瘾。我将我想了解的问题，一股脑儿都端了出来：

"您怎么走上漫画这条路的？第一张漫画发表在何年何种刊物上？成为一个漫画家的诀窍是什么？漫画就是讽刺，一生讽刺别人，遭受过什么麻烦和不愉快吗？您讽刺别人，也讽刺自己吗？你画画的不同年龄段，对您的漫画内涵有何影响？到了耄耋之

我珍藏的华老作品

年,怎么保持思想上的敏锐性?幽默是天生的还是后天形成的……"

华老耐心地听完我连珠炮式的提问,挺认真地说:"回答这个问题,我得先跟你说说我此生的概况。"于是,一谈就是一个半钟头。5点他还要去赴几位港澳人大代表和政协委员之约,我不能再打扰他更多的时间。华老找出几本书,《君武漫画》、《漫画猪八戒》和他自己的文章集子《补丁集》,题上字,签了名,送给我。他在《补丁集》的扉页上是这样写的:

"请阅中学生作文。华君武一九九九年三月。"

看来,幽默已渗透他的一切,连谦虚也富有幽默感。

连日来读华君武赠送的画集和文集,再加上这次的长谈,一个真实的华君武,一个活生生的华君武,站在了我的面前。

他1915年9月生于杭州,苏州无锡人氏。自小就喜欢漫画,似乎他天生就有几分幽默在,不具备幽默感是成不了漫画家的。他成"家"的诀窍是后天的勤奋,"锲而不舍,持之以恒"。初学漫画时,他给杭州的一家报馆投稿约二百幅,都遭遇了退稿。屡退屡投,终于在1930年发表了他的第一幅漫画。当时丰子恺提倡诗配画,他引了"江南可采莲,莲叶何田田",画了两个采莲女子,拿了一元大洋的稿费。严格来说,这是他发表的第二张漫画;这之前,他已在杭州一中的校刊上发过一张漫画,画学生打防疫针做怪脸。

在上海大同大学附属高中念书时,他最怵数学。老师很严厉,助教也很"凶"。反正功课跟不上了,上课时就画画,把老师的头画到一只尿壶上。他的表弟将此画拿给老师看,这下惹了大祸,尽管给老师道了歉,但还是被"开除"了。

30年代在上海当银行小职员时,他仍然坚持业余作画,给林语堂主编的幽默刊物《论语》等报刊投稿,画风受到犹太籍画家萨木·乔尼可夫的影响。当时中国漫画大家是丰子恺和叶浅予等人,他想出人头地,就得别出心裁,以画人多的画取胜。他是足球迷,熟悉球迷生活,他就画看球赛的热闹场面,画了一只球和许多许多的人,结果这幅漫画真的引人注目了。

1938年,他怀着对日本侵略军的仇恨,带着对旧社会腐败的强烈不满,瞒着母亲,投奔延安。到了延安,他还画漫画,在鲁艺墙报上画漫画。老百姓去看,却只喜欢年画、木刻,漫画看不懂,掉头走了。这件事对他刺激很大,使他下决心改变原来洋里洋气的画风。1942年,他与张谔、蔡若虹办了一次"三人讽刺漫画展"。刚去延安时,有些看不起"土包子",讽刺首长叫小孩洗脚,讽刺工农干部不懂美,面对着一轮皓月,知识分子说很美,工农干部说美什么,像个饼。张谔还画了一个干部衣袋里插了几支钢笔,以示"文化程度高"。这个小小的画展,参观的人很多,毛主席也看了,在延安引起了轰动。事后,毛主席和三位漫画作者,谈了对漫画的看法,着重讲了局部与全局、个别与一般的辩证关系。毛主席延安一席谈,影响了华君武的一生。后来,他又听了毛主席《在延安文艺座谈会上的讲话》,花了几年时间消化,世界观终于发生了变化,把民族化和大众化作为他终生的追求目标。这个时期画得不多,画作也只有《解放日报》可以发,将稿子送到编辑部去得走十里路。

离开延安之后,他去了东北。从1946年到1949年,画得多的是讽刺美国帮蒋介石打内战。蒋介石额头贴膏药,就是此时创造的漫画形象。后来在敌伪档案中发现,他已被列入国民党暗杀名单之中,罪名就是"侮辱领袖"。看来,讽刺敌人是要以掉脑袋为代价的。这个时期的漫画,他已大量采用民间成语,如"过河拆桥""黄鼠狼给鸡拜年"等。漫画之"两化",已从酝酿阶段发展到实践阶段。

1949年他调到《人民日报》工作,出任美术组组长、文学艺术部主任。他认为自己没有进过美术院校,美术基础差,使劲往苏联漫画风格靠。1954年波兰一位画家来访,看了他的作品后,直言道"现在的画没有从前好了"。这句话点醒了他,他发现从1950年到1954年,画得"一塌糊涂",在艺术上走了弯路。难怪近些年的漫画选本中,他一张也不选那个时期的作品。

1959年到1965年,他在《光明日报》的副刊上发表了数量可观的"内部讽刺画",讽刺人民内部的旧意识、旧作风,但没有想到会遇到那么大的压力。陈其通一见他就问:"怎么又画这种画了?"在一些人眼里,内部讽刺画是以暴露社会主义黑暗为目的的,往往会被人利用,为敌张目。他深感日子不好过,但心里想不通,党不也反对这些旧意识、旧作风吗?为什么我不能讽刺讽刺呢?当时,郭小川的夫人杜惠在《光明日报》当编辑,他们在延安认识。有一天,杜惠找他来约稿,对他说,现在形势好了,可以多画一点了。她这么一说,他反而不敢再画了。这年与王匡一同出访时,王匡问他:"为什么不画了?我回去找穆青说说。"回国后,穆青果然找他来了。华君武说:"你敢登,我就敢画。"穆青说:"你敢画,我就敢登。"一唱一和,讽刺画就源源不断跑到报纸上去了。

他把《东风》副刊作为一块小小的试验田,看看这些讽刺社会问题的漫画,

华老赠送给我的新年礼物

在社会上会产生怎样的反响。有人说:"这种画也就是华君武敢画。"

当然,到了"文化大革命"时,他倒大霉了,挨批了,成为中央专案管的审查对象,下放劳动,直到1975年才被"解放"。

1978年的三中全会恢复了党的实事求是的思想路线。华君武如获新生,思想大解放。到了80年代初,华君武的系列漫画《疑难杂症》在上海《文汇报》连载,一登就是五年。还在《天津日报》作《生活拾趣》,连载七年。90年代,又创作《漫画猪八戒》系列,在《大连日报》上连登三年。华君武的漫画创作到了丰收的季节。

我一口气读了一百多幅关于猪八戒的漫画,对这个老少皆知的猪八戒真是又爱又恨。华君武成功地塑造了一个漫画艺术形象,淋漓尽致地批评了社会上存在的各种不正之风。他的幽默深刻、尖锐,笑过之后是深沉、严肃的思考。

近七十年来,华君武作画不断。即使建国以后的几十年里,他担任美术界行政领导工作,但夜里依然伏案作画。他曾与邓拓住前后院,凌晨2时之前,他常见邓拓屋里的灯光还亮着,邓拓也常见华君武屋里的灯光不灭。两个偶尔相遇,邓拓说:"你睡得很晚呀!"随后二人相视而笑。

讽刺他人那么尖锐,对自己呢?是一把尺子还是两把尺子呢?一看他的自述画就一目了然了。

他喜欢摄影,而且拥有一台不错的相机,但他弄不清光圈和速度的关系,外出游玩,遇到阴天,往往是乘兴而去,扫兴而归。有一回到了国外,在一个边境山区访问,中国文化代表团团长茅盾先生见一条又高又大的狗,欲与它合影。华君武作为团员,手里又拿着相机,自然成了摄影师。回北京洗印出来一看,狗成了画面的主角了。原来他拍摄时心里慌乱,构图乱了套。他本想把这张照片压下来不送,但茅盾却惦着这张照片,他不得不硬着头皮送去。华老说,直到今天他还记得茅盾看到这张照片时的那种痛苦表情。为此,他专门写了一篇自我揭秘的文章《拍照出丑记》。在音乐上,他会拉二胡,喜欢听交响乐,但在延安时也出过一次洋相。他被拉去参加过一次《黄河大合唱》,唱男低音,指挥是冼星海。他站到台上,看到台下那么多人,尤其是冼星海站在面前环视大家时,他慌张了。当冼星海举起指挥小棍要大家集中注意力时,他误以为要唱了,他憋足气率先喊出了第一句"嗨……呵哎唷",全场愕然,冼星海很不满意地瞧了他一眼。

他把自己身上发生过的丑闻一一亮给大家,一点也不遮遮掩掩。不仅生活中的丑自己揭,即使政治思想上的教训,他也毫不留情地袒露于世。在50年代,为了配合政治需要,他画过丁玲、胡风、浦熙修的漫画。康生见了大加表扬,可也传来了邓小平同志的意见,以后这样的画最好不要发表。他还画过艾青、萧乾、李滨声等人的漫画。到了晚年,每当想起这些政治漫画,他就深深自责。虽然画这些画都有其历史背景,但他不原谅自己。他说:"他们遭到不白之冤,掉到井里了,我却投过石头,心里很负疚,负债感很重啊!"

他还提到,配合"大跃进",他也画过歌颂的漫画。他说:"历史的教训应总结吸取啊!"

每当想起1950年初在《文艺报》上发表对高莽漫画倾向的批评文章,他就感叹不已:"我扼杀了一个漫画家啊!"

我将华老的歉意转告高莽时,高莽笑道:"说真的,我应该感谢华君武同志救了我一次命。要不,到了1957年我非被打成'右派'不可……"

他们并没有因此结怨,反而成为很好的朋友。

刺向敌人的解剖刀,同样也把自己解剖得鲜血淋漓。一个人,不犯点错误是不可能的,可贵的是他能正视历史、正视自身的不足,尤其到了八十五岁高龄,顶着满头苍苍白发,当着他人、当着全国的公众,诉说自己的不是,这是多么难能可贵啊！凭这一点，我更敬重这位老漫画家。

幽默，无疑带给人们以欢乐。但漫画家自己并不尽在欢乐中。由于他洞达世事，头脑太清醒了，就常常会陷入严肃的甚至是痛苦的思索之中。种种主客观原因造成的偶尔的"失手"，又使他在晚年深深地内疚和不安。他还有一个儿子死在唐山大地震之中，但他没有停笔。当我夸赞他到了老年依然才思敏捷时，他一再说："毕竟年纪大了，离生活远了，反应也不敏锐了。我能做和想做的是如何延缓下滑的速度……"

华君武说的是真心话。人是不可能不老的，能老而不衰或延缓衰退速度当是最大的安慰。不过，华君武是为漫画而生的，只要生命不止，他绝不会放下手中

华君武偏爱的鲁光作品《老屋》

的那支锋利之笔。

文已至此,本应收尾了。但有两件事,还想记录于此。

头一件事。那天,我与他告别时,他说:"我们交换一幅画吧。不过,我画不了大画,都这么小,你也画小点……"珍藏他的一幅画,自然是我求之不得的事;拿自己的拙作去换一幅,想都未想过。事后,我给华老写了一封信:"多年前,就有收藏您的画的念头,但您要不主动开口,我是绝无胆量提出来的。我知道,我的画是换不了您的画的,不过,这份情我领了。"看来,漫画家想送画的表达方式也与众不同,充满着幽默感。

画张什么样的画送给他呢?我压力太大了,过了一年了还不敢着墨。送画的事简直成了我的一块心病。

我家离潘家园旧货市场很近,我常去光顾。有一回,我在一个出售旧书刊的摊位上,见到华老的一幅漫画作品。这一幅应是应《儿童文学》杂志之邀,于"八二年五月"画的,画面上张天翼抱着两个笑眯眯的孩子,右边有一行题字:"天翼同志《大林和小林》创作五十周年纪念。"

"多少钱?"我随便问。

"一千元!"摊主答道,并极力推荐,"华君武很有名的,人都不在了……"

我心里明白,这主儿其实并不知道华君武是何许人物。

我又反复看了看,生怕是印刷品或者是仿造之作。画贴在一张硬纸上,有编辑发稿的尺寸。真迹无疑。

"五十元!"我狠狠压价。

"八十元吧!"摊主说。

这就更证明摊主是真外行。华老的画,在北京荣宝斋已卖到五六千元一幅。

"就五十元。"说完转身走人。

"好,给你了!"摊主说。

后来,我去造访华老时,将购画的事说了,并拿出画,请他过目。

他仔细看了之后说:"我看不出任何仿造的痕迹。"

华老进画室拿来一幅朱红色的"龙",以草书入画,有气势,有墨韵,极生动。画的右上角题写了八个字,"鲁光之画如龙腾飞"。他说:"我画了几张,送你一张留念。"又补充道:"这张不是与你交换的画。你画好后,我再送一幅。"

回到家，反复观赏这条红色的龙，我心里涌起一股奋发的激流。我再也沉不住气了，我得赶紧为华老画画。

记得1994年冬，我参加"中国作家十人书画展"时，华老曾说很喜欢我的《忆老屋》。那是一幅乡土味很浓的水墨画，黑瓦白墙，窗台上趴着一只小猫，一头牛直往农家奔。当时我请华老合影，华老就是提议在这幅画前照的。

就画这幅小品吧！完成后，我在画面的上端题写了一堆字，记录了1994年在中国美术馆的这次对话。华老是南方人，或许这幅小画会引发他的浓烈乡思。画成后，挂在墙上，先自己看些日子，如果经得起看，就送；经不住看，就再画别的。

看了个把月，自我感觉尚可。于是我拨通了华老的电话，准备将画送过去。

"再过几天来吧，我出了一本小书好送给你。"华老说。

几日之后，我登门送画。华老不仅送给我一本他新出的书，而且拿出一幅新作《杜甫检讨》送我。头戴乌纱帽的杜甫，双手交叉在胸前的桌子上，右手握笔，愁眉苦脸，纸上落了一行字，"兵车行乃和平主义思想错误"。华老在画的上方题了几行字："一九六一年北京某大学忽批杜老《兵车行》，我作此画讽之，刊

华老赠送给我的漫画作品《杜甫检讨》

光明日报,未几文革风起,我受批判,此画亦被定性为大毒草,亦刊于光明日报,是为记。鲁光同志一笑。二〇〇〇年华君武。"

"你是作家又是画家,特意给你画这幅《杜甫检讨》。"华老将画送给我时,特意强调了这一点。

只要是文人,谁都逃不过这种让人哭笑不得的政治命运。虽然,我未挨批,但此种感受是很强烈的。"文革"中,我的忘年交郭小川写了长诗《万里长江横渡》歌颂毛泽东,写了报告文学《笨鸟先飞》赞扬乒乓球运动员庄则栋的勤学苦练精神,但他一直挨批,批得实在是驴唇不对马嘴。但在那种政治气氛下,又有几人敢出来为他说话?我明知小川受诬陷,虽不与挥大棒者同流合污,私下里说些气话,但也没有挺身而出为他说公道话,反而心里笼罩着浓重的阴影,从今往后写东西可真得小心"文字狱"呀!我明白,华老送此画给我,也就是让我们大家牢记"文革"的惨痛历史。

第二件事,是关于我参加中国美术家协会的事。

华老知道我醉心丹青,就鼓励我参加中国美术家协会。我说我已是中国作协全委会委员了,华老打断我的话:"你既然画画,还得参加中国美协。只要你愿意,我就向中国美协举荐。"

1999年冬,我正在老家筹建五峰山居。我爱人从北京打电话给我,说华老打了好几次电话,叫我抓紧填写参加美协的申请表。年底我回北京后,马上填写了申请表格,送去给华老,同时送去一封给华老的信。我在信中写道:"到了我这个年岁的人,其实名与利皆已淡薄。但参加中国美协,圆一个画家梦,我是很乐意的。入不入得了会,并不重要。有华老作为我入会的推荐人,是让我开心的事。"

在义乌,我碰到了中国美术家协会常务副主席刘大为。他告诉我,华老举荐你入会,我们一致通过。当我再见到华老时,我告诉他:"华老,我已混入美协。"华老幽默地说:"假如美协不吸收你入会,那会是一个工作失误。"

一位八十多岁高龄的美术界前辈,如此热心而又细心地呵护一位半路出家画画的忘年交,着实令人感动不已。

2001年春写于五峰斋

大智若愚宗其香

1986年6月11日,中国画坛的名家大师云集泉城,参加李苦禅纪念馆开馆仪式。纪念馆设在明清古建筑万竹园内,宾客们下榻在落成不久的舜耕山庄。

我住的隔壁房间门上贴着住客的名称:宗其香。

宗其香我不认识,不过我知道他的名字,十多年前他出过一次大名。1973年他为宾馆饭店作画一百八十余幅,到了1974年"批林批孔"时,他的这些画与黄永玉、李苦禅等其他二十余位画家的大批画作,都被视为"黑画",在中国美术馆的西南厅搞了一个"黑画展"。我与友人曾随着拥挤的人群去看这次"黑画展",大厅里,到处都是赞叹声。一位老人说:"多年没有看到这么好的画了!"一旁扶着他的孙女悄声说:"爷爷,小声点!"从1966年喊响"造反有理"以来,就再也见不到这些名家大师的水墨佳作了。画家们挨批的挨批,挨斗的挨斗,无不被剥夺了画画的权利。人民大会堂、北京饭店这些著名堂馆里,也都清一色地挂上了"语录"。周恩来总理倡议组织画家为宾馆、饭店画些国画,于是沉寂了八年的中国画坛才得以复苏。画家们是多么珍惜这个能自由自在发挥艺术天赋的机会呀!他们日夜挥毫泼墨,精品纷纷问世。但如今,这些精彩的画作都变成了"黑画",谁人能想得通,谁人能想得到!黑白颠倒的年代,真是什么怪事都会发生。李苦禅画的"荷塘",画了八朵荷花,就被说成是攻击八个样板戏。批判李苦禅时,苦禅先生说:"我真的不知道画了几朵……"黄永玉的"猫头鹰",因为画成一眼睁、一眼闭,也成了对现实不满的"黑画"。罪行最大的当数宗其香的那幅《虎虎有生气》了。正在"批林批孔"的时候,他却画了三只老虎。三虎为彪,而且虎在草丛中,以草为林,替林彪招魂也!为林彪翻案,胆大包天!北京的报纸,公开点名批判宗其香。宗其香的名字,从陌生变为熟悉。这些画,我与友人都一幅一幅细细看过,但无论如何也看不出所批的内容。对我们大多数美术爱好者来说,我们是"黑画"的膜拜者,是黑画家们的知音。虽然不敢公开表态，但私下里无不在为这些画叫好。

今日有幸与宗其香为邻，真是喜出望外。当夜，我就叩响了隔壁房门，拜访了我敬仰的画家。

宗其香敦实，已有些发福，方头方脑，黝黑，顶一头稀疏的花发，说话粗嗓门，一眼就能看出这是一位极具个性的画家。他的身上还真有几分虎气。

次日，我们一道去万竹园和趵突泉参加李苦禅纪念馆开馆仪式和李苦禅艺术座谈会。不知何故，宗其香老跟我在一块，连照相时也挨着我。

第三天，是自由活动。宗其香一大早就来敲我的房门，很坦诚但又有些固执地说："我随你活动。"

"你想去哪儿看看？"我问。

"你去哪儿我就去哪儿。"宗其香说。

刚刚相识，宗其香就与我这么亲近，真有几分受宠若惊。这也许就是人们常说的缘分吧！我们有缘。

"去朝拜孔子吧！你去过孔庙、孔林没有？"我问。

"好啊！我们去曲阜！"他欣然赞同。

我要了一辆车，宗其香、摄影记者翁一，还有我，一行三人，直奔曲阜而去。

一路上，我们尽兴聊天。

"我喜欢体育，从前会跳水，能滑冰，最喜欢放风筝。'文革'中被折腾得血压高，最严重时低压一百四，高压到了二百多，心脏也出了毛病，半身老发麻。有一天清早坐在院子的石头上糊风筝，感到有点冷，但糊得入了神，突然半身动不了了，全身发麻，躺了三天。放风筝，眼看蓝天，脑子放松，这是一种最好的休息。"他兴致勃勃地说起了自己。

我问起"黑画"的事，他哭笑不得，说："我被批过三次。头一回，想用国画表现现代工业，画了黑乎乎的煤块，题写了一首打油诗：'别看我脸脏身黑，胸怀烈火心头热……'被作为黑画批了一次。第二回，把一个女学生叫到家里，教她画现代画，结果说我否定传统，又给批了一通。第三回，就是《虎虎有生气》那幅画了，本来只画了两只虎，缺少一点什么似的，又加一只虎，成了三只虎。我也没有画树，只画了几根草。硬说我是三虎为彪，是为林彪招魂的，报上公开点了我的名，这次批得最凶最狠。我这个人脾气急，不服就跟人吵，晚上也气得睡不着，血压就直往上升……"说起"黑画"，他气就不打一处来。他大声地说:"后来才弄明白,'四人帮'批黑画,矛头是冲周总理来的。这是一个阴谋呀! 其实,无论我画什么,他们都会找出问题上纲上线的。"

他告诉我,"我最喜欢画夜景。在重庆时,徐悲鸿先生给我激励。直到现在,我还画山水"。早就听说过,宗其香的夜景是一绝。抗日战争时,他住重庆,常去嘉陵江畔看夜景。他用中国画的笔墨,结合运用西画的光与彩,面与块,创造了自己的山水艺术。从青年到中年到老年,夜景在他笔下不断变化着,嘉陵江、长江、漓江、黄浦江,甚至他的住地团结湖……

聊过自己,他又聊起苦禅先生。

"我一般不爱参加社会活动,但这次李苦禅纪念馆开馆,我主动来了。苦禅先生是个好人啊,他豪爽,讲义气。高希舜在南京办美专,发不出薪水,他也去兼课。他说话太直,所以老挨整。他受了委屈,也不怨天尤人。下放石家庄时,走田埂路,摔到水田里,他也不说下放劳动受罪,而是很幽默地说,摔下去,翻个筋斗,就起来了。"聊起苦禅先生来,宗其香充满敬佩之意。他说:"苦禅很重感情。我们下放时,分男生队和女生队。他老想去女生队看夫人李惠文,又不好意思明说,就说他想去看看芦花鸡(女队养这种鸡)。所以,见不到苦禅时,我们就笑道:'看芦花鸡去了!'"

接着,他又说起同事黄均教授的逸事。他说:"黄均的笑话特别多。有一回,皮带挂在脖子上,却到处找皮带,还跑去向连长报告他的皮带不见了。还有一回,他带大家行军,开步走,走到了一个柴堆跟前了,急得他拍大腿喊'站住!'他还爱唱流行歌,爱吃糖……"

我发现,这位平日里沉默寡言的画家,其实是很善聊的,聊得很生动,很有人情味。

孔林、孔府、孔庙,我们整整游了一天,傍黑时,才赶回济南。

"回北京去我家做客。我家有'半壁江山',很别致的山水,去看一看就知道我这个人了。"他一再发出邀请,末了还加了几句:"我爱人平梅会做一手好菜,你们去了,让她露一手,尝尝她的手艺……"

入夜之后,饭店老总来请宗先生作画。我对这位老总说:"你们是不是先给宗先生做点什么后请他画画?"

这经理倒也实在:"我不知宗先生有什么爱好?"

"济南附近还有什么值得看的山水风景吗?"我问。

"有一座山,值得一看。"总经理说。

"你不妨问问宗先生愿不愿意去。"我说。

宗其香一听,明天安排他去看山水风景,就欣然去大厅挥毫作画。画的是几株盛开的梅。

后来,我才知道,宗先生一是爱画夜景,一就是爱画梅花。他的夫人叫武平梅。平梅有一位姐姐叫豫梅,下面还有四个妹妹,大妹就是著名电影演员向梅。豫梅、平梅、向梅这武氏三姐妹,都是宗其香青年时代的私塾弟子。不仅夫人是梅,大姨、小姨子是梅,而且宗其香出生地南京还有梅园、梅山。他一生钟情于梅,一生画梅,画红梅之热烈,画白梅之清雅……

萍水相逢,数日相处,我与宗其香成了知交。回京后不几天,我就如约去团结湖宗家拜访。

我破天荒头一回见到了"半壁江山"。在宗其香画室的一面墙上,有假山,有绿苔,有溪流,有亭台,水中还有游动的小鱼。

"这些石头,都是我从各地背回来的。'文革'中,有人批我是'游山玩水派',其实我真是一个死不改悔的游山玩水派。趁现在腿脚还行,到祖国各地去游山玩水,等有一天我老了,真的走不动了,我就躺在这张画案上,看着这堵墙

宗其香的作品《梅》

上的山水……"宗其香热爱山水艺术和固执的个性，袒露无遗。

我到过许多名人大家的书斋画室，但宗其香亲自营造的"半壁江山"，留给我的印象是最深刻、最难忘的。

宗先生说，他的这"半壁江山"也曾给邻居带来过麻烦。有一回，他把水龙头打开，听流水淙淙，高兴得忘乎所以。出门时，竟然忘了关掉水龙头。如注的水顺着墙缝流到楼下邻居家，水灾泛滥。邻居们纷纷找上门来，才知道水患的源头在宗其香的画室。人们哭笑不得，但也只是友善地提醒他，往后千万别忘了关掉水龙头。

他的笑话逸事，常有耳闻。

有一回，他带学生去桂林，在街头买柚子。他问："多少钱一个？"卖柚子的老乡说："六毛！"宗其香与老乡讨价还价，说："我买三个，两元吧！"买回去之后，学生一算，他才回过味儿来。

还有一回，他的一位朋友故去，在北京医院举行遗体告别仪式。那天平梅有事，宗其香独自前往。平梅告诉他，乘几路车，乘几站，在东单下车，一一交代清楚。宗其香还是早下了一站，一路走，一路打听，走出一身汗。到了北京医院，他就站队尾，等向遗体告别时，他才发现那是一个女者，而他的朋友是男性。原来，他的朋友的告别仪式早已结束，他赶上的是另一女者的告别仪式。当说起这些往事时，宗其香只是不置可否地笑笑。

他捧出一些画让我们看。

那张张夜景，确实是不同凡响。

那幅幅梅花，确实饱含着激情。

他说要送我一幅画。我毫不犹豫地说："要梅花！"

他说，他明白了。

宗其香极少待在北京，常常南下去看梅花，常年住在桂林画画。见他也难。我得赶快去看望一别十余年的这位已经年逾八十的老友。老人最需要的是纯真的友情。

前些天，突然收到他的夫人平梅寄来的一本书——《画家宗其香传》，书中有平梅写的一篇"前言"。她写道："每个人的一生虽然都不相同，但在自己从事的事业上有突出成就的人却都有相似的地方。那就是认真做人、认真学习、认真做事。"最了解丈夫的，莫过于他的夫人。宗其香先生就是一个这么认真，应该说还那么天真的人。

1998 年元月 12 日夜

"老少年"卢光照与"寄情小屋"

头一次与卢光照老先生相识，是数年前一道去青岛参加崔子范艺术馆揭幕仪式。在北京火车站上自动扶梯时，我主动扶了他一把，谁知他推开我的手，笑道："不用的！我是老少年！"他的乐天性格，使我一下子就喜欢上了这位清癯的白发老人。

卢先生八十四大寿，一大清早，他就一个人兴致勃勃地来到自己的画斋"思齐堂"，铺纸挥毫，画了一幅寿桃，自己给自己祝寿，并题写了一段很风趣又很有个性的话："人生七十古来稀，老夫今生八十四，阎王不叫自不去，我就这个犟脾气。"意犹未了，又接着写："谚云，七十三八十四，阎王不叫自己去。余不信。"他的乐天脾性，可见一斑。

卢光照先生，河南汲县人，1937年毕业于国立北平艺术专科学校，齐白石、溥心畬、黄宾虹诸名家皆为他之师长。他偏爱大写意，以为大写意最适合他的性格。齐白石很赏识这位厚道的河南弟子。有一回，在课堂上见到卢光照的一幅墨竹，白石当众题字："光照弟画此粗叶，有东坡意，乃同校之龙也。"齐白石此举，使四座皆惊。此后，齐白石还多次为卢光照的画作题字，如"光照弟画才过我也。""光照弟别有思想。近世不易有也。"可见钟爱之情何等深厚。

"七七事变"后，北京沦陷。在祖国危难之际，这位初露才华的青年画家，毅然投笔从戎，参加了张治中的部队，作宣传员，当抗敌剧团副团长，还自己动手写剧本，上台当演员，辗转抗日前线，为抗敌将士和百姓演出。1944年，卢光照在重庆办个人画展，齐白石不远万里，从北平寄去题字"吾贤过我"，激励这位重新拿起画笔的心爱弟子。卢光照心里明白，白石老师的题字，更多的是给他以鼓励和企盼。他一直将这四个字挂在自己的住室。他说："只要抬头见到这幅题字，我画画就有动力。只有把画画好，才对得起老师，否则，就辜负了白石老

"老少年"卢光照与"寄情小屋"　　97

卢光照（右二）及夫人程莉影（左一）、崔子范（左二）和我合影于崔子范画展

人的厚望了。"

从1946年起，卢光照就献身于艺术教育和美术编辑事业，先后任职于国立北平艺专和人民美术出版社，直到1975年退休。从艺六十年来，他一直辛勤耕耘着花鸟画坛，尤其是退休之后，更是一心一意从事大写意花鸟画的创作。他深得"齐派"大写意之精髓，并吸收任伯年、吴昌硕、虚谷诸家之笔墨神韵，走一条与前人不同的艺术之路。近些年来，他苦苦追求墨调色调的单纯、厚重，多用浓墨、焦墨造型，使晚年的绘画艺术更老辣、厚拙，品位高，也更具冲击力。

卢光照先生有老孩童的脾性，在艺术上不喜欢论资排辈，而爱与中青年画家为伍。前几年，北京市邀集老中青画家创作大画。组织者让老先生休息，可年近八十的卢光照一直站在一旁认真观赏，直到中青年画家将一幅丈二匹大的画画完。他很实在地说："年轻人思想新，我常从他们那儿偷一招。"到了晚年，艺术成就已有定评，他的画作被作为国礼送给外国元首，还陈列于我国国家级的堂馆。但他也有烦恼，深感光阴似箭，时间总是不够用。他曾不止一次在题画时发出感叹，在一幅《母子图》上，他写道："闻听敲门即心惊，案头画作难完成，高朋满座固然好，人生能有几春冬？"他惜时如金，每天都去"思齐堂"上班，写画不止。

在有些画作上，他常落款"三不子老人"。我问他这"三不子"是什么意思，他说："一是谦虚谨慎，不摆架子；二是不懂不装懂，不充壳子；三是不卑不亢，不当孙子。"这"三不子"，正是他人格、画格的真实写照。我不禁联想起他的老师溥心畬题他的一副对子:"人品无瑕玉界尺,文章有骨绣屏风。"他解嘲道:"其实,人无完人,对我来个三七开就不错。但我一生从艺是有自己遵循的几条道道的。"这"几条道道",就是他近日写给友人的几句话:"不靠吹,不靠骗,要靠干,甘于寂寞,不慕名利,为艺之道也。"

那阵子《人民日报》约我为卢光照写一篇稿子,于是我叩响了西坝河一栋普通居民楼的单元门。开门迎客的是卢老的妻子、女画家程莉影。

在小客厅落座之后,卢光照先生就大声说起话来,程莉影不时提醒他:"别激动,轻声点,少说点。"卢光照已是八十又五了,说话太累了,怕心脏受不了。一对形影不离、相敬如宾的老夫妻。

这是一套两居室,除去一间作客厅之外,还有一间卧室。我问:"你们在哪里画画?"

莉影说:"在隔壁还有一套两居室。"

主人不主动让参观,我也就不便提出要看看画室。第二回访问他们时,程莉影说:"画室太乱了,不过,我还是领你参观一下吧!"

她打开隔壁的房间。过道上堆满了打包的画册,只留出一个人能走路的地方。左边是程莉影的画室,门楣上挂着四个字"寄情小屋",是卢光照的手迹。

屋子很小,也就十一二平方米光景,两个书柜,一张小桌子,还有一把椅子,地上堆着她的画作,码得很整齐。窗外,长满爬山虎,此时是冬日,不见叶子,只有伸展自如的枝藤。画室虽小,但挺温馨,挺有情味的。

"我们每天都来这里画画,就像到机关上班似的,他进他的画室,我进我的画室。安静时,仿佛相距千里,听不到一点声音。画了好画,只要一声呼叫,他就过来看画。他画出得意之作时,也叫我过去。一年三百六十五天,只要在北京,天天如此。"程莉影娓娓道来,很随意,但又充满感情,透出对生活的一种满足感。

程莉影认识卢光照时,才十五六岁。她在湖北襄阳参加了战地服务队,突围时与队伍走散了,就去投考张治中将军统辖的33军团抗敌剧团。卢光照在这个团当副团长。他见这个小女孩机灵、漂亮,就将她吸收入团了。共同的事业,使她与卢光照彼此相爱,并喜结连理。后来她喜欢上绘画,考进国立艺专,成为齐白石的学生。其时,卢光照已是国立艺专的教师。人们戏称他们是"师生恋",但卢光照总要申明,他比她早十年毕业于国立艺专,是校友。程莉影进艺专时,

"老少年"卢光照与"寄情小屋" 99

我珍藏的卢光照墨宝《临潼石榴》

他们已经是夫妻，而且已有一个女儿了。

十多年前，我去济南参加李苦禅艺术馆开幕活动时，与这对画家夫妇同行。那时，卢老已是七十多岁了，但打扮很入时，简直是翩翩少年的风度。程莉影已年逾六十，但风韵犹存。卢光照自称"老少年"。我曾幽默地封他们为"一对老年健美冠军"，他们没有反对，乐于接受这份赞誉。以后，还多次在美术馆见到他们。卢光照有时穿一件深红的风衣，有时围一条鲜红的毛围脖，总之都是风度翩翩。莉影告诉我，她愿意把他打扮得年轻一些，潇洒一些。

前些年，莉影给我寄来一本个人画集，很薄，但画很精，清一色的大写意花鸟画。如果不知作者，肯定会以为这些大气之作是出自哪位男画家之手。难怪齐白石说她是"不类女子"呢！

前不久出版了一本他们夫妻俩的书画合集，我发现程莉影的画中有卢光照的影子，而卢光照的画中也有程莉影的影子。这不是我一个人的发现，不少画界人士也持此看法。看来，天天在一起画画论画，难免互相影响。

"这张桌子太小了，我总想画几幅大画，至今还画不出来，不甘心。"这是在

程莉影在鲁光画作前

"寄情小屋"里我听到的她的唯一遗憾。

"寄情小屋"的对面,是"思齐堂"——卢光照的画室。相对来说,大了不少。几幅新作,其中一幅四尺的竹子,挂在墙上,老辣苍拙,显示了卢老步入老年之后的功力。

"在家里,卢光照也只能画这么大的画,再大的就画不开了。"程莉影说。

"寄情小屋"和"思齐堂",对这两位老画家来说,都太小了。

我讲了几家宽敞的画室之后,问:"打算搬家吗?"

莉影说:"不搬了。尹瘦石原来也住这里的,搬了新家,就不幸走了……"

其实,不搬也罢。山不在高,有仙则灵。屋也不在大,有情就行。"寄情小屋"是属于她的,只要往那儿一站,激情就涌向笔端,一幅幅花鸟新作就应运诞生。

卢老仙逝后,我去看望过莉影。我在荣宝斋办画展时,她在女儿陪伴下来看了半天画。一幅一幅仔细地看,不住地说:"你画得好。光照生前总给我说,你的画大气、现代。"我出版了自述,还专程给她送了一本去,在她的新居聊了好一阵子,她说要出一本纪念集,让我写一篇卢光照艺术品赏的文稿。我重读了卢光照的大画册,用心地写了一篇千字文的随笔。

2010 年 3 月初于北京五峰斋

雨中荷花周思聪

"周思聪逝世了,21日晚10时45分走的,进医院才二十二个小时就走了。人好,艺术也好,才五十七岁就走了,多可惜啊!追悼会30日下午3时在八宝山举行。"1996年1月23日,一个寒冷的冬夜,画友何韵兰来电话,告诉我这个意想不到的消息。

这十来年,我与思聪交往较多,聊过艺术,也聊过人生。

头一次见她,大约是20世纪80年代初。经历了多年的禁锢,人体艺术刚刚复苏,吾友詹忠效办着一份画报,已开始刊登人体艺术的文章和作品。他约我一道走访周思聪,约几幅人体画稿。在光华路附近的一幢居民楼里,我们敲开了周思聪的家门。当年,周思聪也就四十多岁,清清秀秀、文文静静、朴朴实实的,但一眼就可以看出,这是一位很有内涵的女画家。她翻出几幅人体速写向我们展示,线条流畅,造型有些夸张,突出了模特儿的宽厚和质感。她笔下的人体,一点也不媚俗,隐隐约约吐露着生命的沉重和苦涩。我头一次见到用线条组成的人体艺术,就被它的美、它的内涵深深吸引住了。她的话不多,但该说的,又都恰到好处地说到了。

过了一段时间,我做客刘勃舒家,那时他刚出任中央美术学院副院长。他很推崇周思聪,说"周思聪画得好"。勃舒的这个推荐,在我心里留下了深深的印记。而我真正与思聪相熟,是从1985年起。

那年正筹办我国第一届体育美术展,周思聪与吴冠中、刘开渠、刘勃舒、靳尚谊、华君武、郁风等一道,成了这次展览的评委。

初审时,浙江美院谷文达夫妇有一幅画盲人下棋的画,黑乎乎的。中国美协展览部的一位老同志,三番五次提议拿掉它。此公的意见,我一直是很尊重的,他说得对的,我就告诉工作人员:"最高指示,照办。"可对谷文达夫妇的这幅画,我却很欣赏,于是老用"看看再说"这句话来敷衍他。展出之后,此画得到好评。头一轮投票,它上面贴的红条条最多。周思聪就是据理力争将此画评上奖的评委。开评委会时,她总是静静地坐在那儿,很少开口,一旦发言,总是很有分量。她说:"谷文达的这幅画,很有新意,内涵也深。"评委们赞同她的看法。从此,我对思聪的艺术眼力,多了几分敬佩。

画展之后,我出任中国体育报社社长兼总编辑。1988年,报社创办三十周年,出于责任感,也出于个人爱好,我决定出版一本有纪念意义的艺术挂历。这本挂历的独特之处,在于向读者推荐画家,每一页上登画家的相片和艺术简介,一扫一般挂历浓重的商业味道。我知道,画家们会喜欢这个创意。

我去找周思聪约稿时,她的先生卢沉接待了我,说:"思聪住院了。"

我到医院里去看望她。那些年,她的病很重,几乎画不了画。

她很不安地说:"让卢沉找一张反转片先用吧!"

挂历出来时,她已出院。她一幅一幅地翻看。看完后,她说:"崔子范、刘勃舒他们都送画了,我也得送一幅画。"

我知道,她疾病缠身,已很少作画,就说:"你不用送画了。"

她搬来一沓自己珍藏的精品,挑出一张四尺对开的彝族妇女背柴火的画,说:"这幅送你吧!"

我推让再三,但还是拗不过思聪的真诚,只得收下这幅珍贵的艺术品。

画家无不把自己的作品视作生命。思聪在重病缠身作画艰难的状况下,仍然割舍自己的藏品,拿来赠送,实在很令我感动。直到如今,我想起这件事,心里就十分不安。真后悔收下思聪的这件珍品。

在生命的最后几年,思聪一边与疾病抗争,一边不停笔地作画。1987年2月,在中国美术馆东南展厅,展出了九位女画家的新作。思聪参展的作品就是荷花,大多为雨中之荷,画面朦胧悲凉。

后来,见到思聪时,我很唐突地发了一通议论:

"你的荷花,尤其是雨中之荷,画得很美。我以为,以你深厚扎实的功底,好像应该画些更有力度的作品……"说这番话时,我脑海里浮现出的是她的《矿工图》这类史诗般的画面。

思聪听了,平静地说:"过去我画得比较甜美,这与当时的心境有关。后来心中有一种积聚,想奔发,想宣泄,就画了《矿工图》。感情宣泄了之后,感到

我珍藏的周思聪墨宝《惠安女》

心中空寂，就画了这些画。我一直在病中，很痛苦。人到中年，总想变变，我在探索新的路子，但直到现在还没有找准路……自己也是很苦恼的……"

1996年10月，一个纪念思聪的回顾展，在中国美术馆东南厅举行。那天，北京下着淅淅沥沥的秋雨，仿佛老天爷也在悼念这位英年早逝的女画家。我和朋友们站在思聪的那些用生命画成的荷花之前，心被画幅的悲凉感染着。画家刘汉感叹道："思聪的为人，有口皆碑。她的画，是一池清泉，可以洗涤人的心灵。"

这一天，来宾如云。头天晚上，我为送自己即将在中国画研究院举办个人画展的请柬，敲开了卢沉的房门。卢沉坐在画桌前，对着满屋的周思聪画册和纪念文集，愁容满面。

"思聪艺术回顾展，明天就要开展了。我印了一千份请柬，谁知都发出去了，还不够。许多朋友来电话要，加印已来不及，只好向他们表示道歉了。"卢沉消瘦多了，人也显得很疲倦。我知道，他是为思聪而消瘦的。

我也算美术馆的常客了。一个展览，如此人头攒动，来者又多为艺术界的行家里手，实不多见。这一方面是由于思聪的艺术成就非凡，另一方面也说明思聪的人缘好。

等观众渐渐散去之后，我又回到展厅细细地读思聪的画，而且，重点读她的荷花系列。

每一幅荷花，都吐露出她对人生的感悟，对人世的体验，寂寞中透着热烈，悲愁中透着喜悦，充满着对生命的热爱、渴望和留恋。她用现代的艺术观念和娴熟的彩墨语言自由自在地抒写了真实的内心世界。荷花是思聪生命晚期心境的写照。卢沉在谈论思聪的创作时，曾说："周思聪最好的作品，我认为是她晚年画出的抒情作品——荷花，而这荷花正是在她最困难的时候画出来的，正是她靠激素维持生命、靠药物暂时抑制病痛的时候。从画面看，非常平静，没有一点浮躁的东西。我们看着荷花，就像看到了周思聪本人，这就是她的自画像，就是她内心的一种深刻的表达，非常平淡，又带有一种淡淡的伤感和悲凉……"卢沉的论述自有他的独到之处，他是思聪人生与艺术的知音。

回想起我在病房里与思聪的那番议论，深感唐突和不安。好在思聪喜欢真实，而我当时表述的是一种真实想法。看来，要真正读懂思聪的画，不仅需要时间，而且还需要深刻的人生体验。

卢沉与鲁光同受聘于苏州大学兼职教授

1998年初夏,我与卢沉作为苏州大学艺术学院新聘的兼职教授,同机去姑苏讲学。我们朝夕相处,还一道去西山、同里游览。我们自然而然地说起思聪。有人曾说"周思聪是卢沉画派的代表人物",我一直纳闷,不得其解。这次,实话实说,不禁发问:"此话如何解释?"

卢沉没有直接回答这个问题,但深沉地说:"我们的艺术观点是相通的。我为她编画集、办展览,不仅因为她是我的妻子。她的艺术影响一代人,她属于中国,也属于世界。"

"她实在是走得太早了!"我无限惋惜地感叹。

卢沉陷入怀念和悲哀中,沉重地点点头。

我不禁回忆起气功大师严新为思聪治病的一段往事。

在一次海峡两岸艺术家聚会的餐桌上,书法家沈鹏说:"严新用气功把周思聪的病给治好了。"

"是吗?"我庆幸但又有些不信。

沈鹏说:"你可以找周思聪问问呀!"

我对气功是又信又不信,而沈鹏是个地地道道的忠实信徒。严新出了一本国画挂历,亲笔题款送我和沈鹏。我很随意地把它放在一旁,沈鹏不仅把它挂在墙上,而且每天都站在它的跟前去接受严新的气功,他说"那是一本带功的挂历"。

为了印证沈鹏的话,我特地走访了一次思聪,将沈鹏的所言复述了一遍,问道:"是真的吗?"

思聪说:"那天严新来家,电话响了,是天津的一位朋友打来的,问我身体好些没有。我平时接电话,都走不过去,需要用手扶着墙慢慢走过去。可这一天,我不知不觉地走过去了,还对天津朋友说'好多了'。严新说,其实刚才他已给我治病了。过几天,卢沉他们去颐和园,我居然与他们一起去了,天下雨,我就在雨中跟他们一道翻过万寿山。又过了一些日子,我参加师生行队伍,随叶浅予老师下江南……"

"严新那么神吗?"我为思聪的康复高兴,但仍然有些将信将疑。

思聪诚诚恳恳地说:"我说的都是真实情况。"顿了顿,她又忧愁地说:"半年过去了,现在我的病又严重了,找严新也找不到,他去美国了。"

我正要启程去美国,答应帮她找严新。

一到大洋彼岸,一家华侨报纸的总编辑就找我约稿,他说:"严新可神了,他正帮议员竞选……"我不以为然,疑惑地问:"气功怎么帮人家竞选呢?"稿子未写,行程匆匆,又身不由己,最后也未找到严新。

我对卢沉说:"如果那次找到严新,思聪也许会有救……"此时,我是宁信气功万灵了。真后悔没有发狠心在美国寻找严新。

卢沉摇摇头:"很难说……"

也许,人世间真有缘分,思聪与这个世界的缘分已尽。

她的先生卢沉说,周思聪晚年病中之作荷花是她的自画像。雨中荷花,透着几分悲凉,但以顽强的生命,吐着淡淡的幽香。思聪英年早逝了,但她的人品和画品,却永存世间。卢沉一直希望为思聪建立一个艺术陈列馆,这不仅是为了思聪,也是为了中国的美术事业。

思聪生前写过一篇《自传》,最后一句话是:"我只愿人们看到一个真实的我。"希望大家能从我这些零乱的回忆中,看到一个真实的周思聪。

1999年冬忆写

长安寻访方济众

80年代初,我已染上了画瘾,到了一处,不拜访一两位画家,就仿佛若有所失。

1982年春,我西行长安。临行前,刘勃舒修信一封,嘱我捎给方济众。

当时,方济众是陕西画院院长,长安画派"三杰"之一。其他"二杰",一位是他的师长赵望云,还有一位是他的画友石鲁。

我去拜访他那天是一个星期日。初次见面就一见如故。方济众为人敦厚、质朴,像一位老农,也像一位乡村的老师,性格内向,不善言辞,但一言一行又透出真挚和厚道。他生于1923年7月,我去拜访时当是年近七十。

勃舒在信中说,要一幅他的画,是一位国外朋友要的。

现今的著名山水画家罗平安,是当时陕西画院的秘书,跑前跑后忙乎着。方济众动手作画,画了几只可爱的小鹿戏闹在秋林中,热烈、单纯、爽目,生

方济众和他的老师赵望云

我珍藏的方济众墨宝

活气息浓郁。题了款盖了章,坐下喝了几口茶,又铺上了新纸,对我说:"给你画一张。"

我喜欢看画,但从不专门求画。他说要给我画画,我自然求之不得。

我伫立一旁,看这位长安画派的大手笔挥毫泼彩。

他用墨特讲究,用毛笔来来回回舔了几回墨,又在一张宣纸上抹了抹,凝神屏气,运腕挥毫,只几笔就勾勒出一只山羊。又几笔,添了一只山羊。两只山羊都只画了三条腿,面向远处。画好山羊后,方济众反复凝视画面,随后就快捷地几笔勾画出一块巨石,然后干干地用淡墨,在石头空白处皴擦。巨石顿时具有厚重的质感。这是一幅墨色极佳的写意小品。我以为,他就要题字盖章了。谁知,他打开彩盒,用水调了些朱砂,用一支羊毫笔蘸了颜色,往巨石上点点染染,勾勾勒勒,大约点染了半个钟头后,一派浓浓的秋色跃然纸上。题了上款,也盖了印章。这时,罗平安已来催促吃午饭了。

方济众、罗平安、苗重安……加上我,六七个人,在画院餐厅,一边吃一边山南海北地聊。

令我感动的是,大礼拜天,以方济众院长为首的这么多画家,在画院陪着我这位来自京城的小人物。而且,画院的几位画家都为我画了一幅山水小品!这太使我受宠若惊了!我深感长安人的待客之热情和实在。

午餐之后,回到画室,我准备告辞。已经耽误大半天时间,该知趣告辞了。

方济众又把送我的那幅《秋色图》打开,细细端详了起来,说:"你跟我上家去,我重新为你画一幅。"对于眼前这幅小品,我以为挺有情味了,但他自己不满意。

对一幅应酬之作,方济众却这么认真,一种尊敬之情从我心里油然而生。

我随他到了他的宅第。为我倒上茶水之后,方济众也顾不上休息,立马铺纸作画。我一边看他作画,一边心里着实过意不去。萍水相逢,就凭勃舒的一封信,一位古稀老人这么真诚地招待我,这么忘情地为我作画。天色已近黄昏,屋里开灯了。方济众搁下笔,又细细端详刚刚画成的画,说:"这幅送你吧!"

画未干,我们坐下来聊了一会儿天。

他生在陕南,1946年到长安随赵望云学画。他说,黄胄当时也跟赵望云学画,他们是师兄弟。他说本想下午带我去看望石鲁的,但石鲁病重,正在医院打点滴,只好以后再找机会去看他了。

我问起"十年动乱"中长安画派的际遇。他沉默了好长时间,仿佛不愿触动那段悲痛的岁月。

"石鲁给逼疯了,差一点儿逼死了。我全家都下放回老家……"他一边感叹,一边拿出一个本子,翻开了其中几页,让我看。他写了那么多的诗。我这才知道,方济众不仅画好,诗也写得好。他的老家在陕南勉县,那是黄土地中的一块好地方,山幽水清,林茂泉密,是古代兵家必争的雄关要塞和粮仓。正是这块山清水秀之地孕育了他田园诗般的山水艺术。在"落户"老家的那些岁月里,他既为受迫害而悲愤,但又沉醉到故乡的风物之中。"十年动乱"后,他画兴勃发,创作了许多山水小品,1979年他画了一幅寄托乡情的画《汉水巴山是家乡》。画上的题诗,正反映出画家对故乡的这种深深的挚爱。题诗共四句:"汉水巴山是家乡,笔砚生涯忘愁肠。最是江村堪眺处,稻菽丛里米鱼香。"在那个本子里,有他数十首即兴诗作,他说:"我下一步就要把这些诗意都画出来。"我急切地等待读到他的新作。

1985年我去西安时,头一件事就是去看望三年多不见的方济众先生。

我珍藏的方济众墨宝《竞走图》

门开着，我敲了几下，才听到他的声音："请进！"

进屋一看，他正在凉台上栽花呢！见我来了，他急忙拍拍沾着泥巴的手，说："多年不见面了，请坐请坐。"

他刚从医院出来，气色不太好。闲谈中，我感到他的心情也不是很舒畅，好像是为复杂的人事之类的矛盾所苦恼着。其时，西安的两位尖子画家都已离去：李世南去了武汉，王子武去了深圳。"西安留不住人"，艺术界议论纷纷。因为方济众是陕西国画界的首领人物，对这类事特敏感，也不便深问。我只是隐隐约约说起了这件事。方济众为他们的离开深感惋惜，好像也有些不安。但矛盾的焦点其实也不在他身上。我只劝他，到了这个年纪了，千万别为那些人事矛盾而苦恼，"您还是画您的画，一心一意画您的画"。

他拿出一本《方济众画集》，题了字，签了名，送给了我。当夜，我就翻阅欣赏，四十八幅写意山水小品，就如他的为人一样，质朴无华又含蓄热烈。他的画，平易而不俗，浓烈而又清纯。我很赞成一位评论家的比喻，"它们是农民眼中的世界"。这里见不到哀怨，却满目是诗意盎然的生活。方济众通过绘画表达的是自己乐观向上的艺术观念。可惜，1987年他就离开了人世。

客居深圳的王子武，1997年与我聊起这位他在西安时的艺术前辈时，很惋惜地说："方济众艺术上正成熟，离开我们太早了……"

1998年冬日忆写

赖少其"补缺"

1987年9月我途经羊城时,著名老画家赖少其告诉我,他将于全运会期间举办个人书画展览。11月中旬,我刚抵花城,他就托朋友将精美的请帖送来了。他的家离我们下榻的白云宾馆很近,我抽空去看望了他。

在赖老的画室"羊石斋"落座之后,他指着一堆堆镜框说:"展览的字画都准备好了,你先瞧瞧吧!"说着,亲自一幅一幅搬出来让我欣赏。黄山景色、羊城风光、奇花异卉、隶书、行书……真是美不胜收。虽然这位曾被鲁迅先生称赞为"最有战斗力的青年木刻家",离休前一直从事宣传领导工作,但几十年来砚耕不止。为了画黄山,连他自己也记不清上过多少次黄山了。他既师古人,又"以天地为师",形成了独特的艺术风格。虽已蜚声中外,但他仍然在变法。有些

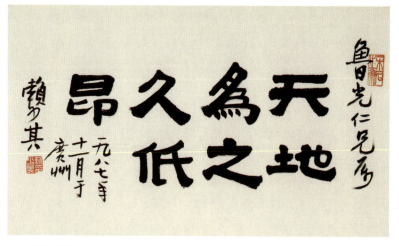

赖少其送给我的书法作品

山水画的笔墨，一改传统表现方法，更多地吸取了印象派之长，令人有耳目一新之感。这对一位七十有二的老人来说，真是难能可贵。

"太丰富了！"看完画，我情不自禁地赞叹。他摇摇头，说："还少一张体育题材的画。我的画展是体育盛会期间开的，没有体育题材的画，怎么也说不过去。"他望望我："能陪我去天河走一趟吗？"

不等我说话，赖老的夫人曾菲说话了："我也去。在我们家，我才是真正的体育迷呢！在新四军里，开运动会我一个人拿好几项第一名，有'全场冠军'之誉。在人民大学读书时，我又是校女篮队长……"

如果她不做这番自我介绍，我真看不出这位文雅而又有些发胖的老同志当年还是一位小有名气的运动员呢！

我们相约第二天一早去天河。可第二天早晨，只有赖老一个人步行来白云宾馆坐车。他夫人因身体不适不能一起去了。

我陪赖老登上了天河体育中心马路对过儿的一幢十层高楼。站在楼顶平台上，天河体育中心尽收眼底。赖老看了许久，说："可惜没有前景，显不出这些场馆的宏伟。"他在平台上转悠了一阵，突然指着远处的跳伞塔和树林，兴奋地说："我把它们借用过来当近景。"

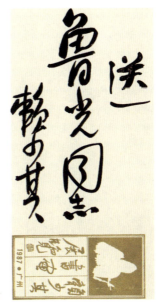

赖少其手书信封

我为他借来一张旧藤椅。他落座之后,将一张日本宣纸硬板架在腿上,从一个小长包中取出小圆墨盒和毛笔。小圆墨盒底部有一条小绳,系到左手拇指上,就无须别人为他端拿了。我觉得用毛笔画速写很神奇高超,因为墨一落到纸上,就无法改动。他不打草稿,蘸着墨,随意在白纸上横涂竖抹。他画得那么入神,太阳晒得他直淌汗也顾不上擦抹。约莫过了一个多钟头,一幅天河全景图就活脱脱地展现在我的眼前了。突然,空中响起嗡嗡的飞机声。赖老灵机一动,信笔在画幅上面的空白处加了几笔。转眼间,一架掠空而过的飞机跃然纸上。意犹未尽,他又添画了几个气球。他自己也挺满意这些即兴之笔,还说:"我想起了六运会开幕式的盛况……"

这后添的几笔,真乃神来之笔,顿时使静止的画面动了起来,这是老画家的激情在滚滚流动呀……

画展如期在文化公园开幕了。开幕前,赖老望着挂在展厅里的这幅新作,欣慰地说:"我总算了却了一桩心愿。"

1987 年 11 月 20 日于羊城

山野禅人王乃壮

行文之前，得先破一下题。王乃壮并非佛家弟子，也不隐居深山荒野，而是住在著名学府清华大学的一幢普通楼房里。小三居，旧式设计，太拥挤了，于是在离楼不远的地方，每年花几千元租了一间库房。因他钟情于禅意，张仃先生为他书写了"山野禅居"几个字。王乃壮将它高悬在对着窗户的墙上。也许因为这是一间简陋的库房，比起楼宇来，显得太土了，故有山野之居的联想。但经王乃壮一装点，三面白墙上挂上了他的花鸟、佛像和现代书法，靠窗放上一张大画案，就成了一间艺术氛围挺浓的画室了。他是这间画室的主人，于是他就成了"山野禅人"了。

这题破得不知是否准确，因为，这个解释里，有乃壮说的事实，也有我的类推和联想。大致的意思应该差不了。

我结识清华大学的这位教授已有七八年之久。天津的大书法家王学仲重病之后，吾友古干来电话，说："我与王乃壮想去天津看望王学仲先生……"我知道，他们都热衷搞现代书法研究，古干是会长，王学仲、王乃壮是顾问。我随车跟他们一起去了天津。

乃壮先生是半路上车的。他个儿不高，壮壮实实的，一口江南口音，很健谈，也很风趣。一路上，我们就听他山南海北地神聊。在我的印象中，他的思路很活跃，对人世间的事悟得很透，喜欢大自然。其时，他刚出版了一本《王乃壮画集》，在车上就送了我一本。精装硬封面的，油墨未干，把包装的纸都粘上了。他很恼火："出本画册真累。印点精装本，封面弄成这样……"我翻阅了一下，花鸟人物都有，与一般传统的画法不太一样，挺新鲜的。回京后，我一直珍藏着这本画册，不过，珍藏前，我先用高丽纸包上了封面，以防它粘坏别的画册。

王学仲好像因为书协的人事更迭有些生气，病也与此有关。我们都劝说他看得透一些。王学仲也说，他早悟透了。但从他的谈话中，听得出他并未真正悟透。王乃壮与古干也有些同感。要悟透人生，不是一件轻而易举的事。乃壮与古干皆钟情于禅意，都画佛。回京路上，他们大谈禅意禅画，我插不上嘴，只是入神地听着。只觉得，他们为此入神于禅宗画，是有道理的。至少，我对他们所书所画，有了一种理解。

我们驱车直达清华，送乃壮回家。客厅不大，到处是大大小小的佛像，连门外的小院里也堆满了佛像。乃壮实在是佛像的一位大收藏家。同住京城，但见面的机会不多。乃壮住在西北角，我住东南角，而古干住在遥远的北边。

王乃壮是杭州人，有一闲章"武林人"。他说，不是武术的武林，而是杭州市里有一处名叫"武林门"的地方。他出生于那里。南方人都是爱吃金华火腿的，我的老家就在出火腿的地方，家乡来人老给我捎火腿来。我爱人是河北保定人氏，不爱吃这东西，于是，来了火腿就往外送。我想起王乃壮是美食家，曾托人给他捎过一回。王乃壮给我寄来过一份请柬，我去中国美术馆看过他的个人画展。他的佛画多起来了，还有长卷水仙，给我留下了极深的印象。看过展览当夜，我给他去了一个电话："刚看完你的展览。画得很好。我知道，你画画有新的动力……"他爽朗地大笑。

《人民日报》大地美术版的钱守仁，要去为王乃壮写一篇"画斋三昧"，约我同行。我们起了个大早，清晨7点便从家出发，到清华园已是9点半。

我送了一本《鲁光画集》和一点火腿给他。他接过火腿，很快活地说："火腿是好东西！"画册也看了好一阵，但未发表高见。他有一句名言："初观之，刺眼醒目；再观之，一览无余；三观之，则已望而生厌了。"但愿我的画不属此列。

这间客厅，与我七八年前来时，已有不少变化。最大的变化是少了许多佛头和佛像。门楣上，挂了他的老师吴作人先生为他画的一幅精品——两头墨色极佳的奔跑中的牦牛。他说："肖淑芳喜欢我的画，拿走了十张。本来先生还答应送我一张骆驼，但后来他身体不行了，画不了画了。当然，我也就得不到另一幅画了。"

随他学画的一位年轻的女士端了茶来，很客气地让我们品茶。乃壮见我带来一本大册页，就忙说："我们去画室吧！"

到了画室，他拿出一沓新画让我们看。我们看了十多幅山水。他说："这是禅意山水。"一旁的题字，清一色是禅语。看过山水，他又搬出十多张佛画。他将佛画与碑文有机地糅合到一张纸上，给人耳目一新之感。他说："我画花鸟少了，尽画佛像。"从收藏佛像，到画佛像，乃壮的心完全沉进禅意之中。

我不禁地问："你信佛吗？"

他摇摇头："我是不信佛的。"

"那为什么你那么喜欢收藏佛像和画佛画呢？"我追问。

他说："我喜欢禅学中的哲理。"

他口中念念有词：

　　隐者避人如避虎，粗衣素食甘自苦。
　　一生不识持门户，眼底黄金视粪土。

生怕我们听不明白，又在一张白纸上将这四句禅语写了出来。

王乃壮为我画的册页

意犹未尽，他又写了两句：

　　　　自知性癖难偕俗，且喜身闲不属人。

　　对我这个禅门之外的人来说，这些禅语都是新鲜的。那禅意恐怕一时半会儿也领悟不透，且留着慢慢品味吧。
　　王乃壮问我们："知道日本有位大禅学家铃木大拙吗？"
　　我摇摇头，说："不知道。"说真的，我对禅学，是一个无知的门外汉。
　　乃壮想了想，说："铃木大拙有几句话，一个人当你想做一件事情时，先把自己当成已死去的人，然后去做你的事情，就会无往不胜……说得多深刻啊，死而后生。而当今社会上的诱惑太多，人们的欲念也太多，又想要汽车，又想要别墅，有这么多的欲念还静得下心搞艺术，还能画出真正的好画来吗？"顿了顿，又激动地自白："我不要别墅（存心念成"别野"），就住这清华园里。舍不得离开我房后那个小院……"
　　我们回到他的客厅，这才注意到客厅正墙上有他自书的三个字"静敛斋"。他常常在一些画上落款"静敛居士"，原来出处就在这里。
　　他为我们解释了"静敛斋"的含义。他说，"静"来源于国外的一条河。那长长的河是愈深愈静。我取其一个深处之静的含义。画以简约为尚，简之入微，去尽沉渣，烟寰翠黛，敛容而退矣。画不能剑拔弩张，应该含蓄而内在。
　　打开客厅的阳台门，便是他苦心经营的那个小院。许多佛像不见了，他说有的送人，有的换别的文物了。小院四周，长着数十根高高的翠竹，小院上边搭着花架，架上爬满了刚吐绿的藤蔓。乃壮说："这里有三种花：紫藤、蔷薇、凌霄，朋友来了，泡上一壶茶，往这小院一坐，多有情趣呀！"
　　乃壮喜欢花。他的独具特色的花鸟画，就被郁风称为"一朵美丽的花"。我知道，乃壮是学西画出身，但不知他怎么会迷上中国彩墨绘画的。
　　他讲述了自己所走的那条艺术之路。
　　1947年，他入刘海粟创办的上海美专学油画。半学期，学费是五担米，相当于半两金子，太贵了。到了1949年5月25日上海解放，艾中信去上海招生。考试时画了石膏素描，还作了面试。面试时，问王乃壮："你为什么学画？"王乃壮脱口答道："为人民服务。"当时，上海街头贴满了这个口号。他被录取了，就到了北京，进了国立北平艺专（后改名为中央美术学院）。1953年，王乃壮被分配到清华大学建筑系当老师。有人说，王乃壮吸取了刘海粟的胆气，又跟徐悲鸿打下了素描造型基础，后来还学了李苦禅的笔墨，走了一条融合中西的艺术新路。这话是颇有道理的。

"我有一个学生叫张允冲，是张学良的侄子，跟李苦禅学画的。1960年，他带我去找李苦禅先生学画。我将西画山水给李苦禅看。他看后说，你应从书法入画。他送我一本魏碑字帖。我就老练书法。我的祖父王福庵是西泠印社的创始人之一，我从小就受他的影响，对书诗画印感兴趣。如果我不跟苦禅老人学画，我就没有水墨了。"

已经到了中午时分。王乃壮说："清华园里开了一家扬州饭店，我们去那儿品尝品尝扬州风味吧！"岂料服务员告诉我们："扬州菜得过几天才有呢！"看来，只好有什么菜点什么菜了。我请他点菜，他点了一道"烧中段"，确实色香味俱佳，受到大家一致赞赏。

饭后，他带我们到清华园的湖边散步。连日阴天之后，太阳出来了，一片朗朗晴天。一边走，他一边幽默地说："我的别墅景色多好啊！"

坐在湖边小憩时，他不知怎么突然想起了马约翰先生。他说，马老八十诞辰时，还说要再健康地活四十年。想不到，红卫兵一日之内下了几道命令，非要他改掉"约翰"的"狗名"，心脏病猝发不幸去世。他曾为马约翰画过一张水彩肖像，因此也被打成了"黑画家"。

他的思绪是天马行空般的，从马约翰又联想到许多画家的艺术都是成熟于老年。赖少其到了晚年，山水多苍拙有味呀，可惜重病缠身。李苦禅八十五岁时，一口痰吐不出来，也走了。徐悲鸿才五十多岁就魂归西天……他感叹，人要是艺术上成熟时，再活得长寿一些该多好啊。"万寿无疆"以及"永远健康"一类的词，都只适用于对领袖人物们的祝福。对于我们这些普通人该怎么祝福呢？他突然高兴得大笑起来，说："满面红光。"对，乃壮先生，就祝福你每天都活得快乐，祝你永远"满面红光"。

我们在笑声中道别，相约来年他七十二岁办画展时再相聚。

1997年秋日忆写

汤文选画虎

汤文选的画中，对我最具冲击力和感染力的，当属兽中之王——老虎。

莫非他属虎？非也！他生于1925年，属牛。莫非他自幼画虎出身？非也！他出身于孝感一书香门第，从小见过客厅中悬挂的八仙过海、柿柿如意之类的国画，受过艺术熏陶，在校专修的是花鸟画。走向社会，适逢新中国诞生，顺应时代，主攻人物和山水，直到毛泽东发表咏梅词之后，才壮着胆子重操旧业画花鸟，画老虎。他1954年创作的人物画《婆媳上冬学》参加全国美展，荣获一等奖，并收入日本版的《世界美术大全》，成了他步入中国画坛的里程碑。半个世纪以来，他在文人画的传统基础上，求新求变，"出新意于法度之中，寄妙理于豪放之外"，不重复前人，也不重复自己，终成独具个性的绘画大家。

戊寅岁末，在德胜门外的一个普通单元房里，我拜访了这位客居京城的湖北画家。

画室兼客厅，简朴干净，墙上挂着他自己的两幅花鸟小品。人很随和、厚道，没有一点名家的派头和架子。

"汤先生是怎么画起老虎来的呢？"我单刀直入地问。

他笑了笑，有几分为难地说："好多人问过这个问题，可我还真的说不清。"顿了顿，说："我画了老虎，有人要，我就画下去了。"然后，他娓娓谈起自己对老虎的理解："老虎就是老虎，有它的本性，攻击其他动物是求生的本能，和人类的犯罪行为是不一样的。这种本能促进地球生物链的良性循环，优化其他动物的种群。"

我翻阅了他的三本画册，深感"汤虎"与他人之虎最大的不同在于，他笔下的老虎一点也不张牙咧嘴，一点也不凶残威猛。无论是卧伏之虎、坐立之虎，还是奔跑之虎，也无论是依偎之虎、戏闹之虎还是成群之虎，无不是被画家人格化了的虎。他尤其喜欢画乳虎和童虎，画纯真的两小无猜，画无忧无虑的嬉闹，画天真烂漫的憨态。无疑画家是借虎言壮志,抒豪情,寓情爱,注入的是画家的一腔挚爱,一片真情。汤文选说:"我之画虎,无意刻画虎之凶残威猛,而是着重表现作为自然生态中的一种生命的本性——它的求生本能和生存需要,更多的是拟人化了的内在威严和同类之间、亲子之间的善意和爱心,作为我的精神寄托。"

难怪,"汤虎"形、质、神具兼,独步中国画坛。何止是虎,他笔下的动物花鸟,都充盈着画家的激情和深思,跃动着生命的力量。

他翻阅了我带去的画册,很喜欢我以线条造型的牛画,他说:"你得空给我画两头空心牛。我和老伴都属牛。我呢,给你画一幅老虎。"那天,我带去了一本册页,他说:"我喜欢画鱼……"说着,就在册页上画了两条游动的鱼,还在画面上点缀了几朵桃花。桃花流水鳜鱼肥呀!

"看来,我最后转向花鸟,是对路了。"汤文选庆幸自己所选择的艺术道路。

以《两牛图》换来的汤文选的《他日兴风狂啸图》

汤文选画的册页
《桃花流水图》

  他的画斋有一个很古怪的名字，叫"拳石园"。据说，在武汉，他家的后面有一个小花园，园中耸立着一块似拳的太湖石。爱石及屋，他宁愿守着旧屋，也不愿乔迁新居。这位号称"拳石园主"的老画家，既坚守他的楚人的朴素浪漫之情，又吸取北人粗猛厚实之风，不停地锤炼自己的艺术个性。在往后的岁月里，他说他会听取朋友们"你的心还太紧，太理性化了"的意见，自我完善，迈向"物我两忘"的最佳境界。

  过了年把时间，我画就了两头以线造型的牛送给汤先生。他也已经画就了一幅老虎，他将虎画交给我时说："这幅虎，我自己很满意的。"那是一头虎犊子，虎虎有生气，每次看到它，都会想起"拳石园主"汤文选。

2001 年初

能写善画是高莽

高莽的大名，最早是读画知道的。他画人物肖像很有一手，许多文化名人的速写头像都出自他的笔下。

人民文学出版社的美术编辑古干不止一次向我推颂过高莽其人其画。从他嘴里，我才知道高莽先生是权威刊物《世界文学》杂志的主编。虽然，这份刊物我也常买常读，但始终未曾注意过它的主编是何人。直到1996年底在京西宾馆参加中国作家协会第五届代表大会时，我才结识了高莽先生。

真有缘分，一次开大会时，我们坐在一排，而且是挨着坐。高莽个儿挺高，头发浓厚，眉毛粗黑，高鼻梁上架一副眼镜，随身带着纸和笔，但不作记录，而是不停地画这个人画那个人，画得很娴熟，速度也很快，不一会儿就画得一幅。我这个人与他有同样的毛病，开会时老"不干正经事"，画这个画那个，但画谁也不像。不过笔还是不停。就在高莽画别人时，我草草几笔为他画了一幅速写。高莽发现我画他了，非要看一看我的这幅画。看过之后，他很客气地说"签上名，送给我吧！"我直说乱画的，也不像，但他真挚地坚持索要。顾不得许多了，我斗胆签上了自己的名字，将画送给了他。

"我也给你画一幅！"他说。

这位出了名的高手能为我画一幅，我心里是高兴的。我将头稍微往他这边歪了歪，端坐着不动弹，他侧过身瞧着我，瞧一眼，眯一次眼，几分钟时间就画成了，签上名，送给了我。这是头一回得到一幅名家画我的速写。

这次分手之后，我们就一直没有机会再见面。但我时不时能听来访的朋友们说起他，"高莽家太拥挤了，到处都是书……"为他拍电视的人也说："高莽家真挤，我们拍得太难太累了……"在我的印象中，这位高大的东北汉子蜗居在一处极狭小的空间里。这倒增添了我去看望他的兴趣。

高莽在即兴作画

不久前,我走访漫画家华君武时,华老说起了高莽。他说:"我写文章批评过高莽,扼杀了一位漫画家。"这年3月中旬,中国作协在五洲大酒店开全委会时,我想起了在京西宾馆那次的相遇和相识,想起了高莽。我给他拨电话,告诉他:"华老说,他扼杀了一位漫画家——高莽。"高莽笑道:"不,华老救了我一命。要不,到五七年我非被打成'右派'不可。"

一个真诚反思,一个真诚感谢,多有意思啊!高莽给我寄来了两本书,《域里域外》和《四海觅情》。这两本学者随笔中,附有他的不少速写和人物肖像,拿起来就放不下。于是,我又给他打了电话:"高莽兄,你写得这么多这么好,文字部分我得慢慢看,插图已一口气欣赏了一遍……"

高莽说:"我这里还有几本书想送给你,不知道你有没有兴趣?"

"有呀!我去你家取。我也想送几本书给你,请你指教。"我决心去他家看望他。

他的家就在中国画研究院附近,那一带我挺熟的。我不费劲儿就找到了他家。只是他住京城的西北角,我住京城的东南隅,整整一个大吊角,路上花了一个半小时。

头一个印象,就是一个字:挤。他把门打开之后,我差一点儿挤不进去,因为过道上尽是画。后来,他特地给我开放了他的"卧室"。他说:"一般我不让别人进去,你进去看看吧,那儿有许多外国名家给我画的肖像。"挂在卧室墙头的一个镜框里装着十多幅肖像,最珍贵的恐怕是《战争与和平》和《静静的顿河》的插图画家威列依斯基和著名漫画家尼克赛等人为他画的肖像了。这间屋子与其说是卧室,倒不如说是资料库。一张单人床,床上方支着一块大板子,板子上是堆积到房顶的各种纸箱和书籍。他说:"这些都是我多年积累下来的珍贵的资料呀!"

客厅本来就不大,一张餐桌(兼作画案)几乎占去了一半,一个长条硬木沙发("文革"中高莽自己制作的)又占去了一大块。沙发对面靠墙处,放了一个书柜,塞满了各种图书。高莽说:"今天你来了,我收拾了一下,要不更拥挤。"他七十岁生日时,俄罗斯驻华大使要来家里祝贺他的生日,他急忙说:"在紫竹院门口见面吧!"他不敢把大使先生领到这间屋子里来。

客厅里,最引人注目的有三样东西。

第一样,是沙发对面墙上高悬的一幅字:"人贵有自知之明。丙辰年十月廿五日莽儿五十,母书,八十有三。"

高莽说:"我母亲是文盲,活到一百零二岁,前年过世了。这是我五十岁时,书赠给我的。"

我觉得,老母亲的这幅字,犹如一面高悬的明镜,让高莽每天都照一照自己。

第二样,是挂在进门左侧墙上的十多幅别人为高莽画的肖像,尽管有画得形似的,有画得神似的,还有画得根本看不出是谁的,但都出自朋友之手,他一律珍藏着。他说:"很珍贵的,我实际上是珍藏这些朋友的情谊。"

第三样,是靠窗的几盆花草。两盆的叶子翠生生的,绿得可爱;一盆是黄灿灿的,好像是干枝花。一黄一绿,形成了鲜明的反差。也许,它们都不是名花名草,但为这间拥挤不堪的屋子增添了不少诗意和情趣。

他抱出七八本厚厚的肖像画,我翻阅了一遍,齐白石、梅兰芳、茅盾、巴金、夏衍、老舍、冰心……几乎我所知道的文化名人,他都画过。一幅为梅兰芳纪念馆创作的人物画,共计画了二十多个人物。肖像画的资料整理得有头有绪,分成了几大类,每一类人物肖像画前头,都有一位名家的题签。

茅盾题,"高莽画作家"。艾青题,"高莽画诗人"。华君武题,"高莽画漫画家"……这些名人肖像画无一例外地都有被画者本人的签名,有的还有题字。诗人艾青在他的肖像画上题写:"一下把我抓住了。"巴金在他的肖像画上题写:"我说像我。谢谢。"季羡林题字:"形似神亦似,高莽高手也。"这些肖像画和签名题字,实在是中国文化的一笔珍贵财富。高莽画画,在文化界是无人不知的。他利用随团出访、开会的机会画画。许多名人见他画画都很配合。他给梅兰芳画画时,梅兰芳有意端坐着不动弹,见他画成后,主动说:"我给你签名。"何香凝老人见高莽画她,就歪着坐,有意为他画像创造条件。

高莽从小就喜欢绘画。没有想到,1949 年他画的几幅漫画招来了漫画界的严厉批评。他的母亲告诫他:"莽儿,以后你画男人都画得年轻一些,画女人都画得漂亮一些。"高莽听从母命,并以此母训为作画信条,不再画讽刺漫画,画人物肖像也尽可能往美里画。他为钱锺书和杨绛画了一幅肖像,钱锺书托人捎话给他:"高莽,你要按这种信条画肖像是画不出好作品的。"是啊,要真,但更需要在艺术的本质上的真。高莽说:"我就缺乏你们画大写意的那种气魄和胆量,一画就细了,生怕画不像……"

这天,高莽兴致挺高,说:"我给你画一幅。"我遵嘱侧坐着,他聚精会神地画着。画成后,我发现他把我画年轻了,也画得比本人俊美了。他自己说:"这幅画得太细了。"他知道我属牛,让我正对着他坐。他说:"你眼睛有神,我就画你的这双眼睛。"画成后,我发现此幅比上一幅更具神韵。我说:"抓住我的'牛眼',就抓住我的最大特点了。"他让我为第二幅题字签名。我照办了,心想:"头一幅画,兴许是遵照他母亲叮嘱的信条画的。第二幅可能是遵照钱锺书的意见画的。"

头一幅的原作,他签上名送我了。第二幅,他说,他要用毛笔和宣纸画一幅寄给我。珍藏对比鲜明的两幅肖像画,实在太有意思了!

他又拿出几本书送我。一本是他主编的《普希金抒情诗全集》,还有一本是他撰写的诺贝尔文学奖获得者、《日瓦戈医生》的作者帕斯捷尔纳克的传记。这些都是高莽在 1989 年离休之后的作品。他的译著从来不署"高莽"的名,而是署乌兰汗(红色的汉子之意)、何焉、雪客、肖儿、竹马、野婴之类的笔名。因此还闹出过一个大笑话。1949 年初俄罗斯文学翻译家戈宝权先生赴苏途经哈尔滨,欲与几位俄文翻译家开个座谈会。他开了五六个人的名单,但到会的只有高莽一人。戈宝权很奇怪,其他人怎么迟迟不到会呢?高莽不好意思地说:"你名单上的几个人,其实都是我。"戈宝权很惊讶,但他还是与高莽一个人开了这次

高莽为我所作的画像

每次去访,高莽都即兴画速写,这是 2010 年的作品

座谈会。高莽当了《世界文学》主编之后,还有一位读者写信责问:"我就不信偌大一个中国居然找不出一个搞文学翻译的人当主编。为什么要找一个画画的人来当主编呢?"甚至连我也曾经以为高莽就是一个画家。

1999 年春,高莽在电话里说他很喜欢我的画。我经不起他的赞扬,头一天晚上就找出一本画册和一幅画,签上名,盖上章。拜访他时,我冒昧地送给了他。我在画册的扉页上题了一句话,"班门弄斧了,请高莽兄教正"。

一聊就是四个多钟头。虽然我未戴手表,但高莽家每隔一个钟头就会报一次时间。高莽向我解释:"前年我爱人双目失明了,这是给她报时呢!"

我的心一下子沉重起来。前几年,他的一个哥哥死了,老母仙逝了,妻子又突然失明……悲痛自然是悲痛的,但悲痛并未压垮这位刚毅的"红色汉子"。妻子生日那天,他扶她去公园,精心地为她拍了好多张照片。从照片看,她的双眼并没有瞎,她正与他进行情感上的交流呢!

前些年高莽搬到东三环边上住了,离我家挺近,我们的走动就多了起来。

每回去他家,我们都谈画,都画画。有一回,他在床上铺开一张四尺整纸让我为他画像。我犯难极了,一是我画像不在行,二是从未用水墨画过这么大的肖像。高莽将毛笔递了过来,不由分说地说:"没事的,你就画吧!"

我瞧了高莽几眼,即兴涂了一幅水墨肖像,还在衬衫衣领上涂了红色,在紧闭的双唇中间也抹了一道红。为此画添了一点亮色。空白太多,我便题了一大堆字：

  此公名高莽，年方八十心年轻，著作画作皆等身，却常自谓小学生。虚怀若谷乃大家，大译家，大作家，句句大实话。高兄却在一旁高叫，别吹了，你。自负文责，高兄别介意。一生画牛写花，却盛情难却，斗胆为年轻的八十老翁涂像，此谓可贵者胆也。

          丙戌十月二十五日七旬后生鲁光

  高莽将此画挂在墙上，多日不拿掉。我心里不安，就依据他送我的书中的一幅速写，画了一幅水墨小品。一对年迈的夫妇，相互搀扶着漫步在秋林中，红黄色的秋叶，缤纷飘落……我为此盈尺小品起了一个名，叫"秋"。在我的作画意识中，那高大的男人便是高莽，他扶着的老太太便是他"双目失明"的夫人。秋林中回荡着这对老年夫妻的恩爱曲。画中寓寄着我的倾慕、感动和敬佩。

  此后，我多次拜访过高莽。只见此幅小品一直挂在他客厅的墙上。看来，他真的很喜欢这幅画。也许是因情及画。我每回见到它，也久久凝视。

  每回走访，高莽总有新书赠送。我已记不清他离休后出过多少本书了。

  2010年春，我请高莽与我一起，作为一位女作家参加中国作协的介绍人。我伏身写介绍文字时，高莽又即兴为我画了一帧速写。他依旧嘱我题字留念。我写道，"八十五叟翁高莽兄厚我爱我，多次为我画像。本人丑陋，再画也白搭。但高莽兄善于捕神，使我成为丑陋之美。"

  临别，又给我送了一本新著《历史之翼——品读文化名人》。书的封面上，有几行分量很重的简介词：

  一位成绩卓著的俄罗斯文学研究者与翻译家，他的译文曾经感动过无数的中国读者。一位出版多部随笔的作家，他的文章具有高度的纪实性和艺术价值。一位画作等身的画家，他的人文肖像画被世界多所文学馆收藏。早在六十年前，他第一个把剧本《保尔·柯察金》搬上中国舞台。1997年俄罗斯作协主席授予他名誉会员。1997年俄罗斯总统叶利钦授予他"友谊勋章"。1999年俄罗斯科学院远东研究所授予他名誉博士。2006年俄罗斯美术研究所授予他荣誉院士。

结识这么一位大家,而且成为忘年交,绝对是此生之大幸。在灿烂的光环下,站着的其实是一位谦虚得无法再谦虚的文化老人。他在送我的书的扉页上题了这么几行字:"鲁光大哥、大师、大得极可爱的人物,请不吝赐教。"

巨大的反差,成了一种深情浓浓的大幽默。太折煞人了!但这种大谦虚、大幽默,正是高莽的人格魅力所在。

2010 年 3 月初于龙潭湖西岸

色彩斑斓刘勃舒

刘勃舒是徐悲鸿的传人,曾经担任过中国画研究院院长和中国美术家协会副主席的重任,在当今画坛是一位颇具影响力的人物。

他十四五岁时,壮着胆子给大画家徐悲鸿寄去一封求教信,并附寄去几幅马的习作。意料不到的是,徐悲鸿居然给这个江西的中学生回了一封很长的信,并在勃舒的一副习作上题了字,"此画确有意味"。

勃舒曾将恩师徐悲鸿的信抄录给我,那笔迹颇似乃师,读来倍感亲切。[1]

初识勃舒时,他还是中央美术学院国画系的一名中年教师。我与他夫人何韵兰送东北两位画家上火车之后,上他们家小坐。

"又喝多了!"韵兰进里屋看了一眼,不以为然地说。

---

[1] 徐悲鸿给刘勃舒的回信全文如下:

勃舒小弟,你的来信及作品使我感动。我的学生很多,乃又在数千里外得一颖异之小学生,真喜出望外。学画最好以"造化为师"。故写马必以马为师,画鸡必以鸡为师。细察其状貌动作神态务扼其要,不尚琐细(如细写羽毛等末节)。最简单的学法是用铅笔或炭条对镜自写,务极神似。以及父母兄弟姐妹朋友,因写像最难。此须在幼年发挥本能。其余一切,自可迎刃而解。我附寄你几张照片,聊备参考,不必学我。真马较我所画之马,更可师法也。

我爱画动物。皆对实物用过极长时间的功。即以马论,速写稿不下千幅。并学过马的解剖,熟悉马之骨架肌肉组织。夫然后详审其动态及神情,乃能有得。你如此聪明,他日定有成就。但须立志一定要成为世界第一流美术家,毋沾沾自喜,渺小成功。

你好好读完初中即可应考国立北平艺专。假如三年后我仍在北平艺专,我很希望你来此校用功,那时候我必极愿意亲自指点你。此时须努力文、史、生物类、数理、化等普通课程,必要之常识不可忽也,此间近好。

悲鸿手复

好客的刘勃舒院长（左三）

他醉卧床上，睡得很死。

"高兴了，他就喝多。"韵兰说。

看来，此公是个感情型的人。"酒逢知己千杯少"，这是刘勃舒给我留下的第一印象。

常来常往，我们熟了，常在一起品酒聊天。他是全国品酒委员，真酒假酒、好酒劣酒，只要品上一小口，就能做出判断。但此后，我再也未见到他醉酒的情景，最多是多喝了一点谈兴更浓而已。

罕见的"艺术红娘"

在他身上，见不到一点文人相轻的酸腐味。二十多年的交往中，他不断地向我推荐他人的画作。

70年代末80年代初，女画家周思聪的人物写意画走红全国。有一天晚上，勃舒热情地说："周思聪的人物画得好呀，你有她的画吗？"我说："我喜欢她的画，但不认识她。"勃舒马上说："找她给你画一幅。"

大约半个月之后，我去串门时，勃舒拿出一幅周思聪的新作《汲水图》，向我展示。画中赶集的两位惠安女栩栩如生。她们挑着竹筐，筐里装满了黄澄澄的枇杷。笔墨情趣都很浓。正是因为这幅画，我又结识了才华横溢的周思聪。在我的记忆中，这是勃舒头一次为我当"艺术红娘"。

又是一个秋夜。我与韵兰聊天，勃舒很晚才回来。

"我去崔子范家了，他送了我两幅新作。"说着，勃舒急不可待地将两幅四尺整纸的大写意花鸟画挂了起来。

玉兰八哥，用笔如铁，色彩鲜亮，艺术冲击力是那么强烈！

"崔老的画是真正的大写意，了不起，了不起。"勃舒简直是赞不绝口。

我对崔子范艺术的最初印象，就来自那个秋天的夜晚，来自崔子范的那两幅画，来自勃舒言简意赅的那席赞语。以后，我有幸结识了崔子范先生，为他写了传记《东方的梵高》，并蒙他收我为徒，开始了我半路出家的绘画生涯。

1983年，我出差西安。勃舒说，西安有个大画家方济众，你可以去看看他。

行前，他修书一封，嘱我面交方济众。方济众与黄胄皆为赵望云的弟子，是长安画派的台柱人物。虽然我与方济众第一次相会，但有了勃舒的信，我们顿时变成了相交多年的老朋友一样。

记不清是哪年哪月了，好像是80年代末的一天，我去看望女画家邓林。聊着聊着，她突然铺开纸，说："刘院长说你的画得好，你画一幅，我们交流交流。"啊，这个勃舒，又将我习画的情况通告了中国画研究院的画家们了。邓林乃画梅高手，她画的梅花有"邓梅"之美称。不过，我这个人最可贵的是胆大，不管面前站着多大的画家，依然敢挥毫落墨。

刘勃舒画鸡的示范作品

我涂抹了三只小鸡,就搁笔了。我对女画家说:"院长过奖了,我才学画。你瞧,这么一大张纸,只画了三只鸡,就不会画什么了……"

"我来补景。"邓林倒也是个爽快人,提起笔,挥洒自如,添上了几枝墨梅。

1996年我出版了一本大写意挂历,我送了一本给刘勃舒,他翻看了一遍,大加赞赏,说:"再送我一本,我要挂到中国画研究院去,让专业画家们看看,刺激刺激他们……"果不然,他将这本大写意挂历挂到中国画研究院办公室的墙上,只要来人,他就一一介绍。不少人就是从刘勃舒的介绍中认识了我的画,继而与我交上了朋友。

在我的绘画稍有成果时,刘勃舒便著文向社会推荐我。他在1994年10月6日

刘勃舒为我的画《鱼》题跋

的《中国图片报》上发表了题为"豪华落尽见真淳"的文章。

此后，勃舒不断敦促我在中国画研究院办个展。1996年10月9日，我的头一次个人画展终于被刘勃舒催生出来了。他不但题写了"人才难得"予以鼓励，而且亲自主持开幕式，向观众说："鲁光从画坛冒出来了。"应该说，他是我从文学转向绘画的推手。

一次次结识新的画家，一次次领略新的画风，红娘皆是吾友勃舒也。在艺术界，老爱说别人好话者，实属罕见。当然，对艺术拙劣而又大肆张扬者，勃舒也鄙视至极。有一次，我去中国画研究院，刚进他在二楼的办公室，他就说："等会儿，我们一起去看一个展览。我已经去看过了，但我陪你去再看一次，那是个最丑最臭的画展。"那个画展，是一个贪图虚名者的个展，粗俗得不堪入目。但此公有钱，有门路，依然印了精装画册，办了豪华展览。勃舒见人就说："应该去看一看，这个是反面教材。"

爱憎分明者，旗帜鲜明者，勃舒仁兄也。

赠画的原则

某日，家里断炊了，勃舒来到粮店。

"买米！"他拿出粮本。

售货员看过粮本，告诉他，只能卖给多少斤。

"我一年也未买过米，多买几斤不行吗？"他一点也弄不清米票、面票之间的关系。

售货员有些吃惊地瞧瞧眼前这位买米者，坚决地摆手摇头。

他来气了，拿着空口袋回了家。

有人敲门。

来者是位河北人。来人说："院长，送点米给你吃。"

他有几分欣喜地说："我正需要它呢！"

来者说："我想请你给我画幅马。"

勃舒满口答应，立即作马一幅相赠。

其时，一幅马至少价值万儿八千的，而一小袋米价值几何呢？勃舒也许真的不知道，不过，即使他心里全然明白，也依然会如此行事的。

河北人刚离去。敲门声又响起，进来的是一位陌生人。此人带来了几件古陶之类的文物，请勃舒鉴赏。

古陶一件一件摆到案桌上，勃舒入神地欣赏，赞不绝口："好东西，好东西。"

来人见他赞叹不已，也很高兴，便说："院长，这几件您就留下玩吧。我求你的一幅马。"

谁也料不到，勃舒竟然一口回绝："这些文物太珍贵了，你拿回去。"

马呢，他也不画。

勃舒送画，真是个谜。常人简直无法弄清他的脾性。

1990年的夏日，我约勃舒和指墨画家李冰奇去河北兴隆山区游玩。勃舒外出最怕的是应酬作画。行前，我对他说："这次兴隆行，你不用作画。我已跟当地说好。如实在要画，冰奇可留一两幅就行了。"

兴隆的山水着实迷人。那层层沙石堆叠成的山体，那绕山而流的山水，那错落山间的土屋，无不给人以美的享受。

"画山水，不用全国跑，到这里满可以了。"勃舒激动了，"回去把吴作人老先生也请来……"游山玩水归来，小酌数杯，勃舒画兴上来了。

"我画一幅！"他对兴隆人说。

我急忙阻挡："冰奇画一幅吧！"

勃舒执意要画，而且铺了一张四尺整纸。一幅群马奔行图跃然纸上。山乡的人，还是头一次看大画家作画，简直把他和画案包围得水泄不通。

回京路上，我问他："不是说好不画的吗，怎么又画了呢？""还是画一幅好。"他朴朴实实地回答。

还有一回，我去他家串门，他说："你写我的文章是真实可靠的，我已为索画者画了三四幅马了。"

起先，我有点发愣，过了一会儿，才想起来是怎么回事。不久前，我为上海一家杂志写了一篇小稿，题为"勃舒画马"。文中曾有如下字句："他的信条是，在绘画上，一个画家应惜墨如金，而在生活中，绝不应该爱墨如金。"于是相识的与不相识的求画者的信就络绎不绝地飞来。他就一幅一幅地画赠。认真到这个地步，我真没有想到。

我急忙说："没想到，这句话给你招来这么多麻烦。这么画下去是不行的。

我收藏的第一张刘勃舒的画马作品

你已证实过了,适可而止吧!"

  大概是 1995 年秋天,有人想买他一幅画。勃舒一听是山东人,马上说:"别管他!"而与我不是很熟的一位体育教练去找他求画。他问:"你认识鲁光吗?"那人说:"认识呀!"他说:"我与鲁光是好朋友。"他即席挥毫作画一幅相赠。后来,勃舒将此事告诉了我,我只能笑而不答。他太重感情、太重情谊了。

  相交多年,我终于弄明白了,他赠画送画是有原则的,那就是,友情至上。

"不老实"的另一面

耿直实在,是人们对他的评价。应该说,这个评价是恰如其分的。

但人的性格,往往具有两重性。刘勃舒性格的另一面呢?

记不清年月了,反正是电影《第三女神》拍成之后,我们在四川饭店设宴与老朋友周明、勃舒、韵兰、匡满、王鼎华、李赫男等欢聚。那天,大家高兴,将两瓶五粮液喝个精光。论酒量,数我与勃舒最好。周明是出名的二两醉,一醉就洋相百出。不过,他是文醉,自己跑到一边去跳舞唱歌,不会添乱,只会为朋友们添兴。奇怪的是,那晚,周明频频向我敬酒。喝了不下七八杯,却愈喝愈来劲。我喝了至少也有半斤,有些飘飘欲仙,但脑子还清醒。我见周明笑得特欢,搂着勃舒笑个不止,已觉察其中必定有鬼,但有一点是我万万想不到的。作鬼的总导演居然是我深信不疑的勃舒兄。是夜告别时,我听勃舒对周明说:"他真行,喝这么多还不醉,往后再也灌不醉他了。"其实,我回到家,还是难受了一番,应该算是醉了,但当场未醉,把几位老兄都给震了。

事后,他们才揭开老底。几个朋友中,最爱醉酒者是周明。只要想让他醉,他必醉无疑。有一次,在新侨饭店吃西餐,他夹着很烫的牛肉往腮帮子上塞,但无论如何也塞不进去。还有一次醉了,被单位的女同事们开了"追悼会"……他讨教勃舒,怎么让鲁光也醉上一回。刘勃舒从家里带去一瓶假五粮液(装的是白开水),又从饭店买了一瓶真的五粮液。给我喝的皆是真酒,而给周明等人倒的是白开水。但韵兰说,这次"阴谋"的总导演是刘某人,她与周明只能算作名演员。

"最没有出息的还是周明。那夜到最后,居然喝葡萄酒喝醉了。"刘勃舒最终还是与我站到一边,我们成了酒友。不过,每次喝酒,也就二三杯,从不过量。因为,我们都知道,酒过量会伤身。

刘勃舒第二回作假,是在他的字画上。有一回,我与画家古干去拜访他,只见他画室墙上挂了一幅字。字写得很有力度,也很潇洒,但署名很陌生,应该说从来就没有见到过这个古怪的名字。

"这幅字,写得有味道。不知是出自谁之手笔?"古干说。

勃舒没有正面回答古干的发问,只是淡淡地说:"随便挂挂的。"

但我看来看去,还是看出点门道来了。后来再造访时,我说:"这字好像出自你自己的手笔。不过,确实与你从前的字不一样。"

他承认了，说："是我写的。随便署个名，听听反映。如果署我的真名，就会听不到真实的意见了。"

这招真高！不过，这是虚心好学者作的假。

说起"高招"，我又想起勃舒的另一件事。

勃舒退休后居家静养。为了躲避过多的干扰，他在家里安装了一部录音电话。

我每次去电话，都传来"主人外出，有事请留言……"后来，我拨通他夫人何韵兰的电话，才知其中缘故。

见了勃舒，他告诉我："来信太多，电话太多，都是要画的。我就想了这个办法，想接的接，不想接的就不接。信很少拆，看多了烦。你再来电话，只要说是鲁光，我会马上接的……"

果不然，只要说"我是鲁光……"电话那头就会传来勃舒的声音："好久不见了，我还以为你不在地球上了呢……"

勃舒实在是个很活跃的人物，爱好也极其广泛。他爱看女子排球比赛，喜欢弹钢琴。在出访日本时，一曲即兴弹奏，把满座宾朋都给震了。他还喜欢开车。为了拿驾驶执照，居然把年龄从五十九降到四十九。学会驾车后，他爱在雨中徐行。他说："在雨天慢慢地开，特有情趣。"不过，他还是不熟北京的路，有一回在三环路上行驶，没有及时下桥，多开了十多公里。还有一回不小心逆行了一次，被交通民警敬了一个礼，交了一百元罚款。他心里不痛快了好几天。自然，不是心痛那一百元，而是悔恨自己为什么没有看清路标。他好面子，不敢跟夫人和部下说，但悄悄告诉了我。

如果画他的彩色造像，不可用色单一，赤橙黄绿青蓝紫七色都用上，也不为多。

认真又天真的性情中人

勃舒对画坛、对画家、对社会都有自己独到的见解。往往三言两语，就表述了自己的看法。他说起，有一回大年三十去看望廖静文，她正在开会，勃舒就坐在会议室里等候。屋里冷，空调开的温度太低。廖静文无奈地说："没办法呀，没有钱。刚才开会就是讨论怎么弄钱。"

事后，勃舒感叹道："家属不要去搞纪念馆、艺术馆。要搞应由政府拿钱去搞。"说起黄胄，他更感慨万千。黄胄离开中国画研究院后，又去筹建了一座炎黄艺术馆。太累人了！人们都说，不搞炎黄艺术馆，黄胄不会那么早就去世的，是活活被累死的。

我回想起 21 世纪初的一次聚会。参加那次聚会的有廖静文、张玉凤夫妇和浙江的一位收藏家。我与廖静文邻座。张玉凤那年是五十八岁，风韵犹存。她善饮，不时向我们敬酒，对廖静文照料极周到，一看就是见过大世面的人物。

廖静文是徐悲鸿纪念馆馆长，席间不止一次地感叹纪念馆经费不足。她伸出右手，让我们看食指与大拇指，说："靠我签名出售悲鸿的复制品弄钱，签名签得握笔的地方都红肿了，长茧子了。过几天，还要到西安办展览，去签名售'画'。我不签名卖不出价……"

"国家不是有拨款吗？"我问。

"不够开支啊！前些天，一位工人为报销医药费急了，抓住我的衣领……"廖静文说到此，不禁感慨起来："当年我们把悲鸿的作品都捐献出去了，要是留下几幅就不会这么犯难了。悲鸿给多少人送过画呀，都卖几百万上千万一幅，有谁给我一分钱……"

勃舒所言极是。聪明者，千万别个人去建纪念馆、艺术馆。从国内情况看，凡个人办纪念馆的，无不困难缠身。

如今许多画家满世界找市场，背着画筒"走穴"者也不在少数，而勃舒却把一笔笔生意拒之门外。他说："找我买画的人很多，许多人买画是送礼用的。凡说要送礼买画，我就不画，我不去害他们。"他超凡脱俗得有几分天真。

他一边是不卖画，一边又把大画送给部队，送给朋友。

勃舒绝对是个性情中人，来了激情才能画出好画。我收藏了他的一幅精品。那回，他来电话，说："一本画报要介绍我，给我吹两句。"于是我将千字文送到他府上，又山南海北聊了一阵，已是深夜 12 时。

他铺纸，磨墨，说："你画一画。"

我拿着笔，却找不到感觉，说："还是你画吧！好久没看你画画了……"

他挥毫，几笔就画出马屁股，瞧了一眼，将纸团掉，说："画大了……"他又铺了一张纸，一阵纵横涂抹，一匹奔马跃然纸上。

"行云流水，没有一笔败笔，精彩极了！"我发自内心地夸赞道。

"不是你，这幅画不让拿走了。"显然，他自己也很满意。

临别时，何韵兰见了此画，说："他去新加坡办展览，画了三十来幅画，没

刘勃舒得意之作《疾风知劲草》

有画出这么好的一幅。"

绘画艺术,是情感的结晶,是精神的产品。其中奥妙,实在难以言语表述。

面对满天飞的假画,他显得很无奈。他说:"造我的假画卖几十元一张,为了生活,还可以谅解。但有些假画当真画卖,太令人生气了。"他翻出一家大拍卖公司的拍卖图录,说:"这是两幅假画,原作都在我自己手里。我托人跟拍卖公司说明这两幅是假画,应撤拍。拍卖公司的人居然说,真假他们不管。真无奈。"有一回,他女儿在古玩城见到马的假画,告诉画商:"画得太差了。"画商说:"你不懂画。这是刘勃舒几天前送来的。"他女儿无奈,只好亮明身份,说:"我是刘勃舒的女儿。"画商这才红了脸,直说"对不起"。

勃舒作画写字都很严谨。他的画总是干干净净，很整齐地叠放着。裁下来的纸头，大的归大的，小的归小的，码放得整整齐齐。裁纸刀，倒着放，刀尖朝下，笔洗的水清清的。他说："东西放哪儿是有规矩的。谁动了一下，我都知道。"

为庆贺奥运会在北京举办，我请他画一幅画，写一副对联参展。他挑出一幅自己珍藏的精品马，对联是即兴书写的。

他拿出十张上等红星纸，自己动手对裁。我说："裁多了吧？"

"纸有的是，字一定要写好。"

写一张不满意，再写还是不满意。裁好的纸写光了，他还是摇摇头，"再写"。

又裁了五张，写到最后一张，才放下笔。左瞧右瞧，说："就这两张了吧。"

一般人都以为名家写字一挥而就，谁知是这么艰难的啊！

2008年是猪年，是勃舒的本命年。我去看望他时，他忆及上个猪年在画院发生的一件往事。那年，新加坡钟正山等两位画家去画院拜访他。他们都属猪，一时兴起，铺开一张大纸，以画猪遣兴。恰好我也在场。

真要动笔时，他们都不知如何落墨。

我出生在火腿之乡金华，从小与猪为伴，偶尔也画过猪。我斗胆画了一头猪，众人皆惊喜，画猪总算有了依据。他们都是大画家，只是从我的猪中吸收一点灵感而已。勃舒是三人中最年长者，先动笔。依次一一落墨。题跋的任务落在我身上。我略作思考，便往空白处题写。当我将此画命名为"三公图"时，笑声一片。然后，我又写了"勃舒老大先着笔，所画之猪像马，可谓马猪……钟正山之猪，肥大，画如其人……"又是一阵欢笑声。

"我来给你画幅肖像！"钟正山以人物画见长，也许被我的题字刺激了，即兴画了我一幅大肚能容天下难容之事的漫画像。刘勃舒说："你的猪画得好。'三公图'我收藏了。钟正山那幅，你收藏了吧！"

往事，成了美好的记忆。2008年这个本命年，刘勃舒居家不外出。俗语云，七十三，八十四，是人生的大关口。勃舒信这个。谁知本命年躲过去了，但本命年之后却遭了一难。他外出散步，突然摔倒，仿佛有人在背后猛击他一拳。其实，无人击他。腰椎骨折，住院，动手术，出院后行动艰难。我去看他时，按了门铃，却久久未见动静。

门开了，勃舒推着椅子，吓了我一跳。他说："出院一个多月了，慢慢恢复

刘勃舒在画室挥毫

吧！"我的心沉甸甸的，但勃舒双手扶椅，站直了身子，说："你看，我是否长高了？做了手术，腰板挺起来了。"

见他有这份幽默感，我的心宽慰了许多。

2010 年 3 月 15 日于京南龙潭湖畔

我所认识的范曾

2000年春天，在浙中的一次宴席上，一位省领导问我："听说，你把范曾请过来了。他是一个有争议的人物。"

我说："不是小争议，是有大争议的人物。"

那位省领导说："他的画是好的。"

自从跨出校门，不同寻常的范曾就引发了各种议论，且一直不绝于耳。

在中央电视台节目中，他论诗词论绘画论书法之美，才智敏捷，可以一字不错地背诵《离骚》全文，听众无不折服。作丈二、丈六匹大画，不打稿，挥挥洒洒，行云流水。诗词，出口成章，散文也得大奖……书家画家，这是普遍公认的，大学者季羡林却给了他三个头衔，"国画家、国学家、思想家"。

粉丝空前众多，骂者亦不少。依然故我，范曾我行我素。只要隔些日子不见，他总有惊人之举。一本比一本豪华的画册、文集、生肖邮票、书法集，在国内外问世；慈善家、纳税大户等头衔也不断落到他的头上。

面对持不同看法者，我总是这样说："人无完人，对一个艺术家不必求全责备。不狂不傲不率真，中国就没了范曾。"

集诗书画、文学、国学于一身者，在当代中国画坛未见他人。中国文联出版社庆贺建国六十周年出版了一本大红袍，所列十位国画大师，"九死一生"。那位活着的大师便是范曾。

范曾，今年七十又二。盖棺定论是以后的事。争议归争议，他依旧故我。他说，他最看重的是"范曾"两个字。我有幸与他相识，有责任将对他的一些印象写出来，以利诸君认识一个真实的范曾。

范曾在创作

最初的印象

  此生头一回见范曾,是与广州画家詹忠效一起去的,大约是20世纪70年代末,其时范曾家住新源里一带。

  范曾与忠效见面的头一句话,便是"对你的线描,我佩服得五体投地"。当时,詹忠效的线描人物红极一时,但范曾口出此言,还是令我吃惊不小。

  范曾的画室不大,灯光也不算特别明亮。当时报刊上称范曾是"著名书法家",我们见面后,我说:"你应该是书画家呀,怎么光提书法家呢?"

  范曾也说:"我应是书画家。"他搬出了几十幅人物画,一一向我们展示。

  这是一批精品,上面多数题有"边宝华藏"字样。

  后来不知怎么说起诗词来,范曾说:"我们家是十三代诗词世家……"

  "又吹上了!"从里屋走出一位老者。此翁即是范曾之父范伯愚老先生。

  范曾说,他生活最拮据时,口袋里只剩下两元钱。70年代末,刚改革开放,中日间开始书画交流,范曾手头才稍微宽松了一些。

范曾铺纸、磨墨、提笔,说:"献丑了!"刚要落笔,突然停电了。点上了蜡烛,我们又在昏暗的烛光下聊了一会儿。

电灯没有再亮。

"今天献不了丑了。来日吧!"

过了些日子,范曾给我寄来了一幅字。

此后,他搬到团结湖,又搬到崇文门,然后是力宏花园、昌平别墅,我们时不时有些来往。

80年代中,有一天一大早,他来电话:"我病了,来看看我吧!我刚出了一本画册……"我赶到团结湖去看他。他住五层,无电梯,我一口气爬上五楼。

我收藏的第一幅范曾的书法作品

他感冒在家休息。他从里屋找出一幅三个人物的画,题了款送给我,说:"先拿一张玩吧。本来应当场画的,无力,以后再画。"

还有一回,我从天坛公园出来,碰到范曾骑车过来,我问他干什么去,他说:"我找你给我写部传记。"

我迟疑道:"我管着一张大报,写传恐怕没有时间。"

"好吧,我找别人写。"没有停留,他说着就骑车走了。

不久,徐刚写的《范曾传》问世。范曾送了我一本,后又问读后感。我说:"不是此时的徐刚绝对写不出这部传记。其实是徐刚借你范曾痛快淋漓地抒写了他自己当时的心境状态。"

80年代中后期,范曾为天津大学东方艺术馆筹措资金,日夜作画不息。他常感叹:"这三百六十万,是靠范某人一笔一画画出来的。"那个时期,范宅常常门庭若市。他仿佛也习惯于"五分钟一个电话,十分钟一个会见"的热闹生活。

我们体育界不少人都有范曾的书画。郑凤荣、袁伟民、徐寅生、李富荣、聂卫平、郎平、庄则栋、李宁……

徐寅生那幅是我陪他去求的。那天,范曾刚从天津回来,有些疲惫,但徐寅生已上门,他便嘱我的司机小周:"磨墨。"一边画一边聊,画了一幅四尺整纸的

共读我的画作

人物，还题写了长跋。他俩是一个属性——虎。徐寅生大他一个月。将画送徐寅生时，说："李富荣该有意见了，他那幅小。"徐寅生嘱我写过一篇《求画与赠画》文稿，记述他与范曾的友谊，并刊登在他当主编的《乒乓世界》杂志上。

荣高棠向他求画，范曾叫我跟他一道送去。荣高棠住崇文门菜市场后面。那是一个夜晚。上车时，范曾说："我最后一次坐你的车，我已买了一辆新车。"

庄则栋不幸患了癌症之后，范曾又为他书写了一张横幅。我去看望庄则栋时，这条横幅悬挂在客厅的正墙上，激励着庄则栋与死亡搏斗。

1985年，当我的报告文学《中国男子汉》发表时，范曾即兴写过"中国男子汉"的横幅，嘱我转交当时的中国女排主教练袁伟民。他问过我："袁伟民挂了没有？"我说："赞美他的，恐怕他不好意思挂。"当袁伟民卸任后，范曾又为袁伟民写了一幅"激情岁月"，托我转交。据说，如今这两幅字都挂出来了。

在天津，范曾请李宁和我们到他的天津大学寓所做客。

"李宁，你画一张四尺的竹子，画得空白多一些，我来画竹林七贤。画两张，你一张，我也留一张。"范曾即兴说。

后来，我问过李宁，画了那两张竹子没有。李宁说："我先画钱，以后再画画。"那时，他正创办李宁服装公司，事业上刚刚转型。如今李宁的公司早已闻名海内外了，据传他近年来又铺纸画画了，不知李范的合作之画还能否问世。

范曾与体育结缘，与体育界名流结缘，也许是缘于一种体育精神。

我还记得我将头一幅习作小鸡给范曾过目时的情景。那日，我为行将出国的裱画师画了一幅《三鸡图》，其中有一张画坏了一只小鸡，裁掉了，我登门访范曾时顺便让他看一看。我故作神秘地说："范兄，请你看一幅小品……"

范曾说："谁的呀？"

我说："你先看笔墨如何吧！"

范见画，说："白石遗风！"此时，我才说："是本人习作。"范曾即兴题了"白石真传"四个字。

范宅半日

1988年3月14日。范曾画室。一位年轻的女裱画师为他精裱了一批大画，范曾赞赏不已，为她作画一幅。那时我恰好也在场。

"我画一位尊者。"他边说边提笔。

墨是刚磨的。他喜欢用现磨的新墨画画。他提笔蘸蘸浓墨，然后在一个瓷盘里抹了几笔，轻舒手腕，勾出了一位尊者的头，轻轻几抹，抹出了眉须。

"这眉须是最难画的，许多仿造之作难看就难看在这里。"说着，他勾勒衣衫，有顺锋，有逆锋，边画边讲，"我拿手的还是线描，功夫全在这些线里。外国人的画，讲大效果，而中国画却笔笔见功力"。

尊者盘腿而坐，神态飘逸。看起来，经过人间磨难的沧桑世事，已大彻大悟，超脱尘俗。尊者的背后，伸展着一根奇特的松树杆，还有一丛丛稀疏的松毛。他画松毛用的是一支开了花的破狼毫笔，蘸了焦墨，一笔一丛。

"有些人画松毛是一根毛一根毛画的，我这笔法是独家自创的。"他不无得意地讲述画技。

刚盖完章，就有一上海人敲门进来。来者三十多岁，手里拿着一幅小画，说："范大哥，这是你早期的画，你看了会流泪的。"

叫他"范大哥"者，范曾并不认识。

客人打开画，是一幅小品，一条小船上，坐着苏东坡、黄庭坚等三人。画面上有程十发题写的几个字。"这幅画你一定会收回的，换一幅你现在的画吧！"上海人说。

范曾坦诚地说："我从来不矫饰自己。我不是从娘肚里生下来就是天才。我过去的画就是这个水平，为什么要掉泪呢！而且这幅画画得也还可以，有识者可留作纪念。有一次，一位朋友拿来一幅我姐姐转送的画，叫我重画。我认为，他不尊重我姐姐……"上海人依然不依不饶地絮叨："那时，你身无分文，逃难到南京，在亲戚家里画的。"

范曾挥笔在那幅老画上题了一边款："此幅系四凶横行时之作，虽气力不足，但还空灵……"

上海人收起那幅老画，又拿出一张白纸，请范曾为他题字。

范曾已相当不耐烦，但还是在那张白纸上写下了两个字"尚朴"。写毕，范曾说道："为人要崇尚朴实无华。做人要厚道。"

范曾问来人叫什么名字。来人却说："范大哥，你认识我的呀！"范曾摇摇头，送客。

送走这位不识趣而又难缠的不速之客后，范曾长舒一口气，说："我算大度的。心里真不好受,典型的上海油子。我写这两个字,是为了使他警醒,不要油下去了。唉,什么人都有。"

范曾与女裱画师在刚画就的那幅《尊者》跟前合影留念。这位女裱画师后来出国谋生,范曾还帮她给日本友人写了推荐信,说她是他的裱画师,到国外深造后还要回来报效祖国。女裱画师未去成日本,去了澳大利亚,那封范曾手书的信函,她一直珍藏着。有一年回国时,她对我说:"范先生又给我画画,又给我写推荐信,太让我感动了。"

他画兴未尽,看看表,还有一个钟头的空余时间。他问我:"你的司机有我的画吗?"我说:"你为他写过'鹤翔'两个字,但没有你的画。"

他说:"我来画几笔。"

半个多钟头时间,一幅新作诞生:一个孩童坐在一块石头上,童趣可掬。

我说:"他刚生了一个小男孩,叫周帝。"

范曾说:"这个'帝'字不好,以后会被人起绰号,不如改为棣棠花的'棣'字好。"他边说,边挥毫在那幅小品上题了字,"裱中称帝,学子始称棣"。

当然,这是范曾日常写画生活中的一幕,真实的一幕。

在我的记忆中,有好多个"一幕幕"。有一天,突然来了一位山东大汉,进门便说:"范大师,给我写几个字……"范曾依照他的要求写了"鲁山情深"四个字。那山东汉急眼了:"范大师,不是这个鲁,是女人乳房的乳……"

范曾一愣,继而大笑,笑得直流眼泪。

山东汉子一本正经地说:"乳山就是乳房的乳……"

范曾止住笑,另写了一张。山东汉子倒聪明,走时将那张废弃的"鲁山情深"也捎走了,当然不忘请范曾签上名盖章。

三幅应邀之作

2007年1月29日下午4时去范曾家。我简略地谈起打算举办一次"情系2008奥运会"的画展,找我的众朋友,一人出一幅画和一副对联。范曾痛快地说:"我支持。"思索片刻,说:"胜固欣然败亦可喜,强靡耻后弱待居先。"

"铺纸!"让助手铺好特制的有防伪图纹的宣纸,就取笔润墨书写。

字挂在墙上,我们坐在沙发上观赏。范曾说:"强项我不去歌颂了,为弱项鼓鼓劲。体育比赛，竞技场上以胜负为目的，竞技场下便以友谊为目的，和谐为目的。构建和谐社会就是构建和谐地球村。"

本来我为画家们拟了对子的内容，"同一个世界，同一个梦想"。我没有将这个内容告诉范曾。他文思敏捷，尤善律诗对联。果不然，他出口成章。

我说："再选一幅画吧！"

他站起身，用右脚往上一踢，嘴中念念有词："倒挂金钩！"看来兴致很高，他说："我现画一幅吧！"

助手已在墙上挂了一张四尺整宣。

范曾站立墙前，手中提着笔，凝神片刻，一鼓作气画就了一个踢足球的男孩子。在男孩子上方，画了一个足球，又从下向上，逆锋飞速勾出一道弧线。

"中国足球岂可悲观，岁丁亥范曾写"。题完这些字，他开始着色。

着完色，他端详画面，问我："再加上几个字如何？"不待我回答，他便在"写"字后面添加了几个字，"未来足球先生"。

这几个字一加，多了几分情趣和风趣，也更衬托出范曾对中国足球的期盼。邓小平同志曾经说过"中国足球应从娃娃抓起"。范曾这幅佳作，正寓寄着此意。

我们坐下品茶，范曾拿起烟斗吸烟。

"我已经画过三幅体育题材的画，都是你叫画的。一幅是为体育报创刊三十周年画的《狡童门齿落，知是踢球归》。还有一幅是为全国体育美展画的《师古人亦师造化》，我很喜欢，从体委要了回来，最后被中国美术馆收藏了⋯⋯"

"当时，你说把这幅画还给你，你可以再画两幅给我们⋯⋯"我提起了往事。

"那张画的创作全过程你都看到了，为了画猴拳，还专门请一位拳师来家示范，我先画了猴拳的动作速写，下了功夫的⋯⋯"范曾回忆。

那是一幅六尺宣精品。画中有一位老者，树上有一只猴子，猴子蹲在树上出神地瞧着，人与动物、人与自然浑然一体。构思巧妙，神情鲜活，堪称一绝。

我想起1985年的那次全国体育美展。雕塑、油画表现体育方便，水墨画表现体育难度就大了。我请十位国画大家参展。黄胄和范曾却担忧评奖不当影响声誉。我想出一计，十位特邀者皆授予荣誉奖。黄胄、范曾皆同意此举。

没料到，荣誉奖评到范曾时，评委会主任华君武说话了："中国美协获荣誉奖的都是八十岁以上的老先生。范曾不到六十，怎么好评荣誉奖呢？"

评委们都不好表态。我只能圆场说："华老说得对。不过，体育是年轻人的

范曾作品《中国足球岂可悲观》

范曾（右三）出席第一届中国体育美术展览颁奖晚会。
左起：葛维墨、妥木斯、鲁光、范曾、马克、刘勃舒

事，年龄可放宽一些。"我知道，光这一条还通不过，又说："如果这个奖，中国美协不便给，可由中国奥委会授予。"

"那我没有意见。"华君武说。

应该说，华君武的意见也是合理的。范曾与华君武结怨的事，早有耳闻。范曾认为华君武压制他，对此耿耿于怀。范曾自己就说过："过去填写对美协意见时，我就写，建议撤销华君武同志党内外一切职务。"一位年轻画家竟敢如此对待在位的一位老同志，此怨还有平息时？

记得第一届全国体育美展的颁奖大会是在新侨饭店开的。

"让我代表获荣誉奖的画家讲几句……"范曾主动请求。

我同意了。此事很快传开，到了傍晚，华君武同志给我送了一张请假条："晚上我在郊区有个重要的会议……"

我已意识到问题的严重性，华君武可能因为范曾要发言，有意不出席颁奖会。

范曾也真是的，到了会上，总忘不掉含沙射影一番。

次日，我见到华君武时，说："华老，我知道你昨晚为什么请假。你是领导、

颁奖者，他是一个领奖人，宽容一些吧！"

华老毕竟是位资深的老革命，听了此言也不再说什么。

我毕竟是画坛的局外人，对画坛的恩恩怨怨不知情。其实，不管结过什么怨，都应化解为好。心和，才能天下和。人生短促，还是和为贵。

"情系2008中国名家书画展"闭幕后，我将《中国足球岂可悲观》这幅画送还范曾。谁知他说："你还不知道吗，钱对我来说，已经不是愉快的事情。你留着吧！"我想，这是范曾的真心话。

不久，我接到一画廊经理来电："有人送范曾的《中国足球岂可悲观》来卖……"

我笑道："原作在我这里呢！"

造假速度之快，真让人吃惊。

硬木笔筒与册页小品

范曾寓居巴黎前夕，曾给我来电话："鲁光到我这里来一下。"

"你在哪里我不知道。"我答。那时他正处于婚变中，我不知他下榻何方。

他说："就在你们体委附近。"他告诉了我劲松的门牌号码。

我上楼后，才知道那是楠莉的家。

我头一回见楠莉，是在郎平的婚礼上。范曾带来一位端庄俏丽的女士，给我介绍："这是我表妹，帮助照顾一下。"说完，他就穿梭在来宾之中，谈笑风生。

那天屋里没有什么客人。快中午12点时，范曾说："我给你画张大画。"

我看看表，遗憾地说："我还有事，得走……"

"那好，来日方长……"范曾说，"楠莉，把那个硬木笔筒送鲁光……"

楠莉从柜中取出那笔筒，用报纸包装好，送给我。

"放在那儿挺好的，送我干吗？"我有些不解。

"好东西就送好朋友嘛！"范曾说。

没过多久，发生了一件让我意想不到的新闻事件，范曾去了巴黎。

作家朋友张春熙即将出版的书中有一篇《作家鲁光与画家范曾》。张春熙来电问："要不要把这篇文章撤下来？怕对你不利。"

"不用吧！因为那是历史。"我说。

万里长子万伯翱出访法国时，去巴黎看望了他。回国后，万老大说："范曾感到

很孤独,想回来。"他将范曾写于 1992 年的表述孤寂和思乡思国的一首诗转交给我:

长啸犹慷慨,
听八表官商。
谁唤醒三千世界,
蛰居漫凄惶。
想群山碧翠,
待勾留一叶春光。
　　　壬申年十翼范曾自题

赠诗上款为"鲁光兄惠藏"。

范曾从巴黎捎给我的诗

我给他去了一封信。信中写道:"万老大说得对,你不是政治家,少说话,多画画。你留世的不是语言而是绘画艺术。"我在信中告诉他,"我有一本册页,都是朋友画的,我把最后一页留给你画……"言外之意,尽管发生了种种变化,但我依然把他视为朋友。我对朋友的理解,情投意合者是朋友,无所不聊者是朋友,有争论的是朋友,有错误的依然是朋友。

他没有回信,也不知那封通过朋友寄去的信,他是否收到。

20世纪90年代初的一个夏天,范曾突然回国了。他寓居日坛公园内的饮兰山房。一日,他约我相见,说将在香港办画展,嘱我为其著文。我写了千字短文《狂也醒也皆范曾》,但他未采用。我出散文集《情缘笔记》时,告诉他,如他对这篇文章有意见,我便不收入集中。他说:"送过来再看一下。"看完,他说:"只字不改。"后来得知,他对"狂"字有些看法,认为他不是狂,而是太率真。

有一天,范曾问我:"你的那本册页呢?"我当天就将册页送去。册页封面是崔子范先生题签的《艺苑集锦》,已有崔子范、刘勃舒、徐希、张广、王迎春、霍春阳、吴山明、张立辰、汤文选九位大家留下墨宝。最后一页虚席以待范曾

范曾从巴黎回国后为我画的第一幅画

兄。头天刚送去册页，次日一早他就来电话："册页画好了。太难画了，还不如给你画幅大画呢。"

他在册页上画了一个席地而坐的牧童和一头老牛，并题字曰："牵牯于东隅，有事于西畴。"

在闲谈中，他曾对我感叹："你可以衣锦还乡，荣归故里。我寓居京城，慢慢恢复元气。"果然，两个一千万捐灾区，多次上中央电视台，大画挂进人民大会堂，散文进了大学课本……范曾走向人生新的辉煌。

每年我们都会相聚几次，一回，在他昌平新居的画室，范曾说："鲁光兄，我对你有意见，你来看我太少了。"我说："我来，会占你挥毫的时间，这不是图财害命吗？"10点半，我执意离开，他一再挽留："再聊聊，共进午餐再走。"

他刚写完一篇新作《八大山人论》，即兴朗读起来，抑扬顿挫，颇为得意，问我："此文如何？"

"精辟。不过，你此生最精彩的文章也许不是这个……"我说。

"那是什么？"范曾有几分不解地问。

我瞧瞧坐在一旁的楠莉，调侃道："写给她的那些情书。这些文章都是写出来的，而那些书信是从你心里流泻出来的。"

楠莉倒实在，马上说出她收到过范曾多少信函。

"都留着吗？"我问。

"都留着的。"楠莉说。

当范曾当年婚变的消息不胫而走时，人们都以为他的新婚之人是个年轻的靓女。其实，楠莉只小范曾一岁而已。其中的故事，不为外人所知。

2000年夏日，我与范曾、大米同舟游西子湖，遇大雨。望着满天豪雨，范曾感叹："当年的画中人终成爱人。"

火热金华行

几位金华老文化人利用社会力量，在婺江的一个半岛上建了一座黄宾虹艺术馆，程十发先生为艺术馆题写了馆名。

在"清风楼"品茶时，我对馆长葛凤兰说："你们馆没有黄宾虹的画，倒不如收藏当今大家名家之作。如果一个艺术馆老没有活动，就等于死亡。"

葛馆长反应敏捷："我赞成举办活动。能不能把范曾先生请过来办个画展？"

我说："试试。"

范曾从法国回来后，寓居京城，不似往昔繁忙。

回到北京，我找到范曾，告诉他："我的山居已落成，你为我题写的'五峰山居''野泉''野渡'等字已刻石置放，可去一看。路经金华，可在黄宾虹艺术馆办一个范曾绘画作品展示会。金华喜欢你的字画者很多。"

2000年7月19日，范曾和楠莉、米景阳、徐斗一行四人抵达金华，下榻黄宾虹艺术馆。

金华的这次展览的头一天，还有一个大插曲。

极右派林希翎，曾流放金华，此时正好从巴黎回国，到金华处理房产之事。闻听范曾在此办展，非要一见。我去杭州接范曾一行时，将这件事告诉了他。

他有些焦虑，说："这下坏了，我是来金华开艺术展的。我在巴黎见过她，观点多变。如今她在网上写稿，一上网可就麻烦了，会以为我们跑到一起搞什么似的。"他果决地说："不能见面，不能见面。"

展览前夜，在黄宾虹艺术馆会议室里，大家就这件事进行了议论。

米景阳说："三十六计，走为上计，今天连夜回杭州……"

楠莉有些急，也赞成此见。

葛凤兰见此情景，也顶不住了，说："那就走吧！"

范曾、楠莉走访
五峰山居

可是，报纸上已说范曾本人出席开幕式，舆论已经造出去了。这么一来，会造成什么后果呢？我说："如果这么一来，事情就闹大了。观众还以为上面不让范曾出席，网上会炒开。"

范曾听了此言，果决地说："不走了，不走。"

我又说："一个林希翎，有什么好怕的。想个法子，不见面就是了。"

此时，艺术馆顾问赵杰（原金华市政协秘书长，我们称他为"义乌学士"）说话了。林希翎下放金华，是由他接待安排的。他们是老熟人。他说："明天一早，我拿把椅子坐到大门口。如果她来了，我先拉她去吃早茶。你们抓紧开幕。"

开幕那天，赵杰真的一早就坐在大门口恭候林希翎。但她未来，据说是她头天打过电话，艺术馆办公室的人告诉她："范曾来过，已走了。"办公室的这个人很机灵，一句糊弄的回答，化解了一个难题。

其实，见面又何妨！不过，当时的背景，范曾的顾虑也是可以理解的。

事后，范曾曾对我开玩笑："还是你老成。"

开幕之日是7月22日，骄阳似火，是入夏以来最热的一天。观众数百人出席，范曾签名售书《画外画》。挥汗如雨的观众把满头大汗的范曾围了个水泄不通。范曾穿白色的中式上装，发表即席讲话，高度评价黄宾虹，称赞黄宾虹五百年出一个，是坚守民族文化阵地的一代画圣。他写了《记黄宾虹两首》，其中一首诗曰："风烟笔底透鸿蒙，五百年来旷世雄。请看双溪无尽水，源流一脉到宾虹。"

入夜之后，江风习习。我们坐在江畔清风楼茶座，欣赏女词人李清照曾入诗的武义江和婺江的夜景，山南海北神聊。范曾诗意大发，站起身，吟咏新作《于双溪清风楼忆易安》：

> 清风拂袂上斯楼，暮雨前山望里收。
> 绕岸双溪澄静影，悬天皓月忆孤舟。
> 抚栏宛有词人泪，纵目能天羁客愁。
> 往矣千秋真一瞬，知音异代我为俦。

李清照在国破家亡的时候，寓居金华，留下诸多名句。"水通南国三千里，气压江城十四州"，范曾手书，镌刻成对联匾额，就悬挂在我们落座的这栋"清风楼"的廊柱上。

次日,范曾就急不可待登八咏楼,站在李清照雕像前,深深鞠了一躬。这深深的一躬,表明范曾对女词人李清照的崇敬。

范曾此次南行中还有一鞠躬,是游杭城时,发生在岳坟。他对我说:"我们向岳飞鞠躬。"

对于这两次鞠躬,我曾在一文中感叹道:"狂人自有自己的崇拜偶像。"

展览期间,义乌等地的老板背着几十万来向范曾买画,范曾却一幅也不卖。这天夜里,他童心大发。12时了,徐斗到二楼找我,说"范先生请你上楼"。我到三楼范曾的房间,只见米景阳和楠莉笑出了眼泪,却不见范曾。不一会儿,范曾从里屋出来,上身穿着楠莉的上衣,胸前鼓鼓的,是两个塑料茶杯,一副女时装模特儿的神态,一扭一扭地走向我……

唉,这个范曾,纯粹一个活宝。这一幕,也表明他已走出压抑心境。

在金华,范曾为画界同行题了不少字。给我印象最深的是,范曾题写了二十多幅字之后,快收笔时问:"给去杭州接我们的两位司机师傅写了吗?"当听说未写过时,又挥毫写了两张。

其时我正热衷于画火鸡。一天清晨,范曾来到我的住处,见我画了一幅六尺整纸的火鸡,不禁叫好,提笔题了"大朴无华"四个大字。这些年来,他先后为我题字七八回。

我每年都毁画上百张。有一回,毁着毁着,我的小外孙李砚旭说:"爷爷这张先留下来行吗?"这是一幅犟牛图,有一天范曾见了此画,说画得好,挥毫题了字,"犟者也多情,低头思故乡"。并说,"这就是我寓居巴黎时的心情"。

2000年的金华行,范曾也应邀为当地画家题了一些字。获得题字者,自然不亦乐乎。但也有被拒绝者。一位在当地颇有影响的画家送来一二十幅作品,欲请范曾题跋。看了头一幅,范曾觉得画得有点腻,往后翻,十多幅画一个模样,都留有大片空白。显然,范曾就不便题了。还有一位当地名人送一幅近作给范曾过目,范曾客气地说:"好的。"那位先生便提出请范曾题跋。范曾的率直脾性又上来了,说:"这种画让我题跋是不够格的。"弄得那位"名家"下不来台。又得罪人了。难怪那位名家对范曾多有微词。

画展期间,我邀范曾游了我的故里方岩,做客我新落成的山居。

范曾为我的山中小筑题字

在我的山居,范曾见到他的手书"五峰山居""野泉""野渡"都已刻到鹅卵巨石上,很高兴地说:"石匠刻得好,连笔锋都刻出来了。"

他喜欢深藏在公婆岩山中的这座村野小筑,说:"三千万卖给我吧!"

"一个亿也不给你呀!这山,这水,这景,世上难觅。"我说。

当然,彼此都是说说而已,但又说明这山水确实有诱惑力。

他下榻的五峰书院,是当年朱熹、陈亮讲学读书之地。是夜大雨滂沱,飞瀑流泻,范曾夜不能寐,写下了一首赞美陈亮的诗:

狂风夜雨袭峰冈,乱世当年忆苍黄。
最是钦徽囚狩日,登临看剑有忠良。

次日天空晴朗,我们赶早上方岩拜胡公,一路拾阶而上,步行了近个把钟头,终于挥汗如雨地到了方岩寺。方岩,丹霞地貌,孤峰突起,陡壁似斧砍刀削,丹红如霞,险峻华美。方岩是一座见方的山峰,峰顶平坦,有一唐代古寺。寺中供奉着宋代的清官胡则。胡则为百姓免了税钱,老百姓塑像纪念他,胡公大帝香火一直很旺。范曾与我们一道朝拜这位宋代清官,还热心为抽签书者解签。

当地为范曾一行送别的宴席,在五峰书院的一个大岩洞中举行。范曾大有感触,即兴吟联一副:"维理是求人称陈亮,遗形而索我爱鲁光。"我不赞成将我与故里的状元陈亮相提并论。

"陈亮是大理学家,人们称赞他的理学。我,范曾喜欢你鲁光的大写意画,这是两码事嘛!"

他将这两句话书写了一副对子,而且还赠送一幅四尺整纸的写意人物画。我将此画和对联挂在山居二楼书房。

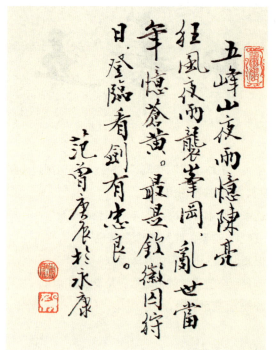

在鲁光故里留诗

山居被偷过多次，都是新被子、老酒之类的东西，字画一幅也没丢。偷者无疑都是打工仔，为温饱而偷，对字画之类一概不感兴趣。不过，为了以防万一，范曾兄的这幅大画和对联不敢再存放山居。我已带回北京，挂在北京的寓所。

这次展览期间，应金华电视台的邀请，我与范曾还坐在演播室里，进行了一次关于艺术与人生的对话。

我们讨论到评价一幅美术作品的标准问题。

我说："在绘画艺术上，要喜新又要爱旧，不是喜新厌旧。'旧'就是指老的传统。但是不能墨守成规，应该出新。"

范曾说："你的选择标准，是趋向于新。这一观点一般讲是没有错的。我在书中曾提到另一观点，是因为它涉及了艺术的另一层面，就是对艺术的整体评价。最重要的标准是什么？我以为艺术评价中最重要的是作品的好与坏，不仅仅是新与旧，这与你刚才谈到的问题是不同层面上的问题。我认为艺术作品，如果讲它好，它就历久弥新。"

范曾赠我的对联

2000年夏，范曾与我在金华电视台对话，主持人为陈媚婵

对话中，我们还说起了自己和对方的书与画。

范曾翻看了我的画册，说："你是个纯粹的文人画家。看你的画，有股清新的气味扑鼻而来。你的画，一曰厚拙，拙而不笨，因为里面有大巧在焉。二曰浑雅，三曰强犟，四曰童真天趣。你有一颗童心。你长了一双儿童的眼睛。儿童的眼睛是什么呢？是没受过污染的眼睛，不是一种市井的、鄙俗的眼睛。你最近参加全国美展的《风风火火闯世界》那两只火鸡，画绝了。如果讲抽象派，你有抽象派的意思。"范曾认为，画家分为三类：第一类画社会所认为最好的画；第二类画自己认为最好的画；第三类则置好坏于度外，被冥顽不朽的力量驱动着画笔作画。这时最容易出精品。他说："我看你已经坐二观三了。"

他让我说说对他近作的看法。我说："你的书法变化大。过去你的字一波三折，如今沉稳雄健。"

范曾说："一个人呐，及其少也，戒之在色；及其壮也，戒之在斗；及其老也，戒之在得。我毕竟老了，六十二岁了，写字不再那么玩帅，比较平和。很自然地就容易趋向于米元章（南宫），再往上趋向于王献之、趋向于倪瓒等这些历代名家。其实我并没有一个个认真地临他们，因为造型能力到了现在这个地步，看一看，体悟一下，渐渐地就在笔底形成一个新的变化。这东西都是不期然而然的，艺术风格的形成，不要强求。我的这个变化，甚至我太太都不理解，讲'你的书法已经这样有名了，你怎么还在变？一变，变得人家不认了怎么办？'我

我珍藏的范曾墨宝《社鼓声中庆丰稔》

说,不认就不认。艺术家是要引导观众的,而不是作群众的尾巴。我对自己的画,有八字箴言,'以诗为魂,以书为骨'。"他征询我对他的画的看法。

对于他的画,我沉思良久。我最喜欢的是他的简笔写意,尤其喜欢反映其率真狂放本性的人物画。我说:"你的绘画高峰还在后面。"

停机之后,女主持人陈媚婵突然发问:"范老师,人们都说你很狂傲的,能否谈一谈这个问题。"

来电视台前,范曾说:"今日可否不谈狂傲问题。"但女主持人一发问,范曾马上说:"鲁光,你觉得我这个人狂傲吗?"

我直言相告:"你的狂傲是出了大名的。不过,你有狂傲的资本,在当今画坛,诗书画如你者,实在罕见了。"

对此,范曾并不苟同。他说:"与我接触多了,你就知道,我的个性,其实不是狂,而是一种率真,没有虚伪奸诈的成分,什么都直言不讳,尤其谈艺术,我可以讲是不苟私情。尤其我写艺术评论文章,有时是鞭辟入里,我不认为是一种狂。所谓狂傲,是指没有达到这个水准,自认为达到了,这才叫狂傲。如果讲忠实于客观存在而不故作谦虚,我认为这还是一个人的美德。"

我说,尽管说真实,太率真了,总会给人一种狂的感觉。

范曾说:"现在脾气好多了。毕竟是老头了。年少气豪时候,你看,这人雄谈阔论,像真的似的,就讲这是狂。到了六十岁以后,人们原谅的成分多了:噢,这是个倔老头。"

记得李苦禅先生一次闲聊时曾说过:"有人跟我说范曾傲,我看有点狂傲好,对自己艺术很自信。"当我将苦老的这几句话告知范曾时,他说:"把老师的这几句话记录在案,写到书中去。"

这次节目一共录了八十分钟,每天新闻联播前播放二十分钟,连续播放了四天。范曾很看重这次电视对话,他对朋友,也对我说过:"这次金华行对我后半生至关重要。"其实,他主要指的是这次电视对话。因为这是他从法国归来后首次在国内电视上露面。

范曾的花甲自评

1998年曾与范曾相聚日坛"饮兰山房",晚餐喝了大半瓶绍兴花雕。酒后谈兴更浓,边品茗边神聊。

范曾说,他写了个"六十自评",并即兴吟诵起来:"痴于绘画,能书,偶为词章,颇抒己怀。好读书史,略通古今之变。"他生于1938年农历六月初八,戊寅正逢花甲。

此番自评,一扫平素狂傲之气,写得平实无华。说实在的,范曾之狂傲不羁,是出了大名的。他性情刚烈,不善掩饰,常常旁若无人直抒胸臆,而且嬉笑怒骂皆文章,嘲讽讥诮入木三分。每当谈及东西方名家高昂画价时,他总是不服气地说:"如果我们国力强大,我们的画价也能上去。比艺术,我们可以试试……"在艺术上要超人一头的自强自负精神,在他身上是强烈的。

即使在日常交往中,他的狂傲之气,也常有流露。我就亲眼见识过一次。一位留洋的老油画家,为留学东洋的儿子向范曾求画,然后又拿出几幅自己的水墨画求教于范曾。范曾看画后沉默不语,老人却执意让他说意见。结果,范曾眉毛一扬,说出一句很刺激人的话:"我看一无是处。"老人很尴尬地离去之后,范

我所认识的范曾　167

在范曾画室（左起李莹、范曾、鲁光）

曾向我解释："我不想说，非让我说，我就只好说真话……"关于此事，我们在那次电视对话中也做过探讨。我将此事作为他狂傲的一个例证。我赞同范曾自己"太率真"的说法，但总以为对别人的作品太苛刻了一些，缺少一种宽容的姿态。不知范曾这种让人下不来台的坦诚，得罪过多少人。于是每每说起范曾，常会听到一个字——"傲"。

看来，狂傲，已成为一些人对范曾的一种定评。近日与朋辈相聚，对范曾的这种狂傲性格做了一番剖析。我觉得范曾确实是狂傲的。从某种意义上讲，狂傲也可说是他自信的一种表现。在他的画室"抱冲斋"挂过的那副集联就是佐证：上联是班固的"贬损当世威权势力"，下联是司马迁的"网罗天下放失旧闻"。范曾把这两句话作为自己治学和从艺的座右铭。在绘画上，他要像太史公一样，"通古今之变，成一家之言"。为了在绘画上自成大家，他必须具有贬损古今中外威权势力的胆略和勇气。说得更白一点，范曾还真有值得他狂傲的东西。他出身于十三代书香门第，祖上诗火一直很旺盛，代代出诗人。他从小耳濡目染受熏陶，精通诗韵，擅长吟诗作赋，而且常有神来之句。在当今画坛，吟诗作赋如范曾者确属罕见。他历史知识渊博，既得益于南开大学历史专业的学子生涯，也得益于深夜对历史年表的死记硬背。无论是清贫艰苦的青少年时代,还是客居异邦的孤独岁月,他埋首史书,背诵古诗,挥毫泼墨,从不闲掷时光。他以渊博的学识、出众的才情和娴熟的技艺,把线描与泼墨美妙地结合到一块儿,把诗魂和画意融为一体,创造出一个属于范曾自己的艺术世界。从这个世界里,走出来一个个有肝胆、有风骨、有品节的历史人物和神话传说人物。他笔下的人物,是一群忧国忧民、正气浩然、品行高尚的光彩奕奕的艺术形象。这是范曾的绘画艺术深得炎黄子孙钟爱的原因。

艺术无定论,萝卜白菜各有所爱。对范曾的画亦然。无论贬损之风刮得多猛多烈,范曾始终屹立在自己的艺术山峰上,傲视群雄,岿然不动。他坚信自己的艺术创造,他固守自己的艺术天地。

范曾将"六十自评"笔录下来,送给了我,很感慨地说:"都说范某狂傲,其实我是很清醒的。我从不承认自己是'天才',也不承认自己是'怪才'。我只是一个画痴,一个以画为生命的艺术家。"在范曾的一篇文稿中有过这样的描述,"彼苍者天没有给我什么独得之厚,我的每一步前进,都付出了通宵达旦的艰苦劳动和霜晨雨夜的冥思苦想"。在这位当代"狂夫"的背后,蜿蜒着一条漫长的坎坷之路,

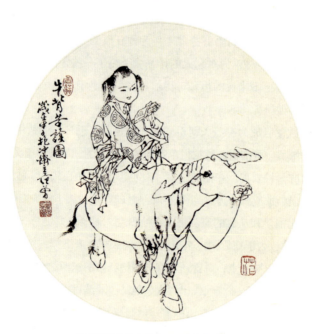

我珍藏的范曾白描作品《牛背苦读图》

范曾俨然如一位苦行僧艰难地跋涉着、探寻着。李可染大师曾送一幅书法"七十二难"给他。他的横溢才情，他的艺术成就，正是从无数的困惑中寻求到解答，正是从无数的磨难中得到的回应，正是靠半个多世纪的艰苦奋斗点点滴滴积累起来的。他在一首抒怀诗中写道："作画平生万万千，抽筋折骨亦堪怜。"

在范曾身上，狂傲与冲虚，冷峻与热情，皆被融为一体，互相补充，互相反衬。他为自己的画室起名为"抱冲斋"，大盈若冲，真正的充实往往是冲虚而不盈满。不狂不傲不率真，就不是范曾。他曾对我说："我装过谦虚的样子，一照镜子，那模样最难看了。"当然，不清醒不冲虚，亦不是范曾。读范曾近作，我惊喜地发现，他的画还在变化着。大写意人物的线条和墨韵，都变得更灵动轻松了。难怪范曾艺术的钟情者在国内外皆与日俱增。

那日分手时，夜已深沉。范曾说，他在下个世纪还要活四十年。按他的生命计划，他将活到一百零二岁的高龄。面对生死关，范曾狂傲依然。但他口无戏言，每天活得也很精心。晚上10点半就入睡，清晨6点半起床。去画室路上，吊儿嗓子，狂喊几声，把昨夜的污浊之气一吐为尽，同时又狠狠地吸入足够的新鲜的活力。

遗形而索，我爱鲁光

2002年，北京荣宝斋和新加坡艺溯廊为我办个人画展，新加坡的朋友要为我出一本画集，我请范曾作序。

一天下午，范曾来电："序言已写就，来取吧！"

当时，他住力宏花园。我抵范宅时，天津公安局的两位同志正与范曾聊天。

范曾说："鲁光兄来得正好，我们一道来甄别一下真假画。"

那些年，范曾字画的赝品满天飞，凡有字画之处，必有他的假字画。用范曾自己的话来说，"我的假字假画之多，不能说绝后，但无疑是空前的"。

画案上，放着两幅画，范曾正仔细端详。

"仿到这个程度，也真不容易了。但假的还是假的。你们看，这枚印章，不对。我用的是连体印，怎么盖，两印之间都是等距离的，他们以为是两个印，一盖就露馅了。"他指指人物脚趾上一颗米粒大小的红点点说："这是一枚微型印，上面有八个小字。你们瞧，这假印是胡乱刻了几刀……"他将放大镜交给我，让我仔细端详。

"这纸也是特制的，有标记。"范曾顿了顿，说："当然，主要是看画，这线

鲁光即兴作画，范曾赞曰"神气"

条，这着色，一看就是仿品。不过，仿得够有水平的……"

据说，如今高仿范曾字画的，都是高手，所以拍卖会上也常以假乱真。有一回，金华一位朋友从黄山买得范曾的七八幅字，请我过目。依我看是范兄手笔，但数量太多，为慎重起见，我带回一幅请范曾审视。起先，范曾肯定："这是我的真品。"旁人说："范先生，这笔墨哪像你的……"说的人多了，把范曾也说动摇了。他说："可能是赝品。"那天，他请我一起午餐。我将那幅字挂起来，范曾又仔细辨认了一番，说："这是早些年在黄山写的，纸也差。不过必真无疑。"餐后，他提笔写了一行字："昨日黄花……"

高仿仿到让本人都认辨费劲，也实在不容易。

范曾为天津公安局的来人写了关于两张假画的证明，送客人走后，说："他们准备抓造假者。"

已近下午5时，我说："我该告辞了，把序给我吧！"

范曾领我进书房，说："稍候可取。"原来，他只字未写呢！

他关上房门，冲楠莉说："不见任何客人了，我要为鲁光写序。"

他铺开大信笺，一口气写了六张才停笔。他说："我早已成竹在胸，所以才

范曾为鲁光画集作序手稿

能一气呵成。"然后从头至尾,朗声念了一遍,自己也颇感满意:

> 与鲁光兄游匆匆二十余年矣,其间鲁光兄奔走于国家体育事业,相逢虽少而未相忘于江湖者,以鲁光兄为人至诚至挚,与人交而有信,憨憨然有古风,艺坛本多风云,而鲁光矻矻然真君子,于是相与为莫逆。
>
> 鲁光兄生于浙江永康市双门村,世代务农,可称大地之子,其质实淳朴,其来有自。观其画而知其人,曰厚、曰浑雅、曰强犟、曰天真、曰童心,此皆画者所最难得者,而鲁光信手拈来均有此种天籁,于是风格独树,断不从俗,布封所云:风格即人,斯之谓欤!
>
> 鲁光退隐山林后,于故里公婆山下筑一雅室,名曰五峰山居。是处也修篁蔽日、古樟荫屋,时有异禽和鸣,门外大塘,菡萏竞放,游鱼相逐,庭中则隐然有野渡、野泉胜境,鲁光兄游物乘心,与天地精神往还,近年画作洗尽铅华,一任自然,非无由也。
>
> 宋大儒陈亮亦曾栖居于斯,我有一联词云:唯理是求,人称陈亮;离形而索,我爱鲁光。鲁、陈异代知己,信为不虚。壬午夏鲁光新作将付剞劂,欣为作序如上。

多年之后,他见排成印刷体之序,惊叹:"我记得很长的,怎么这么短呢?"言外之意,他还有许多尚未写出来的内容。

2010 年 4 月 8 日于龙潭湖畔

"赤身裸体"韩美林

2006年我策划"情系2008中国名家书画展"时,邀请了我此生结交的书画界朋友参展,并且一家一户登门造访约稿。在约稿的名单中有韩美林。我们相识二三十年,但从未登门造访过。

2006年11月17日,我约了中国现代文学馆副馆长李荣胜一道去找韩美林。

以往与美林见面都是匆匆忙忙的,在展会上,握个手,打个招呼什么的。为他的弟子参加体育美展的事,他给我写过一封信,他为体育界画过许多画。中国作协每年在北京饭店的金色大厅举办新年联欢会,特等奖都是韩美林的作品。老作家袁鹰说:"我最希望抽奖抽到韩美林的画。"我不走运,每次都没有得奖。有一回,韩美林在送我的新年贺卡上即兴画画和签名,还说:"你抽什么奖,我随时给你画……"虽然一句话,但感到美林挺哥儿们的。

在通州城铁站附近,我们找到了"中国美术家协会韩美林工作室",一栋四层的建筑。雕塑、陶瓷、绘画、书法,各种展品琳琅满目,令人应接不暇。

工作人员说,美林在不远处的一个公园里开会,那儿正新建一座他的美术馆。我们驱车去公园,没有找到他。他实在太忙了,难怪他总说自己是"时间的穷人"。

后来才知,那天美林哪儿也没有去,就在工作室恭候我们呢!

一见面,敦敦实实的美林说:"我一早就在这儿等你。会,让媳妇去开,别的人都不见,专等鲁光老师……"我被他的真诚、热情所感动。

说起不久前他生奥组委一些人的气,跑到作协全委会上骂人的事,美林说:"我这个人,父亲山东人,母亲绍兴人,有山东人的豪爽,又有绍兴人的精明。都说我是老顽童,长不大的孩子。其实这只是一面。我因为结识交往邓拓他们,坐过牢,劳改过,假枪毙过,'文革'中还跪过玻璃碴……什么苦难都经历过,我还怕什么……"

贺卡上的即兴之作

韩美林的名气很大,光是北京奥运会吉祥物设计者的光环,就够辉煌光亮的。他兼雕塑家、画家、书法家于一身。一说起这些头衔,美林就感慨万千:"有人说我的画,是工艺,不是画。有人说我不会雕塑,说我的雕塑是二维。有人说我只会画猫画小动物,不会画人。我不信这个邪。我的雕塑、绘画、书法,都是被骂出来的,被逼出来的,被气出来的。"

看来,不气、不骂、不逼就没有今天的韩美林。

韩美林点头赞同。他说:"不被骂被气被逼就成不了家。"

美林说:"我也骂人,而且骂得很粗鲁很难听。"

有一回,他到外地出差,人家以山珍野味宴请他。席间主人问他味道如何。其实,对这些野味他连筷子都未动。稀贵的野生动物,是国家明令禁捕的呀,怎么能当美味佳肴呢?他恨不得把桌子给掀了。但出于礼貌,他忍着,强忍着。散席之后,不知趣的主人又问,"味道如何?"美林忍不住骂了一句:"操他娘!"主人摸不着头脑,感到莫名其妙。

话题一转到体育界,韩美林就更兴奋起来了。

他说:"中国体操队和女子拳击队,是我家的常客。一回国,他们就跑到我这里来。无论胜与败,我都把他们当成英雄。在大厅里,我挂着一条横幅'欢迎英雄归来'。你见到了吧?在雅典的体操比赛中,中国体操队只拿到一枚铜牌,出师不利,记者们都骂他们。我急了,买了机票就赶过去。雅典方面给我一个特别证件。我上了主席台,一见高健、黄玉斌进场,我便喊他们。在他们失利时,我出现在他们中间,他们高兴得跑到主席台前,向我伸出手。我伸手,想与他们握,但隔着护栏够不着。一着急,我将头钻出护栏,与他们紧紧握手。那高兴劲儿就别提了。糟糕,头缩不回来了,耳朵给卡住……折腾了好一阵,头硬是出不来。我爱人硬拉才把我的头拉离护栏,可是耳朵磨破流血了……"他找出一张不知是谁为他拍下此景的照片,送给了我。

我们说:"这两支队,是你的手心手背。"

他高兴地说:"说得好,手心手背。女子拳击是非奥运项目,我就资助她们。"

电话响了,是他的夫人小周打来的。她在电话里说:"又有一批客人来访……"

美林说:"你接待,今天所有的客人都归你接待,我就陪鲁光。"

见他这么忙,我们起身告辞。美林不让走,谈兴正浓。他说:"我在体育界朋友多,一个晚上我画过几十幅画送奥运归来的运动员、教练员。我与体育结缘,结了缘就不想出来了,一生一世结缘。"

"走,先到国贸胜江南用餐,再到我的王府井家里聊天。"美林说着,不由分说拉我们一起下楼。

"胜江南"的女服务员见了韩美林,那份热情劲儿真让人羡慕。

"你们给我安排菜吧!"韩美林说。

不一会儿,菜就上来了。

服务员说:"你不知道韩美林对我们有多好,每次饭后结账时,都给画一条小鱼……"

这天也不例外,当美林在结账单上签字之后,又画了一条小鱼。来就餐多少次就画了多少鱼。而且每条小鱼形态绝不相同。

"好好收藏着呀!"我说。

"都收藏着呢!"经理过来了,接了话茬。

美林在雅典钻出护栏为中国体操队加油

到了王府井的家,刚落座,美林就送过来一厚沓见所未见的"书法"。他说:"这是我的'天书',一共三万多字。日本马上要出版。"

翻阅数十页奇奇怪怪的"天书",我不禁好奇:"美林,这些天书你是从哪里弄来的?"

美林说:"我研究天书有三十多年历史了。小时候,也就七八岁,挺淘气的,到住家附近的一个小庙里玩儿,我去掏菩萨的屁股眼儿,掏出几本古书,从此与'天书'结了缘。有些字,古人就不认识,注释时空着。我把古人都不认识的字收集起来,经过三十年的努力,积攒了三万多字。我是画家,我从艺术的角度去观察。太美了!太丰富了!中华民族的文化太伟大了。这些古文字,这些天书,激发了我的创作欲望,给了我丰富的艺术养分,教会了我进行艺术概括。"顿了顿,又说:"你知道我这些似马似牛又非马非牛的造型怎么来的了吧?"

正是从小与他结缘的这些奇文怪字,在他脑子里形成了用之不尽的艺术构成。特别是这些"天书"教会他如何进行大手笔、大气派的艺术概括。

他说:"这就是我画一百条鱼、一千头牛、一万匹马都不重样的'秘密'。天书使我甩开学院派的羁绊,获得艺术的大自由。"

我们说话间,不时有访客敲门,美林悄声说:"都是来要画的。"

不知不觉已到晚上十点多钟了。该告辞了。美林说:"到我的画室看看。"他拿出一沓水墨,说:"我十五分钟画了十多幅,你不信吧?这些就是今天早上一气画成的。创作激情上来了,就收不住笔。"

他知道我爱画牛,说:"找个时间我们一道画水墨牛。今天太晚了,我先给

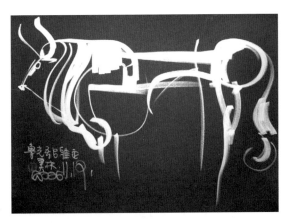

美林为属牛的我送牛

你画一张……"

我说:"自从画走向市场后,我已不再收藏名家的画了。因为画价太高了。"

韩美林有些急眼了,说:"你收藏那么多名人字画,为什么不收藏我的一幅呢,是嫌我的画不好?"

"不,你是当代走红的大名家……"

"算我二十年前送你的还不行。"美林执意想送我一幅画。

"那我就破例再收藏一幅吧!"

美林找出一张深蓝色的厚纸,用粗油笔,银色的,神速地画了一头奔牛。线条,飞动有力。题写了一行字,落上款签上名。

他索要我的几本书。送我出门时,他说:"你托高健带给我就行。"

我找出《写画人生》和《东方的爱》两本散文集,并附一信,交给高健。

我在信中写道:"你赤身裸体站在我们面前,而且掏出你那颗赤诚之心亮给我们看。这就是一个活脱脱的美林,世界上只有一个的美林……"

2006 年 11 月 18 日即兴而就

聪明人徐希

近些年来，徐希几乎年年都穿梭于大洋的此岸与彼岸。1999年的动作比较大，他和石虎、丁绍光、刘国松、宋雨桂在中国美术馆举办了五人联展。给他打电话时，他的头一句话就是"哈罗！"他已去美国十年了，但除了会说诸如"哈罗""OK"之类的几个英语单词之外，仍然说一口带浙江乡音的普通话。

在中国美术馆圆厅和侧厅里，展出了他数十幅新作，山水、花卉和人物，每样都有一些。但挂在圆厅的大幅之作仍然是他最拿手的泼墨泼彩山水。1995年他回来时，送了我几本画册，他说："我出去六年，出了八本画册。"我看他，真有几分压不住的得意。

在展厅里一见我，他立即张开双臂，我们紧紧地拥抱在一块儿。他对旁人说："老朋友了！"他的老朋友太多了。张立辰夫妇、刘勃舒、何韵兰、张广来看他了。李可染的夫人拉他一起站在他的山水画前合影留念。他人缘好，在展厅里来来回回跑，来来回回照相，简直忙得分不开身。张广原来与他在一间画室作画，亲如兄弟，最了解他。张广说："他是作为一名艺术家去美国的，真是全心全意搞艺术。"

刚去美国那年，徐希谢绝了画廊的约稿，暂时告别他最熟悉、最拿手的"江南雨景"，而一头扎进曼哈顿的景观中去。在烈日下，在雨雪中，在华灯下，他用东方艺术家的审美视野，观察这群陌生而又令人激动的摩天大楼。一年后，"曼哈顿组曲"一炮打响。这些艺术品，成了纽约艺术市场上的抢手货。接着，他遍游美国，画了两百多幅美利坚的风物，精选出四十幅"美利坚巡礼组画"。美国著名艺术评论家丹尼斯·韦曼看了他的这些新作后说："这四十幅美利坚巡礼组画，是珍奇的深刻的人生经历的流动感受，没有其他一种艺术，能达到如此美妙的最高境界。"

徐希作品《江南喜雨图》

徐希在我的册页上画的《瑞雪图》

一位东方艺术家,刚踏上美国的土地,一般来说,都得先为生存而奔忙。往往,真正属于自己追求的艺术,就在这种为生存的奔忙中渐渐消亡。但徐希是一位幸运儿。他刚到纽约,就碰上了一个机遇。他的两幅画参加了一个画展,其中《江南三月》被一位大收藏家看中。但这幅画,是徐希自己的珍藏品,他不打算出售,而这位大收藏家又喜欢得不行。他终于打听到徐希的电话,并派人去请徐希来家面叙。

"他年龄比我大?"徐希问来人。

来人摇摇头。

"那他是残疾人?"徐希又问。

来人还是摇摇头。

"那得请他来我这里谈。"徐希很有礼貌而又很果决地说。

有一天,徐希住宅门前停了四辆豪华的凯迪拉克,来了男男女女七位收藏家。他们在徐希家看了十多本已出版的画册,又欣赏了一些原作。他们不走了,当即与他谈收藏价码。此后,这些收藏家就各自来走访他,从他这里买走一批又一批新作。

其中一位女收藏家,在瑞士和荷兰都开有画廊,经营徐希的画。她特别钟爱徐希风格独具的花卉。适时,荷兰正举办世界水彩画大评奖,女老板将徐希的一幅花卉《紫色的梦》送去参评。十七位评委,投了十七张票,徐希得了金奖。纸本的花卉画,居然能在世界花园荷兰中头奖,这不能不令世界艺术家刮目相看。徐希的花卉画是一种中西合璧的创新之作,它们给观众带来美的享受,可徐希为此付出了很多心血。1989年的一天,他曾给我讲述过这种花卉的创作历程。

"你知道我是怎么画出来的吗?我在日本买了各种染料,又从国内市场上买了丝绸、麻布和的确良各种布料,自己搞扎染。在地上铺上塑料布,在各种布料上倒上各种染料,弄得满屋的颜色,满屋子的刺鼻气味。最后,还往硫酸里浸泡。尽管戴着胶皮手套,但一不小心就烧着手。从早到晚,一干就是一天。我妈把我好一顿骂。但当打开这些扎染过的布时,我惊喜地发现布面上出现多鲜艳、多神奇的图案啊!我累得动弹不了了,躺下睡一夜,清晨起来,一块布一块布地瞧,瞧个没够。我把可能成画的布挑选出来,凭感觉,用刮刀往上抹丙烯,有时在背面泼墨。有一天,下大雨,我骑车去人美创作室,把一块扎染过的布料挂到墙上,说,我要画一幅花卉。石虎他们都说,这怎么能画成一幅画呢?我从早上一直收拾到晚上,第二天又收拾了一天,一幅奇特的花卉画终于问世了。石虎见后说:'徐希,你真神,我服了。'后来,一变再变,才变出了这批迷人的花卉。"

徐希的聪明,在同行中是出名的。但聪明人也是付出了常人想象不到的辛勤代价,才创造出了骄人的艺术。

徐希的花卉画在欧洲的画价又上涨了许多,但他还按以前的画价卖给这个女老板。犹太收藏家、日本收藏家、华人收藏家、欧洲收藏家都纷纷找他买画,简直是供不应求。不过,这倒使徐希没有了为生存穷于应付的经济压力,他不用随波逐流,而可以刻意去追求自己钟情的艺术,想画什么就画什么。真是潇洒走天下!

他的绘画基本功是很扎实的。四千多人投考浙江美院附中,只取四十人,他跻身被录取者的行列。附中毕业,他被保送浙江美院本部深造,后来分配到我国

徐希的书法

美术的最高权威出版机构人民美术出版社。从 1978 年起，他与著名画家张广、石虎、林楷等人成为这个社的专业画家，他们朝夕相处，互相观摩，互相激励。他去西藏、新疆、太行山生活，他下江南写生，积累了极为丰富的创作素材。他灵气十足，正如他的画友、中央美院国画教授张立辰说的："徐希的画是聪明的画。"画家张广也说："徐希的头脑清晰，思维敏捷，聪明过人。"基本功加聪明，徐希成功了。他从 70 年代末就找到了一条属于自己的艺术道路。到了美国之后，他看了众多的艺术馆、博物馆，将东西方的艺术作了广泛的比较，而且大胆地吸收西画的色彩和表现技法，并巧妙地融化到中国水墨画中去，使中西合璧。尽管他的画千变万化，但越变越耐看，越变越受人欢迎。用他的同行的话形容，他的画是"徐家样"，中国的民族风格依然那么浓郁。

一个有出息的画家，一定是不断创新的画家。徐希已出版十四本画册，举办过十八次个展，并多次荣获国际性大奖，在中年画家中可谓成就斐然。但在艺术上，他不安分，是一位永不知足者。他最拿手的，第一是山水，第二是花卉，可 1995 年从美国回来时，他给我展示了二十多幅没骨彩墨人体的照片。全是耳目一新的感觉！看来，他又开始冲刺人体画了。他画人体不打稿，娴熟地运用了画山水和花卉的技法，画出的人体却一个个栩栩如生，魅力独具。他说："两年后，我将出版一本人体艺术画册。"

他还在画油画。他计划将自己的"徐家样"的山水，变成一幅幅的油画。他还在练字，想写出有个性的"徐家字"来。

在情爱上，他却不是一个幸运儿。孤寂常常袭击着他。他说："她离我而去了，有时真是寂寞。但我在寂寞中奋斗。我的艺术正向上走，我不急于解决个人的问题。我得继续往前走，对得起我的画友，对得起我的收藏家。"

他每年都往国内跑，找朋友聊天，看画展，买书买画……有一回，他问我："去看看崔子范行吗？"我陪他去黑芝麻胡同拜访了崔老。我知道，徐希很喜欢崔老的画。崔老搬出了几十幅近作，让我们一一欣赏。有一幅花卉长卷，集中了崔老的艺术精髓，徐希看了又看，赞叹不已。离开崔宅之后，他动感情地说："如果崔老肯割爱，花多大的代价我都想收藏。"我们还一道走访了中国画研究院院长刘勃舒，不仅一道"火锅"了一顿，而且促膝聊到深夜。"只有真正中国的东西，才能在世界画坛上站得住脚。"这是他们两位艺术家纵论中外画坛之后，取得的一个共识。我坐在一旁，入神地听着，默默地赞同着。在徐希的住宅里，我见过他刚从荣宝斋买回来的黄胄的马。他兴奋地说："这是黄胄的精品，张广也这么认为。拍卖会上没有出手，我二话不说，花了六万多元买下来了。"他喜欢黄胄其人其画，对收藏的每一幅画都说出中肯的令人佩服的评语。呵，我明白他每年都往国内跑的原因了。他回祖国是寻找友情和乡情来了，是回生他育他的大地汲取艺术的乳汁来了。他离不开祖国，离不开生活在祖国的新朋老友。愈是成功，愈是孤寂，他就愈是思念他们。他常常为身怀绝技的画友一时得不到发展的机会而焦虑，常常为这些画友开拓国际市场而奔波。交徐希这样的朋友，让人有一种"人生得一知己足矣"的感叹。

2006年7月15日夜，是我们多次闲聊中的一次。我敲开他凤凰城新居的住宅门，宽敞的大客厅是他的画室。两幅丈二匹对开的山水画《江城重庆》和《江南古镇》依墙而立。一间不大的屋室作为客厅，墙上挂满了他的油画新作。油画题材是他的水墨老三篇：雨景、雪景、花卉。

说起艺术市场，他说："真有意思，一年前我还不知道拍卖会怎么样，搞不清国内书画市场。今年3月春拍，外国人买走了我的一幅丈二对开大画，

聪明人徐希

老友常相聚（左徐希，右鲁光）

三十万，后来又走了一幅四十万，国内市场一下子就火起来了。我忙不过来，压力很大。外国公司要订九十万美元的合同，我不签。也许画完一批大画，人就完蛋了。陈逸飞、古月、刘炳森不都是累死忙死的。我给自己定了两条原则，一保护好身体健康，二保护好自己的艺术生命。有的名家卖画太多，应酬太多，画得草率了，艺术上要再上去就难了。我一天就画三个钟头，放下笔去散步，到花鸟市场看花看鱼，边观赏边散步。常去游泳，放松自己。说真的，钱这个东西诱惑力太大了，见钱不眼开，不看重钱，做起来很难的。但我常想，要那么多钱干什么用？还是珍惜艺术生命要紧。"

我说："你的艺术是'徐家样'，风格突出。你到了西方，把西方的艺术融到东方的艺术中来，雅俗共赏。艺术好，是市场好的主要原因。"

他在国内外都没有经纪人，自己经营自己，这在中国画家中是罕见的。

聪明、健谈、自信、坦诚，这是徐希留给我的深刻印象。

"最终，我将回来居住，与老友们朝夕相聚，我的根在这里。"他又匆匆忙忙地走了。他去东南亚画画去了。他还将去色彩浓烈而又古老的印度写生。他还打算去艺术之都巴黎生活。这次离京的前夜，他打算夜游北京城。他说："北京变化真大，看看夜景，我动心了，想画一画北京。"他的新画册，将一本一本出下去。再过五六年,他的一部文学作品也将问世。那将是一部回忆他的艺术生涯和艺术界师友的佳作……

"艺苑巨子",这是他的画友石虎得知"徐希作品欣赏展"在香港举办时送的条幅。愈琢磨愈觉得名副其实。徐希为人热情谦逊,但又极有主见,而且极具韧性和毅力。他脚踏实地而目标宏远,不满足于一时的轰动效应,一直孜孜不倦地前行。正如他在《自述》中说的:"有人问中国水墨画前景如何?我的回答是,在我的心灵的天平上,齐白石和毕加索没有高低之分,梵高与潘天寿同样是世界级大师。使中国水墨画这枝独特的花朵在世界艺坛上获得应有的地位,将是我和我的同行艺术家们最大的心愿。"

我默默地祝愿他成功。他已经成功,而且一定会取得更大的成功。但一走就是一年,实在太令人惦念了。好在,有他送给我的画和画册,见了它们,就如见到他一样。徐希不在,有他的艺术与我相伴。徐希呢,虽然跋涉在异国他乡,时时有孤寂相袭,但有我们真挚的友情温暖着他。徐希,你在世界艺坛奋勇前行吧,众多的画友与你同行,众多的新朋老友为你摇旗呐喊。

2010 年 3 月 16 日于龙潭湖畔

周韶华的孤独与"大爱"

我与周韶华先生有过多次交往。

在我们相识之前,就听李世南说过他。主持湖北省文联工作的周韶华,招贤纳士,把李世南从西安召唤去武汉。我想,周韶华一定是个有魄力有魅力的艺术大家。

在邓福星家串门时,邓福星搬出周韶华的三厚本画册说:"他的画真大气。"邓福星时任中国艺术研究院美术研究所所长。这位美术评论家的赞美,使我对周韶华的绘画艺术产生了一种敬仰之心。

后来在中国美术馆看了周韶华的一个画展。他的画,让我的心灵产生了强烈的震撼,用周先生自己提出的"四大"(大视野、大思维、大格局、大气象)来评价他的画,是最恰当不过的。

没料到,这个画展在京城业内却引发了激烈的论争。在美术馆附近的华侨饭店午餐之后,在一间大会议室里召开了研讨会。一位当红的美术评论家批评周韶

周韶华的扇画作品

与周韶华在武汉画室

华的画"太粗太糙",而且言辞激烈。这位批评家的话音刚落,站起了一位陕西大汉——著名文学评论家何西来,发表了与这位评论家截然相反的意见,他直指这位批评家:"听说你在美院读书时业务水平很差。如今你却对美术家们说三道四。由你来指导美术创作,中国美术还有什么希望?"那位批评家急红了脸,站起身愤然离场。周先生稳坐着,沉默不语,修养和气度,令人敬服。周韶华是一个中流砥柱,经得起任何风浪的拍击。我的邻座是刘勃舒,他与何西来的观点似有相通之处。散会时,我走到周韶华身边,诚恳地说:"你的画很有个性,别管评论家们说什么,你画自己的。"

"谢谢!"周韶华只说了两个字。

2004年我去武汉参加华东师大57级校友聚会时,抽空去周宅拜访过他。

画室奇大,画桌也奇大。墙上挂着如椽大笔,笔杆特长,这是他用来在地面上作大画的特制工具。画室一隅,堆放着周韶华的数以百计的陶瓷作品。我们就绘画艺术作了一次长谈,我的本意,是想从这位现代绘画领军人物身上取点"真经"。

回到京城，我给他去了一封信，云"讨画不敢，索字可能"。其时，我正在故里山居置石刻字，向他求几个字。他寄来了一幅字，上书"山海"。如今，这两个大气派的字，已刻在一块大石头上，置放在庭院大门入口的右边，谁进门都能瞧见。

2005年春，周韶华在杭州浙江美术馆举办"大唐雄风"画展，他来电邀请我出席开幕式。画展闭幕后，我与他一道去义乌参加一个艺术市场论坛，我们的房间门对门。

一大早我打开房门，只见周先生的房门也已洞开。

"鲁光，过来给她画幅册页！"周先生招呼我。

"她"名片上印的是"周韶华艺术工作室助理"。

册页是新的，还未开过笔。

周韶华发话，我不敢不从命。可能是画了一盆水仙和一只黑猫，是不是题名为"护花图"，已记不太清楚了。

"今天，我们去鲁光山居呼吸新鲜空气。带上这本册页，请鲁光盖上印章。"周韶华很关照这位年轻的女助理。后来，我去上海参加中国作家协会全委会时，她还来看我，我们在锦江饭店咖啡厅里聊了很长时间。在我的印象中，她是一位有抱负、有真情又坦诚的知识女性。去年在《文艺报》上见过她的十多幅画，是心灵的放飞，意念的写意，是一种崭新的现代艺术。

在五峰山居，周韶华陶醉在大自然的美景中。公婆岩、翠竹、山泉、野渡、古樟……我让周先生看了我准备在澳门个展上展出的五十余幅已托裱的新作。

是夜，周韶华在下榻的义乌酒店伏案疾书，写了观画印象。次日，他交给我一篇名为"从文人画走进现代中国画"的文章：

在20世纪80年代，鲁光兄以其报告文学《中国姑娘》（一篇描写中国女排姑娘勇夺世界冠军，大长国人志气的雄文）而名声大噪。他所主编的《中国体育报》也因此迎来了黄金期。这篇获得全国大奖的报告文学，当时在中国的大大小小报刊上铺天盖地地刊登，名震全国，享誉世界。也许是作家的呼声太高，盖住了画家的名分，当时兼有画家身份的鲁光却鲜为人知。

其时，慧眼识人的李苦禅大师，早在《中国姑娘》发表之前就发现鲁光有艺术悟性，"有艺术细胞"。接着是崔子范先生称谓鲁光"已找到了自己的艺术感觉"。两位大师的点睛之言，也可以说是定性判断，都预见到鲁光的艺术人生之旅，具有无可置疑的发展潜力。

回眸二十多年来鲁光的艺术实践，完全证实了两位先哲的判断是具有多么深刻的穿透力呀！

无须赘言，一位有创造性的、区别于那些平庸的画家的界线，就是有无"艺术细胞"，有无"自己的艺术感觉"，这是一块磨刀石，这也是鲁光能有今天的成就的本质根源。当然，这同鲁光有作家的文学修养、有对中国传统文化精神的理解、长期当记者的丰富阅历、对生活与艺术的独特感受以及做人的器量与宽容心态都是密不可分的。

他的"大写意"中国画，得益于李苦禅、崔子范两位恩师的熏陶。但是他不克隆老师，能冲破陈规陋习，跳出老一套的框框，完全用自己的眼睛去感受新的世界，用自己的思想去寻找新的艺术方位，用自己的表现手段去解决自己的绘画语言形式，不但与老师们拉开了距离，而且打造出自己的、与众不同的现代中国画形式。

以激情燃烧的满幅都是红烛的《生命》这一作品为例，他画的不再是自然状态的红烛，而是与心灵相对应的熊熊燃烧的火把，意念中的铁壁红墙，与命运抗争的生命。艺术手段不期然而然地是表现主义与象征主义的表现，完全从文人画脱胎换骨而成为现代中国画的一个重要标志。因此可以说，这一作品是鲁光具有里程碑意义的代表作，彰显的是现代人的壮志情怀，是不折不扣的现代中国画。

二十多年来，鲁光兄聚精会神地在追求一个理想目标，就是寻找当代中国画的语境，找到自己特立独行的语言方式。他在这方面的一大创造，就是把中国画"知白守黑"的原理一反正负，即把计白为黑颠倒过来，变计黑为白，反白为黑，让视觉效果反其道而行之，产生全新的视觉冲击力，给人以耳目一新之感。这种图式换型和语言转换，古未有之，今由鲁光开始，是鲁光的专利。他就是用反其道而行之的创造意识，用全新的视角去观照世界，用自己的眼睛去感受生活，用自己的心灵去画画，用自己的情感去驱动画笔、色彩和造型。如《荷塘印象》《宠物》《往事悠悠》《案头之花》等作，通通画

被周韶华赞誉有加的《生命》

的是自己的感受，说的是自己的话，走的是自己的路。不但强调黑白对比强烈、色彩鲜亮和视觉节奏的冲击力，而且他把整体和谐的秩序美与用色的经济有机地处理得光彩夺目，成为他的艺术的一个光辉亮点和最强音。

我最欣赏的还在于鲁光兄为人憨厚爽朗，具有含弘光大的胸襟，不介入世俗纷争，无动于功名利禄的诱惑而执著于现代"大写意"的语言转换。这都是他可贵的人格魅力。我在最近的一篇短文中曾提出画家要有"大视野、大思维、大格局、大气象"的这四个"大"字，放在鲁光的身上，最合适不过了。正如他的两位老师所预见和期待的，这位有大匠风范的画家，在面向现代、走向未来的征途中，必将成为中国的一支大手笔。

我画画是半路出家，一切都凭感觉走，无论笔墨、色彩、构成，都摸索着走。有些自己满意，有些自己不喜欢。为什么满意，为什么不喜欢，说不清道不明。周韶华是一位艺术高人。他个儿长得高，见识也高。应该说，读了他的千字文，我心里明白了许多，可以说，他是从理论上透彻评说我的大写意画的第一人。人们说周韶华不仅是位大画家，同时还是位大评论家，此话不假。周韶华的评价，壮了我走创新之路的勇气和胆量。

在山居，周韶华见到了《永康日报》美编、山水画家朱一虹。一虹听说周老要大驾光临，一早就在山居等候。去山居路上，我跟周老说："故里有一位搞现代山水的画家想见你。"

"很孤独吧？"周老说。

"他是小孤独，你是大孤独。"我调侃。

一虹将画册送给周老，周老一页一页翻看着，突然说："很有个性的。假如你愿意，我就在这里收一个徒弟了。"

周韶华弟子无数，多收一徒，多一知音。

从此，一虹也不再孤独，他去上海、武汉看周韶华画展，与周老促膝谈艺，平时常有电话来往。收徒三年后，2008年春周老著文《为朱一虹加油》，充分肯定一虹"在艺术个性上能异军突起，敢于特立独行"。朱一虹作画时的反向思维，强化个性，得到了领军人物的强力支持，便义无反顾地沿着自己选定的艺术之路走下去。

我和一虹，两个永康佬，与周韶华这个山东佬（湖北佬），成了艺术至交。对于我们来说，"艺术就是一种信仰，一种圣灵，也是一场美梦"。

周韶华赠送给我的《龙潭秋赋》

年逾八旬，高大壮实的山东汉子周韶华已迈入"夕阳红"的行列。但他不停笔，继续大刀阔斧往前闯，画大山、大海和大江，四处办展览，艺术魅力光焰四射。2005年深秋，我去烟台办画展。周韶华来电，说在荣成有一个他的艺术馆，如方便，请去看一下。"周韶华美术馆"设在荣成博物馆二楼，说是美术馆，实乃一个大展厅。厅里陈列的几十幅作品，皆为周韶华画作之精粹。我喜欢周老抒发大情怀的那些即兴之作，大气大美，令人百看不厌。周老有些大作是理念先行的，比较而言，我更喜欢抒情之作。

"周韶华美术馆"给我最大的启示是，名人建馆还是用周韶华模式为佳。有展厅、有工作人员，画家不需自己费神费力。大智若愚者，周韶华也！

我珍藏着周韶华的一幅画，沙漠中的湖泊和红树，我很喜欢。我送周老的是一幅红烛，是周老点的。他嘱我也送一幅红烛给他的助手，但至今还欠着。得尽早还掉这份画债。

2010年6月21日于故里大雨中

张立辰的笔墨功力

这是一次十分难得的聚会，1993年夏天，徐希从美国回来，约我与张广一道去张立辰家。我带去了一本由崔子范题签"艺苑集萃"的册页，徐希已画了一幅雪景，张广画了火鸡。刚落座，徐希就提议："好久未看你画画了，给鲁光画张册页吧！"

立辰话语不多，性格比较内向，听了老友徐希的建议，点了点头。他先一幅一幅翻看了他人之作，然后就提笔……

"画指墨吧！"还是徐希建议。

立辰放下笔，端详着册页好一阵，他拿起一个小瓷碟，从笔洗中舀了一点

张立辰在画室

水,又渗进一些淡墨,骤然将碟子里的墨水往册页上一泼,然后用碟底在册页上抹了几抹,使积聚在一起的淡墨散开,形成了鱼的身部。

他用食指沿淡墨勾了几条线,再将手指伸进砚台,蘸了蘸浓墨,以指当笔,勾勒出了鱼嘴,抹出鱼尾,顿时一条威猛异常的大鱼就跃然纸上。我只是暗暗叫好,庆幸得到了立辰的一幅指墨精品。虽然画面不大,他却盖上了"渔人""老九"等六枚印章。那一块块深沉的红色,把鱼的墨韵衬托得更加十足。

张立辰60年代中毕业于浙江美术学院,是潘天寿的高足。潘天寿擅长指墨,立辰得其神韵。徐希和张广看得很过瘾。立辰洗手时,徐希禁不住赞叹:"精彩!真的很精彩!"

立辰夫妇请我们到附近一家酒店吃晚饭。据说,他是中央美院"四大酒神"之一。很遗憾,我因当晚要宴请一位英国作家,不能一道与他对饮。

第二年,1994年初冬,在崔子范捐献画展上,我碰到了立辰夫妇。快到中午了,观众们差不多都走了,立辰还一个人在中国美术馆空荡荡的圆厅里来来回回看子范先生的画。立辰夫人陈萍对我说:"立辰很激动。他说,什么时候自己的画也具有这么大的冲击力就好了。"

这年徐希从美国回来后,又约我一道去看立辰。这回只在立辰的旧居小坐了一会儿,他的夫人就建议我们一道去他们位于东郊的画室看一看。

陈萍开车,行车半个多钟头,把我们拉到了他们在农村的新居。进大门之后,是一个不大的庭院,一边墙沿的水池里长着荷花,墙角伸出了一蓬翠竹。庭院正中是葡萄架、草坪、假山,还有海棠、芭蕉……立辰画中的花木,几乎应有尽有。画室在二楼,挂着几张大幅的荷花和凤尾竹。立辰虽然性格内向,为人厚道,但情感丰富,而且是一位激动型的男子汉。他与汉高祖是同乡,喜欢画大画,画大风大雨中的竹子,画盛夏的荷塘,秋天的荷塘。他站在厚实的传统基础上,不随风倒,但他又吸收西画的构成,形成了大气磅礴、苍辣浑厚的画风。他的夫人说,别看平时立辰沉默寡言,但一站到讲台上,他就滔滔不绝。她说:"立辰是一个世界,是一本书。"立辰对画的见解是独家的。他在一篇述说自己画理的文章中,写过这么一句话:"抓住了中国画的笔墨结构,就抓住了中国画的主魂。"

去过他郊野画室的一些朋友都羡慕他的优越条件,其实立辰也艰难过。全家只住一间十一平方米的小平房,妻子为了安家,买来了旧床、旧椅子、旧立柜。那张双人床,晚上睡觉,白天将被褥推叠起来当画案。后来,立辰买回一张裁衣服用的

立辰留在册页上的指墨画《有鱼图》

旧案子,他急于把"文革"十年夺去的时间拼命补回来。但那张旧案子太大,屋里无处可放,只能搁在院子里。他们夫妻到处拣破砖烂瓦,在房檐前接出一个六平方米的土屋,才把那张旧木案子搬了进去。立辰在那间阴冷低矮的小屋里画出了许多精彩的作品。当然,像当今的这些大幅水墨,只有在这座宽敞的画室里才能诞生。

无论是在昔日窄小的土屋里,还是在今日的豪宅中,立辰一样沉醉在自己的艺术中。只要有地方画画,有大地方画画,他就高兴,他就知足。

记不清哪一年了,是个秋日,立辰来电"求救"。有一家出版社要出版一本别出心裁的画册,其中需要陈萍写一篇"我眼中的立辰",而且要以恋情为主线。立辰在电话中说:"陈萍写了,但总觉得表达不足,请你过来帮个忙。"

在他东郊的宅子里,我请立辰夫人将他们的恋情和相濡以沫的生活详尽地讲述一遍。头一回见面,是最精彩的。几位青年画家很讲义气,见有人介绍一位气质非凡的女子,便说:"立辰岁数比我们大,是大哥,先给他解决吧!"相见之后,立辰推着一辆自行车送陈萍回单位,一路走在她身边,只是默默地相送,却没有一句话。陈萍喜欢立辰的厚道老实。他们终于走进了婚姻殿堂。我在陈萍的原稿上涂涂改改,删删添添,一直到晚上12时才收笔。

张立辰的笔墨功力　195

我收藏的张立辰作品

"立辰，给鲁光画张画吧！"陈萍说。

"鲁光今晚住在这儿，我连夜给他画好了……"立辰很实在。

"我明日一早还有事，得回去。"我说。

立辰夫妇把我带到作品展示厅，墙上挂着十多幅新作。

"随你挑一幅吧！"立辰说。

竹子、荷花、菖蒲……各色题材的新作皆有。

"立辰你说，哪幅给我？"我嘴上是这么说，眼睛却在一幅一幅过。

立辰指着一幅菖蒲说："这幅好些。"

其实，我也挑中了此幅。我笑道："看来，立辰是真心要送我一幅好画。"

午夜，陈萍驾车送我回城，又和立辰聊了一路。

前些年，中国美术馆有一个花鸟画大展，立辰有竹荷等题材的四大幅作品展出。站在这从高处悬挂而下的巨幅作品前，我被立辰的大写意深深感染，被立辰的笔墨功力强烈震撼。一同观看画展的周韶华说："这是扛鼎之作。"

立辰很喜欢收藏老陶艺、老瓷器和老旧杂物。满满装了几间屋的这些旧物，都是他煞费心思一件一件搬回来的。其中一件挂在门楣上的老木雕《九狮图》，是我陪他在浙江东阳一家旧货店里淘来的。那是2000年全国中国画大展在义乌评奖时，应他之邀，我陪他去东阳城里逛了七八家旧货店。在一家老店的二楼，他发现了这个《九狮图》。镂空的樟木雕，九狮抱球，活灵活现。这是一件老东西，那发黑的颜色，镌刻了它的年头。开价七千元，立辰也不还价，二话不说就买了下来。他发愁如何运回北京，我将此事告诉义乌大酒店老总朱友士，友士说负责把它运到北京。立辰知道这个情况后，如释重负。他精心地为友士画了一幅册页，以作回报。

深爱传统的立辰，画出令人震惊的水墨巨作，就不足为奇了。

2010年5月20日于五峰山居

子武不怪

这些年老去深圳,一到那儿,就想起从西安迁居于此的画家王子武。大约是1990年在北京郊野的一次中国画研讨会上,见过他一面。晚饭之后,画家们都互相串门聊天,只有王子武独自站在门口。我走过去,与他打了个招呼,因与勃舒有约,就匆匆离去。后来,听说他移居深圳了,但不知道人家住何处,也不知道电话,况且每次去都行色匆匆,所以想归想,但一直未与他晤面。1997年初冬,为了印一本画集,我在深圳住了十来天。离京时,崔子范先生跟我聊起王子武,对他的画艺甚是赞赏。我在深圳画界听说过不少子武的近况。一位画界朋友说:"子武挺怪的。不爱见客人。家里养着一条狗,见客人去就狂叫不停,让人说话都索然无味。有时,子武只说好好,不说别的,老冷场。"还有一位朋友说:"子武也不爱出来,老躺在一张摇椅上,成天摇呀摇……"还有人说,一个老板要花四十万给他出本大画册,要他四幅画,他不给。还有传闻,某领导托人找他写字,他字写得小,来人说,应写得大一些。子武不买账,说,字是可以放大的。

种种传闻,把王子武描绘成一位画坛"怪人"。

这倒更增添了我去看望子武的兴趣。

我托《深圳晚报》记者许石林帮我联系。石林是西安人,他与子武是老乡。

石林告诉我,子武听说我到了深圳要去看他,很高兴,约好下午4时去他家。子武住罗湖区碧波花园,在6楼。刚上4楼,就听到狗的狂吠声。我们寻声而上,敲开601房门,进门的客厅堆着杂物。客厅清一色的硬木家具,墙上只挂着一幅他自己的画《曹雪芹》。

刚落座,小狗就边狂叫边扑过来,子武挥手将它赶跑。刚赶跑,它又狂叫着扑回来。子武起身赶狗,我也站起身,走到画幅前,仔细欣赏。曹雪芹画像形神

王子武（中）在观看鲁光的画照

兼备，侧身端坐在一块长形的奇石上，望着远处沉思，风吹动着他的胡子，有一缕胡须飘动起来，特有情趣。线是铁丝似的，严谨，又很有力度。奇石上，散落着一团团青苔。人与石，融成一体。这幅画，过去见过，但常看常新。子武将狗赶进里屋后，走到我身边落座。

子武个儿不高，结结实实的，眼大，双眼皮，脸色红润，高鼻梁，鼻下蓄着的弧形胡子，修剪得很整齐。与七年前相比，头发、胡子都白了。毕竟是六十出头的人了。也许屋里没有暖气，他穿了两件毛衣。

他两次起身要为我们倒茶水。我说，不用倒水了，聊聊吧。这么一说，他也就不再坚持。

"很高兴见到你，上次见面是1990年在北京开会吧？"他的记忆还真不错，就傍黑时匆匆见一面，还记得这样清楚。

"崔子范先生叫我来看看你。你的画风格很独特，字也很独特。最近几年没有见到你的画了。"我说。

他说："这些年尽画花鸟了。半世兰一生竹，我画竹子呢，还要画出自己的个性来，挺不容易的。"

子武是很刻意追求艺术个性的人。在西安美术学院读书时，为了去北京寻访名师蒋兆和、吴镜汀、李斛、吴光宇等，曾将他家当时最珍贵的东西——妻子的手表变卖掉当路费。在画法上，先学写实大师的作品，然后再研究写意大师的作品，取诸家所长，滋补自己的艺术。他有"艺不惊人死不休"的追求。新近问世的《百美图》中有一幅他的自画像，上面题写了几句诗，"惨淡经营愧无比，枉费衣食哭无声。画不出奇画到死，不负此生了此生。"数十年孜孜不倦的求索，已形成鲜明的画风，"浑朴典雅，沉稳大方而又清奇灵动"。

"你从长安迁来深圳，得失如何？"这是我迫切想了解的。

他说："在西安，离生活近。到深圳的最大好处，是这儿的老板、经理不喜欢艺术，我就有时间静静地坐在家里想艺术。这一点最可取。"

许石林后来告诉我，许多老板请子武吃饭，他都谢绝了，原因就是没有共同语言，也懒得应酬。按子武自己的话说，就是"跟他们一块吃饭没有话说"。

我正在印画集，带去几十张画照，请子武看看，指点指点。

子武接过相册，说："我得拿眼镜。"他戴上老花镜，一幅一幅翻看着。

"我以为很好，没有见过别人这么画的，有自己的风格。与崔子范、李苦禅拉开距离了。"他边看边用浓重的秦腔评说着。

全部看完以后，他说："我最喜欢有版画味的那部分作品。你用大写意的方法处理画面，不死板，很生动，很丰富。"

时间过得很快，一聊就两个钟头过去了，窗外已黑了下来。石林邀请子武一道出去吃晚餐。子武客气了两句，就锁门随我们去了一家典型的西安风味餐馆——五谷杂粮食府。

吃得高兴，聊得也高兴。有好几道菜，子武边吃边说："我在西安没有吃过……"

我们送他回府时，他下车后并不走，站在浓浓的夜色中不住地向我们招手。我们走远了，才见他转身向家走去。

回到下榻的长安饭店，我打电话给那位说子武不好客的画友，将这半天的相聚情况告诉了他。那位画友说："看来，今天子武是聊得高兴了。"

1998年初夏，我又到深圳。这次，石林把子武约到一家"茗艺馆"，在一间用竹子装饰得很别致的小屋里相聚。

这家"茗艺馆"的老板李剑，是个酷爱字画的年轻人。会刻字，善书法。"茗艺馆"里里外外的字，都出自他的手笔。

子武到来之前,李剑一直给我劝茶。他说:"我长年喝茶,所以人不胖。你在这儿住半个月,天天喝茶,肚子就会喝下去的。"

我这个人就爱相信人,经他几句话一鼓动,禁不住一杯接一杯地喝,恨不得一个下午就把人喝瘦下去。茶挺浓,杯极小,是广东人喝功夫茶的那种小陶瓷杯。

下午3时,子武如约来到茶馆。喝了几杯之后,他说:"我不喝了。"看来,他不好茶道。我拿出一本已签好名、盖好章的精装画集送给子武。他翻看了一遍,问:"在哪儿印的?"

"就在深圳印的,去年来深圳那次印的。"我回答。

他说:"印得好。画也好,真的好。"

"我是业余爱好。"我内心有些不安。

"不是业余水平,是专业水平。"他诚挚地坚持自己的看法。

子武来深圳落户的谜,我觉得还未解开。于是,我又一次坦诚地提出了"为什么南下深圳"这个老话题。

这天,他穿一件紫花格短袖衫,鼻下的胡子修剪得短而整齐,双眼炯炯有神,比上次见到时年轻了好几岁。

"我离开西安,主要原因就是想一心画画。有人猜测,我到深圳落户是为了卖画。错了!深圳不是旅游城市,谁跑到这个角角里来买画呀!卖画还是北京、西安那些旅游城市好。还有一个原因,就是我不想卷入人事矛盾之中。在西安,无论我怎么处世,表态或不表态,都会把我归入支持谁不支持谁的麻烦处境。远离西安,就躲开了矛盾。我崇拜的是艺术,是齐白石、黄宾虹、徐悲鸿这些大师,我就想一门心思画我的画。别的地方画画的人多,深圳画画的人少,我就选择了深圳……"

他把缘由说得很透彻、很明白了。他是为艺术离开长安,为艺术落户深圳的。

到了深圳之后,子武深居简出,不喜与人为伍,喜欢一个人静静地待在屋里。深圳是一个灯红酒绿的城市,商潮滚滚,歌厅、舞厅、酒楼、餐馆布满大街小巷。子武孤寂的生活,与这座现代化新兴闹市的反差太强烈了。于是,"子武怪"的议论就不胫而走了。

子武说:"我怪什么?我很正常的。只不过,我不随俗罢了。我也去过两次舞厅,不爱去,以后就再也不进舞厅了。我不爱唱卡拉OK,但我爱听秦腔。我

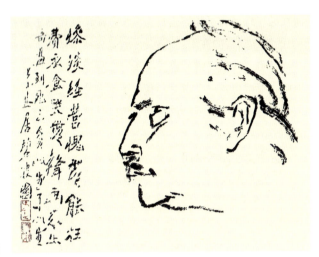

包立民收藏的王子武自画像

也不爱吃老板们的请,跟他们说不上话,没有意思。但我喜欢看武打片……"

我说:"前天我见到一个武坛奇人,双节棍耍得真有功夫。"

"双节棍是李小龙的拿手戏。"子武立马说。

看来,他对武打片还真熟悉。我见的那位武坛奇人正是李小龙的崇拜者。

他还跟我聊起了中国足球,聊得津津有味。他还打听:"崔子范先生有八十了吧?"

我告诉他:"已八十三高寿了。"

他又问:"还在山东老家住吗?"

我说:"每年在莱西住七八个月,只有冬天才回北京。"

他点头说:"艺术是寂寞之道,甘于寂寞才能致远。我属鼠,六十二岁了,今年就把退休手续办了,退了之后干扰少。"

聊到6点,子武起身告辞。他说,他还有事,就不一起吃饭了。

深圳的夜是多彩的。摩天大楼的灯火那么辉煌,歌厅、舞厅的音乐直到黎明仍在回荡。在这座商潮滚滚的闹市里,却居住着一个这么甘于寂寞的长安人。世界真奇妙!他的孤寂不是由于失意,也不是由于落魄,而是一种坚定的信念和追求使然。

王子武在他的一份自传中曾写道:"人之秉性不同。其习惯好爱有异。有人好动,有人好静,我属于后者,每以清静为乐。所以孔明先生的'淡泊以明志,宁静而致远'几乎成了我的座右铭……'淡泊'当然不是脱离现实或对现实视而不见。'淡泊'的目的在于'明志',就是要突出理想、事业和抱负这些主要的东西,其他皆可'淡泊'或放松。至于'宁静而致远'则更是办好一切事情必须遵循的法则。很难想象一个意马心猿、手忙脚乱的人能将事情办好。画画亦然。所以人们一直称书画为寂寞之道是有道理的。能耐得寂寞者感情会纯真,而艺术之感人正在于情真意切。"

子范先生长年隐居乡间,子武虽身居闹市,但他们都是耐得住寂寞的人。

难怪,他们的绘画艺术会产生那么大的魅力。

1998 年 12 月 22 日夜

张桂铭领军新海派

我是先认识他的画,然后才认识人的。

在 20 世纪 90 年代的北京国际艺术博览会上,上海一家画廊现场出售他的木版水印花鸟画作品,未签名的三百元一幅,有本人签名的五百元一幅。我在这家画廊停留了好半天,入神地欣赏那用淡淡墨线勾勒、用浓重色块填充空间的花鸟作品。这是一种前所未见的中国画,新鲜、新奇,风格独树。我记住了画的作者张桂铭的名字。这位上海画家真是个绝顶聪慧之人。

海派曾经是 19 世纪中叶至 20 世纪初活跃在上海的有活力的画派。以后,不同时代都有优秀的"海上画家"涌现。海派画家,不一定是上海土生土长者,但他们在这座东方大都市里聚居过,深受这座大都市从理念到习俗方方面面的浸染和影响。因为受外来文化的影响,他们具有创新理念。张桂铭是新时期海上画家

在上海张桂铭家中

中的佼佼者。

本世纪初,我常去义乌大酒店下榻,原因是这家酒店有一位酷爱书画而又好客的老总——朱友士。2000年初夏,我在酒店见到了张桂铭、陈家泠两位上海画家。2000年中国画大展在义乌举办,我与这两位上海画家,都是大展的特约作者。陈家泠的籍贯是永康,与我同乡,但他极少提到祖籍,估计他家很早就迁到外地了。他画的荷花,清气袭人,别具一格,新海派的属性极鲜明。一下子结识了两位新海派人物,真是三生有幸。其时,我正大兴土木,在故里公山建造一个山庄——五峰山居。我请上海的两位同道,还有老友张立辰一道去山居做客。山居尚未装修,我只是陪他们在庭院和院墙外的山村走了走。

是夜,在义乌大酒店以画会友。他们都为我画了画。家泠画的是一条鱼。桂铭画的是他最拿手的荷塘。

桂铭是绍兴人,毕业于浙江美院,曾任上海画院副院长,当下是刘海粟美术馆的执行馆长。他擅长人物画,笔墨是传统的,虽然有变化,但并未脱离浙派人物画之藩篱。到了上世纪80年代中期,他进行了变法。让人意想不到的是,由人物画转向花鸟画。他以平面构成,取代三维空间,以约行、变形取代写实,突出色彩,淡化水墨。他的创新之作,张扬个性,追求现代感,给人以强烈的艺术冲击力。以一个崭新的海派画家形象傲然屹立中国画坛,令人刮目相看。正如著名画家吴冠中所言,"凭感受创作,只求效果,不择手段"。我以为,这是张桂铭

张桂铭的创新之作

的一次"艺术革命",而且革命成功了。

他一边为我作画,一边谦逊地说:"我就是勾勾墨线,涂涂颜色……"说得多轻巧啊!只要从事艺术创作的人,谁不明白,要从陈陈相因的中国画技法中突破,简直是难于上青天。

他画的是荷塘景色。也许我的山居门前那方水域诱发了他的灵感。这幅《荷塘印象》,我一直珍藏着。每当凭窗凝望那水塘,我眼前就会浮现出桂铭的这幅彩荷。那山间水塘,也因为桂铭的这幅画,变得神奇美妙起来。

桂铭是一位典型的绍兴人,个儿瘦小,但精神,衣着简朴,头上老戴着一顶深色礼帽。见到他,我总会想起鲁迅笔下的人物。一方水土养出来的人,总有相通之处。

我敬佩他的创新胆量。我阅读过当今新海派诸家的画作,以为桂铭的艺术理念和艺术实践最超前。近些年,他又把人物融进花鸟之中。当然,这些人物也是以线勾勒的变形人物。

他依然谦虚。前几年,在中国美术馆,我们一道看他的几幅作品,我和参观者赞不绝口,他却平淡地说:"其实,我的画还是写实……"

自从艺术走向市场之后,我已概不求画。因为求画,等于讨钱。近日,为当代扇画艺术展,我破例给桂铭去了一封信,他二话没说,便寄来了一帧精美的扇画。吾师苦禅先生说过,画家钱太多就会没有艺术。桂铭一直低调为人高调作画。他在创新路上会继续前行的。我深信。

关于"海派"何时终结,或如今还有否"海派",是一个争论的热门话题。此文关于新海派的观点,只是一家之见。

2010年仲秋写于北京龙潭西湖畔

漂泊李世南

头一回见李世南是在西安,大约是 80 年代初。在荣宝斋见过他的几幅水墨人物画,那是甜美的没骨画,艺术个性很鲜明。其时,老友詹忠效是《广州文艺》的美编,在刊物上发过他的画,而且寄赠过我一幅。到了西安,得知他是绍兴人,是我的浙江老乡,更产生了拜会的念头。

他那时只住一间小屋,自称"半壁居"。在我的印象里,他是一位清贫困苦的艺术家。几年以后,他回忆起那次相聚:"唉,连个坐的地方都没有。想为你画幅画,也没有地方。"当时他送了我一本画册,是泰国为他出的,画了不少僧侣,深沉苦涩,与前些年在荣宝斋见到的画风迥然不同。

第二回见他,还是在西安。不过,他的家已搬到郊区的马军寨。离城挺远,费了很大的劲儿,才在一个小村子里找到他的家。他租的是农民的土房子,住二

与李世南在画室探讨

层，两间，邻居都是村民。他不在家。他的夫人告诉我："我们就要调到武汉工作了。"夫人是宁波人，是位很贤惠的女人，知道我诚心来访，早已写信给看社火的丈夫。世南回来已是傍黑，怀里抱着一个沾满泥土的古陶罐。他说："这瓦罐，是在一家农户的猪圈里发现的，给了老乡三元钱，就抱回来了。"我为这次仓促的来访感到内疚，要是我不突然来访，他定能收藏到更多更宝贵的文物……

世南极热情极好客。虽然祖居浙江，但他是李世民的后代，有北方人的豪爽，他将家中唯一的一只鸡给宰了，盛情款待了我们。用餐时，他聊起了中国画。他说："崔子范的东西大气，齐白石之后属他了。陈大羽也大气。我喜欢他们的画。"饭后，看了他的二十多幅新作，多为写意抒情，比较苦涩。我想，这与画家的处境是联系着的。世南告诉我："这种困境，对我的艺术是很有好处的。搬到村子里住了两年就要搬走了，太短暂了。这样的画，以后画不出来了。不过，还有压力。我的画，有些人不承认。我就喜欢不断地变。人家承认了，我再变，又变得别人不承认，这样才有味，艺术上才能长进。"从他充满眷恋之情的谈吐中，我感到马军寨已深深装在他的心中，将对他的一生产生不可估量的影响。

第三回见面，是他落户武汉之后。他是怀着对楚文化的向往到江城落户的。1987年，我们与《武汉晚报》联合举办过一次国际拳击比赛，我是策划人，白天黑夜忙得不亦乐乎。但一到武汉，我就打听世南的住处。到一个地方，不见朋友，就淡然无味。

一见面，我们就有说不完的话，他指指盆里鲜活的一群鲫鱼："中午我们喝它几杯！"我何尝不愿神聊一天呢，但公事在身，只得很抱歉地说："中午我有事，得宴请国际拳击联合会主席乔杜里先生……"世南听罢，一挥手，说："那我们就抓紧时间画画。"

我们进了画室，他将四尺整纸裁成两长条。

先画了一位伫立湖畔的手持雨伞、身背书包者，他边画边说："这是我自己……"然后画了黄土高原的窑洞、羊群、送葬者……最后是一位云中飘游者。他望着画就的长卷，感叹道："到了武汉，我又日夜思念我生活过的西安，常常梦见长安边上的那个马军寨。失去的，往往是最令人怀念的……"人们说世南的画是"情绪画"，这不无道理。这幅长卷不正是他痛快淋漓地宣泄情感的见证吗？

不久，我应"领带大王"曾宪梓先生的邀请与他同游他的故乡梅县。在广州，参观秋季广交会时，在绘画馆见到了李世南的一幅画，售价是八千元。回京后，我去了一封信，说起此事。我在信中写道："世南兄，又长久不见了，不过近日在羊城与你邂逅一次，但那不是你本人，而是八千元。"他立即就回了信。信特厚，打开一看，才知道寄来了一幅近作。一支燃烧的红烛，几团黑墨，题了三个字"苦读图"。好一个李世南！兴许，他把我这句幽默话理解成另一种意思了。但那可真是一幅难得的精品呀！

不知什么缘故，他后来又离开了武汉，到闹市深圳落户了。也许他是冲着深圳灵通的信息去的，冲着繁荣的经济去的。不管社会上有什么议论，但他一定是一个执著的艺术追求者。世南从一个普通工人成为一流画家，艺术上的跋涉是相当艰难的。他执著地追求自己的目标，又不断地否定自己，折磨自己。用他自己的话说："宣纸是我的天地，我在这天地中孤行。那一片白茫茫的尽头难道是海市蜃楼？我听见自己的声音在挣扎，我听见自己的声音在呼喊：还要走多久？"在人物画创新艺术上，他成为一位超越者，但这种超越几乎是以生命为代价的。他太累了，太困乏了，终于在一个午夜倒在深圳的家中。好在抢救及时，他活过来了。但瘫倒了。我焦虑万分，打长途到深圳询问他的病情。他夫人告诉我，世南正在治疗，得慢慢恢复。后来又告诉我，能站起来了，但行动还是不便，画不了画。我在心里默默地祝愿他。1993年5月29日，在病倒两个半月之后，他给我写了一封信："我突然在3月15日半夜脑血栓，幸抢救及时大难不死，但左身偏瘫。经住院一个半月治疗，目前出院一个月了，可以扶了拐杖行走，但左手尚未有多少起色，生活不能自理……我情绪一直很好，也很坦然，没有一命归西已属不幸中之大幸。现在更是大彻大悟。人生几何，万事都要看得通透才是。今年初就因为一是北京通知要我参加'批评家提名93年度展'忙了一阵。又是河南要出'中国逸品十家'，要准备作品。再是深圳要拍我的专题片。三件事合在一起，有些累了，又吃了一点酒，所以引发此病。以后就要更洒脱些，画也不可过于严肃了。"他不能倒下，他应该站起来，继续跋涉，继续探索，中国画坛上应该有这么一位苦苦前行的艺术家。1994年春天，我去宝岛台湾访问，路过深圳，特地到他府上住了一夜。此时，他已能慢慢行走，但走得很吃力，颤颤巍巍的。

"我太好强了，一下子干那么多件事。人物画，人们都说我处在变法的领先地位。为了保持这个地位，我得拼命……太累了，倒下了。死过一次，一切都看透了。什么名利地位，统统是身外之物。这一年多，尽养病了。前些日子，已能画点小画，有人说我这辈子画苦画太多，不吉利。"他指指墙上的一幅新作，"我画了一幅观音菩萨，愿菩萨保佑我⋯⋯"

他拿出一沓手稿，写得很工整："这是我回忆老师石鲁的稿子，只写了这一些。写着写着就缺信心⋯⋯"我拜读了那部分手稿后告诉他："写石鲁大师的东西太少了，很珍贵，而且你有那么多第一手材料，写得也很好，真的，写得很有感情，应该写完它，出版它⋯⋯"我给他提了点建议，"细节尽可能写得细一些，生动一些"。听我这么一说，他情绪高涨了许多。他与我相约："我坚持写下去，想起一段写一段，写完后，你帮我在文字上过过目。"我满口答应了下来。

1995年末，他给我寄来了一本《中国历代书法家像赞》的线装书，是他在武汉时画的作品。在附信中，他说他的身体有明显的恢复，生活基本可以自理，特别是精神状态几乎恢复如初："我的习惯是清晨躺在床上思维最活跃。现在每天几乎都处于创作的冲动之中，各种各样的构思如潮水般涌来，层出不穷，奇奇怪怪。我意识到这是身体恢复的一种征兆。因此，今年我暂时把忆石鲁的文稿放置起来，趁热打铁先画画。现在有三组系列在断断续续的创作中。从其容量及气魄来看，都不比以前的作品逊色。"在信中，他欣喜地告诉我："初到深圳那两年，陌生的环境使我完全陷于迷茫之中，不知道该画什么，又不想再重复过去，简直是六神无主，十分苦恼，创作几乎停止了两年。如果那样下去，我的艺术生命真的会毁于此地。没想到这场大病毁了我的健康，却拯救了我的艺术生命。当我从死亡中苏醒过来时，我竟换了一个人，心境豁然开朗，而创作的主题也变得清晰起来，那就是表现对命运的抗争，高扬生命的主题。其实，这主题在我的创作中是一贯的，只不过暂时迷失了几年。现在重又在我的作品中奏响，这不能不说是'塞翁失马，焉知非福'。我何其有幸！"

我真高兴，这位才华横溢的画家重新站起来了！这意味着，在跋涉的队伍中，将依然活跃着这位不畏艰难、不屈不挠的献身者。

到了1996年夏天，世南打电话给我，高兴地说："《狂歌当哭——记石鲁》书稿已写完，马上给你寄去，你给看看改改，再写一篇序。"

卒读书稿后，我在电话中激动地告诉世南："你写了一本好书。在我近些年读过的写艺术家的传记中，你的这一本是最好的。"

李世南早期作品

这是一本用生命写的书。正如世南在《后记》中所写:"在我的艺术跋涉中,石鲁始终伴着我,激励着我,可以这样说,没有石鲁就没有我。在我案头的石鲁相框上,插着一朵纸花,它从追悼会后就一直留在这里。十四年过去了,照片已经褪色,它却没有。每当我瞥见老师注视我的目光,便为未能写下一点关于他的文字而愧疚不安。"他拖着病体,花了两年多时间,才写出全书。我在《狂歌当哭》的《序言》中写道:"此书具有如此强烈的艺术感染力,我想与世南兄本身的经历是不无关系的。像他这种'九死一生'者或者有过死的体验者,对生命本质的认识要比常人深刻,对人生的感悟要比常人高深,对艺术的理解要比常人超凡脱俗。不是此时的李世南,是绝写不出此书的。"

写完此书,世南感情上卸了一大包袱。但他是不会安于现状的,他又在思考,怎么使自己的画变得更具冲击力……

1996年8月11日,我有幸与世南作了一次难忘的艺术交流。

这天一大早我去世南家，在天景花园路旁，遇见去上班的世南夫人。她说："世南看了你的画，这两天都睡不好觉，老跟我说，鲁光的画那么现代，我的画怎么变？今儿早上还跟我商量，我给他裁了一些纸，正准备作画呢，你去吧！"

昨日送去我的一些画照请他提提意见，想不到他会做出这个反应。

未待按门铃，防盗门已打开。世南说，从窗户看到我来了。

聊了好半天画画之事。世南说："你说我的画怎么变才行？老画古人，古人怎么变呀？人物变了，配景怎么变？"还拿出画册："在屋里，人们都喜欢我的画，但我的画一拿到展厅，就给别的画压了，显得太弱。"

我说："你是洒向宣纸皆是爱。每个人物，每个局部，每条线，都很讲究墨色的变化。这是你最拿手的，当然不能丢，而且应该强化。我建议你在一张画上保留部分精到的墨色，其他的可以整体一些，对比强烈一些。割爱，是为了强化你的爱。不割爱一些，就突出不了你之所爱。至于题材，其实不是主要的，画古人、画花鸟，都是老题材，但必须用现代人的审美观念去画。你的画，就应以现代观念去完善。同样一个题材，观念不同，效果就两样。"

"我们画画看吧！"世南说。

我为了画一幅牛做年历卡，就先动笔了。

画了一幅又一幅，最后才画出一幅比较满意的。

世南说："这是精品，比你画展上的那幅自画像好。给我画一头奔牛吧！"

我即兴画了一头奔牛，并题写了"韧劲诚可贵，犟劲不能无，与世南兄共勉"。

世南动笔了。他站在画案前，入神。他拿着笔在空中来回比画，久久不落笔。画，先在他心中，然后才落到纸上。落笔时神速，走笔如风。画了我扛一支笔，牧牛。牛是我的变形牛。挂起画，看了看，他感叹道："不行，牛变形了，但人物未变，不协调。"

以我看，画是不错的，挺有味道，但世南也言之有理。

不画扛笔了，他随意画了牧牛人和淡墨变形牛。挂起画，看了一阵，他说："还是不行。"

这样画了三四幅，休息了一阵，又动笔再画。几笔画出了牧牛人，用赭色在牧牛人前后狂涂了几笔，用墨笔勾勒了一些牛角，一幅世南风格的牧牛图跃然纸上。

"逸品！"我说。

李世南的得意之作

显然,世南自己也满意,说:"好画都是别人的。"他在画上题写了我的名字。

此时已中午 1 时左右。我们一道午餐。吃的是速冻饺子。

饭后品茶时,他说:"深圳这个地方太偏了,谁老往这里跑。有同行来访,也只是稍坐片刻就离去了,找不到人探讨艺术呀!我这个人是靠激情创作的,老关在屋里,这样下去不行。我得走出去,到北京,到上海,那些地方信息多……"

他又想离开深圳远行他乡了……

无疑他还会在痛苦中挣扎。他所从事的职业,就注定他这一辈子都过不了安生的日子。那就让他继续去孤独,继续去痛苦,继续去挣扎吧。不如此,成不了大事业。

后来听说,他到了河南,住了寺庙。又听说,他回到了故里绍兴……

1996 年秋天,我在杭州买了一大束洁白的鲜花,请朋友开车送我去绍兴看望这位多年不见的老朋友。到了绍兴,才知道他做了心脏搭桥手术,在朋友家养病。本欲约他参加庆祝奥运画展的事,到了嘴边说不出口。养病是第一位的。画展开幕前夕,他回北京,我去了一个电话约他的画稿,他说:"我在回深圳的路上,怎么办呢，我的画都锁在北京的画室……"只能留一个遗憾了，朋友"大笔会"却缺了他。

2009 年春，我逛琉璃厂时，在东街的一家画廊里，意外见到了他的女儿李萌。这是她开的画廊，楼上楼下展示的清一色都是他爸爸的水墨作品。在这条画廊林立的文化街上，这是独一家。她告诉我，店是她自己开的。爸爸还在河南，过些天会来看看的。

有一天，果然在这家画廊里邂逅世南夫妇了。他陪我楼上楼下看他的作品，尤其是他早期的写实作品。他说："我的写意人物画是从写实起步的。"他很少到画廊来，但我每次去琉璃厂都要光顾这个画廊。2010 年开春，当我走进画廊时，发现满眼新作，工作人员说："这些都是李先生的近作。"虽见不到人，但可以见到画了。见到这些画，就能或多或少感受到世南的变化和近况，见画如见人啊！

2010 年 3 月 9 日于龙潭湖畔

石虎画册页

1989年的春天，傍晚时分，我、徐希、张广、石虎四个人在东城的一家小酒店里面边喝啤酒边聊天。

"石虎，你给鲁光画张画吧！"徐希建议。

石虎豪气地说："鲁光要我的画，我画一本。"

饭后，徐希与我分手时说："我有一本日本册页，你拿去让他画吧！"接着又补充了几句："石虎这老兄呀，愈是朋友、熟人愈不送画。因为太熟了，就什么都无所谓了。他答应了，抓紧让他画！"

那些年，我正沉迷于丹青，只要有空就往人民美术出版社创作组跑。创作组在一幢两层老楼里，楼梯很窄，二楼是木地板，人往上一走，就满楼响起吱吱嘎

画坛怪杰石虎

嘎的声响。他们三人的画室都在二楼上。徐希、张广，还有林楷在外间大屋，石虎一个人在里间屋。他们三人都是中国画坛青年中的顶尖人物。三个人是三种性格、三种画风：张广为人憨厚，画风厚实拙朴，他是蒋兆和的学生，虽也画人物，但以画牛和马见长；徐希灵巧机智，浙江美院版画专业毕业，创作都以山水为主，江南水乡的雨景，北方城镇的雪景，都画得个性独具；石虎壮实饱满，虎里虎气的，身上总透着几分野性，他钟情现代派画风，以怪异著称。当时，中国人物画有三位引人注目的变法者，一位是女画家周思聪，一位是李世南，还有一位就是石虎。其实，起初石虎的人物画也是雅俗共赏的，他的笔墨功夫很深厚，但他也画变形的、怪异的人物。他当过兵，胆识过人，应该说，他属于中国画坛的一个离经叛道者，不愿墨守成规，不愿被囚禁在守旧的桎梏中。我常看他的画，有一回半天看了他的一百多幅新作。看他的画，总感到是到了一个陌生之地，能闻到一股清新的空气。

那夜聚会几天之后，我给石虎打了个电话："徐希送我一本日本册页，你真画吗？"

"来吧，来吧！"石虎依然一派豪爽之气。

一个夏日，我一大早就赶到东总布胡同石虎的创作室。此时，创作室还未搬到老楼去，在一幢砖瓦楼房里。门一关，简直是一间黑屋，桌上的毡垫，已见不到一星半点的白色，黑乎乎的尽是彩墨。地上堆满了废画稿，也到处是墨迹。墙壁斑驳不堪，大概是因为反复张贴墨迹未干的画幅，猛看上去，简直是一幅奇形怪状的大壁画。如果保留下来，无疑是怪人石虎画风的一个佐证，是一堵很有纪念意义的画墙。

我们俩就站在这间黑屋中。石虎抱歉地说："我画画乱摔墨，屋子很脏……"我打趣道："画的气场好。"

摊开日本画册，石虎问："画什么呢？传统的还是现代的？"

"随你的便！"我不想约束这位艺术上的自由人。

窗外，不时传来游行队伍的一浪高似一浪的口号声。显然，这声响刺激着画家的创作灵感，他挥毫着墨，随心所欲地画开去。

他一边画，我一边看。有各式各样的男人和女人，有毛驴、羊、狗，有木车、山峦、树木和云彩，都是变形的，怪怪的。猛看上去，简直看不懂画的是什么。可能只有细细辨认，才知道画的内涵。不过，我也只看懂了一小半，大半的画是何物，也只能半猜半蒙。石虎画得那么投入，我也不便问三问四。艺术这东西,也许画家自己也不一定什么都解说得那么清楚。而且,什么都说白了,也就没有意思了。就慢慢品味去吧。画中有一个人物,穿中山装,身边还有一根文明拐杖,我问了一句:"这是什么人物呀?"他也只回答了一句:"官倒!"

碰巧,那天他的画册运到,有人开门问他:"画册往哪儿放?"他只回答了一句:"先放仓库吧!"门也未出,又继续画他的画。从上午画到下午,真的把一本册页都画满了。

他自己翻看了一遍,在首页上题了三个字:"村风图"。又在最后两页空白上写了几十个天书似的字,最后落上了自己的名字。

他画得投入,我看得也入神。时间在不知不觉中匆匆而过,我们连午饭都忘了吃了。

走出石虎的黑屋,我急不可待地将册页给徐希、张广欣赏。

"精彩极了!石虎真动了感情,真下了功夫。难得呀!这是天下独一份。"徐希看后赞不绝口。

石虎走过来,只说了一句:"一般人不要给他们看,他们也看不懂。"

隔了些日子,住在石虎楼上的张广给我来电话:"那本册页未盖章吧?赶快送给他盖章,他就要走了。"

我连夜赶到石虎家。他挑了一些也是怪里怪气的小印章,前前后后盖了上去。这本册页完美无缺了。

石虎为我画的册页局部

"你要走了？"我问。

石虎未作回答，只是很坦诚、很肯定地点了点头。

听说盖了这几枚章的第二天，他就走了，去了澳门。

几年后的一个晚上，他回来了，在北京饭店贵宾楼宴请京城老友。到场的有徐希、张广、杨延文、邓林、张立辰夫妇等。我也去了。其时，石虎已在外边闯开了世界。画走得很好，老板们是追着他买画，而且供不应求。因为他的画不仅可以保值，而且有增值的希望。席间，他诙谐地说："趁别人还看不懂我的画时赶快卖，等都看懂了，就卖不动了。"那晚，画友们一直聊到凌晨才散去。告别时，他说："我要去新加坡居住了。"我知道，他又要开拓新的市场了。

之后，我在北京中国美术馆和上海艺博会上又见过他两三次。他画得更怪了。我对他说他把在国内画怪的部分发展了、强化了，他只是笑笑，未作解释。画是怪了，但画价也更上去了。

人还是那么高大壮实，浑身蓄满了精力和活力，给人的感觉像是有用不完的潜力。前年在美术馆展出时，我见过他的一批新画。在艺术技法上，仿佛回归了一些。谁知道这位永不安分的画人会变到哪里去呢！从着装看，每次见他都是穿一件藏青色的中式上衣。也许，人到了海外，反而更思念故里，更思念本民族的一切。当然，这只是我的猜想。

2002 年 5 月 23 日

意笔吴山明

头一回见到吴山明,是 80 年代中,可能是 1984 年秋天。他也就是四十多岁,却已顶着一头银发,着实是令人意外。

初次见面,不便打听。不过,后来成了朋友,就没有那么多的顾虑了。据说,二十八岁是他的一个分界线。二十八岁之前,他有一头浓浓密密的黑发,但过了二十八岁,白发就突然一天天多起来,很快就满头皆白。说实在的,那一头白发还真给他增添了不少风度。临别时,他送了我一幅陆游的吟梅图。陆游画得很传神,画幅左上方的几枝盛开的梅,清淡而又典雅。这是我收藏山明的第一幅作品。

他先是全国政协委员,后是全国人大代表,每次来京开会,总要挤时间来舍下小酌神聊。只要他来电话相约,我再忙也要挤出时间。因为我们想见面,见了面又有话可聊。可能是 1990 年的夏天,我住室很挤,找了一间小屋存放杂物之类的东西。为了图个清静,也将此小屋辟为写作室。一张折叠床、一张三屉桌、一张方凳,除此之外,就是堆积如山的杂物。我写完一部长篇报告文学之后,在桌上铺了毡垫,沉醉丹青,有空就横涂竖抹。那次山明与散文家赵丽宏一道来访,我便把他们引到这间小屋。我向山明展示了一本册页。这本册页是崔子范先生题签的。他老人家先画了一幅《双鱼图》,然后嘱咐我:"你找十位名家画十幅画,很有意思的。"山明是浙派意笔人物的大家,又是我的老朋友。虽然我没有明说请他落墨之意,但他已翻到一面空白处沉思了起来。

"我画一幅!"山明问我要笔。

我抓出一堆笔任他挑选。我真不知他喜欢用什么笔。

他挑中了一支长锋羊毫细笔,将笔尖放在唇间润湿,轻蘸淡墨,只枯枯的几笔,人物的眉目就跃然纸上。还是淡墨,蘸得足足的,只粗放的几笔,醉仙的衣衫和醉卧的神态就显现出来了。然后,还是几笔淡墨的勾勒,画出了醉仙的脚和

吴山明挥毫

身后的酒葫芦。只有醉仙身后的那根丁字形的拐杖是用浓墨枯笔写出来的。醉仙的上方,有松枝一丛,也是淡墨写成。松下一醉仙,那醉态实在可爱,笔墨淡中有变,随意而又奇巧,线条古拙而又华美。

在半生不熟的册页上,能画出如此栩栩如生的人物来,实乃不易。我和丽宏欣赏良久,都佩服之至。

我还见他画过一幅《垂钓图》,也是清一色的淡墨,也是淡中有变,那弯弯的钓竿,那即将出水的大鱼,都那么出神入化。尤其是那条上钩之鱼,墨色淡到几乎不能再淡了,但又淡到好处,似有似无,隐约可见吞钩后的神态。绝了,真的画绝了。

山明意笔人物画得淡雅,不禁使我联想起他的故乡。他出生在浙江浦江县前吴村。四周环山,一条清溪沿村东流。溪中的游鱼,水中的鹅卵石,石上的淙淙清流,那是一幅多么奇妙的迷人图画啊!

到了杭州,从念浙江美院附中开始,一直到如今担任中国美院教授,他都生活在西子湖畔。他的家也在柳浪闻莺附近。那蒙蒙如雾的烟雨,那风情万般的湖水,那丝丝飘动的绿柳,都为他的绘画艺术注入了灵感,深深地影响着他的画风,影响着他的漫漫人生。

他为人热情奔放,但在艺术创作上却又是一个冷静者。他说:"绘画上往往

吴山明赠我的《放翁吟梅图》（左）、《醉仙图》（右）

有个性者才能成功。"他一直孜孜不倦地追求自己的艺术个性。

　　一个春夜，我去画室访他。山明拿出一沓意笔线描人物画稿，一幅一幅向我展示。他刚从四川藏区归来，画的内容也都是藏区的人物景观：弹奏古老弦曲的藏族老人，归途小憩的藏族老妇，牧归的藏族少女……每一幅画都使我回想起在西藏生活的日日夜夜，回想起我那些纯朴的藏族朋友。山明的画，是那么逼真，那么生动。没有一块彩色，清一色的墨，而且是清一色的墨线。藏族老人的脸，是由墨线大块面积堆积而成，而这种令人耳目一新的线描，正好生动而真实地刻画出藏族老人的神情。尤其是那密集而不乱的墨线，把藏族老人被岁月磨损过、被风雪吹打过、被强烈阳光照射过的那张布满皱纹的脸，非常传神地表现了出来。

　　四川阿坝粗犷的民俗民风，使山明一改已得心应手的淡雅轻柔的风格，另寻别的表现人物的艺术手段。他吸收了指墨用线的天趣和自然，又融进了宿墨的韵味，在意笔线描人物画上另辟了蹊径。展现在我眼前的这些人物画，虽然典雅之风犹在，但更多的是粗犷苍劲和深沉老辣。看得出来，山明作画时是"随心所欲"的，而给人的感觉，却是"意象俱全"。山明听了这个评论，内心是高兴的。他说，这是他的藏区之行的最大收获。但他并不满足于这个突破，欣喜之后，沉思了很长一段时间。他对我说："我毕竟身在浙江，高原藏区只能给我艺术上的思索和养分。最后，我还得回到江南水乡。"

从水乡到高原，再从高原回到水乡，虽然画风变过去，又变过来，但这已不是一种简单的变化。每一次的变化，都是他艺术上的一个升华。他开始更多地画雾中、雨中、晨曦里、夕阳下朦胧的景色，画或虚或实的各种人物，典雅中有拙朴，秀丽里有苍劲，泼水泼墨，挥洒自如。他继续着自己的追求，追求意笔线描人物画更高更新的艺术意境。本文写及的《醉仙图》和《垂钓图》，便是山明追求这种新境界的艺术之作。

1995年深秋，在他的故乡浦江，一座建筑风格独特的"山明美术院"已经落成。在那儿，可以看到山明前进的艺术踪迹。他邀请我去住些日子，我一定会去，到那时，我对他及他的艺术才会有一个更深刻、更全面的认识。

1999年6月间，我在去吴山明美术院的途中，给山明去了一个电话。

"留几个字下来！"他说。我在山明美术院写下了这么一句话："好山好水好艺术。"

这些年，山明的市场特别好，流到市面的画很多。看得出来，不少是应酬之作。2006年春，山明被金华一位画商请过去，下榻今日大酒店。碰巧，我也住那儿。一日，我约他去"大家艺苑"画廊，那里有我借挂的那幅《垂钓图》。我说："市面上流传的画与此画简直无法相比。"山明说："画这幅画时没有任何杂念。"这时，山明的画已从几千涨到二三万一平方尺。我搬出朋友的两本册页，说："给他们画一下吧！"山明二话不说，接连画了两幅人物。"给你画一幅！"他说。我说："不用了，为我写几个字，我刻到山居庭院的鹅卵石上。"他写了两幅字，"观自在"和"桃花源里可耕田"。如今，"观自在"三字已刻石，放在山泉岸边。

2009年春节前后，应宁波市市长毛光烈的盛情邀请，我的个人画展在天一阁举办。我请了山明去为我站台助威。

一头白发的吴山明，迎着寒风，向满院的观众，回叙着我们的友谊，评述着我的绘画。

在画坛，他已是一位重量级大人物，可在我的心中，他依然是一位知心朋友。

2010年3月5日于龙潭湖西岸

李延声的正气歌

我和李延声早就相识,但一直没有坐下来聊过艺术。他的画展,我也参观过,那些用毛笔画出来的人物速写,使我倾倒。

1996年10月中旬,我在中国画研究院办完个展,请该院的摄影家陈凤新拍画。有两张丈二匹大画,想借用研究院大画室。陈凤新推门一看,升降画板上是李延声的巨幅大画。凑巧,我在楼道里邂逅李延声,他邀请我进大画室看看他的那幅大画。他的大画几乎占了一面墙,这还并不是大画的全部。

"这是我为香港回归祖国创作的历史组画《魂系山河》……"延声一边介绍,一边把我引到画室的一头。

"此画由《屈辱的条约》、《将士殉国记》、《销烟气如虹》、《慷慨赋同仇》、《三元里怒潮》和《圆明园沉思》六个部分组成,我选取鸦片战争为题材,把主题定在反抗外强侵略、民族自强不息这个'魂'上……"延声不住地介绍着他的这幅大画的内容和创作意图。而我早已被画面上满目残破的山河和浴血战斗的民族英雄所深深激动,悲愤和敬仰之情油然而生。多年没有见过这么大题材的巨作了,我禁不住赞叹道:"这是中华民族的一曲正气歌!"

人物的夸张变形,黑灰白的对比运用,黑底上的方方红印,还有那些用不同颜色书写的历史诗文,都成就了此画厚重的历史感和悲壮的英雄气概。我以为,延声在艺术技巧的运用上,十分独到。

"成功了!展出后肯定会产生强烈的社会反响。"我由衷地对延声说。

果不其然,半年之后,当这幅巨画(长63.66米,高2.8米)在中国革命历史博物馆展出时,引起了轰动,首都媒体纷纷评介。李延声终于有了自己的"世纪之作"了。

我们多次相约坐下来聊聊艺术,但不是他走,就是我外出,一直拖到1999

李延声(右)、徐希(中)、鲁光(左)在韩美林展厅

年的夏天,才得以痛痛快快地欢聚了半日。

我一大早就来到位于北太平庄的李宅。他早上出去散步了,我就坐在院子的石凳上看《北京晨报》等他。他老远就看见我了,急忙走过来,说:"没想到这么早就来了……"

他家的走廊上,堆放着一批黑色花岗岩的碑石,挺重的,但延声搬起一块给我看,只见上面雕刻的是他的《魂系山河》的人物图景。他说:"已经确定,用这种石料,把《魂系山河》全图雕刻出来,碑墙就建在北京大学西边的畅春园遗址。此园与圆明园都被八国联军烧毁。"碑墙建在此处绝对是一个明智的选择,因为它的最后一组画是《圆明园沉思》。游客们驻足观赏石碑时,定会浮想联翩,产生为民族为国家献身的激情。

画室不大,一张大画案几乎占去了大部分空间。刚落座,延声就聊开了《魂系山河》的创作背景。

他从1985年起就想画,到1995年动工,整整构思了十个春秋。激发他创作灵感的是1994年的巴黎之行。他在卢浮宫流连忘返,整整五天。法国艺术大师们表现本族英雄人物的不朽之作,给了他极大的震撼。他想,我们中华民族有五千年悠久的历史,历朝历代出过多少可歌可泣的民族英雄啊,作为一个人物画家,应该用自己的笔去表现历史,去歌颂历史上的民族英雄。碰巧,1997年,香港将回归祖国,这种创作激情就不可抑制地喷发了。他跑图书馆，又两下虎门，搜集资料，画人物速写。正巧，谢晋在虎门拍《鸦片战争》，剧中的服装、道具和人物，都为他的创作提供了借鉴。他将自己关在画室两年，七百多个日日夜夜，埋头创作这幅史诗般的巨画。他常常一边听贝多芬的《英雄交响曲》，一边站在桌子上挥毫。

延声说："个人的情感与人民、国家、民族的命运连在一起，这才是大我，才是大感情。"这无疑是他能写出一曲曲正气歌的深层原因。

"我给你画幅肖像吧！"延声打住《魂系山河》的话题，铺开宣纸，拿起了一支毛笔。延声的毛笔速写，早已蜚声中外。他曾为法国总统希拉克和夫人即席画过人物速写，神形兼备，备受希拉克夫妇的赞赏。他愿意为我画像，自然是我求之不得的。我侧着身坐在他的对面，想我的事，任他观察，随他勾勒。十分钟后，他已画好一幅，他没有给我看，连声说："你的头很厚实，眼有神，这幅画得不理想。再画一幅。"

又过了十多分钟，他停住笔，说："还不够理想，再画一幅。"

我依然侧身坐在他的面前，但脖子已有些酸疼。我心里想，延声是神笔，怎么会画得这么费劲呢；但这也正说明，延声在艺术上是一丝不苟的。只画了几笔，他又换纸，显然，他还觉得画得不满意。

李延声为我写像

三张，四张，五张，起码画了五六幅，他才收住笔。

他挑出三幅让我看，我看都挺不错的，寥寥数笔，把我的特征和个性都勾画出来了。我是很佩服延声的速写功力的。我爬了一辈子格子，写过许多人物，深知写人物不仅要捕捉住人物的外形特点，而且要捕捉住人物的内在的心灵。画人物比写人物更难，当场画肖像，在时间上不允许有多少推敲，在技巧上不允许藏拙。尤其是用毛笔画宣纸，一笔就是一笔，一画就是一画，用笔必须自信。看过延声的毛笔速写，我才真正理解了卢沉教授所说的，线是中国画的灵魂。我也曾对着镜子画过自己，但每张都成了丑化自己的漫画。

我在延声为我画的一幅肖像上，题了两行字，"落笔有神，厚实如牛"。延声将此幅和另一幅他落款的肖像画送给了我。

"我还是感到没有把你的个性完全画出来。我正在努力，如何在画肖像时进行夸张，画得更神似一些。"我打心眼儿里赞成他这种对更高境界的追求。

2000年春月写于方庄

何韵兰的女人世界

曾有一家出版社约我写一个脚本，反映周恩来总理对体育事业的关怀。那时，文化尚未开禁，我也闲着难受，况且对周恩来总理感情也挺深，本子很快就写出来了，由何韵兰和赵士英两人配图，配得很生动。书出来后，社会反响不错。前些年，天津的周恩来纪念馆还来函索要这本小册子。

这是我与何韵兰的头一次合作，也是我们相识的开始。80年代初，应四川人民出版社之约，我出了一本报告文学集《东方的爱》。此书是巴金先生的侄子李致亲自来京组邀的，插图的任务又找到了何韵兰。插图的装饰味很浓，线条流畅，颇富浪漫气息，为这本书增色不少。

何韵兰学版画出身，60年代初毕业于中央美术学院，到电影公司画过电影海报，"文革"时下放湖北农村。体育部门工作恢复得比文化部门早。去湖北文化部"五七干校"选调人的一位朋友告诉我，他们本来是调别人的，却被何韵兰所在的农场干部拉住，说："我们这里有位女画家，你们看一看她的档案吧！"就这么简单，何韵兰被调到人民体育出版社当美术编辑了。

体育图书都是一些技术动作的插图，简单但难画，因为每一个动作都要求规范准确。她干得非常认真，获得过"全国三八红旗手"的殊荣。1975年中国登山队登上世界最高峰后，我奉命下队去写登山英雄，何韵兰也接受了这方面的任务，这样，我们就常在中国登山队大本营——怀柔水库的一个半岛上相聚。她待人热忱，为人很率真，得闲时侃大山，聊艺术，聊文学。我发现，她书读得很多，许多西方名著都读过，聊起来挺有深度的。偶尔得空，我们也沿着半岛散散步，有时还孩子气发作，下水逮虾。什么工具也不用，就靠两只手，居然把一只只虾逮了上来。逮到二三十只，拿回房间，用开水一冲，一烫，就下嘴，味道真鲜美。有一回，她说："别嘴馋了，带些回北京养起来。"她给我画过一张漫画,蹲在水库边,鼓着挺大的肚子,眼看虾群从跟前游过去,但双手就是够不着水面,还有一句旁白:"唉,怎么老逮不着虾呀?"画得很生动,很有情趣。尽管当年我的体重才136斤,肚子腆得也不算严重,但这个未来的致命伤已被敏感的她逮住了。今天再来看那幅漫画,那就更惟妙惟肖了。为了报复她的"无礼",我也为她画了一幅画,画了好几张,都未敢给她看。因为她长得很美,而我怎么画也画不出她的韵味。应该说,画中的她是太丑了。我恨自己没有画人物的悟性。我不敢为女人画像,在我的笔下,美的画丑了,丑的画成更丑了。

在水库的半岛上,还住着东北的两位画家,那是何韵兰她们请来画登山英雄的客人。那时,东北猪肉特缺,每逢回东北老家,他们都买许多肉。有一回,一位东北画家干脆买了半扇猪。由于带的东西多,送站就成为一大难题。那时单位也没有小车,有一辆也是领导专用的。到外地去,人家都盛情款待,到了京城,我们能"见死不救"吗?我们用自行车驮,用肩扛,大包小包,将东北朋友送上车。韵兰长得小巧,但每次送站,都落不了她。有时,送完站都凌晨1点了,还一个人骑车回王府井宿舍。这女人,胆子还真大。她自己说,有一次烤玉米吃,不小心,锋利的粗铁丝穿透手掌,她惊讶地叫了一声,本能地将铁丝拔出来,捂着流血的手去医务室包扎包扎就完事了。80年代初,文化界已热闹起来,韵兰打算"归队"。我知道,她的兴趣在艺术创作上。画那些毫无生机的动作图,实在难

何韵兰(中)伸出大拇指说:"鲁光有人缘。"左为女画家张禾

为她。但出版社的领导和周边的同事都待她不错。她重情感，甚至有几分讲义气，又干什么都较真儿，哪怕是自己毫无兴趣的事，只要是作为任务压给她的，她都全力以赴。所以，画动作图，她也能画出个"全国三八红旗手"。但这种荣誉愈大，她内心的痛苦就愈强烈。后来她终于归了队，到中央戏剧学院舞美系当老师去了。

她的朋友多得数不过来。每次去她家，总是宾朋满座。她说"都是艺术贫协会员"。后来，见多了，我熟悉了其中不少人。这都是些艺术气质不凡但当时还比较贫苦的朋友，他们常找机会欢聚一堂。有次借乒乓国手李赫男去美国前的一次聚会，何韵兰给我发来了一份请柬。当时随手夹在一个笔记本中，所以幸得保存：

  中华、全国艺术贫协为欢送李赫男姐妹出洋，特在京城帅府园 3 号热闹热闹，有大锅肉、二锅头、三碗白开水管饱。还有自由表演、体育比赛、"贫话"聊大天等。特别欢迎记者、作家、电影家、第三女神、中国姑娘鲁光光临。并请准备清唱一段东阳婺剧。

  出席者尚有本协会特别顾问游本昌，酒协周明，马协杨学光，国际体育记协艾立国，儿童电视演员小咪，宇宙影协韦品高，壁协刘长顺，学协张遥……

  请于 14 日（星期六）晚 6 时准时出席。

这是一张典型的何韵兰式的请柬。随意、风趣、幽默，又不失天真清高。

据何韵兰告知，这些当年的贫协会员眼下都"富"起来了，无论在国内还是在国外，都混出了自己的一方天地。

这是一个夏日，她突然来电话："能抽出个把礼拜时间吗？"

"有什么事吗？"我问。

"我想让你认识一个青年，很有意思的青年。你是作家，你应该认识这样的人。"她回答。

我的身上压着一份报纸，尽管此事对我很有吸引力，但实在挤不出这么多的时间。

"什么人物呀？"尽管我去不了，对那位青年还是兴趣很浓。

后来有一天，她给我放录音。就是那位青年唱的。

她还简略地介绍了那位青年的情况：来自农村，高中毕业混京城，坐火车逃票跳过窗,当过模特儿……但很有才气。没有学过画,画了画居然能卖出手。没有学过音乐,却敢于上台演唱歌曲。这种人,不拉他一把,毁了太可惜。在她的安排下,我终于结识了这位浪迹京城的青年。

何韵兰和这位青年的女友,一直为这位青年的成才而不懈努力,给他介绍歌唱家、音乐老师,提供了一个又一个机会。他去了两次德国。但一次次的努力,都未见成效,最终也未能在艺术上有所发展。而他的女友,在失望之后,去了异国他乡,成了博士生,有了一个美满的归宿。

韵兰说:"有位朋友在潘家园见到过他。他说,混成这样,不好意思来见我。"她感叹道:"看来,人生的路还得由自己去走。"

她总是把世界想象得那么纯洁,那么美好。她的一幅幅画,就如一首首优美的抒情诗,像一支支舒缓悠扬的小夜曲,静静的夜晚,淡淡的月光,朦胧的江河,晨曦中的白马,夜幕中的飞鸟,山涧树林中的少女……真是画如其人。因为她自己的心,就是这么宁静,这么善良的。当然,她也画各式各样的脸谱,抒发内心的热烈和烂漫的情怀。如果细细欣赏韵兰的画,你会于静美之中发现一种淡淡的悲哀,有时是浓浓的愁绪。朋友们都戏称她为"圣母玛丽亚"。她想用她的善良之心去拯救他人。但世界并不因为她的善良和好意,浮华就变成沉静,污浊就变成洁净。事与愿违之事,时有发生。

"文革"后不久,她去乡下给如饥似渴的爱好美术的青年们讲课。她带去了自己珍藏的和向朋友借来的一些作品,学生们看了这些作品的展示,激动得彻夜难眠。当她准备启程回京时,发现这些作品已不翼而飞,一张也不见了。她着急,但不让当地组织搜查。她给学生们讲了一课,讲大师们的画品,更讲人品。最后,她说,如果谁喜欢拿走看了,请送回来,她要一张不少地带回北京去。她说:"我相信你们不会令我失望的。"真挚的爱,终于融化了贪婪和愚昧,学生们耷拉着脑袋,一幅一幅完璧归赵。最后送来的几张,是用塑料布包裹着,埋在院子里的石头下的。入夜之后,他们撬开石头,取出了画,连夜送到她屋里。在她启程回京时,画果然一张不少地回到了她手中。

"他们太喜欢了,有一个拿走第一张,别的孩子就跟着拿。好像不拿就亏了,不拿白不拿。我理解他们,所以自始至终没有说他们一个偷字。"她的心肠是菩萨心肠。

有一天,我在她家见到了一位从农村来的女孩,会画一手乡土味很浓的画。韵兰告诉我:"她就是当时拿画藏起来的一个。"她依然来向她请教,她也依然热

何韵兰的彩墨画（之一）

心地辅导她学画。

　　欢乐与忧愁，那么和谐地融在她的画作中。这是她对人生感悟的缩影。

　　她走出国门不少回，去法国那回时间最长，跑了美国、德国、土耳其、埃及等不少国家。在国外，她的天性得到充分的展现。

　　她没有寻求官方的接待，凭自己有限的经费到处去寻求美。常常是带上两个面包，一个装满自来水的塑料瓶，饿了啃几口面包，渴了喝几口自来水，但她一点也不觉得自己寒酸，心全沉醉到西方的艺术中了。她住过黑人家，与贫民交往聊天，也出席过上流人士的聚会。任何场合，她都自然得体，不卑不亢。她赞同纪伯伦的观点："你不比巨人渺小，也不比侏儒伟大。"她是开放的，在艺术世界中，苦苦地追寻着美。她像一块巨大的海绵，尽情地吸收着一切有用的东西。

她到处看到处跑，实在跑得太猛了，最后跑坏了膝关节，坐在巴黎街头动弹不了身子。只好依依惜别巴黎，惜别朋友，回到北京，回到帅府园的家中。

勃舒给我打电话，打听哪儿可以买到轻骑摩托车。我问他干什么用。想不到他说："何韵兰走不了路了。"

我跑去看她。她有些悲观，说以后跑不动了，但她又闲不住，买辆轻骑就自由了。

五十好几的一个女人，驾轻骑车上街，太危险了。后来，不知她怎么扛过来了，不但轻骑未买，而且又国内国外跑了起来。

不知什么缘故，她从中央戏剧学院提前退休了，退休时还是副教授职称。朋友劝她拿了教授职称再退，但她没有听从，回家了。但我相信，她总会有自己的道理的。也许，是她对人生悟得太透了，也许是她把名利看得太淡了。不过，她回家之后，又被推到"首都女画家联谊会"会长的位置上去了。她本意并不想当这个"官"，她想画自己的画。但她不会挂空名，想为女画友们做一点事。大家都对她挺好，她也就实心实意地为大家的事奔波。后来，她又担任中国美协少儿艺委会主任，为少儿绘画操劳。事无巨细都自己过问，忙得一塌糊涂。一切都是无私的奉献。一副侠女心肠！愿意为朋友奉献，又想自己好好画画，两种心理不停地在打架。这种矛盾将会永远在她身上纠缠下去。

年逾七旬之后，她总算摆脱缠身的各种杂事，重新返回她的艺术天地里去。2008年秋，我去她在常州的画室看望她。冷清清的屋里堆满了成品或半成品。孤寂是肯定的。孤寂中却涌现出一批新作。她欣喜这种环境。愈到晚年，时间愈显得珍贵，相聚渐渐稀少起来。

她曾调侃过："我过七十了，有什么浪漫事往我身上推好了。我什么都不怕了。"言外之意，她也曾"怕"过。一位美女画家，一位情感丰富的女人，作为朋友，又能了解几分呢？有关她与勃舒之恋和情感方面的事，就一概略去不写算了。

当我打算写一写这位女友时，一位她的老熟人告诫我："太难写了。"

难写，也写，删繁就简地写。写出几分，或者有几分神似，也就算了却一桩心愿。不少朋友说，我的写作才能不如画画才能。为她画像画丑了，那写她呢，肯定更够呛。

2010年3月改定

官布来自大草原

三十多年之前，我看过官布的一次画展。

在我走进民族文化宫官布画展展厅之前，真想象不出他的中国画是什么模样。我只知道，他是画油画的，而且，那些年一直在北京市美协当秘书长，忙于行政事务。看完展出的一百幅近作之后，我兴奋不已。我握着他的手说："你的画给人耳目一新之感，画里燃烧着你对生活的热情之火，洋溢着你对故乡——草原、草原上的人们和骏马、羊群、蒙古包的强烈思念。"他憨厚而谦逊地笑着，但看得出来，这位蒙古族朋友的脸上流露出一种欣慰的微笑。

晚上，在官布家，我问："你怎么画得出这么多画呀？"

官布说："我在美协上班，计算起来，一年要骑车两万多公里，而且风雨无阻，从来不请假。春节休息时，我倒病了起来。画油画哪有时间呀，于是我就开始画中国画，每天晚上画一张。"

我有些惊讶地问："那画了多少张了呢？"

他打开一个个柜门，说："这些柜里装着的都是画。"他一卷卷展开，许多画比我白天在画展上看到的还有味，再拿出两个三个一百幅也不成问题。而且，在画法、笔墨的形式上都是有着刻意的追求的。他说："我要使自己的画，与古人不同，也要与自己不同。"他正在苦苦地追求着这个目标。

官布是个实实在在的画家，一天也没有停止对艺术的追求。一位朋友告诉我，"文革"期间，官布无法搞创作，但他从没有停止过内心的艺术情感的发泄。他把所有的颜色都倒在一个脸盆里，用竹竿接起油画笔，在屋子的墙壁和天棚上画画。当然，现在他是有充分的创作自由的，只不过，行政事务太多，自己只好"忙里偷闲"。

我想，也许条件好了，他就画不出这么多的画来了，但我还是希望他的画画条件得到改善。而他呢，不顾一切，仍然每天夜里画他的画。有时困极了，画一半就会伏在画案上睡着了。醒来之后，再接着画。

应他之约，我为他的个展写了一篇千字文，刊登在《北京日报》上。画展开幕之夜，官布约了一二十位朋友到城东的一座大蒙古包里喝酒唱歌，有马头琴伴奏，有蒙古族女孩伴舞。天下着大雨，雨落在蒙古包上，发出声响，犹如马蹄声声。那情景，真是终生难忘。

他年届古稀时，我又去看望过他。屈指算来，从1961年到1999年，我们相识已三十八个年头。当年他为我写草原的几篇散文画的油画插图，我至今保存完好。尽管都是纸质的，但那是官布早期的珍贵之作。虽然见面不多，我们之间的友情却与日俱增。我看了他许多近作，他依然对生活充满着爱，像一头勤奋的牛一样，在砚田里辛勤耕耘。

官布的上乘之作《娜斯姑娘》

令这位老朋友惊讶的是我也涉足丹青了。当我请他参加我的首次个人画展时，这位老内蒙幽默地说："当我接到请柬时，气不打一处来。事先一点风声不透，太气人了。看了画展，更气了。好家伙，你想一鸣惊人呀？"一席话，说得满座一片笑声。

2007年，为筹办庆奥运名家画展，我又想起这位将近十年未见的老朋友。站在我眼前的，是一位满头银发的八旬老翁。他搬出数十幅山水画，让我挑。我却看中他画册中的一幅蒙古族姑娘的水墨画。他说："这是我的一个亲戚，已去德国。"

"画得出神入化，就这幅了。"我挑走了他自己珍藏的这幅精品。印出画册和挂历后，他直感叹："印得精美，从来没有印过这么好的。"

这是在雅昌印制的。为了衣服上的一块色彩，我让工人反复调整，直到满意为止。

老朋友就是如此，多少年不见也无妨，一见就无所不聊，有求必应。我想，我们的友谊，就似一坛陈年老酒，醇香四溢。

2010年春

"粉头"杭鸣时夫妇

杭鸣时的大名,在画界是无人不晓的。他父亲杭稚英在上海以画月份牌为生,笔下美女如云。杭鸣时继承父业,也画美女,而且画裸女,使用的材料是粉笔。他的粉笔画《柯桥》在美国拿过金奖,故在行内有"粉头"之美称。

他的夫人丁薇,与他相伴一生。她曾经是鲁迅美术学院的学生会主席,标致端庄,少不了追求者,但她看中了杭鸣时的才情。

夫妇俩有一个优秀的儿子杭大播,毕业后留在中央工艺美院当助教。大播出国深造前夕,查出血癌。老两口儿老年丧子,巨大的悲痛笼罩着他们。丁薇给死去的儿子写过许多封信,她在信中呼唤儿子:大播你在哪儿?如果你在这个世界上,我们哪怕把所有资产变换成邮资,也要把信给你寄去……翻出儿子穿过的军大衣,闻到儿子的气息,老两口儿抱着军大衣老泪纵横……

为了换环境,老两口儿南迁苏州,在一所大学任教。

杭大播,我只见过一面。那是在沈阳,老杭搬新居那天。居室装潢设计者是大播。白墙配上黑色挂镜线和黑色墙脚线,黑白分明。老杭说:"这小子胆子大,敢用大黑大白,叫我设计我不敢……"话语中透出几分得意。大播去世后,老两口儿来京城找我,说:"给大播写篇文章吧!"

尽管我只见过大播一面,了解甚少,但对这两位丧子的老人,我无法拒绝。我随他们走访了中央工艺美院的老师、同学,还有医院的医生、护士,写了一篇长达万字的报告文学《不仅仅是儿子》,发表在《青年文学》杂志上,以慰藉两位老友。十多年以后,《中国作家》主编何建明又约我撰写这对老年夫妇在苏州的生活,全文三万多字,题为"走过悲伤"。

我与杭鸣时相识是在20世纪70年代。1978年唐山大地震时,杭鸣时应人民体育出版社之邀,住在一间平房里画年画。我常去看他。他为我夫人和小女儿画

杭鸣时、丁薇夫妇做客五峰山居

了头像，都是拿照片去画的。我夫人的那张照片还是张集体照，图像很小。老杭就凭那极小的图像画出了一幅艺术趣味极强的肖像。这两幅粉画肖像，历时三十余年，至今仍然彩色鲜艳，一直挂在卧室墙上。

他们搬到苏州后，我记不得去看望多少次了。我一直牵挂着这对老年夫妇。

杭鸣时办过粉画培训班，操办过全国粉画展。有一段时期，一个女生做了他的模特儿，她激发了杭鸣时的创作欲望。据老杭讲，光以她为模特就画了数十幅人体画。尽管鸣时七八十岁了，但只要见到美女，就两眼放光，精神抖擞。但凡有人请他当选美评委，他都乐意接受。他说："养眼呀！"他的女人体画，从苏州走向全国，甚至走向国外。喜欢者甚众。

我曾拿了他的一幅女人体画，送到金华一家画廊去展卖。我选的那幅女人体，不是全裸，罩着一层薄如蝉翼的轻纱。有一位顾客驻足画前，久久不离去，最后花了不菲的价格买走了此画。过了半年，这位买主给画廊经理打电话，问："这幅画能退吗？"经理问其缘由。那位顾客苦不堪言地说："再挂下去，老婆要跟我离婚……"这是可笑的真事，鸣时的女人体画太逼真了。

鸣时透露，有一位领导干部很喜欢他的女人体画，但不敢要，怕引起家庭矛盾。有一天，这位干部偕夫人做客鸣时画室，夫人对陈列画室里的一幅女人体

杭鸣时的人物肖像

杭鸣时为我的小女儿（五岁时）作的粉笔肖像画

画感兴趣，随口说了一句："太美了！"机灵的杭教授马上说："这幅送你们吧！"不等夫人表态，那位领导干部抢先表态，笑纳了此画。

"我的'肉蛋'，一打一个准。"私下里杭鸣时常常这么调侃。

有一回，我见到杭鸣时的一幅浴女图，三个浴女各俱姿态，极美。我说："老杭，这幅画太美了。"

"没有画完呢！"老杭说。

"千万别再画下去了，到此为止最美。"我以为未画完，有些朦胧，艺术味浓。如果再画下去，就会太逼真，反而会有一种腻的感觉。不少业内人士对老杭的粉画也有这个评说，画腻了。那幅浴女图，后来被美国藏家买走了。

画裸女可以有激情，但不能动真心。因为没有激情是产生不了艺术的，但动真心就会有麻烦。老杭偶尔也有动真心的时候，那位女生弟子就不想走，要留下来当老杭的助手。一向支持丈夫画裸女的丁薇想方设法不让那女生留下。当火要燃烧起来的瞬间，她泼了一盆冷水，把火及时灭掉。事后，老杭说起这事，从内心里感谢夫人。

丁薇相夫教子，是一位贤妻良母。儿子走后，更是一心一意照顾丈夫。她做得一手好菜，又懂艺术，把老杭照顾得无话可说。在苏州，她也教了几年书，深得学生喜欢。插空，她画起粉画来。她学的是染织专业，她的粉画颇有装饰味，

丁薇的陶瓷作品

大气耐看。有一年，他们夫妇俩一起烧窑制作陶瓷盘，丁薇向我出示过十多件陶瓷作品。我惊呼："太有味道了，比老杭画的盘更有艺术味。"丁薇割爱送了一个艺术陶盘给我，图案是抽象的，耐品味。此盘在回程中摔破了，摔成十多块。我心疼得不行，请人帮我修复。此盘修复得天衣无缝，如今就陈列在我山居的画室里。

我不止一次地当着老杭的面说："丁薇画画的才情不亚于你，她为你牺牲奉献了一生。"

老杭尽点头称是，但他内心也不一定服。我的评价也许有点过，但为丈夫奉献一生却是不争的事实。

我两次将老两口儿的画送到金华画廊，每次都是丁薇的画先走掉。当然，老杭的画随后也走了。我常拿这个事实挤兑老杭，为丁薇壮胆。前些年，丁薇也以自己的实力加入了中国美协。

前几年，我请他们老两口儿来山居小住过数日。每日除了看看风景、吃吃土菜，便是清茶一杯，叙叙旧，聊聊人生，说说艺术。神仙般的日子。一个地方的名胜古迹，看过一两次就够了，我记不清去过苏州多少回了。我还会去的，不再去逛园林，而是去会老友。

2010年6月22日于故里山居雨后放晴之清晨

张广如牛

大约是 70 年代，逛荣宝斋时，见到一幅牛画。几头肚子滚圆的水牛，沐着晚霞，悠闲自在地走着，牛背上还骑着一个扎羊角辫的小女孩。这幅《牧归图》，深深印进了我的脑海里。画的作者，是一个我很陌生的名字——张广。

不久，在人民美术出版社的一间编辑室里，我与张广邂逅，真叫有缘。张广三十多岁，结结实实的，很憨厚，话不多但爽快。我说起了荣宝斋那幅牛画。原以为这位画牛高手，是我们江南人氏，谁知他是河北乐亭人。我惊奇，一位北方人怎么会这么熟悉水牛、喜欢画水牛呢？不过，头一回见面，不便深问，但牛不仅使我们相识，而且使我们成为朋友。过了几日，我收到了张广的一封信。他在信中写道：

我爱牛，所以画牛。就画而论，自己从内心里感到是很不成熟的。之所以使人能产生点共鸣，我想那是因为我放过牛，画上反映出点生活气息罢了。为了能前进，也常常在苦练、苦想。就像是登山的运动员一样，路是最末最艰难。

我画牛，也是我在学习中国画的道路上的一种办法，举一反三。将从画牛中摸到的规律，用在画人物等其他方面，似乎是有指导意义的。

可染先生有一图章是"师牛堂"，又有"孺子牛"的印。对我来说，自己画牛也从牛的性格中找到不少共同的东西。自己要学习牛的精神。我是一个笨人。笨人要想学东西，只有一个办法，苦练！

我曾经有一个想法，画一套（八张）表现牛的性格和品质的画。当然是要教育人学习牛的好品格。只要画出生活的情趣和艺术性来，我想是会有意义的。您是否有这个兴趣写成诗，我是愿意配上画的。

"文化大革命"是一场灾难。这位国画大师蒋兆和的高徒,被下放到湖北咸宁农村。他无辜遭非难,连说话的权利都被剥夺了。只要他一开口,总少不了一顿批。有年把时间,他干脆当哑巴,整日整日地沉默不语。他的活儿是放牛,他就与牛为伴。人们说,"对牛弹琴牛不懂",其实牛是极通人性的。它憨厚老实,吃的是草,出的是力,一年到头俯首耕耘。我见过农人宰牛的情景。在临刑前,它总是默默地流泪,泪水里流淌着委屈和不服。牛的性格,看上去是温良驯服,其实骨子里是倔犟的。张广说:"有一回,一头关在牛栏里的水牛,见到白天跟它斗过架的水牛走过跟前,就吼叫着,要冲出去,继续与对手拼个死活……"在干校的漫长岁月里,牛成了他孤寂、苦难生活中的忠实伙伴。也许相处久了,张广的个性都融进了几分牛的脾性。虽然他被剥夺了画画的权利,但牛的形象已深深地印刻在他的心中。一旦能拿笔画画时,创作激情就如瀑布奔泻,各种牛都奔到他的笔下。他成了中国画坛的颇负盛名的一位画牛大家。他笔下的艺术之牛,跑到了荣宝斋,跑到了日本,跑向世界。古人有《五牛图》,而张广却有两卷长长的《百牛图》。一百头水牛和一百头黄牛,或卧或立,或吃草或戏水,千姿百态。牛价也可观,荣宝斋的标价,每幅四平方尺的斗方,从一万二千元、一万八千元,到二万二千元,再到三万二千元、三万八千元,到今年已标价十六万元,年年上扬。据荣宝斋的一位经理告诉我,一位日本人每次来中国都要从荣宝斋牵走张广的一两头牛,至今至少已牵走了四五头牛。这位日本人是一位大学校长,后来找到了张广,他说,他就喜欢张广的牛,已收藏了二十余幅。张广得知我将埋首写电视连续剧《中国姑娘》,随即画了一幅奋进的老黄牛,并题写"宁寞致远"几个字,以牛的精神激励我去进行文学创作。80年代中,我出访香港,张广从《百牛图》的废稿中裁下一幅小稿——两头小牛,送我作礼物。我将这幅小画送给了阔别二十余年的我的两位老同学——一对夫妻。他们当即拿去配了镜框挂在厅堂。他们久久观赏之后,感叹道:"画得太生动了,你瞧,其他的画都黯然失色了。"

我对牛也有一种割舍不去的特殊情感。在故乡,我放过牛,清晨牵着它去山野放牧,傍晚骑着它回家。更令人难忘的是春耕大忙季节,牛拉着犁耙喘着粗气,一步一个深深的水坑,艰难但不停步。耕作之后,它身上糊满了污浊的泥巴。傍晚,它走进池塘,冲洗去一身的污浊,日复一日,年复一年。牛,付出是无私的,从不索取什么。从孩提时代起,牛的勤劳、踏实、憨厚,就深深地影响着我。它成了我的一位天然的老师。张广的牛画引发了我对牛的强烈思念。我决

张广即兴为我画的牛

计以友为师,跟张广学画牛。虽然,我还不懂水墨,但我对牛有着深刻的理解,有着浓厚的感情。我想,我一定会画好牛的。

1987年夏天,香港一家出版社要为张广出一本画集,他找我为画集写一篇序。起先,我不敢承担,建议找评论家或者找他的老师写。张广的牛劲儿上来了,说:"我就要请你写。你了解牛,也了解我。"这就不好再推辞了。一个闷热的夏日,我拿着刚写就的序《寻找自我》去他画室,我给他念了一遍。听完之后,张广说:"序就这样了。我为你画张画吧!"天太闷热了,我们虽然只穿一件背心,但背心也已经被汗水湿透了。

"天太热,别画了。"我说。

"我想画!"张广边说边铺纸。

一个画家想画的时候,是万万阻拦不得的。

他喜用四川的雅纸画牛。在一张四尺整纸上,他画了三头牛。一头牛的牛背上骑着一个小男孩,另一头牛的牛背上骑着一个小女孩。两牛之间,还奔跑着一头憨态可掬的小牛犊。上方的空白处,他添了几只振翅飞翔的麻雀。那意境,

我收藏的张广牛画

那墨韵,都令我倾倒。将画挂到墙上,张广眯着眼,瞧了半天,说:"还行。我自己的画册里还没有这么一张牛画呢!"

"你自己留着吧!"我诚恳地说。

他没有吭气,挥毫题了款,写上了我和夫人的名字。

我的激情也上来了。徐希与张广共用一个房间。徐希的桌子空着,我就铺上纸,照着墙上张广的另一幅牛画,挥毫临写。张广过来看了看,问:"你画牛几年了?"

我说:"这是头一次画牛。"

张广有些不信。我只好解释道:"以前画过小鸡、鱼虾之类,稍微知道一些笔墨。"

张广不再说话了,提笔在我的画上题字:"鲁光兄初次画牛,颇有灵气。"人是经不起表扬的,顿时,我的自我感觉好极了,仿佛自己就真有灵气似的。

回到家，就铺纸涂抹起牛来。而且朝朝夕夕涂个没完没了。牛头还像，牛的臀部却像猪。愈画愈没有信心。张广得知此情后，说："画牛要用兼毫，北京李福寿的提斗最好使。"他将自己画牛的一支旧笔送给了我。也怪，只要我用张广所赐之笔画牛，那墨韵就好多了。此后，每次去看他，他都让我当面画一画。看我画过之后，他总要亲自挥毫为我作示范，边画边讲解如何用笔、如何造型、如何画蹄……有一回，他给我寄来几幅墨韵生动的小画稿。他在附信中写道："前天晚上画得太匆忙，怕效果不好，再寄几张小稿去，供你参考。"

张广对待朋友总是如此真诚。张广的牛画在中国画坛已有定论，但他自己并不满意。他不止一次地说："我更喜欢自己的马，牛的笔墨说得过去，但前人的东西多了些，个性分不高。"为了创造个性更高的作品，他常常沉到生活中去。他云游四方，登临黄河源头、康藏高原，深入内蒙古草原、新疆牧区，观赏敦煌、龙门、永乐宫的艺术珍宝。他从生活中吸收养分，从传统笔墨中去求变法。花了两年多时间，他的变法有了可喜的突破。他一改过去注重写实的传统，画自己对马的感受和理解，把更多的主观感情倾注到画中去。他运用油画、版画的技法，以黑白灰处理画面，用色彩处理背景，使马的艺术形体更有力度，更具神韵。这是地地道道张广自己的艺术之马，它们有别于前人和当代同人们的作品，个性鲜明，冲击力强，极富装饰味和现代感。张广偏爱自己的马，他说："比起牛来，我的马更有个性。"

画画就怕重复前人，怕重复自己。张广从画马的变法中尝到了甜头。他触类旁通，以拓片的形式画火鸡，来增强作品的艺术趣味。他很赞赏画友石虎和徐希到国外之后画风的变化，常常不安地说："我的画法恐怕是落伍了。"知不足就不断前行。数十年来，他总是这样对自己不满足，孜孜不倦地在艺术世界寻找自我。尽管眼下市场更钟情他的写实之牛，但他说："我相信，读者是会喜欢我的创新之作的。即使我的追求一时还不被读者理解，我也不在乎。只要我的画，增加了个性分，我就感到欣慰。我不去迎合读者的口味，我要让读者来寻找我的艺术。"

值得庆贺的是，张广的这种艺术追求，已得到评论家的充分肯定。著名美术评论家刘曦林在新近出版的《张广画集》的序言中写道："当我把他画马的幻灯片同郎世宁、徐悲鸿、黄胄、刘勃舒、贾浩义的作品对照之后，不无惊奇地发现，他的马已经驰骋到了一个新的里程。"

1997年初夏，我与徐希去看张广。张广拿出一些画给我们看，并很谦虚地向老画友求教。徐希很兴奋地说："牛，变形的马，还有火鸡，有这三样，了不得了。"

张广画的册页《火鸡》

    张广是绝对的实力派画家,也是地地道道的苦干派画家。他对艺术的一丝不苟的精神,着实令人敬佩。有一回,为庆贺我主持的《中国体育报》创刊三十周年,我请张广画一幅画。张广说:"牛画得多了,这次画一幅骆驼吧!"他开始画骆驼时,我出访欧洲。半个月后我回京去取画时,只见他画案旁已堆着高高的一大沓骆驼了,至少有五六十幅,但他说还没画出一幅自己满意之作,请求我再给他几天时间。对许多画家来说,这是一种应酬之作,只是举手之劳,谁知张广却画得这么吃力,画得这么较真儿。

    得空时,张广也来我家坐坐。我曾对着照片画了几十幅牛,但始终未画出味道来,我求教于张广。

    "我来试试!"他参照照片画了起来。画得之后,看了一遍,说:"看照片画,太拘谨了,画不出神。"他把照片推向一边,润墨挥毫,一头神形皆佳的牛,终于跃然纸上。看来,画牛,得先让牛烂熟于心。他签上名,说:"此幅可留作参考。"

    我不知多少次观察过张广画画时的神态,那艺不惊人死不休的神情,不禁使人想起在田野里埋首耕耘的牛。画如其人,张广不就是一头牛吗?是的,他就是一头脚踏实地在艺术天地里耕耘的牛!

2010年夏雨中写于公山

王涛踏歌行

王涛这个人和他的绘画艺术，都是令人一见难忘的。

本世纪初，我们俩常去义乌，有缘相识相知。我们一起出游过江南古镇、龙门石窟。他还两次造访我的五峰山居，唱歌作画，通宵达旦，留下了许多回忆，也留下了珍贵的水墨人物佳作。有出自他手笔的，也有我斗胆与他合作的。时过境迁，如今这些画作都已成为友谊的见证。

他长得有点儿像蒋介石，这可能与他那个老剃得光光的脑袋有关。有人说，他身上有一股匪气。依我看，倒不如说，是他的个性中有一种强悍和豪爽之气。总之，他是一个有魅力的男人。这种魅力，他少年时代就已存在。在中学时，便有一位如花似玉的女生为他写过一本"暗恋日记"。王涛太得意，不慎泄了密，招来那位女生的责怨。他们无缘牵手，但那位定居大洋彼岸的"女生"，一直"惦记"着他。这是他为人的魅力，绘画艺术呢？"粉丝"更是多多。我便是其中一个"粉丝"，当然也可称画坛知己。十年来，我一直关注着王涛其人其画。

王涛一生与音乐相伴，爱歌如命。有一回，我们游览衢州烂柯山，上山时，天已擦黑。到了山顶，天已大黑。在苍茫夜色中，我们细细观赏那盘镌刻在山石地上的"残局"。深一脚浅一脚，我们摸黑下山。晚餐后，夜已深，但王涛性情所至，一直放歌至次日凌晨。尽管我是"歌盲"，一张口便走调，但我爱听王涛富有磁性的动情歌声。他唱歌时，全身心投入，用心、用情、用爱、用生命在吟在唱。声情并茂，有一种强大的冲击力。听他唱，看他唱，都是一种享受。玩儿了一天，又唱了半夜歌，原以为早上他起不了床，谁知一大早他就将房门洞开，挥毫作画，里外屋床上地上铺满了大大小小的好多幅《天下一盘棋》。

与王涛合作，得此小品《两小无猜》

我发现了一大"秘密",每次歌后,王涛都有佳作问世。只要歌声不断,涛声永久,新作就不断涌现。每次见王涛,总要调侃一句:"涛声依旧呀!"

王涛出生在一座古老的大宅院中,他的居室是一间陈旧的小阁楼,每天在窄窄长长的古巷中穿行,读老书听古琴,从小便被浓浓的传统文化浸淫着。大学读的是浙江美院中国绘画,一直读到研究生毕业。他喜欢中式衣着,画室挂着从老宅拆卸过来的旧木花窗,成年累月侍弄笔墨纸砚,传统文化情结根深蒂固。

但王涛的思想和理念都是很现代的,他是一个从传统中走出来的现代艺术家。

人物变形夸张而又真实,笔墨老到而又不拘谨。背景大渲大染,泼彩泼墨,以烘托人物的丰富而又深刻的内心世界,看似随意即兴,却又十分经意精心。他的画是雅俗共赏的意象人物。其中许多在历代和当代画家笔下屡见不鲜的人物,诸如醉酒的李白、悲愤的杜甫、面壁的达摩、嫁妹的钟馗、怒沉宝箱的杜十娘、葬花的林黛玉,还有那些对弈的高士,一经他的生花妙笔,便富有新的艺术生

尽兴于王涛画室。题跋者为王涛

王涛的《印度印象》

命,一个个鲜活起来。他们不与别家人物雷同,都姓了"王",成为王家意象人物长廊中的一员。

  纵观当今中国画坛,人物画家林林总总,但有个性堪称"大家"者并不多。我以为,称王涛为意象人物大家是名之固当的。无论从传统功底、学识修养、思想理念,还是艺术创新来看,他都是够格的。当然,"大师"的头衔就不能随意给予了,数十年、上百年才能出一个呀!不过,谁都可以去努力。如果王涛兄有朝一日荣获这个称号,那将是他之大幸,中国画坛之大幸!

  王涛兄还是先经营好来之不易的"王家店"这个现代水墨作坊吧。

  侧耳细听,那作坊的主人一直哼唱着激情之歌,日夜涛声依旧。从这里出来的水墨之作,既传统又时尚!

  这是我为朋友王涛兄做的一个公益广告。

2009 年 6 月 18 日于龙潭湖西岸

邓林其人其画

常去中国画研究院，就结识了女画家邓林。有一回，我去她画室拜访，她正在画画。"院长说你的画画得好，画几笔，怎么样？"邓林为人很爽直，常常直言不讳。

院长乃吾之老友勃舒也。他知道我在涂涂抹抹，不时给些激励，在我的一幅《双鱼图》上，甚至题写了"人才难得"四个大字。题字时，一旁还有画院的人。

"别听院长说，我只会画几笔鸡。"我这个人胆子大，不管面对谁，都敢下笔。在一张四尺对开的白纸上，我画了三只小鸡就停笔了，说："只会这点儿。"

"我来补景！"邓林痛快地挥毫添上一些芭蕉，说："这幅画，你留着吧！"她又题了几行字，并署上："鲁光、邓林合作于……"

是夜，我将此画贴在办公室墙上，香港棋院院长来访，欲拿走。因属初次合作之画，我未舍得赠给他。我临时找出笔墨，为这位香港朋友写了三只小鸡以应酬。

20世纪80年代中，邓林已不甘于只画"邓梅"，正在画各式各样的陶器图纹。我见她画得很认真，就随意评说："你的梅画得那么奔放，而陶罐画得这么拘谨，不太协调。"

邓林立即铺纸，说："画一幅奔放的。"

用笔用墨都比前头那些幅大胆随意。画好陶瓶之后，画上了几枝梅花。她瞧了几眼，说："是比刚才的好多了。这幅就送你了。"

这是我收藏的她的第一幅画。

对她的画，常听到别人议论。不管别人说什么，我凭自己的感觉，以为邓林的梅花确实画得有韵味，她不愧为一位大写意画家，胆子大，落笔有魄力，作品

我收藏的"邓梅"

也厚拙。

后来混熟了,什么都聊。

"我爸爸喜欢体育。夏天,我们去北戴河游泳,医生规定他游一小时,可他一下海就不肯上来,一游就是两个钟头。上来后,也不晒太阳。有时,我说,爸爸,晒会儿太阳吧!他说,我们家的人都黑,用不着晒。"

"他最迷的是桥牌和足球。他常看足球比赛的实况转播。我妈告诉我,我爸留学法国时,为了看奥运会足球赛,把西服都当掉了。现在只要有世界杯赛,他就看。当天看不了,就第二天看录像,但不许将比赛结果告诉他。我们问过他,看世界杯赛紧张不紧张,他说,又没有中国队,紧张啥子啰!欣赏欣赏罢了。乒乓球也看。有一段时间,我们都不看,就他自己看。他批评我们:'大家都不看,不关心,所以乒乓球队就输给别人了。'……"

"他每天都读你们《体育报》,看得很细。"

每回与邓林聊天,她都会说一点她爸爸邓小平喜欢体育的事。

我当时是《体育报》报社的社长兼总编辑,有两回是体委领导荣高棠同志点名叫我去参加小平同志打桥牌活动。我这个人爱好很多，可偏偏不会打桥牌，每次去也只是坐在外间大厅里边喝茶边聊天。有一次，是在养蜂夹道俱乐部，到了夜间 12 点，小平同志先走了，他跟我们打招呼："同志们继续玩儿吧！"

按高棠同志原定的计划，我们发了消息。这次比赛的冠军是胡耀邦他们。

大约是上午 10 点钟，邓办来电话。秘书说："小平同志说，他多次拿冠军没有见报，怎么拿亚军就见报了？"我立即给高棠同志去电话汇报。

"这星期再组织一次比赛！"高棠同志说。

这回，小平同志拿了冠军。我们发了照片和消息。

我想，不管是谁，是伟人还是平民百姓，没有不好胜的。

当我将这个趣事告诉邓林时，她大笑起来，但未加只字的评论。

到了 1987 年，《体育报》周四刊已不适应形势，决定改为日报。各地体育报刊也多，因而又决定改报名为"中国体育报"，以示与各地方报的区别。原来的《体育报》三个字，是毛泽东同志亲笔题写的，字遒劲漂亮。新报头找谁题写呢？起先，美术组组长、书法家法乃光用别的报的报头"中国"两个字，与原来的"体育报"三个字，拼凑到一块儿，成为新报头《中国体育报》。但上级有规定，不允许用领导人的字拼凑报名。找书法家写呢？一时想不出这有分量的大家。只有找邓小平同志写最合适。我将这个意思告诉了邓林，请她帮个忙。

"这事我办不了，我找他，他不会写的。你们还是写信，通过中办转交为好。但我可以从中帮忙催办一下。"邓林说话很痛快，行就是行，不行就是不行，从不含糊。

我找副总编朱中良起草了一封信，通过国家体委直送中办。两天之后，小平同志已题写好了《中国体育报》的新报名。其顺利程度，真令人难以想到。

我突发异想，小平同志天天看《体育报》，不妨请邓林给拍张照片下来，在改刊之日发一发。邓林很痛快地答应了。我给了她两个柯达胶卷。个把礼拜之后，她将一个胶卷交给了我，并告诉我："那天，我背了两台机子去爸屋里，光线不足，我干脆把屋里的灯全打开。爸说，大白天开灯干什么，浪费电。我说，我要拍几张照片。爸说，是不是拿我去赚稿费啰？我说，一张照片有几个钱呀？是朋友叫帮忙……爸说，朋友叫帮你就帮？我说，爸，谁没有朋友呀！他不再说话，只管看报了……"

胶卷冲扩出来了，照得很好，但最大的遗憾是看不到《体育报》的报头，弄不清小平同志在看什么报。

"邓林，我看你也别为难了，我们注明小平同志在看《体育报》，就这么发了算了。"我用了"激将法"。

果不然，邓林说："别呀，我再给你去照一次！"

第二回照的照片，特别成功。小平同志阅读《体育报》的情景很清晰。我选了一张，在1987年改刊第一期刊用了，署名是邓林。

邓林说："别署我的名字呀！"

我说："不署你署谁呀？小平同志在家看报的生活照片，从哪里弄来的呀！不署你的大名，我可担当不起呀！"

与邓林的即兴合作

隔了些日子，邓林告诉我："我爸看到这幅照片后说，照得还不错嘛！"

我心里的一块石头也落了地。

邓林拿出十多个胶卷："你能给我洗个样片出来吗？全都是我拍的我爸的照片。"顿了顿，"交给别人我不放心……"

既然这么信任我，我就把胶卷拿回报社。叮嘱冲洗者，一幅也不许留存。冲洗好后，如数交给我。

真精彩！这些照片，全是我见所未见的场景。有小平同志读书看报的，有小平同志逗孙子辈的，还有与家人在庭院散步的，与小孙子们在大雪天塑雪人的……全是珍贵的图片！

我如数交还给邓林。

"你可以挑几幅喜欢的留个纪念。"邓林说。我选了一幅小平同志与家人在庭院散步的照片，留作珍藏。其实，我更喜欢那些充满人情趣味的生活照，但我不敢留，怕万一流失惹麻烦。

好在，这些图片，在邓小平过世之后，邓林在《我的父亲——邓小平》影展中，都毫无保留地向世人展示了。

1996年10月中旬，中国画研究院举办"鲁光画展"时，邓林来看展览了。她选了一个观众少的时候，一进展厅，看到以红蚀为题材的巨幅大画《生命》和《牛论》后，不禁大声说："你的胆子真大，比我大呀！"

看过展览，邓林邀我去她的画室，我们聊起了绘画创作。她已出版了一厚本从陶器图形变幻而来的抽象画集。在画室里，还存放着几块用这些抽象图形编织而成的挂毯。对这些抽象画，我只能说尽可能去品赏；但当我面对着用抽象图案织成的挂毯时，我不能不叹服它们的独特的艺术之美了。

"搞个人画展太难了。你能拿出八十多幅来，不重样，太不容易了。我要是搞个展，光梅花，就不好办了。所以，我搞这些抽象画，才敢在美术馆办展览……"邓林对自己艺术的评论，从不说满，总是留有充足的余地。

近日，在中国美术馆二楼展厅，展出了"21世纪中国画家二十二人展"。邓林展示的有五幅画，有图形的抽象画，也有拿手的梅花。看来，她仍在变法与传统之间跋涉前行。

1999 年 10 月 26 日于方庄

杨明义的香格里拉

与明义相识极晚,但很有缘分。香港亚洲文化艺术出版公司印制的一本画集,将画家的名字都印在封面上,我与明义的名字上下紧挨着。他的江南水乡画,水墨淋漓,风格独具,一看就知道它们皆姓杨。

当我打开宅门见到他时,还是有一种陌生感。他健壮,壮得像一位北方汉子。养着一头艺术家的长发,脸方大,肤色黝黑,一点也没有姑苏男人的书生气。不过,那一口浓重的吴语,绝对印证了他是一位地道的姑苏人。他送给我的见面礼是一本《水墨水乡》画册和一本图文并茂的《近日楼散记》。

逛书店时,《近日楼散记》我已粗略地翻阅过,写了几十位师友,尽是当代名师大家,信手拈来,趣味横生,而且配了大量珍贵的照片,实在是一本令人爱不释手的书。我回南方故里,随身就带着它,一得空就翻出来看看。有些细节看过一遍再看一遍,看不厌。我知道,他从书中的这些师友身上吸取了充足的养分——人生的和艺术的。他的这种机遇,是得天独厚。

杨明义的书法作品

我们一见如故。用明义的话讲,有一种相见恨晚之感。

明义是那种不甘寂寞、不断求索的艺术家。十多年前,当他在故里名声正隆时,却决计去美国深造,去西方求艺。去美时,只带去三百多美元,当时出国限带六十美元,剩下的美元还是夹在鞋里带出去的。初去美国时,经济上拮据是可想而知的。好在他的水乡水墨画很快就有了钟情者。一位日本留美的女学生在画廊里见到明义的一幅水乡图,喜欢得迈不动脚步。此画标价两千美元,她囊中羞涩,只带去三百美元。她与画廊老板商量能否分期付款。画廊老板破例同意了她分几次付款的要求。市场打开了,他的乡思也浓烈起来了。在他离国的三四千个日日夜夜里,在他心里流淌的依然是故乡的水,在他的梦境中闪回的依然是故乡的景。留洋十余载,他又决计返回故里。说来也怪,去时不易回亦难。当然,是一种人为的难。但再难,也难不住这位游子的归乡之情。回到日思夜想的姑苏之后,他又不安分起来,决计到北京求发展。

2003年"非典"刚过,他邀我去他的北京新居"近日楼"做客。在此,我巧遇一位山东来的收藏家。这位山东人很喜欢明义的水乡水墨,订购了春、夏、秋、冬四个长卷。明义嘱我在刚装裱好的水乡春色图上题跋。我也不推却,提笔就写了"吾之香格里拉——观明义水乡图有感"。

已有多位画坛大家评说明义的水墨水乡画的艺术风格,我就不敢再冒昧添足。我多次游览过江南水乡,到过周庄、同里、乌镇、西塘,每次都乐而忘返。古老的民居,各式各样的石桥,弯弯曲曲的河流,成排的木船,船上撑篙的船娘,埠头浣衣的少女,烟波浩渺的太湖,湖畔的水汪汪的田畴,纵横交错的田

杨明义的江南水墨

埂，还有那些耕牛、草垛和凉亭……这些都深深地印在我的脑海里，留在我的梦境中。明义在水乡生，在水乡长，他的水墨江南，是纯正的姑苏味道。画中的水乡，已不完全是现实中的水乡。现实中的水乡，掺和进去太多的现代景物，许多水乡已风韵不再。明义的水乡，是他梦中的水乡，永远的水乡。"吾之香格里拉"，是我对明义的水乡水墨画的由衷赞美，也是我发自内心的评说。

到了我这个年龄，对名家字画的收藏已悟透了。我们都不过是历史的匆匆过客，所收藏之字画，也只是过手之物而已。尤其是字画进入市场之后，我已不向画家朋友张口。那天，明义提笔为我作画，我却未加谢绝。我说，画一小幅，家中好挂。明义却画了一幅4尺整纸的。明义画江南水乡，不用皴擦，尽用渲染。空灵的画面，把人带进水乡诗的意境。珍藏一幅江南水乡的香格里拉，是很有价值的，也是很难得的。

画毕，明义铺开纸，不失时机地嘱我为他写下"吾之香格里拉"这六个字。

题毕，我们坐下品茶。我想，我之所以喜欢明义的水乡水墨画，是因为从他笔端流淌出来的水墨水乡，已融进了他的情爱、追求、理想和生命中。这种天人合一的美妙境界，正是人们所孜孜追寻的。明义的水墨水乡画，有那么多钟爱者，也许，真谛就在于此。

2010年12月10日

豪放何水法

认识花鸟画家何水法已经有二十来年了。头一回见他,是在我老家方岩书画院的成立仪式上。高高的个儿,一张颇具特点的脸,一脸颇具特点的络腮胡,左眉上方一颗美男痣,一件紫红色的夹克衫,再加上一口浓重的乡音和豪饮的酒量,给我留下了深刻的印象。一位豪爽的画侠!

那时,在浙江省里,他的画名已经很大。可惜我久居京城,孤陋寡闻,还未曾拜读过他的画作。同乡徐小飞给我看了几幅何水法的原作,牡丹、梅花,很大气,不同凡响。不久后我去杭州,拜访他。

看了他不少原作,对他的花鸟画有了一个总体的印象。头一回见面,他就铺纸为我作画。画的是他最拿手的牡丹,而且是墨牡丹。然后,就设家宴待客。他的家庭很简单,除他之外,有一位贤惠的妻子和一位也搞艺术的俏丽女儿。

相会在杭州

拿出来的酒是茅台。

"鲁老兄,喝!"水法是海量。

你一杯,我一杯,喝得我俩脸都微微发红了。

酒后,我们边品茶,边赏画。

他毕业于浙江美院,中国画系研究生,是著名画家陆抑非先生之高足。他的画,得益于传统,但又不囿于传统,章法各异,气韵生动,苍润雄健,给人耳目一新之感。

几年之后,他在中国美术馆办个展,上百幅花鸟画布满了东南厅。这些画,比我前些年见到的又有了新的发展。走进展厅,如坐春风,清新感油然而生。一股股强烈的冲击力,使我热血沸腾。应该说,他的花鸟画一扫传统文人画多为轻柔的旧貌,大气磅礴,神韵生动。看他的画,可以感受到阵阵雄健之风从美丽的西子湖吹来。这是一股吹进中国画坛的风。

我与水法来到他的一张巨幅梅花跟前拍照留念。那如钢似铁的枝干,那争相怒放的丛丛花朵,充分展现了老梅凌风傲雪的可贵风骨。它给人以力量,给人以信心。难怪,在此幅跟前久久驻足者如此众多。

何水法的墨牡丹

一晃又是七八年。我在故里听到了不少关于水法的议论。一是说他的画艺长了，画价也长了。二是说他太狂太傲。

在他的新居，我开门见山就将上述耳闻和盘托出。

水法听了摊开双手，呵呵一笑，说："鲁老兄，你还不了解我呀？"

他讲述了刚发生不久的事。

在一次笔会上，一张大画，本来说好几个人合作的。可水法一挥毫就停不下来，居然一个人就画满了。这显示了他的才气，却也难免有不谦逊之嫌。最让人议论的，还是一位中国书协副主席去见他时，他依然坐在客厅的大沙发上看报，只伸出一只手与该副主席握了握。他既没有站起身来，而且握完手又接着看自己的报。水法说："我这个人就这个毛病，太不在乎小节了。我想，这位领导肯定也会留下我傲的印象。好在后来笔会时，我们一起写画。他见我画得好，提出与我交换一张。我认认真真地为他画了一幅自己也比较满意的画。后来，军队一位领导告诉我，这位副主席见到他时，说起了我，'何水法这个人很直率坦诚的'。如果没有交换字画这件事，我肯定又会落个狂傲的骂名……"

水法不拘小节，性情又直爽，颇有几分豪侠之气，肯定会得罪一些人，也会落下又狂又傲的骂名。我总以为，一个艺术家有个性比没个性好。也许，正是他独具的个性成就了他的画风。人们可以对他有微词，但应多一些宽容与谅解。

第二次相聚时，我又享受了他的"家宴"。不过，这次"家宴"是在杭州的一家酒店里摆的。我们去酒店之前，水法又铺纸磨墨为我画了一幅桂花。枝叶是一笔一笔写出来的，墨韵流畅生动，满树的花是用鲜艳的藤黄点染的。画得很随意，很潇洒。没有一点媚俗，却是满纸飘香……

其时，"浙江画家十人进京展"正在中国美术馆举行。对于没有入选"浙江十画家"，他心情郁闷。我只好宽慰他说："又不是全国十家，不必去想它了。"

无论从他的性格，还是从他的绘画来看，水法都不会偏安一隅，他一定会冲出地域的限制，成为全国引人注目的花鸟画大家。不如此，他岂肯罢休！

上次个展的十三年后，2006年9月4日，何水法的第二次个人画展在中国美术馆开幕。展前，他进京下榻钓鱼台宾馆，来电相约。我们一道用过晚餐，便在他下榻的1427房间闲聊。他感叹道："鲁老兄，我是孤儿。我不是共产党，也不是民主党派。参加政协，也无人提名。省里又有人挤压我……"我是头一回听他诉人生之苦衷。

何水法的花卉作品

听完水法"我是孤儿"的一番感叹后,我真诚地宽慰他说:"你已经长成一棵大树,肯定会开花结果。挡不住,也锯不掉。"

近些年来,我多次在杭州造访他,看他作画。他的花鸟画,用水用色是有独创性的。花花草草,汇成群体,以花卉的整体形象推出,有分量,画也很阳光。"何大师"的赞誉已不绝他耳。也许听多了,他也听得有些耳顺了。民间有传闻,一位乡间同行拜访他,称他"何老师"。他诙谐地说:"我还不算老,但我比你大,你就叫我何大师好了……"不知这个传闻的真实性如何,至少行内对此有所非议。

在我与他的接触中,我倒未感到他有多"狂"多"傲"。他几度说起我的画,一次说:"鲁老兄,你的笔墨是我们江南的笔墨。"最近一次,他说:"你的《红烛》好啊,构成现代,而且是中国红,这个题材抓得太好了。"能看到他人长处的人,会傲到哪里去呢?

这一年在美术馆楼上召开的何水法艺术研讨会上,一位资深评论家真诚地告诉水法:"别人称你为'大师',别太当真。"

水法当引以为戒。什么"大家""大师",管它呢,只顾画自己的画吧。画到了什么份儿上,什么光环自然而然会照耀到你头上。

有一天,我读报纸,发现何水法的大名已在全国政协委员的长长名单中。想起几年前在钓鱼台夜话时水法的那番感叹,我给他去了一个电话,说:"你参加全国政协了,有爹有娘了……"

调侃归调侃,水法有了社会地位,站到了一个新台阶上,他一定不会辜负社会对他的期望。

2010 年 6 月 10 日于金华大雨中

古干的现代情结

从艺者,最怕停滞,最怵刻板,最忌重复别人或者自己,这些都与古干无缘。

他是个永不停步者。起初从他笔下飘飘而来的是一位位色彩艳丽的轻歌曼舞的姑娘,往后是一尊尊如山似石的浩气凛然的文人,再后是一幅幅令人耳目一新的古朴而新潮的现代书画和禅意浓浓的佛像……无论画还是字,都不落俗套,别出心裁,难怪书法家启功教授幽默地说:"古干画的林黛玉能跳芭蕾舞,古干写的字比甲骨文还难认。"他的艺术一变再变,老让人感到新鲜。

我是他变法的鼓动者和支持者。我以为,世界之所以这么可爱,是因为万物皆时时刻刻在进行着新陈代谢。枯枝吐出嫩芽,才那么生机勃勃;花丛冒出新葩,才那么魅力无穷。古干一心一意追求新鲜,拥抱新鲜,所以,他的艺术总能冲破旧的藩篱获得新的生命。当然,不能说凡是新鲜的就是艺术佳作。但,凡艺术佳作,又必定是新鲜的。他绝顶聪明,在创作中一旦进入误区,总能浅尝辄止。

他曾对我说:"我要感谢两个人。一位是高莽。我沉迷画女人体时,他问我,你碰过她们吗?我说,没有。他说,你不是这块料,别再画了。另一位就是你……"

有一段时间,他画历朝历代的文人雅士入了迷,画了二三十幅了,还不息手。他说:"我打算画它一百幅。"我给他泼冷水,甚至用非常武断的口气对他说:"老兄,别画下去了。你有再深厚的功底,也免不了雷同……"他一拍脑门,说"这个意见太重要了"。就此搁笔不画了。这件事使我了解了古干,他是一个很有主见的人,但绝不是一个固执己见者。

有那么几年时间,我常跑去看他,而且常对他的艺术创作胡言乱语。在他完全沉醉于现代书法时,我斗胆奉劝他:"你会书法,也能画画,你应走书画结合的路。光书法,有比你强者,光绘画,有比你高者。但将两者融合起来,优

古干的现代情结　263

古干画的历代名人之一

势将在你这里。"他真的写画了一批这类作品,我以为这是他的现代书法中,最美的作品,也是雅俗共赏之作。我想,我说的意见中,肯定会有门外瞎谈,也一定会有馊主意,但从未见他驳斥过我。古干虚怀若谷,对朋友、对艺术都是很宽容的。

他还爱写东西,而且写得很有味。五十岁时,他写了一部中国前所未有的《现代书法三步》,为现代书法寻找理论依据。后来,又写了一本《古干三步》。他的前言,题为"走·走·走"。他写道:"艺术是在走一个过程。"艺无止境啊。关于书法,他有独特的见解。他写道:"书法,非创作。书法创作,多是造作。古典名作王羲之的《兰亭序》,怀素的《自叙帖》,都是情之所至的手迹,绝非创作。非创作,是书法艺术独立于艺术之林的最大特点,是书法艺术的灵魂所在。书法走笔是一生二,二生三,而后生生不息,犹如生命的自然推演。反自然就是死亡。"他说自己写东西是"错位",说我画画也是"错位",是"不务正业"。可当我奉读古干的两部"三步"大作之后,倒以为"错位"能出精辟之作。希望他

古干的现代书画

多"错位",因为我自己"错位",也"错"出了一批大写意画作。

我与古干从相识到相知,已经历了二十多个春秋。他的为人,他的人品和人格,未见有什么变化,一直那么豪爽耿直,那么随意随和,那么讲情讲义。得闲时,我们也一道去郊外钓钓鱼。前些年,他的一位德国同行来访,也喜欢垂钓。我们去怀柔的锦绣山庄钓了一天鱼。午餐时,那位德国教授笑着问我:"古干现代吗?"我说:"古干是我们中国现代书画研究会会长,是现代书法的倡导者。"

德国教授笑道:"在德国,古干看到一尊女裸体雕塑,赶紧走过去,傍着雕塑,叫我帮他照相。这时,从公园的河里上来几个裸泳姑娘,是我的朋友。她们向我们走过来。我对古干说:'你还不如跟她们照相呢!'古干脸都红了,急忙找借口,说时间不早了,我们赶快回去吧!你说,古干现代吗?我看,一点也不现代!"说完哈哈大笑起来。

这位德国教授说对了一面,古干在为人待人上很传统,但艺术观念却很现代。

我还没有发现过他在艺术上有过"定格"。正如他自己说的,一生总在走走走。

不知何故,我的小女儿从小就称呼他为"苦干叔叔"。细想起来,这个误称还真是不无道理。他读万卷书,行万里路,满世界去探寻艺术之道,在传统与现代相结合的漫漫之路上走得很苦走得很累。他的书画,即使是很新潮的现代书画,都是深深植根于中国的传统土壤之中,浸泡在自己的血汗之中。用生命滋养培育出来的艺术,必定富有强盛的生命力。

2000年之后,我常回老家寓居。我在金华黄宾虹艺术馆时,古干赶过来看望我。其时,三位开创此馆的文化老人葛凤兰、赵杰和王志忠正筹划增添艺术馆的艺术氛围,我们商议打造一个"汉字渊"碑廊。古干一听,正中下怀。他承担了"汉字渊"的序言和各种字体的书写,并请黄苗子等大家书写楹联。我为"汉字渊"写了一个后记,将手书刻石放置在碑廊的最后。如今,这个"汉字渊"碑廊建在三江汇合处的黄宾虹公园内,成了金华的一大景观。

他听说我所在的小山村公山要被打造成画家村,他就来了创意。他想到哪儿去买一座古祠堂,搬迁到公山来,外形保持古朴陈旧,里面现代化装潢,将古老与现代结合起来。这座建筑将成为他的创作室和艺术品陈列馆。我为他的梦幻般的创意激动着,兴奋了好一阵子。由于种种原因,后来建造画家村的计划落空了。

古干还住在北京的北边。他说:"人老了,老想几位老朋友……"我去看望他时,他真诚地这么说。

2010年9月12日于龙潭西湖

詹忠效不变的"情人"

大大小小的艺术家,无不是艺术上大大小小的疯子。

詹忠效十三岁入艺术学校时,已对绘画艺术着了迷。数十年来,不管处境如何,他始终苦苦地追求着艺术——他一心钟爱的情人。

我结识他已有三十多年了,其时正碰上北京闹地震。他被一家出版社借去画连环画,住在一间简陋的平房里。北京居民都到公园里躲余震去了,他却仍然把自己关在那间小屋里构他的图。真有一种置生死于度外的感觉。

1978年春,我随中国伊朗登山队去世界最高峰采访。忠效得知后,也希望同去,中国登山队长史占春答应了他。第二天他就坐飞机赶到北京,与我们一起取道青藏公路去世界屋脊。我们当了十一个日夜的旅伴,才在珠峰脚下海拔5000米的绒布寺安营扎寨。高山缺氧,空气稀薄,走起路来头重脚轻,呼吸艰难。忠效却还在没日没夜地画画,画山、画牦牛、画外国朋友肖像。伊朗登山家们见他画得那么好,就把随身带来的情人照片拿出来,请他画。他画得特别认真、细致、逼真、独具神韵,伊朗朋友们高兴得连连说:"真没有想到在这里还能碰到一位技艺如此高超的画家,我们都惊讶得脑袋快长出角来了。"时间过去十来年了,忠效那眯着眼,坐在帐篷里一笔一画地画像的神情,至今仍然深深地印在我记忆的荧屏上。

在那个时代,忠效已使用彩色胶卷,我们在珠峰的彩色留影都是他的功劳。在喜马拉雅南麓的樟木,我们一起经历过一次森林探险的活动。刚进山是杜鹃林,黄的红的,一树一树的花朵,太壮美了。而杜鹃林之上的山峦,是雪峰,白雪皑皑。在白雪与杜鹃林之间,有一块茵茵草地,一位牧女用酥油梳理乌黑的长发,袒露着胸,在奶孩子。那简直是一个神话境界。而且,那牧女很大方,随便我们拍照,还邀请我们到她的小牧屋喝酥油茶。我们快走出杜鹃林时,发现忠效"失踪"了。女向导笑道:"那位画家被牧女和杜鹃花迷住了……"果不然,我们

与詹忠效（左）老友相聚

在那牧屋的草地上找到了他。他正给牧女和那群羊拍照呢！

三个月的西藏生活，对他来说，无疑是终生难忘的，他热爱那些冰天雪地的生活，热爱那里的一花一木，难怪后来为我们的书《在世界屋脊旅行》所画的插图，都那么富有生活气息和艺术情趣。

几年之后，这位旅友为我画了一幅《勿忘我》的彩墨小品，一位牧女手拿一枝花，伏在木栏杆上。那浓浓的思念之情，溢于画中。前几年见了面，还回味当年的西藏之行。

后来，我见到过忠效为小说《晋阳秋》《海啸》等画的插图，还读过他的线描人物和文学插图等选集。由千变万化的线组合成的人物，清逸优美，各具神采，给人以美的艺术感染力和耐人寻味的享受。近些年来，他的文学插图和连环画一再得奖，名扬海内外，就连擅长线描的画家范曾也对我说："对忠效的线，我是很佩服的。"

像忠效这样的画家，我总以为他会有一间像样的画室。谁知，长期以来他家五六口人就挤在一间不大的屋子里，忠效的住室兼画室在阁楼上。忠效那些令人赞叹不已的线描人物，就是从那间低矮简陋的阁楼里走向读者的。

后来，在省市领导同志的关心下他搬进了新居，他说："有了好环境，我理

詹忠效的线描精品

应好好画点画了。"可是,他的心静不下来。《广州文艺》杂志和《南风》周报的编辑工作,加之后来的《中国现代画报》主编的重担使他忙得不亦乐乎。他是个热心人,又是个不习惯使唤人的人,所以,很多事务他都亲自动手,把画画的时间又给挤掉了。朋友们为他惋惜,说他太傻了。忠效却说:"这些年画画是少了,但思路开阔了,想法也多了,只要等我有时间,还是能画出新画来。"

  是的,他在做牺牲,为别人,为事业。十多年来,他老是穿一套黄上衣蓝裤子,不注重衣饰,但却极注重为人,一如他画中的人物,真挚坦诚。前几年,他去美国了。婚姻变故一而再,但不管他去到何方,婚恋如何变,他那颗心都不会离开他的情人——艺术的。近年来,他回国居住的时间多了,新作也不断问世。著名画家杨之光著文称,"是鹰总要起飞的"。

  詹忠效是一种现象,他没有进过美术院校,但美院却请他去当教授。大学的书,他未念过,但他的线描却进了大学教材。

  近日,他给我寄来一个线描扇面,画中的人物、飞鸟、背景,全用像蜘蛛网似的纤细墨线勾勒而成。如今世界,不知还有何人有此种功力,更不知何人还肯用这么大的功夫。

2010 年冬月于京南龙潭西湖

画坛苦行汉李冰奇

桌子上铺着洁白的宣纸，不用笔，只用手指蘸墨，运行自如，有缓有急，有疏有密，像变戏法儿似的，白纸上就出现了花木、奇石和飞鸟，一幅水墨淋漓之作，就呈现在观众面前。

这是在德国的一次指墨画现场直播。虽然只有短暂的五分钟，但中国画家李冰奇作画的神韵和作品的艺术情趣，使德国电视观众为之惊叹，为之倾倒。德国多家报纸采访了他，披露他的奇妙的画技，刊登他情趣横生的画幅。各界名流纷纷收藏他的作品。李冰奇不知疲倦地作画，手指磨烂了，黑墨渗进了皮肉之中，但他忍着疼痛，画了一幅又一幅。指墨艺术之花在异邦绽放，他深感欣慰。

对广大读者来说，或许"李冰奇"这个名字是陌生的。但他已在指墨画坛上默默耕耘了三十余年。在出国用的名片上，印着三个头衔：中国画研究院院外画家、副研究员馆员、政协山东潍坊市常委。不过，这些头衔都是新近获得的，这之前，他只是一个普通得不能再普通的热处理工人。

九指和尚和他的儿子

李冰奇出生在潍坊市的一家名门望族，他的祖父是清朝第一期官费留日学生，是第一批同盟会会员。他父亲李雪岩是仁海大学的高才生，但性情孤独古怪，与祖父决裂，回乡自食其力。在家乡，他潜心研究佛学、金石、文学和书画，尤其钟情于指墨画，乡亲们称他为"奇才"。日寇侵华，家破国亡，李雪岩出家修行，法名"佛陀僧"，号"九指和尚"。他曾断指作了一幅《血梅图》。他一生追求指画艺术，收藏和创作均极为丰富，但在"十年动乱"中毁于一旦。这位无名画家一气之下，中风身亡。

李冰奇的指墨作品《藕花深处》

　　李冰奇从小就看父亲作画。在这位少年看来,用手指染墨,几下涂抹,就神奇地出现花鸟怪石,挺神奇的。他十二岁时开始模仿父亲,也用指头作画。处于失望中的李雪岩,像从茫茫夜海中看见灯塔一样,希望之火又在心里燃烧了起来,他把一切希望都寄托在儿子身上。他每天让儿子背古诗文,每天给儿子讲古画论。对一位少年来说,读这些古文、古画论,简直就像读天书一样,常常如置身于云雾之中。每当冰奇发呆发傻时,父亲就用烟锅敲打儿子的脑袋,有时还打出血泡来,冰奇回忆起来,感慨极深地说:"长大以后,我也一直不敢偷懒。一偷懒就仿佛看到父亲那个向我打来的烟锅……"

　　李雪岩望子成龙到了有些"变态"的程度。他把还不懂事的孩子,当成了自己艺术上的知音,不管儿子懂与不懂,一个劲儿地向他灌输。为了儿子学画,他一间房一间房地拆,一砖一瓦地变卖。到了冰奇十五岁时,家里除了那些视为珍宝的书画之外,已没有什么可以变卖了。冰奇不得不停学就业,打短工,干零活,养家糊口。平日里,冰奇还得割草到马车店换钱买纸墨。父亲死后,他一家九口,生活更没有了着落。但冰奇已画出瘾来了,一天不画就浑身难受。命运却使他走上了一条与艺术不相干的道路,他进了一家汽车修理厂,当木工、钳工、铆焊工、热处理工。即使这样，他仍然沉迷于指画艺术。不过，他已失去了最严格的老师——父亲，于是只好再找出那些"天书"来啃来悟。他边读边写心得，几年时间下来居然留下了数十万字，还画下了几万幅指墨画习作。画作装满了一箱又一箱，每到年前，母亲总要为打扫房间而苦恼，只好说："冰奇，你的画装不下了，烧掉一些吧！"冰奇每次都忍痛望着那些画化作灰烬……

"乞丐"与"富翁"

"到大千世界去寻找自己的艺术天地"，这是冰奇追求的目标。他节衣缩食，搭乘运货车和慢车到北京、上海、南京寻访名家，到大自然中去探求艺术之路。每次他都自带干粮，无钱住旅馆，就住火车站的候车室，干粮变硬变质，也囫囵吞下去。每天风餐露宿，奔跑于名门之间，奔跑于大自然之中。

他常常为一得之见而陶醉而忘我，而一些不明内情的人却把他当作露宿街头的乞丐。也不知他受了多少误解的白眼。为了艺术，他一切都忍受了。虽然在生活上，他酷似乞丐，但精神上、艺术上，他却是地地道道的富翁。

在上海，他叩响了著名花鸟画家王个簃的房门。八十七岁高龄的王个簃老先生见到这位陌生人拿出了那么多的指墨画，兴奋不已，不仅给这位中年求教者以指点，而且当场给他题了字。王老先生写道："花卉鸟语多佳趣，冰奇同志以新作见示，乐为题字。"

在青岛，他夫观赏了中央美院两位中年画家张立辰和郭怡琮的画展。然后，他又去住处拜访两位画家。碰巧，画家外出未归，冰奇就在门外苦苦等候了一天。天下着大雨，为了保护住自己带去的那一大卷习作，他被雨淋透了全身。张立辰见状，感动不已，怕他得病，倒水取药让他吃。看了冰奇带去的画，张立辰说，你到北京去，我介绍一些名家给你。

在北京，他敲开了著名老画家许麟庐先生的房门。嗜酒如命的许先生，豪爽地给他题了字。他题写道："继高其佩之后，冰奇弟另辟天地，其画法之新奇矫健，可谓当代开拓者也。""神似高其佩，惟有冰奇弟能之。"

在东城黑芝麻胡同12号，他敲开了当代写意花鸟画大师崔子范的房门。崔老先生用那古拙的笔墨题写道："江上秋色图，构图有新意，笔墨有基础，是一幅好作品。"

他敲开了收藏家和花鸟画家周怀民的房门。周老先生给他题字："指墨传神韵。"

在故乡，他为回老家潍坊讲学的著名花鸟画家于希宁磨墨理纸半个月。当时，他还是一位热处理工，每天夜里上班，白天就去宾馆为于先生服务。五天十天，他顶下来了，到最后几天困乏得不行，两眼直发沉。冰奇从案桌上拿一只图钉，不停地扎自己的大腿，把大腿都扎出血来。于先生见冰奇为人厚道老实，又见冰奇的作品功底深厚，心里十分赞赏。喜爱之余，这位老画家在冰奇的一幅指墨画上题写了三百余字："冰奇乡弟，以近作见示，读其造型老到俊雅可爱，询之，知其家学渊远，故非偶然。爱其才华与毅力，望多致力于艺术实践和文学修养，推陈出新，别立新风。"于先生还向当地建议，为冰奇办个人画展。

尽管全国许多名家都把这个"乞丐"视为奇才，但他在当地依然默默无闻。甚至有人说"一个小工人，能有什么出息"。生活拮据不用说，而且家庭也发生破裂。不仅他的写意画得不到赏识，他的处境也变得更加困难。出路何在？能不能再沿着指画之路走下去？他陷入深深的苦恼之中。这时，一位画家告诉他，不妨去北京拜访一下著名画家刘勃舒。

伯乐与"千里马"

入夜了，中央美院副院长、中国画研究院副院长刘勃舒的家中响起了轻轻的敲门声。

"请进！"刘勃舒说。

仍然不见客人推门。刘勃舒起身，走过去打开房门。门外站着一位衣衫不整的中年人，怀里抱着一大卷画稿。

"我是冰奇，郭怡琮介绍我来找院长的。"李冰奇有几分胆怯。

其实，这位山东汉子对刘勃舒还不甚了解。刘勃舒上初中时爱上画马，以初生牛犊的大胆将自己的习作寄给中央美院院长徐悲鸿。不料这位蜚声中外的著名大师给他复了信，而且为他的画题了字："此画确有意味。"当他十五岁时，徐悲鸿就把他弄到北京，进中央美院深造，星期天还常常把他叫到家里增加"营养"。当然，不仅做可口的饭菜给这位瘦弱的少年吃，而且让他看自己的上万幅写生稿，看自己作画，同时也看勃舒的习作，给他艺术上的指点……勃舒一直怀念老师。因为有了徐悲鸿这位伯乐，才有了如今他这匹"千里马"。当中央美院

李冰奇近作《问荷》

同事跟他讲述了冰奇的际遇之后,他深表同情,等待着这位山东汉子的光临。

冰奇在案桌上一幅一幅打开自己的指墨画,心里忐忑不安。

勃舒只看了几幅,就拍案叫好,说:"你的画很有趣味。"而且当即为冰奇画幅题字,"古拙新意实不多也"。

冰奇惊喜不已,激动得脸都红了。他实实在在地说:"刘院长,我家里有几十箱画呢,但我们那里没有人喜欢。"

勃舒认准这是一匹艺术上的"千里马"。他当即决定,给潍坊写信,借冰奇到中国画研究院作画三个月。许麟庐也给潍坊市写了举荐信。

后来,潍坊市文化局女局长郑金兰,以过人的胆识,把李冰奇这个没有学历的普通工人调到群众艺术馆从事专业创作。

有了温和的气候和肥沃的土壤,指墨画艺术之花,终于迎风怒放了。1987年9月,他的指墨画展在中国画研究院展出,引起了画界的震动。此后,这位不知名的山东汉子,名气愈来愈大。他的作品被选进《全国中青年画家自选作品集》《全国中青年花鸟画家作品集》和《'88国际水墨画大展作品集》,专集《李冰奇指画集》也将问世。他还应邀出席全国性的中国画学术讨论会,畅谈创作体会。他的二十多幅精品,已被中国美术馆和中国画研究院收藏。

回忆自己所走过的坎坷之路时,李冰奇感慨万千:"我的成长是'靠党的政策'加'伯乐'加'个人艰苦自学'。"

路漫漫其修远兮

一天夜里,刘勃舒给我来电话,说:"有一个山东画家,指墨画画得很好的,你过来见见,我们一起支持他一下。"由此我结识了他,看了他不下百幅的作品。

当时,我所在的体育报社每年评选"世界十佳运动员"。我征求冰奇的意见,用他的指墨画当奖品行吗。他欣然同意,送来十幅精妙之作,而且在国际饭店发奖现场还作即兴演示。

有一回,他来看我,我请他吃饭。

在天坛体育宾馆的餐厅里,李冰奇就坐在我的对面。菜上来好几道了,他却极少动筷。"吃呀,冰奇!都是自己人,客气什么!"我说。

他瞧瞧我,低声而憨厚地回答道:"我的手指太黑,不好意思伸出来。被服务员看见了,多不好意思呀!"

我笑了起来,说:"冰奇呀,你可真有意思,你的手是为艺术而黑的,是为创造美而黑的,服务员知道了,不仅不会笑话你,相反,会敬仰你的。"

经我这么一说,冰奇也笑了起来。他出名了,但依然故我。他成天忙他的

与冰奇(左)久别
重逢在亦庄画室

事业，为各方作画一两千幅。他常常下乡辅导农民作画。凡有乡间画友、弟子进城，就住他家，情同手足。他知道，自己应该如何对待这些"穷朋友"。更多的时候，他在苦苦思索指画艺术的发展道路。眼下，有的人以为指画就是用手指蘸了墨画画，有的人甚至把指画当作杂耍看待。冰奇认为，这些认识无不给指墨画艺术蒙上了一层阴影。他说："要冲破前人窠臼，发现指画的内在，其胆其识是非常人能达到的。"他决意迎难而上，沿着自己认定的路走下去，走出一个新的艺术天地来。

后来，不知出于什么原因，他到美国去了。近几年，他回过国，但我们从未见过面，几次来电，我都在老家。他说想去金华办展，我还以为他仍然在画指画，见到寄来的画册，我大吃一惊。全本画册，尽是色彩斑斓的现代作品，半点指画的痕迹都不见了。

2006年2月13日，我驱车拜访下榻西四环中路名仕假日酒店的李冰奇父女。原以为他女儿是位十八九的大姑娘，谁知是一个四岁半的小女孩。

约好八点半的，敲门进去时，冰奇还光着脚，小女儿正酣睡着。等她睡醒已十点半。不过，我们一直聊着他在美国的际遇和绘画。

他已不再用手指作画，观念变现代了，绘画的形式和色彩也变幻莫测，用传统的眼光几乎很难看得懂他的画。他对国内画坛的评论不以为然，捧场多，套话多，真话少。他说，这次回国，他在上海、常熟、潍坊、南宁、青岛办了五个展览，自己花钱办，带回来的二万美元基本花光。国内名家，动不动一万二万一平方尺，他的画才卖一千一平方尺。卖画脸上也不好看，干脆只展不卖。不过，他的眼界很高，国内一般的花鸟画都看不上眼。对我的画，评价是"现代，笔墨也好"，最喜欢我的线条造型的牛，对《红烛》画也很赞赏，说"含意丰富，形式感强"。他建议我画得不妨再野一些，把写实的打烂了，重新组合，也许会出新。他说："画画是对灵魂的拷打，把灵魂显示给观众看。在边缘，才能出新。成了中心，艺术就定型了，无发展了。要有野性，要张扬个性。西方人张扬自己，中国人太含蓄。"去国外十载，他已判若两人。是喜是忧，我一时说不清。

我们驱车到我在亦庄的画室，继续聊。

他的小女儿饿了，我请人去附近买了面包和饮料。

他说:"我是在失望中求希望。别人是在盛誉中品尝失落。我不卖画,想怎么画就怎么画。十多年画了五千来幅。"

他在美国以教画为生。"教了二十多位学生,每人每月交二百美元学费,每人一年二千多美元,够生活了。到国内参展,一位评委说了一句,李冰奇是靠刘勃舒的,我们不了解。学生的奖评得比我高,学生不跟我学了,我也不收学生了。一切看透了,不管别人,自己画画,都留着。潍坊的家是仓库,藏画的仓库。"

亦庄画室墙上挂着冰奇二十多年前画的一幅指墨画《切莫欺他失意时》。秋菊,现代构成,黄中带绿,颇有生气。隔了二十年再看,依然有品位,耐看。

我说:"好的艺术永远是好的,经久不衰。好画都是植根中华民族五千年文化厚土之中的。"

"在世界中找家园,而不是在家园中找世界。"冰奇说。

我不知道,我们两人说的是不是一个意思。

他拿出一个小本本,是他的画照。他说:"我女儿是我的老师。我都拿她的画作参考画的。"各种各样童趣十足的猫,还有十二生肖……野,童趣,但都是成人笔墨。

"一生画画不重复。不重复别人,也不重复自己。"冰奇感叹。依我判断,冰奇在异国他乡,如不属于失意者,但也绝不是得意者。

人生之路迢迢,艺术之路漫漫,踽踽而行的求索者是山东汉子李冰奇。

2010 年 1 月 20 日于龙潭湖西岸

送别沈老虎

2010年3月11日上午,高仁的儿子沈大鹏来电:

"我爸爸早上走了!早晨在医院,喘不过气来,就走了。"

高仁走了,沈老虎走了……我的脑子一片空白。

待在书房,走在街上,脑子里就这么几个字,"沈老虎走了……"见了朋友总说"我们老家的沈老虎走了",尽管朋友们不知道沈老虎是谁。这种状态,在我来说从未有过。

头一回见沈高仁,是20世纪90年代中。方岩书画院在五峰书院成立,几个画友相聚徐小飞芝英老屋,即兴作画。

高仁豪兴大发,画人无形,居然爬到画桌上去涂抹。

"真艺术家!"在我脑中留下这么一个强烈印象。

1999年,我已退休,回金华参加黄宾虹纪念馆开馆仪式后,到永康会友。

小飞向我索画,在工厂会议室铺开一张丈二的大纸,"鲁大哥,画张牛吧!"

现场找不到大笔,高仁回家扛来一杆羊毫大笔。用脸盆装墨,用脸盆装水,我平生第一回画这么大幅牛。

高仁在一旁叫好。我画了三头牛。小飞收藏了此幅大画,而且非给一万元润笔费,推辞再三,只好笑纳。

高仁看得兴起,说:"我来一张。"他没有画虎,也画了一头牛,一头俯首饮水的牛。我调侃道:"高仁兄,你画的是一头虎牛。"众人欢笑。只要有高仁在,聚会总少不了笑声欢语。

大概是1999年秋天,小飞、高仁与我驱车去郊野九龙,那儿已盖了几幢湖畔别墅,风景极佳。小飞有购买此处的意念,记得售价是一千二百万元。小飞说:"鲁大哥,你回来吧,送你一幢别墅住。"

高仁眉飞色舞,指着有岩石的湖岸,高声道:"在那儿,盖座百虎堂。"

高仁学版画出身,前半生曾漂泊四方,自从画了老虎之后,便对虎画一往情深,先是画工笔虎,岁数大了之后,便画写意虎。

好像是20世纪90年代,他与俞兴邦一道在中国美术馆西南厅办过一回书画联展。一位老板出了十万元,中央电视台一位节目主持人承办的。

他与兴邦两对夫妇登门找我,告诉我办展之事,并邀我去"指教"。展厅里贴了不少红条。

"都走掉了?"我问。

"都是喜欢的人贴的。"其实,无人出资购买,谁喜欢就贴条子。简直是欺负乡巴佬呀!

我有些生气。

"开幕式,王铁成出席了……"高仁说。

哎呀,高仁兄呀,京城的水太深了。怎么不来找"鲁大哥"呀。我在京城数十年,美术界熟人多,怎么也帮你请几位名家出席呀!

也在那回,我头一次品赏到高仁兄如此之多的虎画——工笔虎与写意虎。

"你的写意虎很有气势。年纪大了,就多画写意虎吧!"我建议。

他见到我画的火鸡,特喜欢,求了一幅。我回永康,到他画室,见到此鸡挂在墙上。看来,他是真喜欢。从相交起始,我们在艺术上就趣味相投。

当时有个十三四万就可造一幢三层小别墅。高仁兄建"百虎堂"的设想,诱发了我回故里造房子的念头。故乡的朋友们都希望我回老家住,我被浓浓的乡情感动着,也被故里深厚的文化氛围吸引着。

1999年,在故乡一拨文人徐小飞、陈为民、徐加方、叶成超、胡竹雨、沈高仁、朱一虹等的鼓动下,我给时任市委书记的楼国华写了一封信。时任文化局局长的陈为民,于次日清晨就将我的信及文化局的报告送楼书记审批。楼国华有魄力,又热衷书法,重视文化,当即批示"特事特办"。

有了"令箭",文友们就帮跑相关单位,土管局、建委、建设局、乡镇部门……

其间,因选址耽搁了一些时间,沈老虎还发火了。有一回,楼书记去看他,他不管三七二十一,就骂开了:"鲁大哥的事都解决不了,你当这个书记管什么用……"

沈高仁的拿手戏《鲶鱼》

事后,楼国华见到我,颇为冤屈地说:"唉,这个沈高仁,把我给骂了一通……"那时,谁敢当面骂他呀!

楼书记为人正直,做事干练。为了让我叶落归根,他其实承担了很多,但高仁并不知底情,把火都发到楼书记身上了。敢当面责骂楼书记者,永康第一人也。

后来,我的山居盖成后,高仁不知听了谁的议论,也向我发过一通火:"鲁大哥,山居盖得那么难看,我再也不去了……"

是日,我们结伴去义乌看郑竹三的画展,途经山居。面对新落成的山居,高仁大声叫好:"鲁大哥,你为地球添彩了……"几乎下跪磕头致谢。爱憎如此分明,情感如此深厚,头脑如此简单。高仁也。

据说,好色是人之本性。高仁尤甚,他见了女人就兴奋,哪怕是见了一拨半老徐娘也高兴。男男女女的事,一般人是讳莫如深,而高仁却挂在嘴上,连隐私都大胆公开。当周岩方写沈老虎的大作在《方岩》杂志发表时,在故里产生了轰动效应。我当面问及:"岩方把什么都写出去了,连你们在深圳的隐私也公开了……"

高仁大声说:"唉,他只写了一点皮毛……"

如此"色胆包天"而且不怕披露于天下的画家,实属罕见!

我曾说过高仁,除了画画,什么都不懂。比如,盛行股票时,他跟我大谈炒股,开口闭口都是"我指挥……"我心想:"你不是瞎指挥吗?股票都给套住几十万……"

高仁不服,"儿子不听我指挥才给套住的"。可爱之极,沈老虎!

2007年,为了迎接百年奥运,我在京城办了一个"情系2008中国名家书画展",我邀请了当今国内数十位名家,有吴冠中、范曾、刘大为、刘勃舒、张立辰、吴山明、张桂铭……也邀请了沈老虎参加。我以为,从艺术上来说,高仁之虎绝对够格。

当我将此事告诉他时,他来劲儿了,埋头三个月,画了多幅巨大的虎画。他与大鹏用麻袋装着画,抬到山居让我过目。好画,有气势。五虎,象征五大洲。这是高仁的倾心倾情之作。

实在太大了,如何装裱,如何展示,皆是问题。可高仁花费了那么多的心血,我不忍心说出这个意思。

后来,还是高仁自己打电话跟我说:"鲁大哥,画太大了,展出有难处。我有一幅六尺整纸的,有人出十五万,我都舍不得卖,拿它送展吧!"

当此虎在中国现代文学馆展出时,受到一致好评。其实,李可染、华君武、

沈高仁画的册页

刘勃舒等画界人士，早就对沈高仁之虎有过赞誉。他的写意虎，比有些名家之虎都更具气势。朋友们议论，高仁蜗居小地方吃大亏了，如在京城、上海居住，早就名扬天下了。

其实，他的虎画已名气不小，识货者大有人在。约稿者纷纷登门，出画册，出挂历，名目繁多。这一切无不是冲他的虎画而来的。起先，高仁还兴奋，渐渐地就为抵挡不住而烦恼。他常打电话给我，说："鲁大哥怎么办呢，我受不了了。"他向我求救。

"别理他们算了！"我告诉他。我深知高仁是不明画商们设下的种种陷阱的。

有人以人民美术出版社名义为他出了一本金色封面的特大开本的画册。

他将画册送给我，说"多气魄呀"，颇有几分得意。

我翻看着，此画册印刷差，只是硕大而已。我不想扫他的兴，只是打听付出的代价。

"二十五幅四尺、六尺虎……"高仁说。

"太不合算了，这画册顶多十万元就打住了，二十五幅虎价值多少呀？"我预感到沈老虎已掉进画商埋下的陷阱了。

"不要我的钱就行……"高仁兴致不减，"他们又多要了两幅……"

既然如此，还有什么可说呢？回京后，听这伙人中的知情者说，那个书号是假的，他们骗了高仁。高仁呀，你真是一个不懂世道的艺术家！

有时，我们几位同道也私下议论高仁："可惜他不读书……"高仁不忌讳，在金华作家书画院成立会上，当众说自己不读书吃了大亏，劝同行们应多读书。坦率得叮爱！

高仁走得早，也走得好。但他又是个性情中人，友情绝对至上，对朋友从不惜墨，但在创作中又惜墨如金。

施志刚是寓居台北的一位永康籍的山水画家，当过台北"总统府"司机，追随张大千习过画，老年思乡情切常回故里。大约是2007年，我在金华小住，高仁来电："施志刚回来了，鲁大哥，我们一起去会他。"

我马上从金华赶回永康，在高仁儿子开的画廊与施志刚相聚。

施志刚老态龙钟，已昏死过一回，醒过来后的第一句话是："我要回……"事后才知，他想回永康。见面时，施志刚已多年不动笔了。但高仁非叫他动笔，由我们三人合作一幅作品。

也许是乡情与友情唤醒施志刚的艺术之魂，他居然挥毫落墨。此画由我题字记录合作情缘。过去一些时间，我去看望高仁。不知何故，高仁火气很大。时不时冲着儿子大鹏发火："败家子！"原来是我们与施志刚合作的那幅画"失踪"了。"这是传家宝啊！怎么好丢失呢！败家子……"这顿火包含了多么深厚的情谊啊！好在，后来找着这幅画了。

2008年秋，几位当地女子与高仁共进午餐。我碰到他时，午宴已近尾声。

"鲁大哥，我要给她们画画！"高仁兴奋地说。

"那你回画室画画去吧！"我说。

"上你山居画去！"高仁说。

"我把山居钥匙给你，你们去画吧。"我说。

"你也一道去画！"高仁说。

"我与友人约好去看稻草篷。"我说。

"那我们也先去看稻草篷，看完稻草篷，一道去画。"高仁说。

我们一行六七人去山乡田野看完稻草篷，到山居时，已近下午4时。

"不吃晚饭了，去买几个肉麦饼吃就行。"在山居庭院里，高仁提议。

就这样，我们一群人，都以世雅的肉麦饼充饥，边吃边画。

这晚，高仁没有画虎，清一色画是日所见山水、田野、松树林、田埂，还有堆堆稻草篷……

画就一幅，就有女子为他捶背，为他点烟，帮他放松臂膀，高仁像吃了兴奋剂似的，一幅接一幅画，一口气画了六幅，在场者每人一幅。这晚画的，都是六尺整纸的大幅画。纸是高仁送我的，他画起来得心应手。

高仁绝对是位水墨大家，才华横溢的多面手。依我看，山水画不比他的虎画逊色。有生活，有激情，就出好艺术。无论是女士还是男士，都有收获。一画就画到深夜12时。我不好意思留一幅，同来的男男女女嬉笑着全拿走了。

深夜12时多，我们坐在一家夜餐店里。陈为民来电话，高仁家人急死了，上午出门，深夜不归，打手机不接。原来高仁手机早就没有电了。

分手时，高仁余兴未尽，对我说："鲁大哥，你明年回来，我们还一起玩儿呀！"

此后，高仁时不时就住院。糖尿病晚期了。

高仁老爱说："我的发动机坏了……"起先，我不明白什么意思。后来才知道，他是以此作挡箭牌躲画债呢！

我们常跟他开玩笑："高仁，美国可以修你的发动机。"

"要多少钱？"他问。

"五六十万吧！"我们随意瞎编。

"五六十万，我拿得出来！"高仁认真地说。

2009年年初，高仁从医院出来，我们在小飞画室相聚。在场者还有小飞、成超。小飞从杭州带回一本开本特别而又精致的册页。尽管高仁在病中，但他见此册页就来了精神。

"给它涂把掉！"高仁说。

我担心他累，未敢表态。

他已挥毫画了第一幅。他将笔交给我："鲁大哥，该你动笔了……"

我画了一幅之后，高仁又涂了一幅。

就这么一幅接一幅轮流涂抹下去。

他的虎尚未出笼，我的牛也未出栏，一本册页已涂完了。

我题字，好像是说："两个憨大斗气比笔墨，小飞得藏此册，有缘……"

这是我们两人最后一回尽情"笔会"了。之前，永康市人民医院搬迁新址，找我们画了一幅丈二匹。谁都不便先开笔。我建议高仁先开笔。他画了几朵大气

沈高仁在"大家艺苑"即兴画虎

磅礴的红牡丹，在场者都动了笔，最后由竹雨收拾，我题字。

"永康不会有第二幅这么好的大画了……"我当时就感叹。

2009年初冬，为南溪画展，我回过一趟故里。小飞为永康画家们办了一个小品展。一个深夜，我为赶两幅指墨小品，在小飞的万泰美术馆作画。高仁兴起，要为我作画。刚站起身，说："眼睛看不见了……"

高仁被疾病折磨得作不了画了。

从这一夜开始，我意识到高仁的生命已垂危。不祥的忧虑日夜袭击着我。

在晚年，高仁有两大心愿。一是如何使自己的画有现代气息。他向我展示过数十幅创新之作，以墨线色块画虎。虽然他的创新精神令我感动，但那些"现代笔墨"，我却不甚欣赏。我以为，高仁本身不是一个现代气质的人物。他是无法画出现代派作品的。二是建一座"百虎堂"。这应该说是他最大的未了心愿。

他曾陪一位老板到公山考察。他叫老板把整个山村都包下来……我想，他太天真了，政府怎能把国家风景区的大片土地交给老板呢？如果高仁想盖百虎堂要一块地，倒有可能。其实，以他的实力，独自完成"百虎堂"应不成问题。但他的气魄和构想实在太大，几近是一种幻想。幻想虽美，总归是虚无的。他不听劝告，在浦江投资了一笔钱，建了一个"百虎堂"，后来直喊"上当了"。杜世禄曾任浦江县委书记，建"百虎堂"时，正是杜当政浦江之时。有一回，在永康宾馆晚餐，高仁邂逅杜世禄，冲着他喊："我上你的当了！"杜世禄回应道："我又没叫你去建！"高仁无语。

高仁就是一个性情画家，除了画画，世事所懂甚少。

沈老虎画了一生老虎，在虎年伊始走完了人生历程。一颗闪亮的绘画之星，在丽州的天空陨落了。故里少了一位爱憎分明的沈老虎，阴间多了一只余威未尽的丽州虎。

沈老虎，你走好！你永远活在朋友们的心里，我们忘不了你的喜怒哀乐，忘不了你留下的绘画艺术。明日，3月13日，有我参与的"京城三老指画展"在琉璃厂开幕。我不能回去给你送行，就用这个画展作为花圈，送到你的墓前，以寄托我和北京画界同人们对你的哀思。

过几日，我和夫人启程回故里。我夫人说："沈老虎走了，就不热闹了。"

一想到夫人的这句话，我悲从心起，有一种无法弥补的失落感。

2010年3月12日凌晨4时至7时急就于北京龙潭湖灯下

"三不留神"邢振龄

世界真大,世界又真小。

去年春节,我在琉璃厂宏宝堂看到邢振龄的牛画,一下子就被吸引住了。当今画牛高手,我几乎都认识,至少也知道其名,而邢振龄的大名和他的大作,我却头一回见到。这就叫"孤陋寡闻"。

今年年初,《华人画事》主编李群来访,带来了两期新刊,每期都登有邢振龄的作品。

邢振龄的水墨画,猛看有几分熟悉,那是丰子恺的笔法。20 世纪 60 年代初,我当《体育报》驻华东记者时,找丰先生组过几回稿,手头留有两幅大作。其中一幅被一位收藏家朋友拿董寿平的竹子换走了,还有一幅自己一直珍藏着。年轻时,我特喜欢丰先生的画,也曾临摹过一些。有一回,报社在四楼会议室办了一个职工画展,我拿两幅临摹作品参展。叶圣陶先生来讲课,一眼瞧见我的仿作,说:"啊,还有我的老朋友的画。"时任总编的李凯亭解释说:"这是我们的一位年轻记者画的。"由于我曾经临过丰子恺先生的画,所以见到邢振龄之画时就有一种亲切感。其实,他的画只是有几分丰先生的影子,还融进了齐白石的彩墨和构成,比丰先生的厚实,也现代。有人称他为"丰子恺再现",我却更想用"丰子恺新生",或用"新时代的丰子恺"来比喻他。用一个字来形容,老邢的画有"味"。

什么"味"呢?天趣盎然的"童真味",老辣笔墨的"艺术味",阅尽沧桑的"人性味"。大俗又大雅。难怪近年来画作一出炉,就成抢手货。据说,一年两次展览,上百幅作品,居然全都出手了。他的牛画似牛又不似牛,但比那些写实的牛更有吸引力。

我以为,画上的题字,从内容到形式,也都特有"味"。

内容浓缩着他的人生阅历,文字浅显,含意深刻,而且大幽大默,充满生活情

邢振龄别具一格的书画信

趣。"当年牵牛童,今作写牛翁,最忆三更天,灯红月朦胧。"又如描绘老夫老妻图有此两句:"唠叨当歌听,白发当花看。"真让人拍案叫绝。字呢,怪怪的,是儿童体,但都是从汉魏碑中脱胎出来的,特老辣。难怪有人说,字比画更具欣赏价值。

李群离开我家时,我请他代为问候,并转告我很喜欢他的画。次日,李群从邢振龄家打来电话,说:"邢老与你通话。"

"啊呀,你当过记者、社长,我当过记者、总编,我们都没有进过艺术院校,如今又都成了画家,我们的经历很相似呀,肯定会有许多共同语言……"他在电话那头不停地说。显然,他很乐意会见我。"你的画册,在琉璃厂,我是第一个买的……"

这样的同行,我一定要去拜访。只过了一日,我便急不可待地拨通了他家的电话:"邢老,我去看望你。"

"还是我去看你吧!我住六楼,你来太吃力了……"他客气道。

"我比你年轻几岁,还是我先去看你。"我不容分说地说。

我坐地铁去看他。他住的那一带我不常去,比较陌生,匆匆间进错了门。我吃力地爬上六楼时,手机响了。

"我在门口等你,怎么不见你上来呀?会不会走错门了?"他有点焦急。

一打听,果然进错了楼。我按他的指点,又上了六层楼,气喘吁吁到了他的楼层。

老邢直抱歉:"爬了十二层,累着你了……"

我给他带去了一本《我的笔名叫鲁光》和荣宝斋出版的 2010 年我的台历,前者讲的是我圆记者梦、作家梦和画家梦的历程。

他的夫人淑华,原来是同仁医院的医务人员,心直口快:"老邢的经历写出来也很精彩的。他这一生有三个不留神,一不留神划成'右派',一不留神当上了总编辑,一不留神成了画家。"

老邢急忙把我从客厅引进画室，拿出他买的《鲁光画集》，翻开扉页："写点字上去吧！"我一看，那是我在20世纪90年代出版的第一本画集，早知道，我应把最新出版的画集带来送给他。

他说："十多年前，在琉璃厂一家书店，见到这本画册我就买了下来。定价八十八元，服务员以为我只是翻看一下，谁知我掏出一百元给了她。她说这本画册刚上架，我是第一位购买的。"

我很感动，提笔用左书在画集扉页上写下一行字，"你是大家，我是小家，邢兄振龄留念。"

他夫人站立一旁，不无幽默地说："你笔拿反了，字也写反了，应写'你是小家，我是大家'……"没有想到，这对已度过金婚的夫妇居然还这么幽默。

从下午2点多钟，我们兴致勃勃地开始笔谈，一直画到6点还未收笔。

他为我画了一张虎，一大一小，并题款"庚寅虎年大吉"。

"我属鸡，给我画幅鸡吧！"老邢说。

邢振龄的即兴之作
《京城三个老顽童》

我写了一只母鸡和两只小鸡，并题字"育鸡图"。因为我听他说，他们生有一男一女，女儿中央美院毕业，去了美国，儿子去了日本，在出版公司任职。我深感他们养子有方，便即兴写了此画。本应画一只大公鸡，但纸小了，不好画高翘的尾巴，就画成母鸡了。他的爱人属猪，老邢为她画的猪画已挂在厅堂。我说："那我送你夫人一幅猪吧！"

由于久未画猪，拿着笔，一时找不到感觉。我画几笔，老邢再勾几笔，一只栩栩如生的猪跃然纸上。我照此样，画成一幅，题曰："猪聪明爱干净，淑华存念。"

画兴未尽，老邢再次挥毫："我画张牛给你看看。"

一个牧童，身着红白衣衫，背着草帽，骑在牛背上，前面是一位手拿雨伞的老翁。显然，老翁是在问话，牧童手指前方回答着什么。果然，题款为："清明时节雨纷纷，路上行人欲断魂，借问酒家何处有，牧童遥指杏花村。己丑年冬月画唐人诗意。"

老邢用舌头在画纸两角舔了舔，把画贴到墙上。一首传唱千古的老诗，被他诠释得情趣横生、活灵活现。

远在东郊的李群闻讯赶过来共进晚餐。

老邢问："吃复杂的还是简单的？"

我说："越简单越好。"

"饺子！"他说。我完全赞成。

临出门前，老邢打开一卷手札，有字有画，别致有味。

"我给你也写一幅，边写边画，挺有意思的。"老邢许诺。

淑华说："看你们两个玩儿得真高兴……"

去餐馆的路上，老邢一直挎着我的臂膀，不住地叮嘱我："雪路滑，小心！"

我的心热乎乎的。相识恨晚呀！其实，不少朋友，都是我们共同的。我的老同事、漫画家法乃光是他家的常客，作家老友张锲刚进京时就下榻他家，年轻时的范曾也曾是他家的"食客"。我们早该相聚，但无奈历史老人把我们的见面安排到今天。相见虽晚，相知却如此迅速。半日笔谈，便使我们成为无话不说的知己，真乃相知何必早相识。身边这位也胖但比我苗条的七十六岁画家，经历了人间的大灾大难、大悲大痛，但心未死，把夕阳当朝阳，一直在用充满爱心的笔去描绘人间万象，充满纯真与童趣，朝气蓬勃得令人打心眼儿里喜欢。

2010 年元月 8 日于五峰斋

八十染指何君华

2010年春3月,我、邢振龄、何君华在琉璃厂举办了"京城三老指画展",媒体颇多报道,网上甚至称"三老指画动京城",一时成为美谈。

三人中,最年长者何老君华,八十大寿,邢振龄七十又六,鄙人尚属年轻七十又四,三人相加正两百三十岁。

人的相识很有偶然性,是一种缘分。大约七八年前,我从荣宝斋出来,往琉璃厂西街瞎转悠,转到一家画廊,里面挂了一些戏剧人物漫像。出于好奇,我驻足观赏。

在这条文化老街上,画廊一家挨一家,多半是出售流行的中国书画和各种古玩杂项,唯独此家独特。坐堂者是一位颇有风度的清秀老人。一聊,我的一位

三个老顽童在五峰山居(左起:邢振龄、鲁光、何君华)

漫画家朋友还与他相识。这位坐堂者名字叫何君华。

"给你画张像吧！"何君华为人很热情。

画便画。约莫半个钟头，像已画得。技艺了得，只简约十多笔，便把我的神情捕捉住了。

我笑道："头上加两个牛角如何？"

何君华有些愕然。一双慧智的眼睛透过镜片扑闪着。

"我属牛，加上去好玩。"我说。

君华这才动笔将两只弯刀似的牛角画到肖像上。

看到这幅别出心裁的肖像，我们都会心地笑了。这幅肖像，后来被我收进了《我的笔名叫鲁光》中，谁见谁笑。这时才知道，原来我与何老比邻而居，两家只隔一条胡同，都住在京南龙潭湖畔，而且都在一个公园散步，却是即使碰过面也不相识。此后我们走动便勤了。

他的住房只有一房一厅，房小厅亦小，但窗子对着一湖绿水，风景绝对好。客厅墙上挂着几幅字画，有他自己的油画，有华君武、方成的漫画。卧室入门上方是一小匾《半聋居》，字很有拙味，是何老自己的手书。对着《半聋居》有一镜框，里面有一篇手书《斗室铭》：

楼不在高，傍水则胜。窗不在多，向阳则明。斯是斗室，唯吾称心。丛林绕墙绿，草圃映棂青。谈笑有穷儒，往来无富翁。可以充画室，兼客厅。无冷暖之忧虑，无漏雨之劳心。南望龙潭湖，西瞩天坛松。又曰：乐在其中。

何老，徐州人氏，父亲在江西国民党军队为官，后另娶新欢。老母带着三个孩子艰难度日，君华为大，当过学徒，参过军，进过戏剧学院，学的是化装。因为父亲问题，一直被歧视，处处遭冷遇，住过最破烂的房子，尝尽人间酸苦。到了晚年，他已只字不提过去的伤心事。来我家小坐时，他说："那时，我的心到了冰点，是一颗冰心。我老伴王亚荣也是一颗冰心。我们两颗冰心合到一块儿，才暖和过来。"如今，两口子已到金婚之年，依然相爱如初。

何老有一句口头禅："我老伴说……"简直像"文革"中引用语录一样。他老伴见了我却说："听他说的，我的话老不听……"

何老眼下的心态是"耄耋之年,并无奢求,唯想再写几篇属于自己的文章,画几幅属于自己的图画,以显摆一下我有一个想说就说,想画就画,自由、舒畅、幸福、快乐的晚年。"其图文随笔集《画话》已经出版发行,不同于一般的画集画册,这本书彰显了何老画中的智慧,凝聚了他对人生的感悟。许多读者都表示该书"拿得起就放不下",好看又好玩。他不羡豪宅,安居陋室,画画画,写写字,下下棋,唱唱戏,会会粉丝,其乐无穷。

指墨画的鼻祖是高其佩,三百年来延续不断,扬州八怪中的罗聘、李鱓、高凤翰、聋道人、潘天寿、虞一风,都是指墨高人,为指墨画的拓展做出过贡献。一生以漫画见长的何君华,年近八旬,借口"老伴舍不得给我买笔",开始染指作画,而且兴趣甚浓,指法愈来愈老到。我就是常去串门,被他的指画所感染,才弃笔用指染彩染墨的。

何老为人低调,只管每日作画,就像一只母鸡,只管下蛋,蛋作何用,一概不管。我见他如此沉迷指墨,便动议合办一个指墨画展。2009年秋天,我约何老、邢老,还有一位年轻画家王霄峰一道去我的故里笔会时,老邢得知我和何老

何君华画我的指墨戏作

有办指墨展的打算，就来了个"第三者插指"，也要参加。

何老画肖像是一绝，寥寥几笔，形神兼备，深受人爱。也许是何老基本功太好，有些过于写实，用他老伴的话说："人家有三条皱纹，他画两条就嫌不够……"我和老邢都建议他再写意一些，不必过分拘泥细节。

"我一定会的。"何老总是谦虚然而自信地表态。

有一回画一位美女，画了三幅还不满意。

我们揶揄他："前面尽养眼了，太分心，没好好画。"

何老光笑，未作辩解。这就更惹人乐。

老邢善诗文，为第三幅画像题字"补台"，"何老想为你画个像，愈想画像愈不像，不是何老没本事，是你长得太漂亮"。

何老有一佳作《三个老头赶火车》。

去秋，我、何老、振龄从杭州返京时，我凭经验把他们带到一站台。离开车还有二十分钟时，动车仍未进站。急了，一打听，才知到北京的动车停在其他站台。这下坏了，简直是以百米冲刺的速度回身跑，其间还下地道、上地道，直跑得上气不接下气，刚上了车，车就启动了。我生怕八十老翁掉队，谁知他不仅跟上了我们，还有闲情逸致欣赏我和老邢的跑姿。他说："像南极的企鹅，好漂亮啊……"后来他还画成画，展出时引发了观众多少笑声。当我夸赞他时，何老说："我年轻时在学校得过一千五百米跑冠军，有老底子。"此话虽自负，但三人中最谦虚者当数何老。他老对自己的艺术不满足，老叫我们不吝赐教，多多批评。真是愈老愈不知足。

指墨展开了五天，我们三人天天坐堂会友，也进行笔会。我们老开玩笑，多半是拿何老开涮。我和老邢总编出身，反应快，有嘴有心，常常使何老疲于对应。何老呢，我们称之为"有心无嘴"，什么都心里有数，但嘴跟不上。

"我有嘴，只是让让你们两位老弟而已。"何老如此辩驳。好厉害！

《光明日报》记者林凯曾写道："这个年龄段的老人京城并不缺，缺的是有活泼童心的老人。"又写道："这仨老头在一起却热闹得开了一场大戏，非让你笑个够。自然，人们才能体会到什么是'自得其乐而又使别人得其乐，自得其乐而又忘乎其乐'的人生境界。"

我们老两口儿要回南方，何老、邢老非要为我们饯行。推也推不掉，原因是送行宴有三家的夫人出席。三家的夫人给面子，还不赶快领受。当然，也为多一次相聚的机会。

开宴前,老邢一本正经地说:"军功章里有我们一半,也有她们的一半。我提议,给夫人们三鞠躬,表示我们的谢意。"

三个老头,站立一排。一鞠躬!二鞠躬!三鞠躬!乐得三位老太太合不拢嘴,连脸上的皱纹都笑飞了。

"老邢,你真想得出来……"我说。

老邢开怀大笑,说:"让她们高兴呀!"

临别时,老何说:"今年八十大寿,又逢金婚,我要庆贺一下,到时你们和朋友们都来呀!地方我都选好了。时间是10月10日。"

"10月,难说在京呀!"我说。

"那不行,必须回来!"何老有些急了,甚至威吓说:"你不参加,我不办了。"

有这句话,10月10日,无论我在天涯海角,也一定会赶回来!

2010年5月16日于龙潭湖畔

吴迅的自家山水

我与吴迅曾同行日本,参加在富山县水墨美术馆举办的现代中国水墨画展,一起生活了二十余天。这是一次庆祝中日恢复邦交三十周年的书画活动,我当代表团团长——其实就是吴迅他们几个画友封的。在画展上,我见到了日本观众对吴迅的山水和奔马的喜爱。与他碰过好多次杯,每回碰杯,吴迅总是乐得哈哈大笑。

他的单位是中国画研究院,院长是他的老师、我的好友刘勃舒。勃舒师从徐悲鸿,以画马著称。一般人都会以为吴迅是师从刘勃舒而画马的,其实,他与勃舒只是一般意义上的师生,画马并无师承关系。应该说,吴迅是中国画坛的一位"能人",在他的笔下,居然产生了艺术风格截然不同的两种绘画作品。

他放笔画马,画各式各样的奔马。他曾生活在草原,熟悉马,崇尚马,对马情有独钟。他注重马的造型夸张和画面的气势,使自己的马有别于前人和今人的马,使笔下千骑各具个性。

他爱笑,他画马与他的性格有关。他生性豪爽开朗,常畅怀大笑,那洪亮的哈哈声,极富感染力。那奔腾不息的马,正是他抒发人生豪情和热烈追求的对象。他是一位天生的画马人!有这样阅历和性格的人,不画马才怪呢!

意想不到的是吴迅又钟情于山水画。他的山水画,意境极美,月色溶溶的山川,日出日落的村野,宁静的草原牧场,大雪霁后的峰谷森林……依我看,吴迅的山水画可以用两个字来形容:静和净。静得万籁俱寂,净得纤尘不染。读这样的画,可以净化心灵,可以激发对美的追求。他倾注全力营造着幽美的意境,又融进了西方的色彩语言和现代装饰性,用笔纤细精致,使自己的艺术充满浓郁的诗情画意。这是一种令人耳目一新的艺术,难怪它们一问世,就深受读者的欢迎,受到业内的好评,招来了海内外众多收藏家的青睐。人们也许会惊讶地发

吴迅的自家山水　295

吴迅的山水画

问,像吴迅这种豪爽开朗之人,怎么会花那么多的时间去打磨那些幽美精致的山水画呢?其实,奔放豪爽,只是画家性格的一面,更本质的一面是深沉。他爱思考,爱求索。他追求人间的净土,崇尚天人合一。仔细读他的画,就会发现,他笔下的山山水水,他画中的方方净土,大自然中似有,但又无。它们无一不是他心中的第二自然,是画家自己创造的艺术意境。这种意境,是他的希望,他的追求,也是他期望的归宿。

叶浅予看展览时,对吴迅的两幅山水画有过很到位的评论:

"变"是近几年普遍倾向,多数是从写实走向变形,从具象走向抽象。与之相反,也有从写意走向工笔的。吴迅的《雪霁空山净》就是一例。这幅画对严寒意境,处理得恰到好处,并有一定深度,迫使我在画前站立颇久,回味我自己所遇到的这种境界。第二日进展厅时,又发现他另一幅《天清月自明》,通篇黑夜,半空挂着一弯新月,地上洒着月光,可以引发"疑是地上霜"那一句诗意。这两幅画,可以肯定画家在"目悟"中有所获,意会中有所得,遂在笔传中下了细功夫。"雪霁"那幅,别人也许可能做到,"月明"那幅,是中国画的禁区,谁也不敢冒这风险。我认为吴迅这一着是成功的。

对吴迅山水画持偏见者,也来自圈内人士。吴迅曾很苦闷地对我说:"今年的年展,没有选我一幅。在有的人眼里,我的山水画不算山水画……"我劝慰他:"你的山水画是创新的山水画,喜欢的人很多。比那些所谓的正统山水有生命力。现在是多元时代,谁也无权否定一种新颖艺术形式的问世。别管那么多,画你自己的。历史将证明你的选择是正确的。"

我觉得,一些所谓正统的山水,上面印满了前人的印章,而吴迅的创新山水,印的全是吴迅自己的印章。我会一直与吴迅站在一起,给他支持,给他鼓励。

比起吴迅的马来,我更喜欢他的幽静的山水画。当吴迅让我挑一幅作品作留念时,我毫不犹豫地要了一幅此类山水小品。

用真情画的画,肯定会激发读者的真情。用生命创造的艺术,肯定会有旺盛的生命力。

2005年夏写于故里山居

山水一虹

记不得是哪一年了,在一虹办公室,我即兴写了"山水一虹"四个字。一虹山水,为何写成山水一虹呢?不是文字游戏,也不是心血来潮,这是我对一虹山水画的一个评价:一虹的山水画,应当在当代中国山水画坛占一席之地。

画山水的人成千上万,画得好的也比比皆是,但能在画坛占一席之地者却屈指可数。常言道,有十个优点,不如有一个特点。一虹的山水画个性特别鲜明。他的画有别于前人,不苟同今人,理念现代,笔墨、构成、色彩创新,他是一个门户另立的山水画家。

1992年,方岩书画院在五峰书院创立,印了一本画册。里面有几幅一虹的画,画风特别,见所未见,过目难忘。我记住了一虹这个名字,也记住了一虹的画。

山居指墨之后
(左朱一虹)

在五峰书院的岩洞中,我头一回见到他。平头,脸瘦削而轮廓鲜明,衣着中式,从长相到打扮,都与众不同。我握着他的手,说:"你就是朱一虹啊,画得好,有个性。"

他是《永康日报》的美编。他编的副刊,内容丰富,版式新颖。他勤勤恳恳,忠于职守,是一位称职的编辑。编余,他耕耘着自己的一方水墨田园。

因为志同道合,他和夫人露苗常来山居聚谈,而他位于报社三楼的那间朝北的办公室,也成了我常落脚的去处。

我画画半路出家,像一头野牛闯进了中国画坛,可谓无知者无畏。一虹的传统功底厚实,但绝不是一个安分守己之人。他是个不断求变求新者。如果说他是个农民,那也是个站在山头老眺望外面世界的"不安分"农民。

他周围的画界同道,大多是规规矩矩画传统的,唯独他离经叛道,图变,图现代,图抽象,图印象。朋友们赠送给我的当代艺术画册,几乎都被他"借走"了。他对当代艺术情有独钟。

前几年,现代山水画的领军人物周韶华先生来五峰山居看望我。从义乌驱车来山居的路上,我向他介绍了一虹的简况。

"他很孤独吧?"这是韶华兄的第一个反应。

周韶华走大山水一路,画黄河、长江、大海,大气磅礴,风格独创。虽然已名重画坛,但他在从艺路上,仍然是一个孤独者——一个大孤独者。

这回是大孤独者遇到小孤独者了。其实,孤独是无大小之分的,只不过周韶华是一位名重画坛的大家,而一虹暂时还是一位身居小城的小家。俄国作家契诃夫有一句名言,大狗叫小狗也叫,各叫各的。画画也是一样,大家小家各画自己的画。

在五峰山居,周韶华翻阅了一虹送过去的画册后,立马说:"假如你愿意的话,我就收一个徒弟了。"

一虹不再孤独了,他与周韶华不时有电话、书信往来,周韶华在武汉办展,特请他过去相聚,还为一虹写了文章,对他寄予厚望。

本来为一虹的新作集作序的,应该是韶华兄。他不仅是大画家,而且又是大评家。如果由他作序,定可从画理上,从观念上,把一虹的山水画,作个透彻的评说。但老人家把担子压给了我。

纵观一虹的山水画,是"未出土时便有节"。这个"节"指的是创作理念和

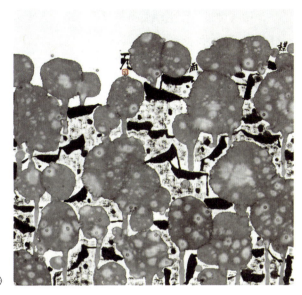

一虹的山水新作《雨》

艺术追求。从 20 世纪 90 年代伊始,他走的就是一条与众不同之路。他的画,是现代理念的产物,深深烙着现代的印记。

经过十多年的摸索和磨炼,他的艺术走向成熟了。近日,他向我展示了数十幅新作。用"耳目一新"来形容,一点也不过分。我边欣赏边赞叹。阅毕,仿佛痛饮了一顿高度数的老酒,酒香悠远,过了许多时日,回忆起来还有沉醉感。如果说,他早期的山水画还有些粗放和生硬,有些刻意,那么这批新作却已十分随意,几乎是随心所欲,从写自然山水到写心中山水,从具象到抽象、印象,构成是现代的,艺术符号是自己的,色彩搭配是天然的。传统与现代相互渗透,水墨与水彩自然交融。从刻意到随意,从具象到抽象,一虹的山水艺术有了一个质的飞跃。很显然,已经上了一个新台阶。

在一虹辛勤耕耘的这方水墨田园里,绽放出了瑰丽的艺术之花,一种质朴、天然而又崭新的山水画艺术之花。

我为朋友的成功惊喜。一虹也为自己的创新艺术激动。陶醉与自我陶醉都是需要的。因为,陶醉人的作品才是艺术。

但一虹是个清醒者。他的画愈成熟、愈现代,便会愈抽象,这是一虹苦苦追寻的。但他也因此会陷入更孤独之中。

他给我讲过一个生动而又苦涩的趣事。当地一位农民抱着一只老母鸡，到一虹办公室，为孩子学书法拜师。当时，墙上挂着一幅用毛边纸写的歪歪扭扭的毛笔字，农民问："这是哪家孩子写的？"一虹答："这是我写的。"那位农民抱着老母鸡失望而去。

孤独寂寞将是长久的。一虹的书道、画道，还远未被平民百姓，甚至同道好友们所理解。一虹既谦和又自信，骨子里甚至有几分固执和倔强。先贤陈亮曾有豪言："当今之世谁是人中之龙，文中之虎？"这种天下舍我其谁的气魄，深深影响着在茫茫艺海中孤帆远行的一虹。

山水画大师黄宾虹也曾是一位孤独者，他说："我的画要过五十年才有人懂。"这说明黄宾虹为艺术创新甘于孤独的决心。眼下，宾虹的画已成为"国宝"，成为人们最宠爱的收藏品。一虹的画还处于"墙里开花墙外香"的境况中。不过，"墙里""墙外"都已有知音。本人算一个，与我有同感的也大有人在。

当下山水画界有一大弊病，因袭而无创新，平庸之作太泛滥。庆幸一虹冲破了平庸的藩牢，新立门户。他僻居浙中一隅，虽是小家，但只要追求下去、完美下去，必将变成现代山水一大家。

一虹是个永不知足者。他还在求变求新。他将自己的新作集命名为"在路上"，他会为艺术继续孤独下去、苦恼下去，当然也更会欢乐下去。

2009 年 9 月 26 日于北京龙潭湖寓所

宋维成的西域泼彩

2005年9、10月间，应澳门基金会邀请，我在澳门千禧展览馆举办个人画展。在画展闭幕后的告别宴会上，我才结识了宋维成，他一直默默地为这次画展出着力。展览画册是他设计的，所登作品，是他从参展的五十余幅画中筛选出来的。还有布展，他都费尽了心血。

《珠江晚报》总编陈钰将宋维成介绍给我时，我向他表示了深深的谢意。从布展、画册设计和选画看，他一定是位颇有艺术修养的人。

"你做什么工作的？"我问。

"画画。"他答。

没有想到他是一位画家。

"能看你一些画作吗？"我提出要求。

离开珠海前，我们在画家刘原家笔会。宋维成奉出八个速写本："我在新疆生活了三十余年，从新疆师院美术系毕业后，就一直画画。这八本速写，都是在新疆时画的。到珠海后，当美编，搞电脑设计，搞经营，画画少了……"

我知道，他几乎是弃艺从商了。

我一本一本翻阅着他的速写。线条是那么飞动漂亮，画中的新疆少女和老人都那么传神。我想起了大画家黄胄的新疆人物画。我说："老宋啊，黄胄去世后，就见不到那么精美的西域风情画了。你那么熟悉新疆，又有那么深厚的生活底子和绘画功底，赶紧画画吧！不画画，太可惜了。赶快把这八本速写中的人物变成彩墨人物……"

老宋也意识到丢弃绘画可惜，听了我的一番议论，有了重新拿起画笔的冲动。为了坚定他的自信心，我说："你画，放开画，三个月后，我为你在荣宝斋精品画廊办个西域风情画展。"

宋维成小品《山野》

老宋老眯得细细的两眼，放出了光彩，显然，他高兴。但又有点疑惑地说："真的吗？"

我肯定地点点头。

他驱车送我去机场时说："这两天我老拧自己的胳膊，不是在做梦吧？拧得很疼，看来不是做梦。"

三个月后，宋维成西域风情画展在琉璃厂西街荣宝斋精品画廊揭幕。京城观众为风格别具的新疆彩墨人物画所吸引，参观者络绎不绝。部队的人把他拉走作画，毛主席纪念堂管理局请他作大画，云峰画廊约他作画……宋维成成了香饽饽，他"新生"了。本来他就是中国美协的会员，如今重新拿起画笔，以成批成批的新作，印证了他确确实实是一位有真本领的水墨画家。

成功了，跟着也苦恼了。从速写变彩墨，有一个艰难的过程。如何使墨线更加遒劲灵动？怎么使人物的墨韵更加丰富生动？废纸上百上千，失眠，熬夜，饮酒……

在他动手为毛主席纪念堂作画之前，他从珠海来电："我去新疆回炉，一个月之后北京再见。"

他启程回新疆，与朋友们一道重返牧区，去亲近草原、牧场、雪山、少女、老人……他带回了数以千计的照片和一本本速写。他反反复复试画，力图捕捉住新疆人物的神。朋友们跟他调侃："把新疆姑娘的两只眼睛画得能勾人就成功了。"试笔无数，终于有了突破，他兴奋地招呼我过去欣赏。

我为他立的艺术标杆是大师黄胄，当然是指彩韵墨韵趣韵，这可是一座艺术的高峰！老宋朝朝夕夕往上攀登，爬坡爬出了一身身大汗。多少次探索，多少个不眠之夜，他在艺海中挣扎，痛苦地挣扎。画出一些新作，便让我们过去看，再画再去看。

"有品位了，比第一批作品灵动了……"我们给他鼓劲儿。

艺术上，也是旁观者清。老宋为人厚道谦逊，爱激动，但耳朵根比较软，别人说的都能听进去，有时听多了，反而没了自己的主张。

其实，绘画是一种精神产品。宋维成的西域风情，只能由宋维成去创作。他的生活、艺术功底，他的审美追求，决定了他的画风。

不断有消息传来，他的画，市场打开了。而且，根据画商的要求，已从人物画转向山水画。尽管题材依然是西域的，但人物与山水毕竟是不同的品种。他的山水画，对我来说是一个未知数。

　　他刚出道时，我对他的艺术创作有过一个比喻，说他是一眼沙漠中的坎儿井，将源源不断地向中国艺坛流淌出汩汩清泉。两年多没有见面了，据说，市场走得不错。作品有市场毕竟是好事，但我总担心他被市场所左右。因为艺术市场与艺术品位，并不是一码事。本来说，今年春天要来京城办画展，不巧，他夫人住院，未能成行。

　　我盼望着能尽快读到老宋让人耳目一新的西域山水画。届时，我们将边品美酒，边纵情高歌，庆贺他爬坡的成功。

2010年6月6日于故里公婆岩山下

寂寞致远是介堂

与朱介堂相识,缘于我的一幅小画。

本世纪初,金华古子城老街开了一家"大家艺苑"画廊,画廊开张时办了一个"当代名家国画展",我以一幅小品参展。

金华是个文化底蕴很厚实的城市,看画展的人很多。介堂个儿不高,衣冠楚楚,颇有派头。他驻足在我的那幅以红烛为题材的小画跟前,久久观赏。那画大不盈尺,装在一个深红色的日本木框里,是展品中最小的一幅。介堂却惊叹:"它解决了中国画如何走向现代的问题。我一直在追寻这个目标。这幅画把传统与现代融合起来了,中国绘画史上应写上一笔。"

朱介堂,上海人,浙江美术学院毕业。他与几位同学一道,遭受过不白之冤,他被下放农村劳动,心灵受过严重的创伤。他蛰居金华老城,深居简出,艺术眼界颇高,少与同道往来,颇有几分我行我素、独善其身的清高味道。当友人向他推荐我的这幅小画时,他不以为然:"鲁光何许人?"当友人将我的从政从艺简况告诉他时,他直言不讳地说:"当官的画不出什么好画。"但经不起友人的一再推荐,他不太情愿地走进"大家艺苑"。这些情况,是后来混熟了,介堂自己告诉我的,并用他那带点上海口音的普通话一个劲儿地说:"对不起啊,对不起。"

对于我来说,年逾六旬,已过耳顺之年,褒贬皆已淡然。真正令我高兴的是,在故里遇见了一位艺术知音。

我们之间的交往频繁了起来。由弟子驾车,他到五峰山居来看望我,我也成了他家的常客。只要到金华,我就去看他,一块吃饭、品茶、谈画、论艺。

去年春天,他突然失踪了。电话无人接,人也找不着。我以为他回上海或到国外去了。他的一位弟子先是在英国求学后在德国工作,常来电邀请老师去访。我们都以为他潇潇洒洒西游去了。

朱介堂做客山居

有一回我去电,他接了,说:"我一直在金华呀,快来坐坐。"

原来,他画画的屋没有电话,电话在另一个房间里,一入神就听不见了。

我打车到他家。两间小屋加上客厅,墙上、地上都是他的油画新作,散散落落不下一二十幅。

他说:"我哪儿也没有去,就在家画画。去德国,生活可能舒适了,但我画画的气场没用了。生活再安逸,画不了画精神上会痛苦的。在这里能画画,多好啊!"又一个以绘画为生命的人!

三个屋子的画,归纳起来有三个系列。一是"江南村姑"系列,或称为"好一朵茉莉花"系列。一个个姑娘身着碎花蓝布衣,衣袖、领袖滚着红边边,会说话的眼睛水灵灵,背景是古老的江南房屋和流水;二是"韶乐"系列,一位位婀娜多姿的古代美人或吹或弹或敲或打,悠扬的琴笛声、敲乐声回响在老屋;还有一个"四大天王"系列,镇恶驱邪,神威无穷……

放在客厅中间的是一幅老人的肖像画。

"这是我为一位老朋友画的。"介堂说。

肖像中的人物,有一双饱经沧桑而又充满智慧的眼睛。我读懂了这双眼睛,即兴诠释此公的人生际遇和人格个性。

朱介堂的油画
《好一朵茉莉花》

"你说得真准。"介堂有几分吃惊。

"这是你笔下的人物告诉我的呀!你瞧,他的眼睛明白无误地诉说着这一切。画人物形似容易,神似难呀!画得好!"我由衷地赞美。

介堂一高兴,说:"鲁光兄,瞧得起,我也为你画一幅!"

为了画我的肖像,介堂兄嘱我拍了许多照片,但他只挑选一幅神态严肃的,他说:"你还是严肃的神态好。"后来,我到了金华,他又一大早跑到宾馆餐厅,拍了一些我的头像照片。还索要我穿过的一件白布中式短袖上衣。他构思着我穿这件短袖白上衣、端坐沉思的样子,背景是我的红烛……

我送给他一本我的传记,他一遍遍翻阅,字里行间画了许多道红杠杠,他想在这本书中捕捉一个真实的我。

"画像容易,要画出你的个性难。但我就追求个性……"看来,介堂兄是迎难而上了。

最近他来电说:"上画布了,画着画着又停下来了,我犹豫是否捉捕到你的内在精神。我不自信,又翻看你的自述,要再琢磨……"

这就是严肃的写实主义的艺术家介堂兄。

他的社交活动不多,但每天都出去走动。近几个月来,他苦苦地到处寻觅"古代美女"的手。古子城一位摆摊卖玉器姑娘的手,被他看中了。白嫩、丰润、细长,这正是他的韶乐系列美女的手。他几乎有空就去见这位卖玉姑娘,盯着看她那双美丽的手。等到画这些古代美女时,一定要把这双手搬到画面上去。他已盯着这双手不知多少日子了,可有一天他想找这个女孩商谈画手时,"卖玉姑娘"不见了。他遗憾万分,只好再到处物色"美女的手"。在餐桌上,盯着女服务员的手;在旅行中,盯着女游客的手。他甚至请求我下榻的宾馆老总帮忙,找一批女服务员展示她们的手……

有一天,我请他到宾馆吃早餐。在餐厅入口处,一位女服务员伸手收他的早餐券。介堂突然眼睛一亮,一把抓住女服务员的手,自语道:"就这双手了!"女服务员惊讶不已,不知这位长着满头白发的老人想干什么。宾馆总经理过来,向女服务员说明了情况,女服务员才松了一口气。

他那两只寻找美的眼睛,始终睁得大大的。他那颗为美而激动不已的心,始终激烈地跳动着。他那描绘美的画笔,始终蘸满油彩……

朱介堂画的《鲁光肖像》(油画)

介堂兄就是这么一位为美而甘于孤独寂寞的画家。他是情感生活中的苦行僧，精神世界中的大富翁。

自从名家字画行情走高之后，我已发誓不求字画了，有人想送，我大都也婉言谢绝，但介堂兄的《好一朵茉莉花》，我却一见钟情，居然主动索求。介堂配好高档画框，将心爱的画送了我一幅。我带回北京，将它挂在我的画室。那江南村姑，含情脉脉地望着我，真是美的享受。她手中的那朵白色茉莉，散发着淡淡幽香，弥漫我的画室和心灵。介堂兄送我的不是一幅普通的画，而是送了我一位"艺术情人"，让她与我朝夕相伴。我已想好，要回送他我的一幅红烛，也是他钟情的"艺术情人"，有它与介堂兄相依相伴，介堂兄的生命之火、艺术之火，必将燃烧得更加炽烈。

介堂兄，即便我们以后将垂垂老去，但只要有"艺术情人"相伴相依，我们就是幸福的。

2009 年 6 月 18 日

大匠之徒王超

人就是有缘分。2002年3月29日,我去中国美术馆参观北京画院举办的"大匠之门"画展时,又碰到了天津的王超教授。

他拉我来到汪慎生的一幅画跟前,指着右上方的一片题字,说:"像苦禅先生的字吧!我知道苦禅先生的字的来源了。这种字再往上追溯,是竹枝山,再往上……"他显得很兴奋。

我说起在潘家园买到两幅苦禅先生用毛边纸画的花鸟画,王超马上说:"苦禅老师画过很多毛边纸的画,画得很好的,我还专门为此写过一篇文章……"王超说话的豪爽劲儿,一点儿也没变。

回到家,我还在想着王超其人。

我们有一回相见,是在从北京开往青岛的软卧车厢里,那是1993年初夏,我们一道去参加崔子范艺术馆的开幕仪式。其时,我正沉迷于丹青,随身带着一本装有十多幅习作画照的相册,闲来无事,就拿出来向王超求教。

没有想到王超给了那么多的肯定。

他看了我的那幅以生命为主题的蜡烛,很激动,肯定地说:"这是创新之作,有很强的冲击力,含义也深刻。如果打分的话,可以打一百分。"

我有些意外地望着他,想从他的表情上判断他说的是客气话还是真话。

"我从来没有见过别人这么画的,这幅一定要展出。"他又强调了自己的看法。

既然是创新之作,干脆画幅大的。1996年在中国画研究院办画展时,我跑到圆明园一位河南裱画师店堂,用他的裱画案子,创作了一幅丈二匹的大画。这幅大画展出时,引起了画界的震动。可以说,好评如潮。此时,我想起给此画的原始作品打过一百分的王超教授。

在软卧车厢里,他给我的其他习作,如写意牛、计黑为白的花卉等,也打

王超的水墨画

过高分。不过在青岛下了火车,我们就很少交谈了。但他在列车上的那些谈吐却给我留下了终生难忘的印象。

之后,王超给我寄过一些资料,有他的画册,有他写的文稿,有别人对他画作的评论。他来京时,我们还做过一次长谈,谈他的大象系列和寓言系列,谈他的艺术抱负,甚至还谈了他对毕加索与众不同的见解。有一回,他打电话给我,说是接受电台采访,畅谈了足球与绘画的关系……

王超毕业于中央美术学院,李可染、李苦禅是他的老师。吴作人先生曾如此评价他的画:"神兼'二李',境透清奇。"

作人先生说得非常中肯,王超从李可染、李苦禅两位恩师那里继承下来的是"神",而不是形。王超很敬佩李可染在中国画坛能独具一格,他自己也一直在苦苦追求属于自己的那"一格"。所以,他的画,有别于前人与今人。他崇尚黄宾虹,在一篇艺术散论中写道,黄宾虹"画的是一团之气,即他胸中的浩然之气。他借河山之躯,掷己胸中之块垒,画面表现他的学于斯、志于斯、思于斯、骨于斯、魂于斯,是他求索天人合一的最高境界"。王超也是如此,在大自然中,苦行僧般磨砺坚强意志,养浩然之气。他画巍巍的山巅,画厚重的山水,画心灵与己相通的大象。他在画幅上有这样的题字:"大象信义仁厚、体魄壮伟、力大

王超书赠我的书法作品

气雄、勤奋而坚韧,可负重致远,敏于察纳,是人类的好朋友,故为其造像。"他画中的山、水、花、大象,无不注入他心中的豪气、正气,甚至侠气。他的画中,不仅奔腾着激情,还寓寄着深邃的哲理。

这次在中国美术馆邂逅,他说:"我在深圳住了四年,没有干别的,主要是感受一下新的环境。"过去,曾为了表述天人合一而在穷山恶水中奔波的他,如今为了笔墨能随时代,又一头扎到改革开放的前沿城市,去呼吸新的空气,去体悟新的人生感受。

王超有一个与众不甚相同的头脑,有许多与众不甚相同的思路。因此,在他耕耘的那片国画土地上,肯定会生长出一些有别于他人的艺术果子。

2009年秋,王超来电约我去人民大学相会。他受聘于人民大学,教授书法。我们相谈甚欢,照了相,还请他女儿陪同午餐。他女儿说喜欢我的画,要拜我为师。我担待不起,忙说:"有教授老爹,何必拜我这个半路出家者为师呢!"王超说:"选个好日子拜师,跟我学不出来,得跟你学才行。"后来,王超还写了千字文《挚友鲁光》(并赠书法作品和绘画新作牡丹一幅),来纪念我们之间的缘分和情谊:

我与鲁光先生是在1986年4月相识的,当时应邀参加"李苦禅纪念馆"开幕式,在南下济南卧铺车厢里不期而遇。我们极其投缘,谈吐契合,一见如故。当时他还是《体育报》社长兼总编,工作极其

哥俩（右王超）

繁忙，承受压力很大，为中国体育事业日夜奔忙。他曾写过许多重要报道和文章，震撼神州，辉煌体坛。我从小就敬佩为国争光的华夏儿女，希望祖国早日振兴，乒乓球、女排当年可算是长了中国人的志气，鲁光用他如椽大笔，站在时代最前列，颂扬中华儿女，扬我国威，为祖国体育事业的振兴立下了汗马功劳。我从心里敬佩鲁光。

　　他当时还拿出一本小册子给我看。上面印着他的几幅画作，很虚心地请我提意见。我也很投入，打开册子一看不觉一惊，鲁光虽然在体坛工作，但国画画得非常好，原来他学画还没多久，但起步很高，取法乎上。我不住地赞叹：人才难得！人才难得！此后多次接触，相互切磋。1993年4月我在中国美术馆举办个展。鲁光带了一些新作照片，我看到其中一幅名为"生命"的"红烛"画。鲁光用他那厚重饱满的红色大笔铺天盖地地画满全幅。留出两条白色的波浪空间很有动感，顶排的蜡烛如浩荡的千军万马的影像映衬在广漠的天空上，气势磅礴感人，黄色的火苗、黑色的灯芯浩浩荡荡的倾斜着排列在白色的空间里，巧用空白，虚实相生，处理得当又空灵，手法上举重若轻非常自然到位，令人佩服。我不禁感叹："好作品。"如此这般的比比皆是……例如他利用黑底色处理画的整体空间，金鱼群体、白鹅自由地游在上面，手法很独到，一点斧凿之痕都没有。尤其是白鹅身上的干湿墨两三笔，淡而有味，书写功力极深，是表现翅膀的结构？是白鹅躯干体积的表现？都是又都不是，是一种模糊意识，令人叫绝。正如林风眠先生画的房子，画的是两间，乱上一两笔产生像三间或更多间的感觉，这才是艺术上的大手笔，鲁光有之。

中国书画具有哲学性，能抓住宏观对"道"的理解。有正确的立场、有思想、有生活、有真情，意境空灵而不空虚，这是东方艺术很高的境界。鲁光通过辛勤的耕耘做到了，并且在传统的基础上有所创新。他的笔端浑厚、质朴、简约、大气，以意为形，发自心田的真诚，像诚恳的牛，像燃烧的火，充满了人性化的美。他借物象表达了他的襟怀和大巧若拙的智慧，他的画作如同他本人一样不用介绍，充分展现了他的内心世界，画如其人，天人合一的境界。

鲁光淳朴有浩然之气，有奉献精神，如同他笔下的牛一样可爱。我的恩师李苦禅先生一见面就非常器重这位后生，老人非常欣赏他的文风，认为鲁光文笔从生活出发真实感人。苦禅先生动员他画画，为他大开小灶，讲授画法画理，得天独厚。鲁光不失老人所望画艺日进。后又拜崔子范先生为师，得到崔先生的真传，向简约大写意进军，取得丰硕成果。鲁光的豪爽正气、肝胆照人，日久愈显。接触结交的人很多，体育事业的、文坛的、画界的、演艺圈的，非常广泛。他可谓友天下之士，朋友遍天下。这对他的书画艺术神韵大有益处，有海纳百川的博大境界。鲁光也坦诚地向我建议要放松，只要放松了，本身具有好的基础怎么画都对。我认为他的意见非常有道理，我们的坦诚和互补可以求得共同的进步。

我欣赏鲁光的画，一张张的向我女儿王云讲解鲁光先生的作品。她非常入迷，要求拜鲁光伯父为师，鲁光也欣然应允，找一个吉日行拜师礼。艺术教育是很复杂的事，我的女儿能向新的领域学习是她的一大进步。

今年6月鲁光先生参加由刘大为先生率领的"当代国画家代表团"，赴台湾采风并在"国父纪念馆"举办展览。行前，鲁光兄来人民大学与我雅聚。余即兴赋诗相赠：

我贺鲁光开大觉，体坛点将振国魂。

爱人仁者及天下，翰墨雄风见性真。

祝当代国画家代表团赴台展出成功，祝鲁光先生艺术生命之树常青，留给后世更多的好作品。

2009年5月30日

南溪和他的母亲

2011年2月12日，南溪发来一个短信问我在何处，他刚从香港回来。这个春节，他去香港与英国妻子苏珊和两个女儿团聚了。

我与南溪是同乡，又有绘画同好，这些年走得很近。二十多年前，我认识他时，他与苏珊新婚燕尔，寓居在友谊宾馆院里。他把他的母亲吕彩琴也接到了京城，我去做客时，与他母亲说永康土话，特别亲切。遗憾的是南溪的母亲前些年"仙逝"了。

苏珊会说一口不太流利的普通话，她说是跟南溪学的。可我觉得，她的普通话比南溪带乡音的普通话更标准。南溪却基本上不会说英语，看来语言上他缺天分。

苏珊对丈夫的绘画事业特支持。有一年，家乡成立书画院，邀请我与南溪回去。苏珊问我："这对他的绘画很重要吗？"她告诉我，她与丈夫的暑假计划已安排好了。我说："很重要。"她立马说："那好吧，我改变计划。"她说有一回在香港的一家画廊看到了她丈夫的两幅画，高兴得想对人说："这是我丈夫的作品！"可看看四周，却没有一个熟人。

南溪长年在内地，苏珊独自带着两个孩子寓居香港。我想，她依然是出于对丈夫绘画事业的支持。

虽然南溪是我的乡弟，但对于我来说，他始终是一个谜。我至今也弄不明白，不会英语的南溪怎么娶到英国银行家的"千金"苏珊的？沉醉传统艺术的他，怎么变成当代艺术的朝圣者？一直追随英国妻子走南闯北，最终居住香港的他，怎么又独自落户北京宋庄？……

有的属于隐私，他不便公开，我也不便探听。属于艺术范畴的，我们讨论过多次。他的宋庄画室，其实是一栋"画楼"，庭院也很大。大画室在建筑的中间，四周是宽敞的长廊，实际上是他的展厅。

南溪的作品

　　老虎、人物、山水,大多是用墨点和彩点组合而成,这是南溪独有的一种现代绘画语言,据说启示来自电脑屏幕。他是一个绝顶聪明的人,我常说他是"从永康人中挑出来的聪明人"。

　　前年年初,他在永康博物馆举办了个展,引起了轰动。我特意从京城赶回家乡为他"站台"捧场。他出画册,找当代艺术评论家写文章,却找我为他母亲——一位无师自通的农妇写点评。

　　从他母亲的原生态绘画中,我找到了南溪艺术的源头。

　　头一回看到南溪母亲吕彩琴之画时,真是惊讶不已。一位村野老妪,怎能画出如此栩栩如生的作品呢?

　　南溪说,他母亲没有学过绘画,无师自通,画画全凭天分。

　　故里的民俗乡风,我是很熟悉的。绣肚兜、剪窗花,是农家妇女的手艺。她们也许是目不识丁的文盲,但绝不是美盲。吕彩琴是这方水土养大的,她的绘画就来源于这些质朴而又生动的民间艺术。何况,她还念过几年书,当过村干部,这就更了得了。

南溪和他的母亲　　317

吕彩琴的作品

在北京南溪家时，她母亲见儿子用毛笔在宣纸上画画，便也拿起毛笔，蘸着彩墨画了起来。我陆陆续续见过她不少作品，内容多半是取材于乡间流传的戏剧故事，《八仙过海》《西厢记》《白蛇传》等等，她笔下的人物清纯，造型拙朴，墨彩天然、生动、有趣、传神。我为她的一幅画题过字，还要了一幅留作存念。在我的印象中，她的画甚至比儿子的山水更富有人情趣味，因为她的画是故乡山野里流淌出来的清泉，是乡野田园里的悠扬牧歌，是原生态的艺术。那是一种难得的纯朴之美。

其实，真正的艺术，本来就是来自民间，来自天然。

我突然悟到，南溪能成为一个不凡的画家，是母亲给了他艺术基因。因此，想要探寻南溪的绘画艺术，就有必要品读他母亲的画作。

2011 年 2 月 22 日于龙潭西湖

杜世禄现象

与杜世禄相识近二十年了。家乡成立方岩书画院时，他是县里人武部部长，好书好画，五峰书院廊柱子上有他撰写的长联，颇有书法功底。后来，他调到书画之乡浦江当了县委书记，我去浦江时，去过他的宿舍。依我看，那就是一间画室，铺上纸，他便持笔上阵，横涂竖抹，点染皴擦，不将整张纸画满绝不停笔。他画画时，给我的印象，俨如一位战士，持笔冲锋陷阵，所向披靡。画论云："密不透风，疏可跑马"，杜世禄的山水画，密密麻麻，满纸彩墨，绝对无跑马之疏空，一般读者是很难接受的。一位书画爱好者站在杜世禄的山水画前，看了一会儿就不敢再看了，说"看久了头晕"。更有老百姓说："杜世禄画面上的图纹像花岗岩。"

2005年，杜世禄倡议在金华举办一次"三人行"画展。他、我、徐小飞每人二十幅画，杜世禄出展的全部是清一色密不透风的山水画。我送画去杭州请人拍照，拍照人弄不清上下左右，因为怎么摆放，效果都差不多。当然，仔细观察之后，还是分得清上下左右的。

徐小飞看到画照后，给我来电："鲁大哥，老杜的二十幅画跟一幅画一样，黑乎乎一片，怎么办呢？"

二十幅一种画法，猛一看都是类同的。但只要细细品味，每幅画都是不同的。密不透风的画面上，有千变万化的笔墨，有楼台亭阁，有树木山泉，有诗韵和音乐，是杜世禄的心灵之歌，每一幅都有他的苦心追求。

"我看，杜世禄是有意追寻一种风格。在艺术上他主见很强，甚至有几分固执。很难说服他。不过，作为画展，不妨再拿点花卉、人物画，将山水换掉一些。你跟他说说吧！"我给小飞回了一个电话。后来在吴茀之艺术馆展出时，杜世禄更换了大约三分之一的山水画。看来，朋友的好心建议，世禄还是听得进去的。

此时,在浦江浸染够了的杜书记调任到金华市职业技术学院当了院长,偏爱绘画的他,还亲自兼任美术学院院长。院长办公室书柜边上有一扇不起眼的木门,推木门进去,里面有画案,地上堆满宣纸和杜世禄书画作品。画案上,有散发着臭味的宿墨——自制的宿墨。浦江出生的吴山明最喜欢用宿墨,他的宿墨人物画,已自成一格。山明告诉我,他的宿墨来源是乡下商店中积压的墨汁,多年卖不出去,已脱胶。杜世禄也爱用宿墨点染山水。用剩的墨汁,倒到一个瓶里,又稠又臭,但用起来很出韵味。我画牛画时,用过世禄的宿墨,那韵味是用别的墨无法达到的。

杜世禄的书画作品,我都有收藏;当然,都是随意间的赠送。有一回,我

杜世禄的戏剧人物画

在金华古子城一家画廊观画，邂逅杜世禄。他带来几幅戏剧人物画，人物夸张，特有品位。杜世禄问我："这种人物画如何？"我挑了两幅："有品位，这两幅归我了。"

杜世禄出身行伍，当过兵，做过县太爷，退休前是大学校长、教授。他嗜书画，书法是左书，山水、花鸟、人物都画，也有摄影画册问世，是一位艺术多面手。有激情、有主见，这是从事艺术最需要的素质，他都具备。他家乡横店还为他建了一座古色古香的"杜世禄作品陈列馆"，供游人参观。

在京城，绘画界同人相聚时，常有人向我打听："那个县委书记画家……"他的知名度，已超越八婺大地，突破省界，甚至国界。不过依我看，不管他的头上顶着多少光环，他还是那个矮而壮实作画如打仗的东阳人。

曾任上海美术家协会主席的浙派名家方增先为杜世禄画集写过序言，对杜世禄的绘画理念、个性、技艺作了很有见地的评说。杜世禄是一位凭感觉悟性画画的画家，用笔看似随意，但点与点、点与线、线与线的组合和运用十分老到。这与他自幼研习书法有关。我总觉得，杜世禄从政从艺的经历和成就，可以作为一种现象来研究，不妨就称为"杜世禄现象"吧！

我是东阳中学毕业的，从某种意义上讲，我们是东阳同乡，又都好书画，故成知交。他一直希望我为他的绘画写点什么，却拖到今日他退休前夕才动笔。说句幽默话，他无职无权了，我著文便不会有拍马之嫌。

2010 年 6 月 22 日于故里山居雨中

日记中的画家朋友

1986年4月26日　　周怀民的收藏苦经

周怀民以画葡萄著称，人称"葡萄周"。周老今年已八十大寿。今天我去后海拜访了他。

两间砖瓦平房，有一个小庭院，安静舒适。

两间相套。外间铺着红地毯，一张大画案占去了大半间。墙上挂着他和夫人计燕荪的画《水仙图》，有宋振庭题款。还有一幅《梅花图》，两只小鸡是计燕荪画的。

周老顶一头白发，随和，善谈，直爽，没有大画家、大收藏家的架子。他背后的墙头挂着一张辽宁博物馆送的赠画纪念奖状——他将罗马教皇派遣来中国的传教士利马窦的风景画捐献给了国家。

"做一件好事也难呢！"周老感叹道，"登报后，就挨批。有人说，利马窦是教皇派来的特务，宣传他，是大逆不道。此事直到《人民日报》发表文章，认为利马窦对中国是有贡献的，才平息。背了两年的包袱才放了下来。"

聊起画家夫人管画之事，周老说："得罪人的一般都不是画家，而是画家家人。画家把画当成艺术，而家人却把画看成钱。拿走一幅画，就拿走了多少钱。黄宾虹的画，展览卖不出去，家里一沓一沓放着，谁要几张都给。不像如今一幅就一两万元。"

周老收藏丰富，前不久将藏品（主要是宋、清的）送给无锡市政府了。无锡将建一座周怀民藏画纪念馆。话题从此展开。

周老说，我有两点考虑。一、这些画，是我一生心血的凝结，是冒着生命危险保存下来的，传给后代怕散失，不如交给国家保存。二、放在身边，心惊胆战，夜里都睡不好觉。院墙那么矮，万一坏人翻墙进来怎么办？他对老伴的支持

周怀民作品

颇感欣慰，他说："此事，我老伴思想开通，想得透，一商量就同意了。"无锡派人来，问给十万行不行？不够还可以加。我忙说，够了。十万，我分给六个孩子一人一万，不管在北京的、西安的，都一视同仁。

每张画的收藏背后，都有一个生动的故事。

周老回忆道，在旧社会，我们这些人常去琉璃厂。那个地方很势利眼，他们知道什么人有多大的实力，不同的画给不同实力的人看。收藏字画，一要有钱，二要有鉴赏能力，三要有机缘。我家很穷，今年回了次无锡老家，两间破屋还在。我收藏字画，主要靠以字画换字画的办法。我还将这个办法告诉过徐悲鸿先生。许多领导人都爱去琉璃厂，像康生、陈伯达、邓拓都常去。我与邓拓是好朋友，他来我这里，看我这么困难，爱人瘫了十五年，我什么都没有，只有这些收藏的字画。

"文革"时，差点被整死了，说我玩四旧，说我与"三家村"勾结。我怕被打死，怕字画文物被抢走，给画院打电话，赶快把字画拿走。叫我送去，我叫了一辆车，自己送到画院。一进画院，红卫兵正在打人，一棍子一棍子打。我碰上了，也挨打了，一棍子一棍子打，最后一下打到脑袋上，昏死过去了。北京画院死了好几个人，有的顶不住就自杀了。

这些字画，不光用心血，而且是冒着生命的危险保存下来的。"文革"后，将字画退给我，有几幅在故宫，不肯退还给我。万里批示两次，赵紫阳总理又作了批示，才送回来。

这些字画，都是从故宫里流散出来的。说是假的，人家不要的，才放到商店里卖。一般都先紧着领导买。他们不要，我才有机会买。我是画家，我识货，人家说是假的，我看是真的，很便宜就买下来了。

聊着聊着，小院已经暗了下来，该告辞了。周老送我们出来，很轻松地说："捐给国家了，我可以睡个安稳觉了。"

1987年8月2日　　金陵初识亚明

下午3时，拜访著名山水画家亚明。按了电铃，一位光脊梁的小伙子出来开门迎接。

靠右有一门房，甬道对着圆洞门。后花园正动工。往左进客厅和画室。

这是我头一回见到亚明。他是江苏省体委主任吴镇的朋友。吴镇知道我正沉迷丹青，特意陪我走访亚明。

亚明有些发福，六十三岁的人了，头发却黑而长，肤色洁白，方脸，饱满，说话幽默。

我说："在我的想象中，你还要老，还要瘦。"

亚明笑道："我长吴镇一岁。我们这代画家已经走了不少人了。最近方济众又走了。陕西留不住人。石鲁死了，何海霞回北京了，还有两个中青年画家王子武和李世南也南下了。"

当我说起李苦禅鼓励我画画时，亚明说："苦禅是个大好人。我叫他大爷。有一次开会，他向我招手，说：'亚明，过来。'他对我讲：'我拉过洋车，到会上讲不讲？'我说：'共产党看重成分，穷出身光荣，讲吧！'他上台真的讲了。下台后，对我说：'亚明你真管用。'"说起苦禅，亚明的话匣子就收不住了："有一次康生去见李苦禅。事先有人跟李苦禅打招呼，告诉他，康生是中央政治局委员⋯⋯康生来了之后，李苦禅想了好一阵，想说几句客气话，结果说出来的却是：'康局长，俸禄多少？'弄得在场的人哭笑不得。"

亚明是真了解苦禅。苦禅是一个大智若愚的大艺术家。他从来分不清官大官小，见了来人，就山南海北神聊起来。亚明的思路天马行空，从黄宗英的《中国一绝》，讲到中国知识分子的"特点"，他说："中国知识分子有三个特点：爱国、正直、软弱。"

他拿出日本出版的亚明山水画画册和三块雨花石送给我。送我出门时，他指指正在翻修的庭院："自己花钱修的，三年完工。三年后，再来看，就变样了。欢迎常来玩。"

初识亚明的印象是：随便、耿直、热情，是真正的艺术家气质。

1994年11月25日　　作为画家的汪曾祺

上午"中国作家十人书画展"在中国美术馆西南厅开幕。每人十件作品。十位作家和他们的朋友都来捧场，吴阶平、冯其庸、李准、华君武、管桦、冯牧、阮章竞、张锲、刘勃舒、苏叔阳等出席，握手欢谈，拍照留念，好不热闹！

中午，中华文学基金会在文采阁设宴，为作家们创造一个欢聚的机会。我与吴阶平夫妇、汪曾祺、管桦同桌。

汪曾祺七十四岁，看上去要比实际年龄苍老许多。他穿一件酱黄色毛衣，抽烟，喝茶。因为有医学专家吴阶平先生在座，汪先生便引经据典，大发议论。

汪曾祺的作品《荷塘多野趣》

他说:"我过去曾与叶圣陶邻居。叶老说,'我的养生之道是三不,一不戒烟,二不戒酒,三不运动'。我是叶老的支持者。尽管老婆管着,但每天要喝白酒四两。老抽烟,老婆便老开窗。这么冷的天,她也开窗。还爱睡懒觉,醒了也爱躺着不起床。躺着想事,把一天要做的事想好了才起床。"

这天文采阁别出花样,名曰"三国宴",每道菜都与"三国演义"有关,如"空城计""连环套""刘关张三结义"。文雅是文雅,但总让人有点哭笑不得。

"胡编乱造三国宴,横七竖八女妖精。"几杯酒下肚,汪曾祺酒后吐真言了。有人提醒在座的一位女工作人员,赶紧给汪老敬酒。女工作人员端起酒杯,说:"汪老,敬您老一杯酒。"

汪曾祺一口喝尽,说:"女将出马,必有妖法。"言外之意是,女人喝酒厉害,对有的女人来说,酒精几乎不起作用。

你来我往,频频敬酒,酒席上的气氛非常活跃。

我送汪老回家。我住方庄,汪老住天坛路,顺道。

一路上,我们聊的都是画。

"求您老画的人很多吧?中国人不买画尽求画。"我说。

汪老说:"我的原则是,你拿纸来,我就画。不拿纸来是不画的。我贴不起纸钱。"

当然,给他送纸的同时,最好再拎上一瓶好酒。

我决计给他送酒送纸求画。

1996年1月14日　　最后一次见尹瘦石

我和尹瘦石早些年就认识了,是在深圳会友时认识的。今天3时,我如约到尹瘦石家。他家在方庄,我家也在方庄,不过,我住的地方需加一个"南"字,叫南方庄,与方庄小区隔一条宽广的三环路。尹先生的住处在小区紧北头,在高高的十九层上。

我怕来早了,影响他午休。谁知道他中午从不休息。他引我到客厅入座。

几年不见,尹先生风度依然。瘦瘦的中等个,一头又硬又密的花白头发。还抽烟。我环视客厅,墙上挂着一幅1986年画的马,一匹俯首饮水之马。还有

尹瘦石(中)谈艺

装裱过的柳亚子等人写给他的信。靠北墙有一个博古架，上面陈列着汉罐、唐俑、宋佛等珍贵的文物。

"我的文物都进了家乡的博物馆了。这些是复制的，朋友新送来的。"尹先生说。

1994年，他在故乡江苏宜兴的钱线桥镇建造了一个艺术馆，这是占地十四亩的一个江南园林，夫人吕秀芳兼着馆长。

"他把所有的自己最喜爱的字画和文物都送回家乡去了。"吕秀芳用赞赏的口吻说。

说起艺术馆，尹先生夫妇引我到对面的画室，拿出艺术馆的照相册，边翻阅边给我讲述。

画室也就十五六平方米，不大，但收拾得干干净净。一排靠墙的书橱，浅黄色的，里面装满了文物和奇石。窗台上也摆着几块奇石，还有一盆大肚子竹，翠绿得十分可爱。墙上挂着柳亚子先生写的横幅，写于1945年，其时尹先生正在热恋中，柳亚子写道：前方在呼唤你，你不能光沉醉在爱情中，要奔向远方……

我说起一个常跑书画家的山东青年人，尹先生说："也来过我家。此人不实在，为人不好，来了也只是应付他一下就算了。"与我对他的印象一致。看来，人品好坏都会有感觉。

临别时，尹先生要我留下住址："我要去认个门，看看你。"

他送出门，一直送到电梯门口。

1996年2月10日　　黄山之子刘晖

一个偶然的机会，在黄山脚下的太平湖结识了他。

这是80年代中期的一个夏日，他捧着一大堆黄山的资料来找我，满腔热情地向我讲述黄山如何如何壮丽，应开辟为"世界公园"。他说，他起草了一份呼吁书，正在征集全国名人签名支持。我信服了他，毫不犹豫地在呼吁书上签了名。

一深聊，居然聊出个校友来。他与我念的是一个大学——上海华东师大。不过，他是历史系的毕业生，酷爱画画，而且偏爱黄山的松树。他给我看了画作的照片，厚厚的好多本。他说，他就生在黄山脚下，长在黄山脚下，为了画黄山松，他爬遍了黄山的角角落落。有一次从悬崖上摔了下去，好在被松树挡住了，

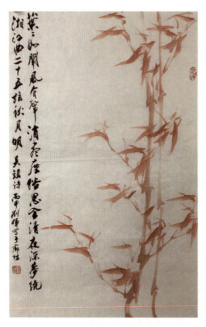

刘晖画竹

没有献出生命。他画黄山是用他的爱和生命画黄山。他送了我一幅画,是墨线勾勒的黄山松。在我的印象中,他当时用在奔走呼吁建立黄山"世界公园"的精力,远比用在画画上多得多。

几年之后,他来北京,住在和平宾馆作画。他来电话,约我去聊聊天。这时,我才知道,他奔走呼号的建议虽然得到了上下众多有识之士的支持,但最后未被采纳。不过,他依然坚持己见。这时,他已全身心地投入绘画艺术,一幅幅巨松挂到五洲大酒店、和平宾馆、人民大会堂……他改变了方式,不是用建议呼吁,而是用他的黄山松、用他的艺术,继续着他的未竟心愿。

他被北京的媒体称为"中国松王"。中国画松者不少,但像黄山人刘晖这么钟情于松、痴情于松、献身于松者,却实属罕见。

荣宝斋出版过他的画集《黄山松》。其时,他当属无名之辈。大画家黄胄去黄山时,刘晖作为文化馆的干部陪伴游览太平湖,出示了自己的黄山松速写。黄胄的赞语是:"从古到今,还没有一个画家像刘晖对松树作了这样深的研究,在生活中提炼出了自己的语言。"其时,黄胄担任着中国画研究院院长之职。他请这位黄山画松人到研究院进修。到了北京,刘晖拿着近百幅松树速写去荣宝斋求教。荣宝斋人以为他是来卖画的。论形象，刘晖个头瘦小，戴一副近视眼镜，又名不载经传，在名流荟萃的京城实在是引不起旁人注目的。荣宝斋人说："我们不收画！"刘晖说："我不是来卖画的，是来请你们看看画，提提意见的。"当他打开画本，一棵棵黄山松顿时使两位荣宝斋人眼睛一亮。他们说："你先把画放在这儿，三天后告诉你消息。"三天后，当刘晖再去荣宝斋时，他得到的消息是"荣宝斋决定出版黄山松专集"。无人引荐，却得此殊荣，刘晖真乃幸运之甚。

多年后，在京信大厦的一间宽畅的画室里，刘晖向我展示了几十幅已精裱过的巨幅黄山松，有彩墨的，有全墨的。他笔下的松，千姿百态，虬枝屈铁，苍劲挺拔，雄健有力，刚强不屈，蕴藏着一股内在的风骨和顶天立地的气概。每一棵入画之松，无不富有强烈的个性和生命的活力，给人以巨大的冲击力，发人深思，给人启迪。

"黄山的松，从石缝里长出来，从陡崖上长出来，而且迎着山风雨雪成长，它的枝干往往是严重扭曲的，但正是这种扭曲，透出它的抗争和倔强，显示出黄山松的顽强生命力。这便是为什么在黄山的松、石、云三绝中，我偏爱松的缘由。"刘晖的这段自白，是对他笔下黄山松的最好注解。

有一天，刘晖来电话告诉我："今晚中央电视台播我的片子。"看过新闻，我就端坐在电视机前。精瘦的刘晖出现在屏幕上。真亲切！黄山，风光奇特的黄

鲁光与刘晖赏画

山，展现在我眼前。这不禁触景生情，使我回忆起80年代中期刘晖为我安排的那次登黄山的情景。

暴雨哗哗。雨幕把黄山遮得严严实实的，使我身在黄山却不识黄山真面目。我们登临山顶时，暴雨只停了不到十分钟，但浓重的水雾又遮盖了一切，几米之外，就不见景物。我抢拍了一两幅照片，浓雾中隐约可见造型奇特的几棵黄山松。暴雨又哗哗啦啦下了起来。那次黄山之行，除了暴雨、浓雾之外，只见到了那一两棵长在陡崖上的隐在雾气中的黄山松。

记忆中的松，与屏幕上刘晖画的松，融合到一块儿了。

"刘晖，刚看完你的片子。很激动，很难忘。"我在电话中说。

"谢谢！谢谢！"刘晖并不善于言语。

每次看到刘晖的黄山松，都如此激动，如此难忘。我想，一个学历史的人，画笔怎么会如此苍拙有力呢？我用心地用双眼去观察他。一个偶然的机会，我终于寻找到了答案。

他的大画案的一角，总是堆放着老高老高的一沓沓旧报纸，刘晖翻出几张给我看，报纸上密密麻麻写满了字，先淡墨后浓墨，多层次堆叠。

"这是我这一个多月练字的旧报纸，先用淡墨写，然后用浓墨写，直把报纸写成一团墨黑才罢休。这几年，我已写了一万几千张旧报纸了。"刘晖坦诚自述。

我明白了，他的每一笔，都是从墨海中提炼出来的。不吃超人之苦，哪来超人的成果啊！

在北京的报刊上，偶尔可见刘晖题写的标题。那字迹都有独特的风骨。1994年，我们创办了一份彩报《体育大市场》，就苦于找不到一位书法家题写报名。虽然我结识的书画家很多，但一时想不出谁的墨迹才适用于报头字。一次走访刘晖时，见到他为外地名胜题写的字，唉，踏破铁鞋无觅处，得来全不费功夫，眼前这个刘晖不就是合适的人选吗！我当即请他为这份彩报题写报名。刘晖也当即答应了下来，而且答应得很高兴、很痛快。他说："你还真有眼力，看中了我的字。"在艺术上，他就是这么一个十分自强自信的人。但真动起笔来，他又是那么一个十分苛求自己的人。过了十天半月，我打电话催要时，他说："我已经练了一百多遍了，快着手写了。"又过了十天半月，他才打电话来，说："写了几张，你来挑选吧！"

谦虚与自信，集一人之身，真是难能可贵也！

2005年6月28日　　拍卖会邂逅杨仁恺

去亚洲大酒店看中贸圣佳拍卖会预展。这两年，艺术品价格飞涨，几万的画作已变成几十万、上百万。每次见到徐希，他都动员我收藏黄胄的画。80年代，一千元一平方尺，苦于囊中羞涩，未敢出手。如今手头有点余钱，黄胄的画已涨到八万、十万一平方尺，依然买不起。在职期间，黄胄等名家书画都过吾手，但全部交公造册登记，未截留一件，这样心里倒很平静。应该如此。人是匆匆过客，任何文物字画，你只不过是保存者。像杨仁恺老先生，身为辽宁博物馆馆长、国务院古字画鉴定五人小组成员，什么文物字画没有见过，过手之古今名家字画也不计其数。但他只为单位为国家"掌眼"而已。李渔说得好，"得之泰然，失之淡然"。

这些年来，只要我在京，凡有拍卖预展，我都光顾。几百件上千件展品，鱼龙混杂，太长眼力了。

今天巧遇杨仁恺先生，九十高寿，穿一件短袖白衬衣，白发苍苍，风度倜

与杨仁恺（右）一起看书画拍卖预展

觉。他老远就认出了我，握住了我的手说："好多年不见了……"

头一次见杨老是在杭州，人们纷纷送字画来请他鉴定。一位派出所所长拿来李苦禅的一幅鹰，杨老看后，说："这是苦禅习作。"鉴定家说是"习作"，言外之意便是赝品。但杭州一位画家对杨老说："他'文革'中救过我的命，给他题个字吧！"杨老犹豫了一阵，提笔写了"苦禅先生作品"一行字。事后，我说了那位杭城画家，明明是赝品，怎么好这么为难杨老呢！那位画家摊摊手，摇摇头，未再说什么。当一个鉴定家真是很难的，各种画外因素影响着他。后来，有的拍卖行对杨老的某些题跋有疑惑，当在理中。

转天，我与杨老又在义乌见了面。

义乌大酒店的老总朱友士好字画，招引了不少名家大家相聚。

杨老在义乌大酒店，住总统套房。友士视他为国宝级人物。一天除了三餐饭，这位年已古稀的老人，便坐在会议室为人看字画。看画时，他摘掉眼镜，双眼靠画面很近很近，几乎贴到画面上。一位金华的收藏者送来一幅范曾的人物画请他鉴定。他指指我："鲁光是范曾的朋友，请他鉴定吧！"他说，他是鉴定古字画的，对现当代的字画生疏。一位鉴定大家如此实话实说，如此虚怀若谷，让人肃然起敬。

友士嘱我为他夫人画了一幅《护花图》。杨老见了直说："画得有意思，拙朴厚实。"他提笔在那幅画上题了几行字。

见杨老喜欢我的画，我将我的画册送给他，请他指教。

次日，我们一道去东阳横店参观根据《清明上河图》营造的人造景观。一路上，他讲述了他当年发现《清明上河图》的经过。

本来我在东阳与他告别。但他执意要我回义乌，他说："看了你的画册，我想为你写点东西。"求之不得，我便又陪他回义乌酒店下榻一宿。

杨仁恺先生先是写了四个斗大的字，"鲁殿灵光"。然后写下二百余字的短文。

> 顷来西子湖畔，有幸获识新友鲁光先生。翌日晚又重聚于义乌，相谈甚欢，捧观其画册，为之惊喜不已。鲁光先生先以作家名世，作画乃其余事，然禀赋不同于他人，构图、设色、运笔别开生面。正由于素养深厚，故而出手不凡，能突破传统之约束，开一时之新风，不让斫轮老手。鲁光

杨仁恺评说我的书画手稿

已逾花甲之岁,澹泊明志,建别墅于故乡风光明媚之所,为晚年从事文学书画创作,准备良好条件。予为其高尚之作为极为钦佩,于是挥毫书鲁殿灵光四字以颂之。

岁次庚辰初冬

八十六岁龢经仁恺书于义乌大酒店。

客次匆匆草书殊不尽意,为歉也。

离别数载,其间偶有电话联系,他总说"鲁殿灵光",我总说"杨老灵光"。不久前,一位友人从美国回来,出示王羲之书法长卷,有历代名人苏东坡、岳飞、史可法等十多人题跋。我说:"只有去沈阳找杨老。"今日不期而遇,我就此事询问杨老。

"王羲之无真迹留世,赝品赝品……"杨老很干脆地回答。

他带我去看了几幅古画,并询问了义乌的几位熟人。

我说:"朱友士买了又卖了两幅陆俨少的画,发财了。"

"比投资房地产赚钱多了。"杨老高兴地说。临别时,他紧握我的手说:"我倒计时了……"(两年后,他仙逝了。)

2006年2月21日　　画家村访钱绍武

为筹办"情系2008中国名家书画展",去昌平画家村拜访雕塑大家钱绍武。与钱先生交往多年,印象最深的是他的"哈哈哈"放声大笑。每次相聚,他都会大笑数次,笑得很放开,很有感染力。跟他在一起,就是与欢乐在一起。

他的宅院紧挨着村委会,是一栋两层建筑,院子很大,置放着许多座雕塑作品,有《二泉映月》《李大钊》等。还种了一些花,西红柿挂满枝头。

一层很高,杉木板楼梯通向二层。客厅正中挂了钱绍武自己的一幅书法。他的字,大刀阔斧,苍拙浑雅,风格独具。因此,有评家认为,钱老书法第一,雕塑第二。他的字不比雕塑逊色,苍拙得好似用刀斧砍凿出来的。靠西头的两间屋,是他的雕塑工作室,堆放着一些尚未完工的大件作品。

那天,钱老有事外出,匆匆赶回来接待我。人未到,"哈哈"声先到:"鲁光兄,有点事,回来晚了,对不起。"

谁都知道钱绍武娶了一个"小媳妇"。我调侃道:"钱老,你是画家中最潇洒的一位……"

回答我的,又是一阵放怀大笑。

我说:"你出一件展品,拿一幅女人体速写,再写一幅字。"

"庆奥运画展,拿女人体速写行吗?"他说。

"体育就是为雕塑优美人体的嘛,拿女人体画,行。"我说。

他找出一幅躺卧的女人体速写,问:"这幅行吗?"

线条流畅果断,人体略有变形夸张,但恰到好处,极美。

与钱绍武(右)在他的宅中展室留影

他说:"上楼,到我书房去写字。"

在书房,他挥毫写下"同一个世界,同一个梦想"十个大字,一气呵成,大气磅礴。

"看看我的雕塑吧!"他领我们穿过书房,到他的作品陈列室。

徐悲鸿像、鲁迅像、曹雪芹像、闻一多像……琳琅满目,精彩纷呈。给我印象最深的是曹雪芹头像,眯着眼,眼中似有泪痕。我们在此像前拍照留念。旁边一座头像我不知是谁。钱老说:"这是江丰,中央美院院长。1957年,毛泽东把他叫去,问他,你们美院有几个'右派'?江丰说,没有。毛泽东生气了,指着江丰说,那你就是'右派'。江丰说,我的脑袋不是灯笼,不会跟风转。毛泽东火了,说,那你就是'大右派'。"望着江丰头像,钱老感叹:"一个铁骨铮铮的硬汉,耿直得让人敬佩。我特意塑了这尊像纪念他……"

陈列室里的每座雕像,无不是钱绍武用真情,用激情雕刻而成。难怪每座雕像都栩栩如生,像如其人。

2006年6月6日　　张禾追求唯美

在朋辈中,画家张禾享有江南美女之称。无论何时何地,她的出场总那么典雅、端庄。发型是精心设计的,服饰的搭配是那么的协调,就是一条毛巾或围巾,颜色、款式都是很考究的。话语不多,但声音轻柔温馨,听起来悦耳,有亲近感,没有骄气,却有人气。但这些都还是表象,她究竟是怎样的一个女画家呢? 一下子是很难读透的。

她结识的大家、名家很多,出画集却要找我写序,真有些出我之意料。

我想推辞,她轻声细语地说:"有感觉就为我写写吧!"

感觉肯定是有的。有一回,我、她,还有她的老乡上海的陈琪,一起在义乌大酒店"笔会"。画至凌晨2时,画就了三幅画。我画牛,张禾写少女,陈琪"穿插"补景。说好一人保存一幅。正收笔,来了张禾的一位乡友张剑萍,不由分说将张禾手中的那幅画"抢走"。此画名"老牛尽知少女心"。张禾显得很无奈,悄声说:"我没有了……"

我颇为同情,但还是硬着心说:"以后有机会合画再留给你好了。"

其实张剑萍也未留住那幅画。当夜,一位战友来访将它"抢走"了。张剑萍心疼了一宿。次日一早,拿了一幅吴山明的画去换了回来。损失是够大的,但

张禾作品

剑萍说:"山明的画还能得到,你们三人合作太难得了。"我知道,剑萍多半是冲着张禾画的那个清纯少女去的。

可见,张禾的写意人物,有多么招人喜欢。

张禾的写意人物,算目睹了一回。但张禾是以工笔人物画家著称的。写意人物只是偶尔为之。她的工笔人物画原作,我只见过一幅,那是她参加 2000 年中国画展的得奖佳作《桑园》。写序前,想再拜读一些,但无机会。张禾送来一本她的工笔人物画的自画自评。此集收进了她数十幅各种题材的工笔人物画,而且每幅都附有画家的评析。从墨线、色彩、构图、诗境等诸方面,来阐述创作意图和艺术效果。此书从金华带到北京,又从北京带回金华,赏读了许多遍。每次开卷有益。其实我是当了一回工笔画家教授张禾的学生。读过此书，我对工笔画也敢说上一二三了。愈读对女画家愈有了解。我的总印象，张禾是一位"唯美"画家。

她笔下的人物，无论是城市姑娘还是山村少女，无论是知识女性还是下里巴人，都很美。用线、用色、用景都很独到，很精心。几十个女性，神采不一，风韵各具，无不美不可言。不仅外形美，而且内在气质也美。从她的艺术形象中，我们了解了张禾对生活、对人物的观察是深刻细致的，在艺术上是很用心的。工笔画是靠一条条变化的墨线塑造形象的，是一种费时费力费神的艺术。一幅作品要耗时十天半月，甚至半年一载。每一幅画，都是生命的一部分。张禾用她的美丽的青春，用她宝贵的生命，换取她的这些艺术精品。画就是她的生命。

细品张禾的女性人物，不难发现一个与众不同的特点，几乎每个人物都透出一种淡淡的悲愁。我未追问过张禾，但我以为，张禾与同代人一样，经历过时代的风风雨雨，遭遇过各种挫折的磨难，对人生有着不同一般的深刻理解。人生本来就是一部悲喜交加的历史。有喜就有悲，有悲就有喜。只有读懂了人生这部天书者，才能创作出有分量的艺术人物来。

对于一个女人来说，这个世界的诱惑实在太多太大了。只有经得起诱惑、心静如水、甘于寂寞的女人，才能搏杀出一个属于自己的辉煌世界。

"我喜欢读书。一个人面对着书，尽情地享受，这是人生最大的快乐。只要我提笔画画，世间的一切烦恼就都跑光了。"张禾这样对我说。在沉默寡言的背后，是苦读勤思，磨炼笔头，不断丰富自己的学问和修养。只有把自己的心灵修炼得至美，才能创作出唯美的艺术。

这也许正是这位美女画家成功之奥秘。

我对张禾只有粗浅的了解。若要深入了解她，真正读透她，只有多读、细读她更多的画作。待来日吧！

2006 年 11 月 10 日   贾平凹的惜字如金

早就听说，贾平凹的字写得有味，在西安很抢手，价格也不菲。

这十来年，我们都参加中国作协全委会一年一度的例会，常碰面。偶尔坐在一起，问起过他的字画。他说："求字画的人太多，只好贴告示，公布润笔价格，眼下是一幅一万元。还是忙，不能这么写下去了，来钱比写作快。再写画下去，该不愿写小说了……"有几分陕西人的幽默，但也反映出平凹字画走俏

贾平凹的书法作品

市场的盛况。

"我要去深圳办个画展。"一回，在京丰宾馆听报告时，他悄声地告诉我。过了不久，就听说深圳读者对他的批评。平凹的知名度太大，光一本《废都》，盗版就多达五十余种。平凹说："收到读者索求签名的新盗版本，我就留下，寄赠一本正版本。"听说是贾平凹的画展，深圳许多人带着全家去参观。到了展场，才发现有不少画是画性的。吓得家长带着孩子匆匆逃离。媒体对此有所评论，有所责难。平凹说："我是一个作家，只是画画玩玩的，不要太认真。"

中国作协第七届代表大会召开时，我已七旬，从全委会退出，成为全委会名誉委员，从此将不再出席一年一次的全委会例会，与平凹相见会变少。我与陕西佬周明、中国现代文学馆副馆长李荣胜商量，请平凹到我亦庄的画室去写点字。

平凹从北京饭店会场出来，与我们一道驱车去亦庄。堵车严重，平日半个小时的路程，今天走了将近两个钟头。平凹感叹："北京是一个浪费时间的城市。"

路上，周明为朋友求字。平凹说："一幅一万，朋友半价，五千。"说得很认真，不像开玩笑。

平凹说，一位领导到西安，西安领导找我，叫我写字送那位上面来的领导。我说，这位领导的名字我很熟，要字，你们拿钱来买。我硬是没写。

到了亦庄，平凹楼上楼下观看了我的字画，他喜欢我的一小幅鸡画，我题字送了他。他为我写了一幅字，为周明和他的朋友写了字，为荣胜写了字，也为我的女婿小李写了字。小李不敢多要，说只写一个字就行。

这回平凹亏了，写了这么多字，未得到分文报酬。晚餐是在东单一家馆子吃的羊肉泡馍。这大概就算是一种回报了。

其实，平凹对朋友是真诚得很纯朴的。

2009 年 4 月 20 日　　二十年后拜访朱育莲

朱育莲住在龙潭湖畔时，我常去串门。一是他夫人尹芝慧与我同事，二是育莲爱好丹青，有共同语言。这是上个世纪 80 年代的事了。

自从他搬到《人民日报》宿舍居住，来往极少，只偶尔去看望过一两回。他退休后，任神州书画院的院长，全身心投入书画事业。

他的本职工作是绘制地图，那些年，《人民日报》发表的地图皆出自他手。我们称他为"地图专家"。画地图需要严谨，丝毫差错都不能出，一出问题，便会成政治问题。他就用那只画地图的手作画，画梅，画虎，而且一画便不可收拾，成为终生的爱好。

我曾写过一篇《育莲画虎》的千字文，发表在《文汇报》副刊上，对画地图与画虎集育莲一身，作过感叹。二十多年不见，当了画院院长的朱育莲，近况如何呢？听说年迈的尹芝慧状况不佳。今日，约了我们的老友昌沧一道去访。转了几趟车，我们来到《人民日报》宿舍，敲开了育莲的门。

育莲年逾八旬，一头白发，笑呵呵一如往昔，谦逊、和善。他已退休多年，

朱育莲的梅花图

对身后事都作了安排,将一生辛辛苦苦收藏的文物,悉数捐赠给老家,收藏的名家字画,也已交拍卖公司。一身轻松,画画梅与虎,自得其乐。

他知道我沉醉丹青不醒,便说:"为我画幅牛吧!"

我们到他女儿朱杭的寓所,铺纸挥毫,献丑三回,为育莲作牛画一幅,为朱杭作小品一幅,也为昌沧作牛画一幅。昌沧说,他夫人正在临我的牛画。

我带去一本《我的笔名叫鲁光》相赠育莲,育莲也赠我一本画集。朱杭翻了翻我送的书,说:"得送我一本,不送,就枪毙你……"这丫头,说话真冲,似有一股造反派的余威。

连夜翻阅《育莲画集》。掩卷之后,我一幅幅回忆着那些老虎,无论下山虎上山虎,还是呼啸山林的母虎,饮水江畔的乳虎,皆是温和之虎。育莲之虎,无虎威。画如其人也。育莲的梅,倒是绽放热烈,透出他内向个性中的另一面——对生活、对朋友的如火热情。

2009年9月15日　　冰雪画东北二将

只要提到冰雪画,人们便会想到"冰雪画创始人"于志学。于氏冰雪画,矾水与墨水融合产生了奇妙的效果,形成一种冰雪神韵。在人们的印象中,冰雪画与于志学几乎成为同义语。于志学创造了中国山水画的一个新品种,功不可没。

前几天在京城一个笔会上,我见到了两位年逾六十的东北画家,一位是来自哈尔滨的牟成,一位是来自吉林的余魁军。这两位东北画家也画冰雪,风格却与于志学迥然不同。

在城南的牟成画室,我见到了十多幅雪景大作,气势宏伟,黑灰白,加上几点红,给人耳目一新之感。伫立在这些冰雪画前,面对寂静的雪野,望着原雪覆盖下的树林、村舍,还有从村舍透出的点点灯火,我的心顿时平静如水。我深深地沉醉在牟成笔下的银白世界里。

牟成学版画出身,一生从事教学,到了晚年才在冰雪艺术中大展才华。不出手则已,一出手就把我们给震了。

余魁军和他的书法家夫人周先生,晚年随儿女寓居在京城。他们住亦庄,与我在星岛假日的创作室极近。笔会后,我去他们的寓所拜访过。客厅是余魁军的画室。周先生的书桌在卧室里,墙上是碑帖字和周先生自己的作品。余魁军的冰雪作品,与牟成又迥然不同。

他画的不是雪,而是晶莹的冰凌,还有迷蒙的雪雾。他将水、墨、色,用到出神入化的地步。他一笔一笔写出泛着淡淡蓝色的冰凌,使我联想起我们的江南水墨。余魁军说:"我很喜欢江南水墨,从江南传统水墨中吸取了养料。"画是很现代的。传统笔墨出现代韵味,是一绝。

今日,余魁军夫妇来到我的画室,我立即给牟成去了一个电话。牟成放下电话就从城里打车赶到亦庄,与我们共进午餐。

我斗胆建议:"牟成,再来一次革命。黑灰白再整体一些,灯火不要过散,白色中有一两处红,就更美了。"

大高个的牟成,绝对是性情中人。大口喝酒,大胆承诺。同样高大的余魁军,性格内向许多,心也细,而且滴酒不沾。他私下跟我说:"画风形成了,革命很难。"

京城众多笔会,我都不参加。闹哄哄,是出不了好东西的。而且,笔会主人,多半急功近利,想用小诱饵钓大鱼。当然,碍于情面,偶尔也去图个热闹,去结识一些画友。这两位与我年近的东北画家,就是这么认识的。他们居京不久,对笔会的看法与我相同。他们参加笔会,主要是为结识一些画友。我们仨有缘,时不时相聚。我对他们坦言,东北冰雪画是三大家,于志学算一家,你们各是一家。三家三种风格,各具特色。

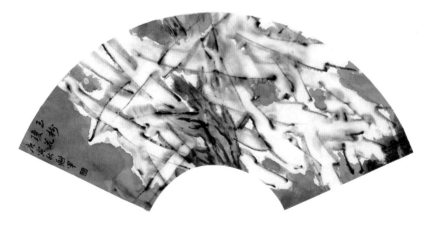

余魁军的冰凌作品

牟成的雪景

2009年12月2日　　刘大为侧影

在金华媒体人评选出来的"影响金华的六十位人物"中，有我，也有画家吴山明。今天在国贸餐厅举行的晚宴上，我与吴山明邻座。

吃了一半，我与山明上楼去见刘大为。金华市市长陈昆忠、政协主席陈章凤等正陪大为聊天。这我才知道，大为此行来金华并非是画事，而是为他的司机转业到故乡……他的司机是我的小老乡，永康人。他说："大为人好，我要转业回老家，他专程为我跑一趟。"

对待一个当兵的司机如此真诚，难得也！自从他当上中国美协驻会领导后，他就成了大忙人，也是中国画坛的"大红人"。他到哪儿都被各种人团团包围。

2000年，他来义乌参加全国书画展评奖活动，一天夜里两点，我、孙克与他几个"夜猫子"在吃夜宵。说起有人"关注"他。大为说："那是红眼病呀！我这个人精力旺盛。今天东阳人要五幅画，晚饭后画好了三幅，明天一早再画两幅。别人休息的时间，我都用来作画了……"

这一点，我还真可做证。也是这一年，刘大为从金华到义乌上飞机回北京，中间有两个钟头的空闲。义乌人索画,他拉上我、姜宝林、何韵兰一起"笔会"。人们都说大为出手快,我不忙动笔,过去看他作画。他说:"鲁光你怎么不动笔呀?"我说:"先看你画一会儿再动笔。"

他画了一半,我动笔了。结果,我完工了,大为还在收拾。他笑道:"还是大写意来得快呀!"画完画,他又给大家写字,一直忙到非动身时才收笔。

2007年,我策划"情系2008中国名家书画展",找的都是我此生结识的画家朋友。中国美协,我就与他最熟,便找他。他忙,总也联系不上。在中国美术馆的一个活动中匆匆见过他一次,他拿出笔记下了需书写的对联词句。直到开展前也联系不上。不过一旦联系上,他总是满口答应,从不推诿。

后来中国美协会员在人民大会堂开联欢会时,我找到他。他说,明天上午去办公室拿画。

次日一早,我就到文联大楼他的办公室找他。他看过参展名单后,说:"这个活动组织难度很大的。美协怎么只要我一个人的呀?"

"我找的都是我结识的画家朋友。"我调侃道,"擒贼擒王,美协有你撑台就行了……"他不再说什么,从里屋拿出一幅六尺大画,问:"是不是太大了点?"我说:"没事的,就它了。"

然后,我们来到美协会议室写对联。李荣海为他铺纸。写好对联,又为我题了一张字:"鲁光写意画",横写,鲁光两个字大,写意画三个字小一号。他说:"这样好用。"2009年春节,我在宁波天一阁办个展时,用上了大为的这个题词。

之前,我还请他为我的五峰山居石刻写了"竹园"两个字。如今,"竹园"刻在一块大鹅卵石上,置放在庭院的竹林中。

大为勤奋,公务总是占去大量精力。如今,他当美协主席,不主持常务了,应该超脱了许多。希望少一些商品画,多一些创新之作。他的创新之作,是蛮有味道的。

刘大为为五峰山居的题字

2010年2月5日　　冯向杰寻魂

一年一次的春节聚会上，我又见到了冯向杰。他来电话嘱我带印章去，前些年合画的一幅画需盖章。

向杰原来是《新体育》杂志社的美编。我们虽在一个楼里上班，但极少见面。

上个世纪80年代初，我出差西安，与他下榻一家招待所。他背着厚厚一沓画稿，不修边幅，前额宽大，头发长而且有些蓬乱。山西口音挺浓，不过，不影响他表述自己对艺术的见解。在灯光下，他向我展示他的那批斑斓的水彩画。在我看来，那些画挺新鲜，也挺有魅力。我当时就认定，他会成为一位有出息的水彩画家。

回京后，各忙各的，极少见面。他送过我两本体育速写集。仔细品味后，惊喜不已。应该说，体育是画家们一展才华的理想舞台。老画家中，叶浅予、阿老曾涉猎这个领域，作品虽传神，可惜数量太少。体育圈的画家，虽有佳作问世，但都是偶尔作为。在体育速写上下大功夫者，当属向杰了。

他的体育速写不同旁人，有着自己的鲜明个性。他不是忠实地画下运动中的人物，也不讲究人物造型的准确，而是着力追求运动中人物的神似，把握动态

冯向杰的黄土地老汉

中的人物特征。他的速写，带有强烈的主观色彩，在表现手法上夸张变形，用线删繁就简。主调是粗放，充溢着阳刚之气。

前几年，我与女画家鲁萍一起去顺义的画室拜访过他。满墙皆是黄河人物。这些年，他无数次返回他的家乡，深入黄河两岸，住老乡家，吃家乡饭，画家乡人物。他作品中的人物，无不留满黄河风、黄河浪、黄河冰雪的痕迹。乡风浓浓，民俗浓浓。大俗又大雅，震撼心灵。他寻找到了艺术之魂。

他请我们吃了一顿羊蝎子。看过他的黄土高原风情人物，再啃羊骨头，风味别具。

从绚丽的水彩，到老到的速写，到厚实拙朴的人物，向杰一直在追寻艺术高峰，从未停下探索的脚步。

我曾拿他的名字调侃过，"冯，二马也，二马合力，向艺术的杰出之巅奔驰，前途无量"。看来，向杰是不负此名的。

2010年3月1日　　好人好字杨守春

今日上午，"杨守春书法家乡汇报展"在义乌开幕。去年，他在北京的首展引起轰动，一个当官的字写得这么好，真难得。

去年底，他在金华已办过一次汇报展，参观者人山人海。金华市委书记徐止平对我说："守春找到一条好路，退休后不会留恋官场了。"

前两次展览，我都为他"站台"。这次在他老家展出，我更不能缺席。昨日是元宵节，北京大雪飘飞，我冒雪登机，凌晨才抵义乌。开幕式在雨中举行。我对义乌乡亲们说："守春人好，字也好。"用体育术语作比喻，他的书法三级跳，别人是从下往上跳，他是从上往下跳，北京—金华—义乌。如今可以不提守春的其他官衔，而以"书法家"称呼他。

守春出身农家，官至金华市人大副主任，为人为官皆有好口碑。有一回他在金华街头碰到我，知道我要坐公交车去他的老家义乌，便把司机叫来，叮嘱道："你送鲁老师去义乌。"自己徒步去上班。本以为是对我的偏爱，一路上司机说："杨主任就是这么一个好人，对谁都好。"

不知何时，他迷上了书法。他的一手好字，在当地已出了名。位于古子城的金华书法家协会，是他常去的地方。公余时间，大都在那座古老建筑中挥毫。果真，我去了几趟，每回都碰见他。一身汗，一手墨，老屋厅堂的大

杨守春的书法作品

画案上、地上，摊满了他的书法作品。

他写字很投入，用笔速疾，点画跳荡，行草相杂，常常是一气呵成。守春的书法，以行草为多，也以行草见长，笔法老到厚重，行不拘泥，草不狂怪，随心所欲而又不失法度。他的字，是因工作和社会需要应运而生的，雅俗共赏。

书法，对他而言是一种业余爱好。起初习字是为了应付"题字"，练着练着就沉迷其中。他几乎把所有的业余时间都交给了书法。老实人练字必下大功夫、死功夫，只要不公出，每天清晨他都要花一两个钟头临帖习字。如果出差在外，总带着碑帖研读。读颜真卿、唐寅、王羲之、米芾、董其昌、赵孟頫、王遽常，读孙过庭、苏东坡、黄庭坚、蔡襄、沈伊默……沉浸在临帖与读帖中，朝朝夕夕，岁岁年年，其乐无穷。

功夫不负有心人。他从规矩入，又从规矩出，心悟手从，渐渐进入随心所欲的境界。他已加入中国书法家协会，名声日隆，但他依然保持着"不耻下问"的习惯。老不满意自己的字，见人便求教。

我欣赏守春的字。近些年，我主持文促会市长书画艺术中心的工作，每年组织市长书画展，每次都向他约稿，向社会推荐他的字，并且聘请他担任本中心书法委员会主任，为在领导干部中倡导书艺出力。

天下字写得好的人很多，但能写出自己风格的书家太少。我曾斗胆向他建言，追寻汉魏，在形成书艺的独特个性上努力求索。

守春在最近的一篇《从艺感言》中披露："书法将伴随我的终生。"这是一个明智的选择，与书画相伴，会终生充实、终生快乐。

2010年11月22日　　韦品高的"作坊"

品高为人实在随和，相处起来容易。再过五天，我策划的"中国当代扇画艺术展"就要开幕了。我想起品高，应该请他参展。虽然时间已经很紧了，但我还是毫不犹豫地给他打去电话。他二话没说就骑车来取扇画纸。

今天一大早，他便骑车送画稿来。两幅江南水乡水墨，韵味别具。高兴之余，我直抱歉，逼他太紧了。

他笑笑："没事的，开个夜车。"

我回想起了与他相识相知的往事。

品高与我是同乡，一直寓居京城，但故乡情结很浓很重，尤其年逾六十之

韦品高的江南水墨小品

后,乡思更是与日俱增。

  我是先读他的画,然后见他本人的,一晃已有二十余年。本世纪初,品高回东阳办个展,专程来山居看望我,还带来一幅水墨山水送给我。如今,这幅江南山水画,挂在我的山居画室,看到它,便让我思念这位乡友画家。

  品高的水乡作品画风新,画面美。如果你没有去过江南水乡,读了他的画,就一定想去江南一游,去寻觅那里的黑瓦白墙,小桥流水,船娘渔舟,晨光晚霞。亲历江南美景之后,你就会更加留恋他画中的水乡泽国。江南风物在他心中经过久久的沉淀,犹如酿造美酒,已渐渐幻化成水墨艺术,那是一种如梦如诗如歌的风景。现实的江南小镇,已经有了太多的人为雕琢,太多的人声喧哗,而人们寻觅的却是那种原汁原味的水乡,古老、宁静、空灵,这些,在品高的水墨江南中可以找到。

  品高毕业于浙江美院,学的是西画,尤其钟情水彩画。所以当他选择创作江南水乡时,便巧妙地将中国传统的水墨与西方水彩融合起来,用传统的水墨来阐释光和影。正是这种中西艺术元素的融合,具象和抽象的结合,造就了品高笔下水墨淋漓、流光溢彩、如诗如歌的江南水乡。这种水墨艺术,来自江南水乡,但又升华了水乡,又似又不似,达到了出神入化的境地。在常人看来,他的水乡彩墨,是"艺术的混血儿",世上的"混血儿",大多是很俊美的。说真的,艺术就怕"近亲繁殖",为什么大师的后人多半无大成就?就在于后人太爱先人的画,跳不出陈旧的樊笼。几十年来，画坛一直在探讨中国画的"现代化"，依我看，品高的江南水乡画，就是从传统走向"现代"的一种新颖的水墨山水艺术。

品高是一位有个性有特色的画家，他用自己的眼睛观察水乡，用自己的艺术语言画水乡，抒自己的情，写自己的意。我愿意把他的画称为"韦家作坊"。他的作品题材广，人物、花卉、风景均有涉猎。他不仅擅长彩墨山水，油画、水彩画也同样技艺娴熟，常有佳作问世。不过，人们最欣赏的依然是从"韦家作坊"出来的一幅幅令人耳目一新的水乡彩墨……

品高现在是中国美协会员，参加过许多国内外展览，得过不少奖项，在美、法、日、加拿大等国都举办过个展，作品被美协、国家画院等国内外机构和个人收藏，影响颇大。我知道，我们故乡的人，都有一种牛劲儿，脚踏实地，一步一个脚印。品高会在他的一方艺术天地里继续奋耕不息，向着更高更妙的艺术高峰攀登。衷心地期望他把"韦家作坊"经营得更加兴旺、更加出色。

2014年3月26日　　门外看志高

我与谢志高相识二十余年了。对他的印象，可用四个字概括：人好画好。人好在哪里？画好在哪里？得像品陈年老酒一样慢慢品。

两年前，他送了我一本他的大作《墨余论画》，洋洋洒洒二十余万字，说自己论画友，赏名家。对我这个没进过美术院校的从艺者来说，是一本入门书，读起来很解渴。我每年从北京回故里山居都带着它。我先后拜读过三遍。说真的，对我来说，如今能卒读的书不多，何况是一本论艺的著述。那些说空道理、拿腔拿调或故弄玄虚之作，我厌烦，一概不看。志高的书，有理论有实践，读起来亲切。或许是爱屋及乌，但志高那深入浅出而又有独到见地的文字，确实深深地吸引了我。我发现，我已成为志高老友的一介"白发学童"。

谢志高是当代中国人物画的领军人物。我赞同中国画坛评论界大腕邵大箴等人对谢志高艺术的评价和艺术地位的界定。作为一个画坛门外汉，从门外看志高，只能说些门外之见。

我喜欢志高的为人。他没有某些名画家的怪僻和狂傲，没有大画家的架子，画艺超群而不张扬。他不沾烟酒，不善交际，为人随和低调。面对滚滚名利红尘，面对同道的天价和种种轰动效应，不羡慕，不追逐，淡然处之。他甘于寂寞，依然踏踏实实地走自己的路，画自己的画。他谦诚，愿倾听他人的意见。

谢志高的《兔年大吉图》

1997年,他在深圳美术馆举办过一次大型个展,从速写、人物写生、水墨小品到巨幅创作,估计展出数百件之多。观者如潮,好评如潮。在一片赞扬声中,志高却问我,有什么意见。我深受感动,说:"你先忙,回北京再说。"回京后,他在中国画研究院附近一家雅静的饭店,请我便餐,征询我对深圳画展的意见。我在那次画展中,久久驻足观赏过一幅阿细跳月的画作。那女孩的婀娜舞姿使我沉醉,但我觉得笔墨可以再放开一些,墨韵还可以再浓重一些。我对志高说:"笔墨是否可以再放开一些。你的基本功那么扎实,再放也放不到那里去……"志高不介意我的唐突,谦诚地倾听着。事后我才明白,志高追求的是一种纯朴、厚实、清新、贴近百姓的雅俗共赏的风格。而我当时倾心的是大写意。这个一己之见有些偏执。我为自己的冒失汗颜,但我以为朋友之间就应该知无不言。好在志高虚怀若谷,把这些门外汉的妄言当作朋友间的一片真诚。我几次办画展都请他,他从不推辞,再忙也赶过来捧场,还送字送画表达祝贺之情。这是一位可交而且可深交的朋友。与志高的交往虽然平平常常,但会久久远远。

我喜欢志高的绘画艺术。画风有诸多流派,总体可分北派和南派。北派画风粗放、厚重、大气；南派画风灵动、秀气、浑雅。有一年在杭州参加浙派人物画展座谈会，我说了浙派人物画的诸多特色和长处，又对比北派人物画，说了厚重大气不足的遗憾，我企盼有一种南北画风融合艺术的出现。而谢志高的艺术亦南亦北，亦旧亦新，亦中亦西，又传统又现代。造型是写实的，彩墨是浪漫的。我欣喜地感到，志高的人物画，正是我企盼的那种南北融合的艺术。他一步一个脚印地走着自己的路，引领中国人物画朝着新旧结合的方向前行。

　　这种画风的形成，得益于志高的人生经历。他1942年出生在上海，在故里汕头和广州读书十年。从广州美院毕业后，分配到石家庄工作，上山下乡到工厂，当编辑十年。到中央美院读研究生、当老师十年。他又满世界写生、讲学，足迹遍及中外。1990年他调到中国画研究院直至退休。南方——北方，城市——农村，东方——西方……特殊的时代，特殊的经历，造就了谢志高的人品和画品。时代磨难了他，也成就了他。

　　谢志高是一位有时代感和责任感的画家。他画现实生活中的人物，画我们时代的人物。他的人物画，是一种接地气的艺术，而接地气的艺术是有强大生命力的。

　　他有思想、有见解。眼下最令人担忧的是有技法无想法，或有娴熟技法而无独到想法的画家太多，造成大量平庸之作涌现。人们呼唤文化，呼唤人格，呼唤画格，为中国画招魂。文化兮归来！魂兮归来！《墨余论艺》印证了志高是一位有理论有实践的画家，文笔也了得，对每位名家大师都有一两句点穴式的评鉴，真正称得上是一位学者型的人物画家。他科班出身，对时代、对社会皆有深刻的认识，对艺术方向有清醒的把握。在《墨余论艺》中，他写了三十余篇对现当代名家大师经典之作的品赏。评鉴很到位。对吾师崔子范先生的画，他的结论是"中国花鸟画坛又树起了一块沉甸甸的丰碑"。对蒋兆和先生，他的结论是"开一代新风的宗师"。称李可染的山水画具有"非凡的张力"。对三十多位名家大师一一作了有见地的评点。不在中国美术史研究上下过苦功夫，不洞悉现当代中国画坛名家大师的创作风貌，心中没有画坛全局，是绝不敢造次的。

　　志高已年届七旬，到了"古稀之年"。不过，书画延年，再活上二三十年都不稀罕。如今衣食无忧，正是奔艺术的好时期。一生低调为人，已成高人。一世老实为艺，已艺超常人。俗话云，绘画艺术成熟在晚年。志高，我和众多朋友都寄厚望于你呢！

2015年1月1日　　杨邦杰画言志

刚结识杨邦杰时,对他有几分敬畏。农业专家、学者,中国致公党中央副主席,全国人大常委……无疑是当今的一位大人物。近日,拜读他和郧文聚合著的大作《良田建设与乡村发展——十年调查与思考》后,为他对中国农业发展、农民问题、生态和民生的关注,更感敬佩。但敬畏、敬佩,并没有使我敬而远之。相反是敬而近之,我们愈走愈近。究其原因,一是他没有架子,为人正直坦诚。二是对书画的共同爱好使之。

杨先生的业余爱好颇多,音乐、摄影、书法、绘画。几次一道参与活动之后,我们相识而且相知了。他的爱好是从他的职业和社会职责衍生出来的。他跑调查,足迹遍及大江南北,乡野风物、自然景观,便一一摄入他的镜头。他好书法,闲时便浸淫笔墨中。大约一年多前,他来参观我们"五老小品展",感触良多,很有兴趣地说:"我要画画了……"一言九鼎,过了不久,他便拿来一些画

杨邦杰作品

杨邦杰画速写

作让我们"指正"。他的几幅入道之作,便让我们刮目相看。虽然笔墨初通,但画的内涵和题跋,却真正体现出中国写意画的真谛,以画抒己之情,言己之志。2014年岁尾,他出示了四十来幅水墨小品。这是一批来自生活、接地气的画作。如,"鸟要一个窝,人要一间屋"。又如,"猪要放养""还有道法自然"……这些小品画和题字,无不反映出这位农业专家和参政议政者的智慧、理念、思想、社会责任和幽默。小画言大志。我惊讶他对写意画的悟性。杨先生说,他从小就喜欢绘画艺术。在他少年时居住的乐山故里房子墙头,就贴过刊有林风眠等名家画作的报纸。艺术种子早就埋进他的心田。历经半个多世纪,艺术的种子发芽结果了。如此看来,他钟情水墨是顺理成章的。

  当决定在文化老街展览这批水墨小品时,杨先生有些犹豫:"行吗?"科学家的冷静与艺术家的冲动,打起架来了。开弓没有回头箭。既然爱上了水墨,画了画,总得让人看。展览了,出版了,画中的寓意,或挥毫时的良苦用心,才能传递给他人。我们的画坛,需要杨邦杰们加入。他们的画,会给画坛吹来一股清新之风。

  这本画册付印之时,杨先生执意让我写个序。可贵者胆也!我便斗胆为邦杰这位画友写了这些话。邦杰说:"我会画得更好的。"我信。他刚起步,便出手不凡,一旦熟谙水墨之道,艺途可观啊!

到画中见崔老

子范先生诞辰一百周年,活到九十六岁仙逝。书画延年,属长寿者。吾从上个世纪80年代起跟他学画,在北京黑芝麻胡同15号老宅、紫竹院2号楼新家和他的故里莱西,看他挥毫示范,听他教诲,音容笑貌历历在目。他离我们而去已四载有余,常常思念他,但天堂人间天各一方,再也见不到他了。

吴冠中先生说过,死后要找他,就去他的画中找。子范先生此生留下作品数以千计。他说,小幅换柴米,大幅送国家。我在中国美术馆、北京画院和他故里的崔子范美术馆,拜读欣赏过他捐赠的数百幅精品力作,也见过散落民间的众多画作。他送给我的字画,如今就挂在我家里。"思飘云物外,诗入画图中",我不仅挂在书房,天天面对,而且刻石放置在我故里山庄的庭院中,时时感悟自己。他的大写意荷花翠鸟,挂在客厅正墙上,使我和来访的客人痴迷沉醉。2003年,当我乔迁新居时,崔老用四尺洒金红宣纸直书"文事千古"四个大字以赠。他说,文学和绘画是永恒不朽的事业。崔老走了,但他的绘画艺术却永留人间。面对崔老的画,我们可以感受到他的人生阅历、人格力量、抱负理想、喜怒哀乐和强烈的艺术魅力。见画如见人啊!每读崔老的画,都会涌起对恩师的思念!

历史最公正,也最不留情。热衷炒作的画家连同靠炒作起来的作品,必将随着时间的流逝而湮没。自吹自擂的"大师",也将成为历史的笑柄。一生不自吹、不炒作的崔老,却成了真正的大师。他的绘画精品,也成为传世之作。

齐白石头一回见到崔子范的画,便赞叹道:"你的画是真大写意。" 20世纪80年代,有人断言中国画已穷途末路时,中国画研究院接连推出崔子范画展。崔子范以生机勃勃、令人耳目一新的大写意,作了回应,引起全国画坛震动。吴冠中先生对我说:"你老师崔子范在当今花鸟画坛是鹤立鸡群。"评论家孙克著文称,崔子范是齐白石之后的又一高峰。其意是,崔子范是一位有大突破和大拓展的大写意画家。画界同人亦赞叹,"花鸟画大老崔第一"。

崔老当过兵,打过仗,至死身上还有未取出来的弹片。他是一位"三八"式老干部。从小喜欢画画,后又有名师齐白石指点,但因没有进过艺术院校,人们乃视他为"画坛另类"。他不爱乌纱钟情丹青,一生沉醉彩墨,潜心于传统与现代、水墨与色彩、意境与构图、简约与夸张、哲理与幽默、东方与西方等等方面的探索和实践,形成了独树一帜的子范风格,拙朴、厚重、浓烈、简约、现代。崔子范成了当代中国花鸟画的一面旗帜,成了无人可以替代的一位艺术大师。评论界称赞他为"中国画坛一个成功的另类"。

崔老是一位高明而又开明的老师。他教授弟子是开放式的、启发式的,与院校式的教授迥然不同。虽然他也传授技艺,但更重视宏观指导,从哲学高度去探索绘画中的各种矛盾,还常以爱国爱民的情怀激励我们这些入室弟子,为时代而画,为人民而画。他鼓励我们大胆创新,不止一次对我说:"你爱我的艺术,但不要受我的局限。在艺术上要背叛我,离我而去,离得愈远愈好。"在我即将退休时,他高兴地说:"这下好了,要搞个计划,两年一计划,三年一计划,还要找个生活据点。你起步晚,高峰在后头……"崔老为摆脱各种应酬,长年躲回老家潜心创作。我亦步吾师后尘,也回老家建了一个山居,常躲开城市的喧闹,在故里山中沉醉丹青。

可以告慰老师的是,今年学生给家乡捐赠了一百多幅作品和已出版的图书及手稿。当地政府建立"鲁光艺术馆",永久陈列。为时代而画,精品送国家,学生遵师嘱,努力在做。

将崔老留存民间的作品结集出版,以飨广大读者,真乃功德无量。而我们这些崔老门生,又多了许多从画中与崔老相聚的机会。太谢谢了!

2015 年岁尾于龙潭湖西岸五峰斋

印象沈鹏

2013年初,我随中国作家、艺术家代表团出访台湾,参加以"同根文明"为主题的海峡两岸三地书画展。已在澳门、厦门展过,下一个展地是台北。八十三岁高龄的沈鹏先生是我们的团长。

两年前去澳门办展时,在澳门机场等行李,有人喊我,回头一看是一位满头白发、戴一副眼镜的瘦个老人。我一眼便认出是书法大家沈鹏先生。

我与沈老大概相识于上个世纪90年代初。他参加一个海峡两岸现代书法论坛,那个论坛借用我供职的中国体育报社四楼会议室举行。我们匆匆见过面,聊过天。他告诉我,女画家周思聪的病被气功师严新治好了。我与严新打过交道。有人告诉我,严新在首都体育馆大会上说,要给《中国体育报》社长鲁光发功。我明白,严新不满我们报纸对他的批评。我对气功是信又不全信。沈鹏可能看出了我的态度,便真诚地说:"你去看看周思聪就印证了。"

我去帅府园中央美院宿舍看望了周思聪。

不过,我去看望她时,她的病又犯了,手足关节肿痛,走不了路。

此时,严新在美国。1992年,我有一趟美国行。我说:"见到严新我告诉他。"尽管我不信气功有这么神奇,但出于对女画家的关爱,我将此事记下了。

到了洛杉矶,一位教授朋友说,严新正帮人竞选议员呢!有美国媒体找我写严新气功。我婉言谢绝了。我实在弄不明白,气功怎么去拉选票。未与严新见面,思聪的事也耽误下来了。即使严新真的回来,也救不了思聪的命。我曾经问过他:"你师父死怎么不救他?"严新只回答:"我写了方子,师父压在枕头下了。"后来,严新送我一本"带功"挂历,也送沈鹏一本。挂历上清一色是严新的字和画。严新说,这是一本带功的挂历。我才不信呢!而且字画很一般,我随手放到一边。

在澳门宾馆下榻后,我提起了二十多年前的往事,他只说:"我们是老相识、老朋友。"

"沈老,在您红得发紫的日子里,我没有去打扰过您。"我说。

沈鹏说:"唉,我从来没有红得发紫,那是别人说说的。我始终是一个普通的书法家。"

大名家都是谦诚的,只有半瓶子醋才晃荡。

其时,我们正在筹建中国琉璃厂画院,大家都希望德高望重的沈先生给题写院名。我试探着向沈先生透了这个意思。沈先生说:"回北京写吧!"

回京后,沈先生给我来过两次电话。

电话一:"能改个名吗?琉璃厂声誉不好,你应该知道吧?"

"我当然知道,假字画多,但它毕竟是中国北京的一条文化老街呀!"我回答。

电话二:"成立这个画院的目的呢?"

"为漂泊京城的草根画家们搭个平台,艺术交流的平台。"我回答。

沈先生说:"好了。"

看来,沈先生对题字一类的事,是很谨慎的。

过不了几日,字题写好了。沈先生的夫人殷秀珍来电,嘱我去取。如约去人民美术出版社宿舍老楼去取题字时,心里有些忐忑。坊间说,沈老题匾,五万一字。我见沈夫人后问:"润笔费多少?"沈夫人很客气,说:"你是沈鹏老朋友,我们有工资,不靠这个生活,拿走就是了。"

看来,沈老夫妇看重友情,虽惜墨如金,但不是爱墨如金。

过了一年多,沈老又以团长身份带领我们赴台访问。我们是有缘的。沈夫人带了许多包糖果,分给大家,说是家有喜事。一回生两回熟,殷秀珍已成为我的朋友。笔会时,沈老夫妇找我,说他们儿子的一位女同学,在大陆有投资,欲求我画一幅牛。我当场挥毫画八平方尺奔牛相赠。得空时,我们品茶聊聊家常。我们团的成员中,有一位再婚者,是我们共同的朋友。沈夫人说:"还是原配好,我把沈鹏照顾得多好啊。劝劝他别离婚……"我说:"他已再婚多年了……"她不无遗憾地叹了一口气。

我们在台湾相处了十来天。作为团长,沈老没有一点架子,但绝对是一位称职的团长。他是人民美术出版社的资深编审,出任过中国书法家协会主席,又

游台南（右起：沈鹏、鲁光、沈夫人殷秀珍）

是有名的诗人。他是一位学者型的书法大家，无论学识还时书艺，都让我敬服。凡有笔会，他都书写自己的诗作。

台北笔会，他写的是赴台途中的感受。.

鹏翼逍遥大海东，
日行两岸御雄风。
穿云更喜晴光好，
积雪残冰次第融。

高雄笔会，他写途径北回归线的感悟。

半步分明两重天，
无形一线暑温同。
飘摇椰树迎风舞，
昭示游人各奋前。

参观台北故宫博物院时，女院长为沈鹏夫妇准备了两辆轮椅。沈老摆摆手，示意不用。他与夫人拉手前行，上楼梯时，手扶栏杆，步履尚健。

路经一个陈列皇家家具的展厅，沈鹏驻足良久，观赏墙头一幅米芾的字。字离得远，看起来比较费力，也许沈老是凭记忆在品味。他说，有董其昌跋，米芾三十八岁时写的。

我们一道观赏了祝允明书法特展"笔端万千"。沈老说，祝允明苏州人，右手有六个指头，自号枝指生、枝山，与唐寅、文徵明、徐祯卿齐名，明吴中四才子之一。这天展出了几十幅作品，大饱眼福。我们一幅一幅细细品味。女导游见我们沉迷祝枝山的书法，就说，想跟沈先生欣赏书法的慢慢看，还想看别的展馆的跟她走。这回我割舍别的展馆，一心跟着沈老长知识。沈老边看边点评。真是机会难得。像吾辈对书艺知之甚少者，看书法展多半是跑马看花，看个热闹而已。有沈老这样的大书家带领我们看，还真是此生头一回。

在法陀纪念馆，我们会见了星云大师。

星云大师二十七岁出家，1949年从南京来台，已居台六十四年。见星云大师前，先看了一部佛陀成佛影片，立体的。星云大师刚从南京云游归来，听说我们来，有江苏老乡沈鹏，特高兴。

法陀纪念馆坐落在佛光山，建筑宏大。去年刚完工，很现代，沿山而建，但无台阶，有多部电梯可代步。我们在一间大客厅里静候。星云大师着一件黄袈裟，坐着轮椅缓缓而来。他先作自我介绍，浓浓的江苏口音。他说，今年八十六岁，江苏扬州人。七十岁后，心脏有病，还有糖尿病，双眼看不清，做不了什么事，但心是明亮的，就用心做事。墙壁上有许多星云大师的书法作品，僧侣们都称之为一笔书。星云大师说，小时候没有练过字，书法不好，但心好，我是用心写字，一口气写，不一口气写都不知道下一笔往哪儿写。大家喜欢我的字，收了不少钱，就办慈善，建基金会，奖励学生、老师、文学工作者。我希望继续做下去，过几十年基金还在。

星云大师讲话时，手抖，但声音清晰。到平台上照相时，他挂拐杖站了起来，先与我们全团成员照了合影，然后坐着轮椅，与每个人单独照了相。

星云大师走后，我们又自己互相合影留念。我为沈鹏夫妇照了一张合影，沈先生来了兴致，从我手里接过照相机，说，我给你照张相。我说，你会照吗？沈老说，年轻时我爱摄影。他对了好半天镜头才按下快门，说，你看看背景大佛

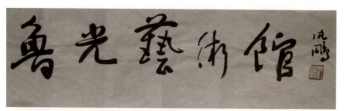

沈鹏为鲁光艺术馆题

站在沈鹏题字的艺术馆

照上没？听说没照上大佛，又要过照相机重照。那认真的态度，俨然写字一样一丝不苟。

众人起哄，说大书法家沈鹏为我拍照是一大新闻。

在高雄市下榻华园饭店。在等待安排房间时，与沈先生聊起了一笔字。沈先生说，古代的草书，文字间自始至终笔画连绵不断，如一笔直下而成。他说了王羲之等几位写一笔字的古人。沈先生说，星云大师是眼不好，落笔后不敢收笔，一收笔下笔就不知往哪儿落。他的一笔书跟古人的一笔书是不一样的。经沈先生这么一说，我算明白了星云大师一笔书的真谛。沈先生还跟我聊了对书法的一些见解。他说，书法发展到今天，实用的功能已近消失，留下的更多是艺术功能。他还从文人画说到作家的书法。他说，作家的书法有文化内涵，有哲理。

他深有感触地说，1997年来过台湾，阿里山被暴雨台风破坏了，但这次看到裂开的山又渐渐合拢。大自然如此，人间也如此。两岸人民愈走愈近了。

一团之长，没有一点架子。我们相处得很愉快，知道我爱画牛，故里还为我建艺术馆，答应回北京后为我题写"鲁光艺术馆"和"鲁光画牛集"。我有点受宠若惊。明知不应太麻烦他，但机不可失，时不再来呀！

2015年5月16日，沈老题写的鲁光艺术馆五个大字，已刻写在一块高大的老红木上，绿字灰底，竖立在艺术馆门前。沈老题写的"鲁光画牛集"亦由中国文联出版社出版。深情厚谊，在我的人生中，留下了永远难忘的烙印。

2018年6月1日于北京龙潭西湖五峰斋

南北草根醉丹青

老草根自述

在画坛，我是一个另类。从记者、作家到画家，一次次转身，我实现了一个个梦想。2015年，故乡政府创建了"鲁光艺术馆"，又圆了我的一个落叶归根梦。老夫今年已届八十，办一个师生联展，亦是一个心愿。

我没有美术院校的科班学历，在写作之余，喜好丹青，涂涂抹抹，不知不觉已有三十余年。大画家周韶华先生给了我一个评价，说我的画，"从文人画进入现代中国画"。评论家孙克说我是"中国画坛的一个成功另类"。其实，用我自己的话说，我是地地道道的一个"近墨者黑"。此生，我有幸结识了李苦禅和崔子范两位大师。他们教我做人，授我技艺，领我进了画坛大门。我还结交了多位画界名家，常在一起谈书论画。我跌进丹青墨海，而且再也不愿上岸。

1998年底退休之后，我回浙江老家建了山居，京城故里两地住，回归自然，亲近山水，与山民为伴，沉浸在浓浓的乡愁和乡情之中。触景生情，借笔墨和宣纸抒写自己的喜怒哀乐和人生抱负。绘画，丰富了我的生活，改变了我的人生。到如今，已进入"解忧消愁唯丹青"的地步。

我喜欢接人气、接地气的画。我的老师钱谷融先生主张"文学是人学"。在离开母校——上海华东师范大学半个世纪之后，在一次中国作家代表大会上，我见到了已届古稀之年的钱先生，请他用毛笔写下了这句名言。画画亦是画人。我不喜欢那些制作的画。那是一些没有内涵，没有生命的空泛之作。近二十年来，我的身边聚集了二十余位与我的艺术经历和艺术观念相似的"草根画家"。他们来自各行各业，有公务员、记者、编辑、企业家、画廊从业者，还有职业画家。他们称我为师，其实我们是亦师亦友。我们在一起沉醉丹青墨海，以画自娱，以画养生,以画养性,以画丰富人生。

我夫人曾揶揄我:"你自己都不会画,还敢收学生……"我告诉她:"在画技上,有的学生可以当我老师,但我胆子大,可以给他们艺胆。"

学生们想办一次交流画展,我们定名为"南北草根醉丹青"。展览地点定在文化老街琉璃厂。展出时间定在9月9日。

我们是一群有别于"专业画家"和"职业画家"的画画者。我们的画展,也有别于当今社会上的各种画展,不图名利,只图自娱。我们画自己,画人生经历,画所思所悟,随心所欲,想画什么就画什么。我们排斥制作,我们也不会制作,画画就图个高兴,图个自娱,图个痛快。

荷之恋

应旭慧是这群学生中的"大姐大"。她跟我学画最早。二十年前,她的先生徐小飞与我同展中国画研究院时,她就悄声对我说:"我喜欢你的写意画!"当我2000年在家乡建成山居后,她是山居常客,有空就来山居画。她爱画荷花,一画就是十多年。一旦爱上就永不分手。她拿起笔就兴奋,中午也不停笔。人大气,画也大气。随性泼彩、泼墨,至今荷花作品不知画了多少。她的荷花,已在省内和台湾岛上向公众展示过。她为什么这么执着于画荷?我未问过她。但我知道,她喜欢荷的出淤泥而不染的品质,是荷的内涵深深地吸引着她。

荷给她带来思索,带来美,带来欢乐。再画下去,她自己都将变成荷了。

童眼看世界

孔露苗当过多年幼儿园园长,她曾将所在的幼儿园命名为"美术幼儿园",还聘请了故里几位书画界人士为顾问。近年又在网上开设"大师美塑空间",为小朋友开启美的大门。

这个美术空间,登载国内外大师的经典,但更多的是登载孩子们的稚拙作品。她热心于幼儿美术教育,自己也痴迷于绘画艺术。多年前,她曾搬出二十多幅精心之作,让我评点。画得很好,但全是文人一路的画。我坦诚地说:"你不是文人,这条路很难走通。你置身于孩子们中间,你就用儿童的眼睛去看世界,画世界吧!"一晃十多年过去了,她一直画她的"儿童画"。画作充满童趣,又富有装饰味,已成别无分店的"独一家"。近日,她将参展作品发到网上,并写

南北草根醉丹青

道,"把欢乐定格"。看来,她已陶醉在自己的创新画作中。

常在河边站

上个世纪90年代,甘珉郡到黄宾虹艺术馆供职,便与书画结了缘。馆内常年的名家展览,使她结识了书画界的许多名人大家。本人也在此时认识了她。后来她开了一家画廊,专售名家书画。成年累月,坐拥名家大作,享受艺术熏陶,开阔艺术视野。她在艺术河边一站就是二十余载。俗话说,常在河边站,哪有不湿鞋的呢!她的眼界高,一起步,就直冲大写意而去。她的勤奋、刻苦,在朋友圈是出了名的。常常一画就是几个钟头,画得脖子酸腿肚疼。画了撕,撕了画,真有一种画不成功不罢休的劲头。她已与旭慧、露苗举办过《水墨三韵》小品画联展,又参加过中国琉璃厂画院北京和香港、澳门画展。但她总以为自己笨,总以为别人都画得比她好。这次她画了作品,让懂艺术的女儿先过目。她女儿说:"画好比女人。一种女人皮肤白皙,五官也都很精致,但看着看着也就这样。另一种女人五官没那么完美,甚至有点雀斑,但越看越有味道。妈,你的画是后者……"一向说好话少的女儿的评点,让她对自己的画,增添了自信。

彩色的心愿

美儿天生喜欢浓墨重彩,艺术感觉特好。燃烧的红烛、火红的鸡冠花、向阳的葵花,都是她之所爱。有一回,她一大早就来山居。她穿一身洁白的意大利衣裙。从早到晚,她就画葵花。黄色、绿色、黑色,尽情往宣纸上泼洒。好过瘾啊!一幅幅灿烂的向日葵画成了,又一幅一幅撕毁。最后留了一幅最得意之作。她见画案上有一瓶日本樱花牌金粉,忍不住又在画上涂抹了一些。意想不到,一涂金粉,画就不雅致了。她忍痛将画撕毁,直说:"太可惜了,太可惜了……"她想再画,但天色已晚,只好收笔,说:"下回再画!"走时,我见她的白色裙上星星点点沾染了许多黄色、绿色,但她不在意。

一晃就过去十三年。今年我在上海见到她时,她还惦记着那幅撕毁的葵花。她调了重色,画葵花,画红烛。她说,她就喜欢浓烈的色彩,因为这些重彩之画,能表达她的人生追求和理念,能诠释一个阳光女人的内心世界。

等到她来山居交展品时,她对在上海画的那幅葵花不甚满意,又重画了一幅。满纸的葵,重重叠叠,鲜亮厚重。面对新画,她高兴得像个孩子。十三年后,终于把那幅撕毁的葵花重现了。在发给朋友的微信上，她写了两个字"心愿"。

艰难与欢乐

当年刘剑影拜师时，几位京漂画家说："我们也喜欢大写意，但我们不能走这条路，因为我们要画画糊口。"言外之意，画了大写意，没有市场，混不到饭吃。京漂们说的不无道理。刘剑影的工笔画已办过画展，颇受人们喜欢。但她义无反顾，投身大写意艺术。

她熟稔的是精细，陌生的是写意。从工笔到写意，是一个艰难的转身。大写意更重神似。不但要有笔下功夫，更要有哲思、内涵和文化积累。好在她画画不急功近利，而是企望用绘画、用诗歌，去铸造一个属于自己的人格和灵魂。

她读书、练字、写诗，又从他人的艺术中吸取养分，不断丰富自己。画风正在变。去年她回家乡办展时，画了一幅丈二匹的荷塘，那笔墨、气势，已具大写意的韵味。路漫漫，她在不断求索。欢乐就在艰难的求索中。

红地毯托起人生梦

凡林十二三岁时，头一回走进体操房，就被那方红地毯深深吸引。教练说，从这块红地毯可以走到北京，走到天安门。向往北京的她，在那方红毯上蹦跳、翻滚、流汗、流血，忍受难以承受的磨难，最终成为一名优秀选手。之后，她又成了研究生、主编、作家和中国致公党中央的干部，凭的就是在红地毯上磨炼出来的精神。红地毯托起了她的人生梦。

当她拿起画笔，面对宣纸时，满脑子就是红地毯。她用蘸满深红色的大笔，画出红地毯，画出在红地毯上一展身姿的自己时，她兴奋，她陶醉。红地毯，是她人生的缩影！

她爱在秋天行走，喜欢秋的斑斓。依我看，她是钟情秋之成熟！

美一回自己

赵李红一生做编辑，为他人作嫁衣裳。记不清有多少位作家、画家，经过她的手，在《北京晚报》副刊上，刊登过作品。她一生美别人，也该美一回自己了。但面对宣纸，她胆怯，不敢动笔。也许，她太知道绘画之艰难，才不敢贸然挥毫。但她是一个常在绘画河边站，不，是在艺术江中站的人。这回，举办师生联展时，她不得不动笔了。其实，只要她将自己的审美理念、品鉴绘画的情趣，用彩墨泼到宣纸上，便会产生作品。在我的亦庄画室，我逼了她一下，推了她一把，她终于动笔了。她最想画的是吴冠中先生。吴冠中在香港办展时，邀请了京城的多位记者，但都因为办证时间太短促未成行，唯独她成行了。吴先生特高兴，之后交往多了起来，她与他成了忘年交。她不会画人物，怎么画吴先生呢？吴冠中曾对她说，我走后想找我，可到我的画中找。她凝思一阵之后，在宣纸上刷了黑屋顶，勾了几条淡墨浅，又洒上几点色彩。一幅"吴冠中先生印象"的画就诞生了。这是一幅独具创意之作！

临近展出时，她腰病发作，无法作画，交不了作品，只好缺席师生联展。这是一大遗憾。

近墨者黑

张荷是三联书店的资深编辑。前些年，她和北大校友、青年编辑王竞，编辑出版了一本我写画家的书《近墨者黑》。这是我此生与书画家结缘交往的实录。

真灵！书一出版，张荷自己"近墨者黑"了。每有我和画友邢振龄、何君华的展览，她总和王竞一道光临。我们为她们戏墨。三联书店每年新春联谊会，我们也即兴为她们涂抹。没想到，她会拜师学画，而且一画便很执着，很刻苦。这回准备参展画作时，不巧她的婆婆病危，她天天陪护。她在微信中无可奈何地说："没时间，也没心情画画。"我理解，没有催促她。

婆婆仙逝后，她便开始画。应该说，她是最后一个动笔的。但她的坚持、勤奋和才情，使她头一个交卷。她画自己名字"荷"的来历，画茶人情味，画竹子风格，文雅墨趣跃然纸上。她不满意眼下的画，说："我要在写意和笔墨上多下功夫。"

编成一本书，世上多了一个"近墨者黑"之人！这是我这个作者万万想不到的，实在是一个意外的成果。

人生如戏

倪立当过越剧演员，每逢相聚，我总要请她唱几段《红楼梦》，葬花、哭灵。她声情并茂，唱得自己流泪，我也听得动情。小时候，她放过牛。母亲好喝酒，叫她拿酒壶去打酒。二斤酒，壶里只能装进一斤九两。剩下一两，她对着壶嘴喝掉。她外出上学后，母亲才发现这个秘密。可她已练出酒量来了。如今，她在金华电视台当导演，还导戏曲题材的节目。虽然她画花画鸟，我却点题让她画戏曲人物。她为难，说没画过人物画。等她画出一幅白蛇传人物时，我眼前一亮，那人物动态，那腰身，那水袖，都别有味道。金子总会发光。她的演艺经历，她的导演智慧，她的文化积累，使她有了"拿手戏"。虽然绘画技艺不如行家里手，但韵味却是他人无法企及的。交完"作业"，她说："以后再画，定会有质的变化。"

他在跨界

胡银生最大的爱好是摄影。他很走运，在青藏高原抓拍到群车为藏羚羊让路的奇景，荣获过摄影金奖。也许年岁大了，搞摄影费钱又费力，他移情别恋，迷上了书画。摄影是最现代的，它的光影、它的真实，是书画无法企及的。但书画有它的特殊功能，比如人生理念、人生追求等这些精神层面的东西，无形无影，摄影无法记录，而书画却能生动地加以反映。

他画《嫁妆》，画面上只有两本《胡氏家谱》，却把他传承家训、家规、家教的殷切期望，表达得生动真切。一杯清茶，一缕茶烟，又真切地表述了他这位金华茶人的人生追求。

书画令他沉迷。也许，把他的摄影成果与书画艺术融合，会产生一种跨界的艺术。

游学京城一女子

克莉是我的家乡人。喜欢摄影，年纪大起来后沉迷绘画。

近些年，在家乡，我常常见不到她的身影。她的好友们告诉我，她到中国美院进修了。过了一年半载，又说她去京城游学了。我知道，她在京城进过工笔名家的班。可前几年，她又随她当年的好友来山居，要拜师。我说，你在中国美院，在京城见了那么多名家，还要回来拜我这个草根为师？我惊讶，我纳闷。我说，隔了这些年，我收了不少徒弟了，要拜也靠后了。我们扳着指头一数，她得排在第九了。她说："我就当老九！"

"老九"游学省城、京城，肯定收获匪浅，但眼下的画什么模样了呢？我也不知，等她交展览作品时看吧！

她交来了五幅作品，果然我眼睛一亮。我在微信中写道："游学有成，鼓掌通过。"

歌声中流淌出来的画

姚国霞是家乡的出名歌手,有自己的小歌厅,闲时,邀几位同好,尽情放歌。她唱歌时,全身心投入,不光是从喉咙发声,而是用全部情感,用生命在发声。用声情并茂形容,是一点也不为过的。

她的条桌上,有一块光洁似玉的石头,极有品位。我为她即兴写了"琴声石韵"四个字。我发现书桌上有一沓字。她说,她在练字。看来,她练字已有几年时间。我说:"你学画吧!"她说:"计划四五年后再画画。"但过不了几日,她就跑来山居拜师学画。

真有灵性!一画便不可收拾。几个月之后,她的画已挂满茶室和歌厅外面的长廊。水仙、鸡冠、八哥,什么都画,而且一画便有样子。她还进入吾友何水法画室进修。如今,她的画已成朋友圈的抢手货,成为送外商的礼品,还挂进宾馆大厅……画也如她的歌一样,洋溢着激情。我开玩笑说:"你的画,都会唱歌……"

音乐与绘画融为一体,流淌着的都是她的真情实感。

书画之魅力

真人的家,就在我隔壁单元。夜晚路过我家楼下,看到我的书房亮着灯,就上楼坐坐聊聊。虽然我们都身在体育界,但很少聊体育,话题总离不开书画。

他喜欢范曾的书法和绘画。他家的墙头,挂满了自己的作品。字是"范体",画是"范画",可见他对范曾的笔墨喜爱之深。我常劝他改换门路,不要太像一个人。如想在书画上有名堂,就得另辟蹊径,走一条自己的路。但他一出手,还是范曾。看来,要跳出来很困难。这次准备参展作品时,我们逼他另辟他道。当然,对他来说很艰难。

其实,作为爱好,画什么风格的画,写什么体的字,都是无可非议的。但我送各种画册给他,用意不明自白。中国书画,千姿百态,他可以从不同风格的书画中找到更多的乐趣。不过往后,不再刻求他写什么字,画什么画了,只要跟我们一道沉醉丹青就足够了。

浦江一画生

何邦坚，一个土生土长的浦江人。浦江是一个出书画名人大家的书画之乡。他学过建筑，经过商，也许是书画之乡浓浓的艺术气氛把他淹没了。最终，他放弃一切，选择书画行当。

他可谓半美术科班出身，手上有功夫，又废纸千张，朝夕苦练。参展，得奖，已成为浙江省美协会员，出道很顺。但从艺这条路不会永远平坦，起伏跌宕是难免的。一个有追求的画家，必将是一个孤独者。因为艺术是寂寞之道。寂寞才能致远。在浦江这块艺术厚土中，必定会生长出一片书画之林。何邦坚经过自己的不懈努力，能成为林中的一株有个性的大树吗？人们充满着期待！

梅之美

青云是专业拍摄书画作品的，过眼的画作不知其数。我的画作的反转片，都是她的手艺。熟了，就随意聊。她说："你的画，我很喜欢，拍完了还要多观赏一会儿……"

她窄小的摄影屋的墙头，挂着一幅梅，疏疏几支，清瘦雅致，老吸引我的眼球。说实在的，我阅画无数，能让我有回头率的画太少了。我问是谁的作品，她说是她画的。我拿一幅水仙，换了她的一幅梅。她说，她的本名中有一个梅字，与梅有缘。我们探讨过梅之美。画梅应以曲为美，直则无姿。以奇为美，正则无景。以疏为美，密则无态。她问："参展画什么？"我不假思索地回答，"梅！"她说："画梅，怎么接人气？"梅有曲直，人生有跌宕。我说，就画自己的人生吧！她深有所悟，说："懂了。"

有人生感悟的梅，肯定会有品头。

向往抽象

张占鳌出身记者，见多识广。我们相识于20世纪90年代初。我在天坛医院住过一次院。占鳌夫人郭小妹是护士长，回家说起我住她们病房的事。占鳌让夫人把我请到他家去吃了一顿饭，我们就相识了。我夫人是北京市妇产医院的，与小妹同行。二十多年来，两家一直走动。

占鳌喜欢书画。他说，他一直在练字。他喜欢我的写意画，有画展必去。没想到的是前年来拜年时，突然提出要拜师。拜什么师呀，我们是朋友，多交流就是了。但他执意拜师，弄得我和夫人不知所措。这个艺徒，是收也得收，不收也得收。

为筹备画展，京城的几个弟子，在琉璃厂相聚过一次。他带来几幅画，不成熟。他说："我不想画写实的，对抽象画感兴趣。"我说："抽象是从具象来的……"他很真诚，说："我会努力的。"他在古陶图纹的研究上下功夫。不久，他从微信上发过来几幅抽象作品，我欣喜地发现，他已入道有门了。

司机眼中的世界

这些年，我一年回老家两次，每次住一到一个半月。有一位金华郊区的农民李世平，每回都来做伴。我午休时，他拿起笔仿齐白石的虾。如今，他画的虾已挂进农庄、公司、家庭，受到老百姓的追捧。这叫无心插柳柳成荫。

他喜欢艺术，把不多的一点积蓄都买了名人字画。他说，给孩子留点文化。

他会写藏头诗，人们称他为"农民诗人"。

为人低调，总说自己没有文化，不会画，但还是年年有长进。

他想参加这次靠自筹资金办的草根画展，在微信中说："就怕不合格，拉后腿……"

我也有点犯难，光凭几只仿虾，怎么参加呢？

眼下，我不在家乡时，他就当滴滴司机，赚点小钱糊口。

我说："你就画司机眼中的世界吧！先画多彩的虾……"

脑洞一开，一幅幅接人气的新作便问世。

最后一个挤进来的人

徐跃进，是老朋友。听说我们搞师生联展，非要参与。

我说："是师生展，没你份儿。"

他说："算我是关门弟子！我拜师，一定要收留我。"

他当过东阳市委副书记，眼下是金华市工会常务副主席、党组书记，是一位"官员"。但他唱得一嗓子好歌，唱得自己感动，也唱得听者入神。我这个"音乐盲"，倒是最爱听他这位草根歌手的歌。他好丹青，不仅自己私下里涂抹，还跑到杭州，进中国美院进修。工作之余，以歌声和丹青自娱。

草根画家，基本条件符合。未等我答允，他又当众唱了一支歌。

画展接地气、接人气的要求，把他难住了。他学的都是传统一类笔墨，尚未跳出旧巢。他从金华跑到我的山居，探讨多回。他说："脑洞开了！"他的画技不成问题，找到创意，就出成果。

编余彩墨情

徐琪，不姓鲁，从我本姓，是我的大女儿。她从北师大中文专业毕业后，一直从事体育期刊的编辑工作。

我从不教她画画，但近些年，她迷上画画了。她无意"接班"，但打心眼儿里喜欢书画。她以练字、习画打发业余时间。她无心也无意参加本次师生联展，但我的学生们，老将她的军，非让她参展不可。

说多了，她动心了。我这里多的就是宣纸和笔墨，她搬了一些过去，开始涂涂抹抹。

兴趣是成功的一半。涂着涂着，就有作品。尽管稚拙，但也有点意趣。

参与展事，是一次艺术交流。无疑，兴趣会更加浓厚。基于此，我特意同意她加入我们这个行列。诸多名师大家的后人，好丹青，但很少有超越先辈的。我好奇，这株长在老草根身旁的小草根，会长成什么模样？开出什么花？结出什么果？看女儿成长，是一种享受。

把这么多棵草根的从艺经历粗说了一遍。满汉全席是最名贵的菜肴。二十来个草根，犹如二十来道土菜，汇到一块，可称"南北土菜全席"。酸甜苦辣，萝卜青菜，什么品种、滋味都有。而且这些土菜，都是没有施过化肥的有机菜。

吴冠中先生说过，野生的，是最有生命力的。而我们这群草根的画，清一色是野生的。

2017 年 6 月 10 日于五峰斋

后 记

半路出家

"像你这么没日没夜地画,傻子也能成画家。"夫人见我得空就挥毫写画,就这么调侃。

我自己也没有想到,画画会成为我此生的最大爱好,到了后半生居然成为我的"职业"。

看来,人生之路的变数是很大的,几乎无法自我设计,只能抓住机遇,顺其自然。

读中学时,由于我当了上海《青年报》的通讯员,就梦想当记者。大学,读的是上海外国语学院俄罗斯语言文学专业,理想的职业是文学翻译。谁知到了1957年,俄语人才过剩,我转学到华东师范大学攻读中国语言文学,当一名教师便变成为我的人生目标。谁知大学毕业后却没有走上教师岗位,因工作需要又当上了记者——《体育报》驻华东站记者,中学时的梦想又变成了现实。坎坎坷坷,最后还是圆了记者梦。

我喜欢记者这个职业,决心一辈子当一名普通记者。谁知,命运之神又把我推到这家报社的社长兼总编辑的领导岗位,我毫无选择地开始了"从政生涯"。

接触体育,激发了我从事文学创作的欲望,接连写出报告文学《中国姑娘》和《中国男子汉》,并先后荣获"全国优秀报告文学奖",我又跨进了作家队伍。无心栽柳柳成荫,头上多了一顶作家帽。

大师领我进绘画大门

如果碰不到李苦禅、崔子范两位国画大师,也许我会爬一辈子格子,在文学和新闻之路上走下去。与两位大师相识,改变了我的人生之路。

三十年前,苦禅先生对我说:"你对画画有悟性,文人画本来就是我们文人画的,你画画吧!"而且还说:"以我的教授经验,你能画出来。"一次"神聊",几句鼓励的话,点燃了埋藏在我心灵深处的那团火焰。苦禅大师是领我进绘画艺术大门的恩师。1985年,苦禅先生仙逝后,我又结识了花鸟画大师崔子范先生。上世纪50年代他已任职多年正厅局干部,仕途光明,部级位子指日可待。但丹青胜过乌纱情,他不奔仕途奔艺途。崔老的人生态度深深地影响了我。1985年,当四十七岁受命担任正司局级干部时,我的仕途宽阔光明。历经政治沧桑,我悟透了许多,已暗下决心,不再往仕途高处奔。工作尽心尽力,业余时间多与丹青高手为伍,结识的书画朋友遍及全国,难怪我的夫人说:"怎么来家看你的尽是画家啊!"

当年,我去得最多的地方有两个。一个是中国画研究院,因为我的至交好友刘勃舒在那儿当院长,我便成了那儿的常客。李延声、龙瑞、邓林、谢志高、王迎春、欧阳中石……都是在那儿结识的。还有一处是人民美术出版社,那儿有一个创作组,石虎、徐希、张广、林楷是这个创作组的中坚。得空,我便去看他们泼彩泼墨,久而久之,我们便成了知交。当时,交往多的还有范曾、古干、吴山明、詹忠效、李世南、王西京、何韵兰等画界朋友。当国际奥委会主席萨马兰

鲁光肖像

奇提议我国举办体育美术展览时，国家体委领导便把筹备工作重任压给我。这样，我又有机会结识了华君武、吴冠中、周思聪、卢沉、郁风、靳尚谊、刘开渠等一批德高望重的大名家。

俗话说"近墨者黑"，长年累月与书画界的师友们相处，浑身沾染的皆是彩与墨。我渐渐地沉入丹青墨海，再也上不了岸，而且再也不愿意上岸。

上个世纪80年代，我两度荣获文学奖后便从文坛"蒸发"了。十年之后，我突然又从画坛冒出来。我用了十年时间从文学转身绘画，完成了人生的一次大蜕变。

1994年冬，"中国作家十人书画展"在中国美术馆举办，我与管桦、冯其庸、秦兆阳、梁斌、汪曾祺等，每人展出十幅作品。这是我在画坛的第一次亮相。

刘勃舒一直邀请我去中国画研究院举办个展。这次十人展后，我的胆子也大了，作了将近两年的准备，1996年10月9日我的首次个人画展终于在中国画研究院开幕。中国美术界领导及画界师友数百人出席，给了我巨大支持和鼓励。美国摩托罗拉公司看中了我的画，买了十五幅作品的版权，出版了1997年我的写意作品挂历。荣宝斋副总经理米景阳先生也邀我拿作品挂进这个百年书画老店。在1996年的这个展览前言中，我高调宣布："人生六十从零开始。"到了1998年年底，我从岗位上退下来，便全身心投入绘画。2000年，我在老家公山筑屋，建造了自己的创作基地。作为画家的人

我的画笔我做主

鲁光画牛

生之幕正式拉开。

人都会涂鸦。随意涂涂画画，绝对是一大乐事。但将绘画作为一种事业，那就艰难了。我在荣获文学奖的感言中说："文学是一个苦海。"而当我从事绘画后，才发现"画画也是一个苦海"。从文学转身到绘画，其实是从一个苦海跳进了另一个苦海。此生真是苦海无边啊！我却心甘情愿在艺术的苦海中艰难地向前游动。

从小鸡到牛图腾

我学画，是从画小鸡起步的。20世纪70年代，我与几位画家住在怀柔水库的一个半岛上，采写我国登山队勇攀世界最高峰珠穆朗玛的英雄事迹。我常去为书稿画插图的几位画家屋里串门，求教画写意的秘诀。他们为我画了几只水墨小鸡，说"这是齐白石的画法"。我选择了三个姿态，反反复复画。画着画着就不知足起来，去找来黄胄、潘天寿、李苦禅先生的作品临摹。熟能生巧，居然有了几个自己的造型。有人求画，我便画几只小鸡相送。后来，范曾见到了我画的小鸡，居然题字鼓励："白石真传。"刘勃舒见到我的习作，也题了字："此画确有意味。"这是当年徐悲鸿题他的画马习作上的字，他说"转送给你"。我的水墨小鸡，常被朋友要去，挂在他们的居室。我常在那大不盈尺的鸡画上题写："画鸡千窝，补壁不多，永长不大，请君一乐。"

我小时候放过牛，对牛情有独钟。结识画牛高手张广之后，我就画起牛来。我得空就去紧邻我办公室的美术组串门，来情绪时便信手涂头牛。漫画家法乃光是美术组组长，他说我的"牛头画得好，牛屁股有点像猪"。我开始观察牛。无论坐火车还是坐汽车，我的双眼总盯着窗外一晃而过的牛屁股。有一回，在黄山脚下，我看到了几个牧童和一群牛，喜出望外，拿着相机就拍，而且主要拍牛屁股。一个牛童对同伴说："这人真怪，不照牛，也不照我们，专照牛屁股……"回到太平湖住处，我反反复复琢磨，才悟出其中道理，牛屁股有骨架，猪屁股圆浑。用羊毫笔，容易把屁股画得湿润圆滑，用兼毫才显得出笔力和骨架。黄山人送来一刀刀上好的宣纸，我不吝惜纸墨，涂了一张又一张，终于画出了像牛的牛画。谁来求画，就挑像牛的画相送。回北京时，一幅牛画在崇文区的绘画展览中获奖。乃光兄挥毫在一幅牛画上题道："鲁光兄攻牛屁股达两年之久。"评论家孙

作品《高原牛》　　　　　　　　　　新作《结伴》

克后来在一次座谈会上说："从专业角度看，鲁光兄画的牛，无论结构、造型和笔墨，都是老到的、成功的。"

悟出了一条道理，画画得师法自然。我去西藏观察牦牛。在珠峰的绒布寺大本营，我见过牦牛与狼的搏斗，那勇猛之情景，让人惊心动魄。我还听登山队员讲述过牦牛运送物资上山，领头牛掉进冰裂缝的故事。当牧民用绳索将领头牛救上来后，它浑身是伤，但依然带领牛群在冰雪山道上前行，真如一位轻伤不下火线的英雄。

在云贵高原旅行时，我路过一个大牧场，见成百上千头牛自由自在觅草、撒欢，我拍了许多照片。回到贵阳后，心仍想着那些牛。第二天，又驱车数百里，回到那牧场，与牛相处了一天。旅伴调侃道："你这头牛归队了，回到你的队伍中去了。"

在广西资江畔，我为了拍摄一头可爱的小牛犊，走近些再近些，突然横里冲出一头老牛，用犄角顶我，我一直往后退，差点掉进身后的江中。可见，舐犊情深。我还见到被拉向屠宰场的老牛，边走边流泪，眼里充满着悲愤。

我不再满足于像与不像，而是追求神似。不管黄牛、水牛、牦牛、野牛，到了我笔下都只不过是一种符号，寓寄我对牛的理解，对牛的情感，也是诠释人生理念和追求的一种艺术符号。画牛时，我更倾向于写意，着眼于变形夸张，以达到神似的境界。我常在牛画上作题跋："老牛匆匆，不问西东，只顾耕耘，管它耳风"；"站着是条汉，卧下是座山"；"牛有二劲，任劲诚可贵，犟劲更难得"。

中国驻新加坡大使馆收藏的我的牛画作品(右,文化参赞邵一峤;左,大使张九恒)

画作《吾友吾师》

牧牛广西

牛人已为一体,画者与图像已为一体。我将牛作为一种崇敬的图腾来膜拜。2005年,我在丈二匹《五牛图》上作了四百余字的长跋,寄寓了我对牛的赞美和我的人生理念。

对此,美术评论家杨悦浦曾写道:"鲁光属牛,爱牛,画各种牛。我最喜欢他画的水牛,因为从画面上可以看到鲁光的影子:勤奋、执著,一刻不停地奋斗着。实际上,牛不仅仅是一种题材,而要表现的是他在文学和艺术创造中的终极目标——对人生意义的思考。"(杨悦浦:《一世画牛》,2009)

评论家何西来也说:"当鲁光自称,以牛为伴,以牛为友,以牛为师时,实际上已把自己归入牛类，与牛为伍了。在与牛的审美关系中，在他与创作对象的双向交流中，他不断地把自己的情思、人格、精神，对象化到作品中去，同时也把对象主体化，达成某种物我混一的境界。一个个牛的意象，带着画家所赋予的灵动之气，跃然纸上，各具风采。我曾有感于鲁光大写意画牛之独步画坛，对他说，当年黄胄画驴，冠绝一时，人称'驴贩子'。老兄画牛，亦少有出其右者，援例该称为'牛贩子'才是，但这就落套了。古代伯乐相马，重骨相而轻皮毛，吾兄运笔写牛，去凡俗而得神魂，还是叫'牛伯乐'为好。"（何西来：《梦里丹青牛伯乐》，2010）

中外喜牛者甚多，故吾之水墨牛也成了人们的宠爱之物。属牛的香港前特首董建华先生通过友人向我求牛画。我在钓鱼台作了一幅奔牛以赠，并题了"一往无前"四个大字。我国驻新加坡大使张九恒少年时放过牛，一生爱牛，嘱我为使馆中式宴会厅画六尺整纸《师牛图》一幅，并赋诗一首："日出勤耕犁，月下濯清溪。洗去疲与累，明日又奋蹄。"嘱我题到画幅中。如今这幅牛画已高挂在使馆中式宴会厅墙上。今春应邀为北京人民大会堂创作了一幅丈二匹的《五牛图》。挂在荣宝斋的牛，也一头头被喜爱者牵走……如今是牛画债台高筑，一时还不清。

从红烛到《生命》

画友何水法见到我，很有感慨地说："你的《红烛》太好了。红是中国红，

《五牛图》（人民大会堂收藏）

象征着生命，朝气蓬勃，积极向上，一片光明……"

其实，红烛题材得来纯属偶然。1993年，阴差阳错地我当了浙江选美的评委。我与美女们游灵隐时，点燃的红烛很旺。美女们站在燃烧的根根红烛之间，产生了一种神奇之美。我一次次按动快门，定格这些美。日子久了，这些美女早已淡忘，而那些炽热燃烧的烛光，老在眼前飘动。

我开始画红烛。往昔，画一支红烛、两支红烛的画，我见过。但我要画的是成排成排燃烧的红烛，是狂风吹不灭、暴雨淋不灭的生命之烛。无论是颜色、画笔、技法，我都不拘一格，随心所欲，甚至"无法无天"。天津画家王超教授见了画照后居然给打了"100"满分。1996年，当我准备个展时，我在圆明园找了一家裱画铺，请店主停业三天。铺上丈二匹大纸，请人端着调好红色的脸盆，用排笔和羊毫大笔，一鼓作气地大写大画。看着红色淋漓、气象万千的红烛，望着满纸燃烧的红烛，我心中充满着激情。这是我对生命的崇敬和礼赞。我挥毫题写了"生命"两个大字。当此幅画在中国画研究院张挂出来后，画界的朋友们发出一片赞叹。邓林说："你的胆子真大。"谢志高说："我们画了几十年还没有自己的专利。你才画了十年，就有自己的专利了。"红烛画先后在中国美术馆、中国军事博物馆和金华、宁波、澳门、新加坡、日本等地展览，应该说，有一种轰动效应。日本电视台多次播出此作。画展闭幕那天，居然拥来一千多参观者。日本水墨美术馆馆长对我说："你的红色征服了日本观众。"

从灵隐寺的红烛到《生命》，这是一次艺术的升华，是一次艺术的飞跃。

当人们纷纷赞赏我的牛画时，我心里想："中国历代画牛者众，画牛高手如云。但像我这么画红烛的，却是前所未见，这才是我的创新之作呢！"何西来先生也称："满纸都是密密麻麻的燃烧着的一根根红烛，高低错落，再加上烛焰的黄白光芒所映出的三道留白，而烛芯又向后倾斜，遂形成三个红烛队列向前行进的动感，能给人以丰富的联想与哲思。"

刘勃舒对我说："红烛有新意，是你的独创。以后，谁也不能这么画了，这是你的专利了。"独具慧眼的周韶华先生也说："这一作品是鲁光具有里程碑意义的代表作。"

在新加坡，有一位老板，不喜欢艺术，却将一幅红烛画买回家，挂在大宅的客厅中。他对我说："每天闲下来时，便在画前静坐，看久了，那烛火会动的。"还有国内的一位青年老板，以十六万元的价格，从一家画廊里购得一幅红烛画，作为新别墅的装饰艺术品。

我以为，只有独创的艺术品，是最具生命力的。

我学艺的主张，是"有奶便是娘"，师出有门，但不死守一门。植根传统，又不囿于传统，追求创新。遵师嘱，我研读过齐白石、吴昌硕、八大山人等历代大师们的画，又从岩画、西画、民间艺术和摄影艺术中汲取养料，更从大自然和人生阅历中汲取养料。古今中外，只要对我有利的便吸收，哪怕自己的绘画成为"四不像"，成为"混血儿"也在所不惜。

我追求一种厚实、拙朴、高雅、现代的风格。我深知，一个人的画风形成，首先是与这个人的性格有关，与这个人的修养、学问、阅历有关，与这个人的审美情趣有关。我这个人，乐观、开朗、坦诚，待人热情、为人厚道，当过记者，爬了一辈子格子，游历过国内的山山水水，也到过世界上一二十个国家，还当过一个不大不小的"官"，在人生的激流中沉浮过、磨炼过，这一切都使我对这个世界对人生有所感悟。而且，我是从文学进入绘画的，或许这又使我的画充满书卷气和文人气。"画如其人"，是很有几分道理的。

画风的形成，是一生一世的事。吾将一生求索，斯世追寻，直到生命终结。

从师法自然到超越自然

文学艺术源于生活，更高于生活。源于生活，就是以现实为师，亦即师法造化。高于生活，就是写画"第二自然"，亦即经历画家的审美、理念等提炼之后的本质美。

为了使自己的生活仓库充实再充实，我一直有写日记的习惯。几十本日记，为我的文学创作打下了基础。沉迷绘画后，我的日记发生了一个戏剧性的变化，绘画几乎代替了文字。以速写为主，辅以少许文字，成了我的新"绘画日记"。

在美国西部旅行的日子里，我用画笔记录下大峡谷的壮伟神秘，写下了下榻过的小旅店和店里的小摆设，画下森林公园倒伏的古树，甚至连公园里的鹅鸭、井台都入了我的日记本。在蒙古旅行时，匆匆勾下车窗外掠过的山峦、蒙古包，还有骆驼、马群、牧人。在新疆，我画下了赶集的维吾尔族姑娘，画下了沿途成片的向日葵，画下了天池小景。开会时，我也瞎涂乱抹，画这个写那个，在

会场即兴漫笔　　　　　　　绘画日记之一

笔记本里留下各色各类人的残缺不全的肖像速写。

旅途匆匆,速写来不及时,我就用相机记下感兴趣的景物。在西双版纳的旅途中,我见到竹楼外面有几十只火鸡,尤其是展开的翅膀,太美太吸引我了。见到这群火鸡,我拿着傻瓜相机就冲过去,鸡受惊了,张开翅膀逃奔,我连续按动快门,拍下了十来张精彩瞬间。不仅在相机里留下了珍贵的照片,更在我的脑海里留下了动人的艺术形象。在皖南山区,一路行车一路拍摄。在我的家乡,牛已愈来愈少见了,但皖南山区却满眼皆是牛群:溪水边有牛,田埂上有牛;草滩上有戏闹的老牛与小牛,水田里还有奋力耕耘的牛。对一个画牛者来说,那激动的心情,是可想而知的,我贪婪地按动着快门。半天旅程,我已用去了三四个胶卷。

我爱向日葵。那粗糙的躯干,那硕大的绿叶,那黄灿灿的葵花,那沉甸甸的葵果,对我来说,都是魅力无穷的,尤其是成片成片的葵花,齐刷刷地向着太阳倾斜,引发了多少思索和启迪啊!还有那夏天的荷塘,秋天的荷塘,冬天的荷塘,不同的景色,更让人遐思万般。北京郊野的秋林,硕果累累,一派丰收景色;冬日的树林,叶子已落光,毫无遮盖地裸露着枝干……啊,那是大自然裸露的胴体!每当我面临这些迷人的景物,我就陶醉,我就画兴勃发,又画速写又频频按动快门……

自然,照片就是照片,绝对替代不了速写,更替代不了绘画。但再次翻阅这些绘画日记和照片,可以引发美好回忆,可以重新点燃热情之火,可以再激发创作灵感。

　　搞文学创作,我相信厚积薄发,使自己的生活仓库充实些再充实些。搞绘画创作也一样,要使自己的生活积累丰厚些再丰厚些。正如崔老要求我的,"七十岁以前打基础,尽可能多积累生活素材。"

　　我把绘画日记和这些照片资料,看成是"美的积累"。积到一定程度,这种美就会汩汩往外流泄,变成新鲜的有生命力的艺术形象。

　　师法自然之后,应超越自然,画自己对大自然的印象,画一切事物的本真之美,尽情宣泄内心思想情感和意念。画第二自然是画家更高的追寻境界。

　　有一年深秋时节,我与妻子坐在水塘边垂钓,天凉水冷,鱼儿不上钩。我呆坐一阵之后,突然眼前一亮,发现对岸有几蓬野菊,黄灿灿的,特别招人。对于秋色,我是一直很陶醉的。我不知去香山看过多少回红叶,也不止一次伫立在长城上,眺望秋天的山野。那以黄和红为主调的秋色,实在是太迷人了。秋天的色彩最丰富,秋天引发的思绪最无限。我一直想用彩笔画一幅秋色图。我扔下渔竿,急匆匆地奔向对岸,贪婪地采撷着野菊,回家后将这丛野菊插放在一个古朴

《宅中秋色浓》

的大花瓶中,急不可待地铺纸,激情满怀地挥毫,连夜画就了一幅《秋菊图》。是夜,我将此幅图画挂了起来,压不住心中的喜悦之情,反反复复自我观赏。多年的夙愿,终于实现了!

躺下很久了,仍然未能入睡。我的眼前老映现出这幅黄灿灿的《秋菊图》。可过不了一会,这《秋菊图》又幻变成一幅抽象的《秋色图》,它的色彩更斑斓更鲜亮。次日醒来,再看昨晚新作,总觉得那花画得太碎,色彩也嫌单调。我铺纸放笔狂涂乱抹了一气,尽情地抒发一个中年人对秋的赞美之情。画成后,挂起来一看,这才是我心中要画的秋色,是我想讴歌的人生秋色。那幅《秋菊图》只是一幅写实之作,而这幅狂放不羁的《秋色图》才是一幅真正属于自己的艺术品。

艺术,来源于生活,来源于自然,但又不能拘泥于生活,不能拘泥于自然,必须经过提炼和概括,必须融进个人的思想和情感,这样才能创造出属于自己的独特的艺术形象。

从古到今,牛画成百上千,但大多是比较写实的。对于牛,我画着画着,也不老实起来。我尝试着变法。我画富于装饰味的牛,我用变化的墨线去表现牛。寥寥几条线,不仅要画出牛之形,而且要画出牛之神,简笔写意实在是太不容易了。我不知废纸多少,一直坚持这么画着,直到画出了几个自己比较满意的造型。对于简笔牛,看法是迥然不同的。一位教授恳切地劝告我:"你能画那么写实的牛,何必画这么简单的牛呢!展览时,千万别展这种牛画!"但是我心里又响起另一个声音:"这种牛有味道,我喜欢。"1998年冬天,当我送画册给汤文选时,他说:"我很喜欢你的这种牛,你给我画一头,我给你一张老虎。"

绘画日记之二

作品《荷塘深处》

我在故乡画了两幅简笔牛。其中一幅是给一位极赞赏此种笔墨的同道的，还有一幅准备带回北京，找汤文选换老虎。没料到，却在义乌被一位年轻老板看中，非要它不可。这证明，此种画法，不仅专家认可，民间也是有人钟爱的。这多少也给了我继续坚持变法的力量。

如果说我在绘画上有什么突破的话，红烛画之外，就数一批计黑为白的花鸟作品了。反向思维，以黑当白，以白为黑，使作品极富装饰趣味。

在天津见到老朋友冯骥才时，他说："我要为你写一篇文章，题目就叫'鲁光的反转片'。"所谓"反转片"，就是指我的计黑为白的创新之作。

中国绘画有悠久的历史，传统技艺很严谨。我选择的花鸟画，发展到今天，已形成了许多固定的模式。继承传统固然很重要，但笔墨当随时代，出路在于创新。可创新谈何容易，想要突破旧有的框框，真是难于上青天。

习画之初，别人说我的画像李苦禅、崔子范，我便颇为得意。渐渐地我就不知足起来，耳边老响起齐白石老人的一句至理名言，"学我者生，似我者死"。吾师子范先生告诫过，"齐白石的画法，我一笔都不敢用，因为每一笔都是他的印章"。跟在老师身后亦步亦趋，是学艺之大忌。我喜欢传统，但又图谋反叛传统。脑子里老琢磨，怎么图变。应该说，我是一个不安分的习画者。

大概是1990年，我在中共中央党校进修，一天在图书馆翻阅画刊，见到一幅逆光拍摄的荷塘小景。荷秆是漆黑的，荷花是深红的，没有枝蔓，没有荷叶，很现代。此图触发了我图变的灵感，洞开了"计黑为白"的新理念。我开始在宣纸上做试验，把黑荷秆变成灰白色，把白底变成黑色，黑白红三种颜色融于一纸，很具冲击力。加上荷秆疏密有致，长短不一，更具现代感。这样画出来的荷，与传统的荷完全不一样，是一种崭新的艺术样式。后来，我又用这种办法画牡丹、水仙、向日葵、绣球花、鸡冠花、喇叭花等其他花卉，画各种飞禽走兽……

1994年底，在中国美术馆举办"中国作家十人书画展"时，我拿出了几幅计黑为白的花鸟画新作，立即引起了观众的强烈反响。到现场观看画展的崔子范老师当即给予肯定："你的红烛和黑底画都很新鲜，可以继续画下去。荷花可以画它十幅二十幅，成为一个系列作品。"著名画家徐希也说："黑底画画下去，可以闯出一条路……"

传统中国画特别讲究用线，讲究留白，疏可跑马，密不透风。最忌讳的是整齐排列。计黑为白，越了雷池，破了不少旧规矩，构图、造型、用色、用线都得变。一句话，一切规矩都得服从新的审美理念。愈试验，愈新鲜，胆子也愈大。在中国澳门、日本和新加坡办画展时，计黑为白的创新之作，几乎占了展品的一半，甚至一大半。

对于我的"变法"，界内人士看法不一。有的叫好，有的却不以为然。有好心的同行劝我千万别走这条路。我反复思考后，决计继续变下去，逐渐完善这个新的艺术样式。话由别人说，画要靠自己画。想怎么画就怎么画，跟着艺术感觉走。

大画家、大评论家周韶华先生见到我的这些创新之作后，给了充分的肯定。认为我在艺术上已"从文人画走进现代中国画"。艺术大家的肯定，更坚定了我图变的信心。在计黑中，我又有意留白、加色，黑而不死，黑中有变，使画面更加丰富多彩，更耐看。

1996年在中国画研究院展出时，李可染先生的夫人邹佩珠与她的日本儿媳妇驻足一幅幅计黑为白的新作前，久久品味，并将画幅拍摄下来，她对我说："我很喜欢这些画，很新鲜，有艺术冲击力……"

2002年初夏，在日本富山水墨美术馆举办过一次"现代中国水墨画展"，展出作品共六十件，其中四十件是日方自己收藏的现当代中国名家之作。我们去了三位画家，每人展出六七幅画作。我送展的画，除红烛和牛画之外，还有《向日葵》《水仙》《待客图》等几幅计黑为白的画作。日本美术馆馆长见到我

画作《水仙》

的头一句话便是"我以为你是位青年画家,没有想到你这么大的年纪了"。一位日本中年女画家对我的《向日葵》情有独钟。画展开展后的一个礼拜天,她来我下榻的饭店看望我。那天,她老在我的眼前走动,来来回回地走,见我没有反应,她问我:"您不觉得我今天很漂亮吗?"不等我回答,她指指身上的衣衫。我才注意到,她的衣裙上画了许多色彩鲜亮的向日葵。上衣斜着画了三朵葵花,裙子下摆画的葵花数不清有多少朵。她说:"看了你们的画展,我就去买衣服和颜料,照着您的《向日葵》,画了这身衣裙。今天特意穿来让您看看,美不美?"

呵,原来是受了我的《向日葵》的启发画的。我仔细打量了她,说:"美,挺美的。不过,你画得比我好。"

"我喜欢您的画,每幅画都充满了生命力。"她真诚地说。

日本皇子和纪子妃驻足我的计黑为白的《水仙》前,欣赏久久,喜爱之情,溢于言表。

按日本有关规定,在美术馆展览是不能卖画的,但美术馆有权收藏。2002年日本正经济危机,艺术品市场不景气。日方还是以五十万日元收藏了我的这幅《水仙》。

前些天,美国股神巴菲特之子偕夫人来京,在通州高碑店与我们小聚。应高占祥先生的请求,我以一幅黑底荷塘相赠。没料到,他们高兴得连连赞叹:"太喜欢了!"

英国伦敦一家画廊的女老板,在刘勃舒家见到我的挂历,对我说:"你的画与我们见惯了的中国画不同,在西方会有很好的市场。"

荣宝斋出售的中国画,一般都是传统的名家名作。但我的计黑为白花鸟画居然也挂进了大堂。我画的一幅《秋》，黑色中有两只以线勾勒的白鹅，还有数不清的褐黄色的芦苇，醒目而又充满神秘感。此画挂出不久，就以高价被一位澳洲人买走。走了一幅之后，我的计黑为白画就不断挂进了荣宝斋这家百年老店。

这些展览和售画信息，对我来说，只有一点是最重要的：我的计黑为白的变法是成功的。从此，我走创新之路的决心更坚定。我还得变，变得更有民族味，变得更具现代感。但我不会变得让国人看不懂，更不会变得连自己也看不懂。画，总得让人读得懂才行。我的变法有一条原则，植根民族文化的土壤里去变，怎么变都有民族味。

山居·乡情·源泉

崔子范从北京市文化局顾问的岗位上退下来之后，就回到了生他养他的故里——山东莱西。每年在故乡住大半年，只有冬天才回北京。这种两地跑的生活他已过了二十余年。在他年届八十五岁高龄时，我问过他："崔老，你打算再跑几年呀？"

"跑着看吧，只要身体没大问题，我还回莱西住。"崔老颇为乐观地回答。如今他年届九十五岁，干脆不回北京，长年住在老家了。

崔子范为什么老回故乡呢？这对他的绘画有什么好处呢？前些年，我问过他。

崔老说："回家乡住，可以躲开城市里的各种应酬，安心搞自己的艺术。有的画家条件比我好，本来很有希望在艺术上有更大发展的，但他们的许多时间都被

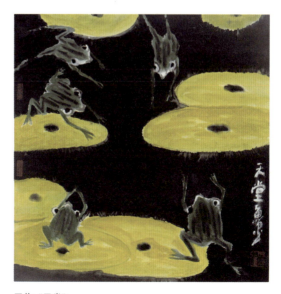

画作《天堂》

应酬占掉了。我一头扎到家乡搞艺术,所以取得了比较大的进展。老家可以激发我的创作灵感,也有利我熟悉生活。譬如,对荷塘,我今年观察了,画了,有些不足的地方,第二年再看再画。我还可以一年四季观察荷塘的景物变化。我的荷塘画,都是这么产生的。"他不止一次地向我建议:"到你退休之后,也要躲开城市,找个生活基地,潜心搞画。"

我牢记着他的这个建议。退休之后,我马上回到了我的故乡两头门——浙中的一个小山村。虽然,故乡已发生了翻天覆地的变化,新楼一片接一片,小山村已旧貌换新颜,但那片古老土地上的人和景,却无不令我沉入回忆之中。一切都那么亲切,乡音、乡景、乡情、乡俗……回到小山村就仿佛回到了童年。那田野里的紫红草花,那盘在树干上的简朴的稻草棚,那青竹制作的土钓竿,那竹子编织的鱼篓,那蓬蓬翠绿的修竹,那满山的松树林,那古老高大的香樟、红枫,还有那斗笠、蓑衣、石磨,还有那残破的古老的祠堂、磨台、水车……一切一切都引人回忆,一切一切都激发我的创作热情。

这个小山村坐落在公婆岩山下。公婆岩,有两座山峰,一座像一位坐着的男人,另一座像一位坐着的女人。人们习惯称那男人为公,称女人为婆,于是就有了"公婆岩"这个美称。传说,那老婆子因为坐错了位子,被雷公将发髻打落到背上。远远看去,婆的背上,确有一块

新作《晚秋之韵》

石匠刻石

如女人发髻的石头。公婆岩的美称，不知是哪个年代起的名，反正，从我记事时起，不，应该说，从我爷爷、从我爷爷的爷爷记事时起，就一直这么叫着，也许已叫了几千年。

离公婆岩山不远，也就四五华里路程，有一座拔地而起的方岩山。山上有一座古老的寺庙，香火很旺盛。庙里供着一个"胡公大帝"，毛泽东都知道他。有一年毛泽东路过金华，对地方官说，方岩有个胡公，是宋朝的一位好官，为民请免身丁税，老百姓怀念他。他告诫地方官，"为官一任，造福一方"。眼下，这八个大字，已刻写在方岩山顶的一堵红墙上。

方岩与公婆岩，是相连的山峰。在方岩附近，有五座山峰，都如刀劈斧砍一般，陡峭险峻。五峰之间，有一座书院，叫"五峰书院"，这是朱熹讲学之处，也是宋朝状元陈亮读书之处。在公婆岩山脚，离我们小山村两头门一里地，有一个风景极美的地方叫公山。公山有山有水，有竹有树，有泉有溪，这里原来住着十来户人家，如今他们都已搬到山下的公路两旁去开店"发财"了，山上还留着五六个七八十岁的老妪。我在山上造了一座民居式建筑，与这些老妪为邻。我每年来这里住半年，甚至住大半年。

我将此处小筑命名为"五峰山居"，当地官方称它为"鲁光艺苑"。"五峰山居"出自老友范曾手笔，"鲁光艺苑"则是吾师子范先生题写。门口有一棵数百

鲁光在山居

年的古樟,枝叶覆盖了小半个庭院。此树是百鸟栖居的地方,有一年秋天,数百只八哥在庭院里欢聚,那景观至今难忘。有几年的初夏,总有小猫头鹰光临走廊和屋脊,松鼠更是走马灯似的在院墙上来回飞跑。春天,玉兰绽放,杜鹃争艳,橘花吐香,嫩竹疯长,还有山溪哗哗。秋天,桂花香满庭院,橘子、柚子挂满枝头,客人可以随意采撷……自然景观,处处是画,更有浓浓乡情。2003年"非典"肆虐神州,"北京人"几乎成了"瘟神"。但我回到山居,邻里老妪却叫我去她后院采撷樱桃。更有儿时伙伴,隔三差五前来叙旧,回忆童年往事。乡景与乡情,使我画思如涌,新画源源不断诞生。

各路朋友纷至沓来。范曾夫妇、杭鸣时夫妇、周韶华夫妇、张桂铭、王涛、刘勃舒、何韵兰、吴迅、古干……都来山居做过客,有的下榻陋室,彻夜长谈。凡到山居者,无不画兴大发,挥毫泼墨。

我平生写的唯一一首七律诗《五峰山居》,刻写在十根一米多长的粗竹片上:

> 自惊花甲乡思浓,卜筑公山近五峰。
> 野泊清溪喧巨壑,奇峰怪石伴孤踪。
> 修篁滴翠逶迤碧,大木扶苏锦绣重。
> 百鸟齐鸣邀好友,群贤浩唱拂苍穹。

范曾以此诗为题跋，作四尺整纸高仕图一幅，并配了一副对联，上联"唯理是求人称陈亮"，下联"遗形而索我爱鲁光"。此画此联就挂在二楼书房。山居多次失窃，所幸字画没有丢失。

　　凡来山居的书画家，好像把"画价"忘到脑后，只顾挥毫泼墨，只顾谈艺聊天。在这个物欲横流的年代，这种氛围实属难得。也许正是这个原因，他们留在山居的都是神来之笔，是经得起品味的妙品。

　　体育界的朋友，何振梁、张彩珍、邱钟惠、庄则栋，还有台湾的书画同人也不远千里万里来此看望我，我国驻新加坡大使张九恒夫妇还专程拨冗来访……

　　我托朋友从江西深山溪谷中寻来巨石二十块，将师友们送我的字刻在这些石头上，置放在庭院中，成了故里的一道亮丽文化风景。

　　家乡的书画家、文人们把山居作为他们相聚的文化会所，只要我在山居，每天都宾客如云。有时为了潜心作画，我只好保密行踪。只有这样，山居才能门庭冷落十天半月。

　　在山居，难免思念京城。因为北京毕竟是中国文化的中心，那儿有太多太多文化艺术的信息，还有居京半个世纪交下的文友、画友。回到京城，又思念山居，思念故里的文友、画友和亲人。住在山居，就如艺术接上地气，我的绘画艺术才有了旺盛的生命。

2010 年 12 月 22 日冬至

我们眼中的姥爷

周墨（十三岁）

我的姥爷是一个既幽默又和蔼的人，在我的脑海中留下了许多印象。

姥爷是个画家。妈妈告诉我，我出生的时候，正好赶上姥爷举办个人画展，所以妈妈就给我取名"墨"，希望我将来做个有学问的人。姥爷自然也少不了对我艺术"细菌"的培养。记得在我四岁半的时候，我来到姥爷的书房，书房的地上铺满了画。姥爷问我："小虎，想不想画画呀？"我跳到椅子上高兴地点着头："想，想！"于是姥爷拿出一张纸、一支毛笔。"咱们画一只猫吧！"说着，姥爷就用指甲在纸上画下了一个大概的轮廓，扶着我的手拿笔画。先画

周墨四岁半时的
涂鸦之作《猫》

猫那椭圆的头,再画猫肥肥的身躯,最后用浓墨画出它那条又粗又长的尾巴。尾巴一蜷,紧紧地贴着猫的身子。一只懒猫就活灵活现地呈现在我们眼前了。我还自己画了两条鱼,虽然不是很好看,但是姥爷还是夸了我。那猫好像正虎视眈眈地盯着它的午餐,垂涎三尺,生怕被别人抢走。画旁"岁四半周墨"这几个歪歪扭扭的字也是我写的。我还把我自己所有的印章都盖了上去。虽然字的顺序写错了,图章也只是图一个好看,不管它是什么意思,却成了一段小时候与姥爷画画的美好回忆。

姥爷不仅是画家,还是作家。他那大大的肚子里仿佛总是有数不尽的笑话和故事等着我和天天去听。最有趣的要数姥爷编的"老家的故事"。故事的内容每次都不一样,好像电视连续剧似的,必能吸引我们。我们总是缠着姥爷让他讲。这个故事里的主角是一只聪明又调皮的猴子,每一次故事里那猴子做的事情总是能逗得我们哈哈大笑,前仰后合,有时甚至会在地上打滚,笑得肚子疼、腮帮子疼。而姥爷还在继续绘声绘色地讲着,又把我们吸引到了另外一个故事的世界里,让我们忘记了时光的飞逝。

这就是我的姥爷,和蔼又不乏幽默,我十分爱他。

李砚旭(十一岁)

我姥爷的朋友很多,每隔三五天,就会有人来看姥爷,或请姥爷去吃饭。我想,我要是长大以后能像姥爷一样有那么多朋友该多好呀!我曾经问过姥爷:"您的朋友为什么这么多呢?"姥爷的回答是:"朋友是人生的财富。交朋友有三点,你一定要记住。 是自己要有本事才能交上朋友;二是不能向朋友索取,要帮助朋友,给予朋友;三是好朋友要深交,坏朋友要远离。"我从此以后把这几句话深深地记在了心中。同时,也明白了姥爷的朋友为什么这么多。

姥爷总是说画坏的画、画不好的画不能留在世界上,要留就留自己最满意的画。所以姥爷过一些时候就要撕画毁画,一毁就几十幅。有一回,姥爷叫我帮他毁画。我拎过去一个水桶,把姥爷撕毁的画往水桶里泡。我看着姥爷把画毁了很心疼,就对姥爷说:"有我认为好的,能留下一张吗?"姥爷说:"当然可以!"我看见一张牛画,画得挺好的就留下来了。后来这张画被范曾爷爷看到了,还题了字。姥爷夸我救了一幅画。

不久前,姥爷与别的爷爷开了一个"京城三老指画展"。他画了四十多幅画,让我帮他选出二十张。姥爷很信任我,也很相信我的审美观。后来我才明白,姥爷原来是为了培养我的审美情趣。

我从小喜欢画画,还得过全国中小学生绘画奖。我有兴趣画,他就将画桌让给我,我不想画时,他从来不强迫我画。但不管我画什么,他老表扬我,总说画得好。

我的姥爷很爱读书。他的书不计其数,至少有上万本吧!前几年搬家时,书实在没地方放了,就给老家图书馆捐了三千本。搬家收拾好几天,全是整理书。我对姥爷说:"您的书太多了!"姥爷说:"多读书才有学问。"搬家后,见书摆得整整齐齐的,我问姥爷:"怎么没见您读这些书呀?"姥爷摸了摸我的头说:"怎么没读呀!你睡觉以后我总在看书呀!"每当我晚上醒来上厕所时,总要推开书房门看看姥爷是否在看书。果真每次姥爷都是坐在书桌前的灯下看书。姥爷太爱看书了,几乎每个星期都去逛潘家园,回来的时候书包都装着新买的沉甸甸的书。新买的书柜又放满了,现在窗台上、书桌下,都堆满了书和大大小小的画册。

我很佩服我的姥爷,不仅是因为他名气大,更重要的是他身上那种认真、踏实的做事态度,深深地影响了我。有一回,姥爷在写东西,我打开电脑玩枪战游戏,就像到了真正的战场。我带领我的"军队"冲锋陷阵,嘴里还喊着:"冲呀!杀呀!"这时妈妈回来了,冲我喊:"这么吵,姥爷怎么写东西呀!"没想

李砚旭十岁时的
作品《庆奥运》

到姥爷却说:"他玩儿不影响我。"我好奇地问:"我真的没有吵您吗?"姥爷说:"要想做好一件事情就得一心一意、专心致志,不能受周围环境影响。"妈妈对我说:"你看看你,上课有一点动静就分散注意力。做事老是三心二意。"我终于明白了,姥爷的成功从何而来。他自己也常说:"不论是做人,还是做事,都要像老牛一样,一步一个脚印,踏踏实实。"

我与姥爷一起生活十一年了。我们用一个书房,我做作业,他读书写作画画。他是我最好的朋友,也是我最好的老师。

增补本后记

以文学入画

责编说，出版八年了，再写个后记吧。是啊，老夫已八十又二，真正进入老年时代。当年为姥爷出书写文的小外孙李砚旭已经十九岁，马上要赴澳大利亚留学。大外孙周墨二十一岁，已是北京大学四年级学生。他们各自忙自己的学业，没有空闲时间关注我的创作，也不像儿时那么热衷我的绘画了。

《近墨者黑》出版后的第二年，2012年秋天，中国画学会和中国现代文学馆举办了"鲁光现代写意画展"，展出了一百几十幅画作。这是继1996年在中国画研究院个展后规模最大的一次个展。展后，我几乎不会画画了。画过的，我不愿重复，再画什么，一片茫然。我进入了创作的苦恼期。

拜师崔子范先生时，我说过："崔老你从哲学入画，我就从文学入画吧！"我的老师钱谷融教授有名言：文学是人学。写作如此，画画亦应如此。尤其是写意画，重要的就是一个"意"字。无论画什么，都是在画人，画人的喜怒哀乐，画人的命运，弘扬真善美，贬斥假恶丑，挖掘人性的本真。这就是最大的"意"。在苦恼了一段时间之后，我寻找到创作的突破口——随意即兴。随意是对"刻意"而言，但绝不是随便，更不是草率。有感觉就画，有想法才着墨，不作无病呻吟。随兴挥毫，偶有得意忘形之作。得意忘形，是人生之大忌，但在创作时，却是难得的境界。神来之笔，艺术精品，往往就在这种状态中产生。这是画画从必然王国进入自由王国的象征。没有感觉，没有意念，就不画。读闲书，看展览，上大街，逛胡同，游山玩水，品茶聊天。我很喜欢儿童画。以童眼看世界，以童笔写万物，满纸精彩。人们常说，返老还童。其意是人老了，悟透了人生，回归单纯。儿童的眼睛没有污染，没有世俗。他们最纯真，最纯情。到了老年，

以文学入画　399

以童眼看世界，以童笔写万物，回归单纯，满纸精彩

尚有童心，是最难得的。

　　我的老师崔子范先生，活到九十六岁。我特别关注和研究了他晚年的作品。新题材不多，画风依然厚拙大气，但富有浓郁的儿童情趣。无论造型、色彩、构图，都给人一种强烈的返老还童的感觉。这种艺术上的返老还童，给了我非常大的启发。人们称我是"老顽童"，那我就保持一颗童心吧。我不期求长命百岁，但我珍惜童心。无论我的余生有多长，无论我的绘画岁月还有多久，只要童心永在，我便知足，我就感到欣慰。

　　本书问世后，有幸评上"冰心散文奖"。八年后，还能再出增补本，究其原因，我想，主要是我用真情写作。真实、真情，使本书有了生命力。书中写到的师友，已有十几位离开了我们。崔子范、吴冠中、华君武、卢光照、汤文选、杨仁恺、徐希、高莽、张桂铭、官布、沈高仁，先后去了天堂。吴冠中先生说过，

删繁就简，以画表心；有舍有得，得大自在

他死后，想见他就去他的画中找。生命有限，艺术长存。我想念他们时，就翻阅这些写他们的文字，品读他们的画，好像他们仍在我们中间。

到了这个岁数，我最看重一个"舍"字。生活从简，艺术也从简。大写意艺术的终极目标是删繁就简，用最洗练的笔墨表述最深邃的内涵。这是我终生的追求。2015年5月，老家政府创建了鲁光艺术馆，我将已出版的文学作品、部分手稿和百多件绘画作品无偿地捐献给故里政府。今年，人民文学出版社出版了七卷本《鲁光文集》，我也赠送给国家图书馆和首都及家乡的学校。退休后建成的五峰山居，是我的创作基地，画作源源不断地从这里涌现。眼下，年岁大了，每年从京城回去的时间愈来愈少。这么好的庭院荒芜太可惜，我也打算捐赠当地作为艺术活动场所。舍得舍得，有舍也有得。舍的结果，是我的图书和书画，有地方存放了，也许还会对传承文学艺术起一点作用。我已圆记者梦、作家梦、画家梦，到老年又圆了一个落叶归根梦。

画画成瘾，已成为我生活和生命的一部分。高兴时画画，忧愁时画画，孤寂时画画，生命尚存便会一直画下去。展览需要时才画大画，平日里尽画小品。不好的画统统毁掉，留下来的一定要自己满意的。

2018年11月15日于京南龙潭西湖